한강

趙廷來 大河小說 ①

제1부 격랑시대

해냄

　　나날은 쉼없이 흘러 세월의 강이 된다. 그 무심한 물결을 타고 사람들은 유심한 나날을 사느라고 얼마나 각축하고 고달픈가. 그런 인간사들은 초월적 종교관으로 볼 때는 더없이 부질없고 허망한 것이다. 그러나 삶의 여건과 환경이 나쁠수록 하루하루를 살아가는 사람들의 생활은 고통스럽고 급박해진다. 아무리 애를 써도 굶주림을 면할 수 없는 사람들 앞에서 초월적 종교관은 얼마나 공허하고 설득력 없는 객소리일 뿐인가. 또한 인간 세상의 모순 많고 갈등 많은 삶이 결코 무가치할 수만은 없는 것은, 인간은 그 괴로움과 고달픔 속에서 역사를 잉태시키고 사회 진실을 발현시켜 왔던 것이다. 어쩌면 초월적 종교관도 그런 소산의 하나가 아닐까 한다.

　　소설은 현미경적 구체성으로 그리고 망원경적 총체성으로 그런 인간 세상을 비추고 밝히는 거울이고 등불은 아닐까. 혹자는 지나친 의미 부여라고 비웃을지도 모르겠다. 우리의 현대사는 곡절도 많았고 변화도 많았다. 그래서 어려움과 아픔도 그만큼 많았다. 소설로 써야 될 의미가 큰 것도 그 까닭이 아닌가 한다.

　　우리의 현대사를 한마디로 압축하면 '분단의 강화 속에서 경제 발전을 이룩해 낸 시대'라고 할 수 있을 것이다. 분단의 강화와 경제의 발전, 그 두 가지는 충돌을 면할 수 없는 절대모순이기도 하다. 그런데 우리는 그 어려운 상황을 헤치며 오늘에 이르러 있다. 그런 우리는 누구이며,

어떻게 살아온 것일까……. 오늘의 경제적 성취가 높으면 높은 것일수록 그 아래서는 수많은 우리들이 고통스러운 몸부림으로 서로 뒤엉키며 거대한 기둥들이 되어 떠받쳐 왔음을 본다.

그 기둥들은 고통과 아픔과 외로움과 눈물이 점철된 거대한 인간의 탑이다. 그건 숨김없는 우리의 자화상이다. 그리고 그 노역들은 단순히 윤택한 삶을 누리는 것으로 끝나지 않고 이 땅의 비극을 풀 열쇠가 될 수도 있음을 감지케 하기도 한다.

『한강』은 『아리랑』처럼 그 무대가 넓다. 세계 여러 나라로 취재를 다니면서 이름 없는 사람들이 외화를 벌어들이기 위해 이국땅에 뿌린 피와 눈물을 새롭게 실감하며 마음 숙연해진 것이 한두 번이 아니었다. 그리고, 분단 강화의 정치 소용돌이 속에서 평생에 걸친 피해를 입어야 하는 뒷세대들의 이야기도 새삼스럽게 가슴 아팠다.

보충과 개작을 통해서 작품이 신문에 연재될 때보다 많이 달라졌다.

이 작품을 쓸 수 있도록 도움을 주신 국내외 많은 분들께 감사를 드린다. 그리고 『태백산맥』과 『아리랑』에 이어 다시 10권의 소설을 내야 하는 해냄출판사 여러분들의 노고에 고마움을 표한다.

2001년 10월

조 정 래

차례

한강

제1부 격랑시대 ①

제1부 격랑시대

1
산비탈 까치집

새벽 어스름이 스러져 가고 있는 한겨울 들판을 기차가 달리고 있었다. 밤새 무성하게 돋아난 서릿발로 세상은 싸늘하게 얼어붙어 있었다. 발가벗은 미루나무의 앙상한 잔가지들이 바람에 쓸리며 춥게 떨고, 벼그루터기들만 남은 들녘은 폐허처럼 황량하기만 했다. 어스름 저편으로 아슴푸레하게 먼 야산도 추위에 웅크린 듯 초라했고, 그 품에 보듬긴 마을은 인적 없이 깊은 적막에 묻혀 있었다.

그 추위 속에서 몇 마리의 새가 낮게 날고 있었다. 새들은 거센 바람에 밀리듯 허약한 날갯짓을 하다가 내려앉고 다시 조금 날아가다가 내려앉고 했다. 검불만 날리고 있는 얼어붙은 들에서 먹이를 찾고 있는 새들은 부지런해서가 아니라 굶주림에 쫓겨 따스한 둥지를 나오지 않을 수 없었을 것이다. 그러나 새들은 한 군데 오래 머물지 못하고 고달프고 힘겨운 날갯짓을 계속하며 자리를 옮기고 또 옮기고 있었다.

먹이 귀한 황량한 겨울 들녘에서 그 새들은 너무 미약한 존재일 뿐이었다. 그 살벌한 삶의 터전에서 추위에 떨고 굶주림에 시달리며 먹이를 찾아다니다가 얼어죽기도 하고 굶어죽기도 할 것이다. 또, 근근이 연명해 가다가 어떤 큰 새에게 잡혀 먹힐 수도 있었다.

그러나 기차는 그까짓 새들은 아랑곳없이 시꺼먼 연기를 내뿜으며 북쪽으로 맹렬하게 달리고 있었다. 기차는 연기만 검게 토해내는 것이 아니었다. 그 대가리에서부터 꼬리까지 몸체 전부가 까만색이라서 육중하고 우람해 보이는 한편 무슨 괴물이 내닫고 있는 것처럼 흉물스럽기도 했다.

「어허 참, 올 농사가 흉년 들라구 그라나 어쩔라나 어찌 한겨울개 문이 통 안 온대여.」

기차 유리창에 낀 성에를 소매 끝으로 더 넓게 닦아내며 충청도 남자가 중얼거렸다.

「샛바람 불먼 비 오디끼 삼동에 눈 귀경 못허먼 숭년 드는 것이야 정헌 이치고, 근디, 농새 엎어뿔고 타관살이 나슨 신세에 숭년이 들거나 피똥을 싸거나.」

창가에서 졸음졸음하고 앉았던 전라도 남자가 퉁을 놓았다.

「아니쥬. 우리야 농사 때려치웠어두 풍년이 들어야 인심이 좀 낫덜 안남유.」

충청도 남자가 가운데 조금 남은 자리에 엉덩이를 디밀며 뚱하게 대꾸했다.

서울행 야간열차는 으레 그렇듯 서로 마주보는 2인용 의자에 세 사람씩 비좁게 끼어앉고도 통로에는 통로대로 사람들이 빼곡하게 차 있었다. 승객이 많아서라기보다는 전쟁의 후유증 탓이었다. 전쟁이 끝나고 6년이 되었는데도 전쟁 때 파괴되고 불탄 객차들이 충분히 보충되지 않고 있었다.

「헹, 충청도 양반이라등마 공자님 말씸만 개래감서 허시능마이.」 전라도 남자가 쓴웃음을 짓고는, 「풍년 들먼 곡식금 더 떨어져 우리겉이 농새 때래엎는 사람만 더 늘제 벨수 있겄소.」 그는 혀를 차며 굼뜨게 담배쌈지를 꺼냈다.

「그도 그렇네유. 헌디 말이유, 금년에도 외곡(外穀) 딜여온다는 소문이던디, 워쩔 심판이래유?」

충청도 남자가 눈을 꿈벅거렸다.

「신문에 났응께 소문이 아니라 참말인디. 우리 겉은 쭉쟁이덜이야 당허기만 허제 머럴 알겄소. 나라럴 뒤집어묵거나 엎어묵거나 다 웃대가리서 허는 놀음잉께로.」

전라도 남자는 신문지쪽에 담배를 말아 침을 듬뿍 발랐다.

그들은 벌써 열 올리고 탄식해 가며 한바탕했던 이야기를 또 입에 올리고 있었다. 그건 원조받은 곡물을 마구 풀어 몇 년째 농산물값이 폭락하고, 파산상태에 빠진 농민들의 이농이 속출하게 된 정책 실패를 말하는 것이었다. 객차 안에서 그 이야기를 한 것은 그들 둘만이 아니었다. 여기저기서 울리는 민심의 소리는 흉흉했다.

「형씨는 서울서 살아갈 방도가 정해져 있남유?」

충청도 남자도 담배를 말아 불을 붙이며 불안한 기색으로 물었다.

「하이고, 시장스럽소. 눈감으면 코 비가는 것이 서울이라는디, 코나 성허게 간수헐란지 몰르겄소. 허나 사람 사는 시상에 사대육신 멀쩡헌디 입에 거무줄이야 치겄소.」

「그렇기야 헌디유.」

충청도 남자는 깊은 한숨을 담배연기로 토해냈다.

「학생, 여그가 워디 짬이여, 시방?」

전라도 남자가 두리번거리며 맞은편 학생에게 물었다.

「예, 오산 지난 지가 오래됐으니까 수원이 얼마 안 남았어요.」

유일민은 사투리를 쓰지 않고 교과서대로 말하려고 신경 쓰며 대답했다. 그래서 그 말투는 어색스러웠다.

「글먼 저 벌판이 임금님 수라상에 올르는 경기미가 나는 벌판이여?」

「예, 경기평야지요.」

유일민은 상대방의 농부다운 관심에 마음이 찡해졌다. 그 사람은 자신의 고향 어디에서나 볼 수 있었던 이웃 아저씨처럼 친숙한 농부였다. 그런 사람이 더 이상 농사를 짓고 살 수 없어 타향살이에 나선 것이 안쓰러웠고, 농사짓는 것밖에 모르면서 사람 살기 힘하다는 서울에서 어떻게 살아갈 것인지 걱정스럽기도 했던 것이다. 그 걱정스러움은 자신의 가슴 한구석에 도사리고 있는 막연한 두려움이나 괜한 기 질림과 통하는 것이기도 했다.

「거, 쓸 만허니 넓네. 우리 호남평야만은 못혀도.」

전라도 남자는 눈을 슴벅거리며 추위 가득한 경기평야를 망연하게 바라보고 있었다. 그 투박한 얼굴 어딘가에 수심이 깃든 듯했다.

완행 야간열차가 수원역을 지나면서부터 객차 안은 왁자하게 소란스러워지기 시작했다. 일행의 잠을 깨우는 소리, 늘어지게 기지개를 켜는 소리, 선반의 짐들을 내리다가 다투는 소리, 바쁘게 변소를 오가는 소리, 턱없이 큰 목청으로 서울 이야기들을 나누는 소리……. 그런 시끌덤벙함 속에는 서울에 대한 불안이나 두려움 같은 것이 은밀하게 감추어져 있었다.

「성, 여그, 여그가 워디랑가……?」

깨우지도 않았는데 소란통에 잠이 깬 동생이 어리둥절해서 침 흘린 입술을 훔쳤다.

「또오…….」

유일민은 동생을 지그시 바라보는 눈길로 나무랐다.

「치이…….」

그의 동생은 당황스레 손을 입으로 가져가면서도 마땅찮은 얼굴로 미

간을 찌푸렸다. 얼결에 사투리가 튀어나온 것도 기분 나빴지만 그것을
꼭 꼬집는 형도 기분 나빴던 것이다.

「서울 다 와 간다.」

형의 말에 그는 삐뚜름하게 머리에 얹혀 있던 모자를 바르게 썼다. 그
빛바랜 모자에는 서울의 경기중학생들과 평균 지능지수가 같다고 소문
난 광주 어느 중학교의 모표가 붙어 있었다. 그리고 2~3년 전부터 대유
행을 이루고 있는 기계박음질한 이름표에는 유일표라고 적혀 있었다.

서울생활을 하려면 먼저 사투리부터 고쳐야 한다고 주의를 준 것은
형의 담임선생이었다. 우선 학교에서 서울 아이들의 놀림감이 될 필요
가 없고, 또한 학교 밖에서도 굳이 전라도사람 표를 낼 것이 없다고 했
다. 그러면서 선생님은 무슨 말인가를 더 하려는 듯 머뭇거리다가 담배
를 피워물고 말았다.

유일표는 마음과는 다르게 말 고치기가 쉽지 않다는 것을 느끼며 그
선생님이 주저한 말이 무엇이었을까 하는 의문이 들었다. 그 의문은 서
울에서 고등학교에 진학할 수 있게 되었다는 설레임과 함께 굳이 말까
지 고쳐가며 서울살이를 해야 하는가 하는 반감과 연결되어 있었다.

「야아, 서울 다 왔다, 서울!」

이 외침으로 객차 안은 왁자지껄하고 떠들썩해졌다. 그러나 차창으로
몰린 사람들은 이내 잠잠해졌다. 그 조용함에서는 낯설고 큰 도시에 대
한 두려움과 설레임, 긴장과 기대 같은 것들이 번져나가고 있었다.

기차는 요란한 진동음을 내며 우람한 철근 아치가 연결된 철교 위를
달리고 있었고, 어둠기가 다 걷힌 양쪽 창밖으로는 폭넓은 강줄기가 펼
쳐지고 있었다. 강가를 따라 얼음이 잡혀 있는 한강의 물은 묵직한 무게
감을 지니고 푸르렀다. 깊고 큰 강일수록 그 흐름이 표나지 않는다고 했
듯이 한강은 흐름을 느낄 수 없도록 잔잔하고 고요했다. 어디서 흘러와
어디로 흘러가는지 선뜻 방향을 잡기 어려운 한강은 그 유장한 흐름의

양쪽 꼬리를 아득하게 멀고 먼 곳으로 아련히 감추고 있었다.

유일민은 그런 한강을 바라보며 숨을 한껏 들이켜고 어금니를 꾹 맞물었다. 이상하게 가슴은 더 무거워졌다.

기차를 탈 때까지 일었던 두근거림과 설렘은 자취가 없고 두려움과 위축감만이 가슴을 채워오고 있었다. 그 주눅 들고 기 눌리는 감정은 촌놈이라서 생기는 것만이 아니었다. 풍족한 여건에서 유학을 떠나온 학생들과는 다른 자신의 형편이 그런 감정을 더욱 자극하는지도 몰랐다.

「말 새끼는 낳서 제주도로 보내고 사람 자석은 낳서 서울로 보내라고 안 허드냐. 느그도 인자 서울로 갈 나이도 찼고, 공부도 그만허면 서울 내기덜허고도 맞잽이헐 만헝께. 이 에미도 차차 장사 정리혀서 뒤따라갈 참잉께 당최 내 걱정이사 말그라. 산 입에 흙 들어가는 법 없고, 열 자석 구완 못 허는 부모 없는 법잉께.」

어머니는 홀로이면서도 '부모'라고 했다. 사실 어머니는 그동안 아버지의 몫까지 해왔고, 아버지가 없는 집안에서 어머니는 아버지였고 법이었다. 어머니의 그런 결정 앞에서 자신은 다른 말을 한마디도 할 수가 없었다. 더구나 자식들 공부라 하면 목숨을 내걸다시피 하는 어머니 앞에서 서울 유학이 무리라는 말은 통할 리가 없었다.

유일민은 한강을 묵묵히 바라보며 강폭이 뜻밖에도 넓은 것에 적이 놀라고 있었다. 이다지 넓고 큰 강을 여태껏 본 적이 없었다. 저 강물이 막힘없이 흘러가는 것처럼 내 꿈이 이루어지고 내 인생이 열려갈 수 있을까……, 얼마나 많은 젊은이들이 나와 같이 생각을 하며 이 강을 건너갔을까……, 유일민은 자신의 가슴에 한강을 담으며 다시 긴 숨을 들이켰다.

「서우울여어어억―, 서우울여어어억―, 여기는 종착역 서울역입니다. 승객 여러분들께서는 잊으신 물건 없이 열차를 내리시어 차례차례로 구름다리를 이용하시와…….」

일제시대의 내용과 가락 그대로의 안내방송이 울려퍼지고 있었다. 전국의 큰 역들에서 하는 그런 식의 방송은 화물을 나르는 짐꾼들을 '아까보'라 부르고 그들의 모자가 여전히 빨간 것과 함께 식민지 잔재가 전혀 청산되지 않았음을 보여주고 있었다.

안내방송이 울리는 가운데 객차 안은 수라장이 되고 있었다. 마치 플랫폼에 금붙이나 돈이라도 뿌려놓은 것처럼 사람들은 서로 빨리 내리려고 밀치고 소리치며 야단법석을 이루고 있었다.

「하이고, 누가 몽딩이 들고 쫓기럴 허냐, 먼첨 나간다고 상을 주기럴 허냐. 요런 망헐 인종덜아, 당아당아 멀었다.」

서로 뒤엉켜 양쪽 출입구로 내닫고 있는 사람들을 바라보며 전라도 남자가 타령 가락을 뽑듯 하고 있었다.

유일표는 그런 남자를 바라보며 빙그레 웃고 있었다. 논바닥에서나 어울릴 타령조에다가 사투리까지 실어 거침없이 내쏘고 있는 그 아저씨가 그리 당당해 보일 수가 없었고, 어쩌면 저 아저씨는 끝내 사투리를 고치지 않을지도 모른다는 생각이 들기도 했던 것이다.

「학생덜, 공부 잘혀서 출세허드라고. 인연 있으면 또 만내질 것이고.」

서울역 광장이 시작되는 지점에서 전라도 남자가 그들에게 작별인사를 했다.

「예에……, 편히 가세요.」

유일민이 대꾸했고,

「아자씨, 돈 징허게 많이 벌어 꼭 부자 되시씨요이.」

유일표는 마지막으로 고향말을 써야 되겠다는 듯 이렇게 외쳐댔다. 그리고 형의 눈길을 피해 광장 건너쪽으로 얼굴을 돌렸다.

제일 먼저 유일표의 눈을 사로잡은 것은 아이디알 미싱의 네온사인이었다. 재봉틀 모양을 만들어낸 네온사인에서 붉은 불 푸른 불이 켜졌다 꺼졌다 하는 것이 희한했고, 그것이 높은 건물 위에 설치된 것도 신기했다. 그 다음에 그의 눈길은 많은 자동차와 전차에 머물렀다. 광주와는 전혀 다른 그 번잡 속에서 그는 비로소 서울에 와 있다는 것을 실감하고 있었다.

「학생들, 저기 가서 아침식사 하구 가슈. 실비제공이라 아주 싸고 맛있소.」

한 청년이 그들 앞으로 다가섰다.

「아니, 밥 먹었어요. 가자.」

유일민은 당황스레 대꾸하며 동생의 손을 잡아끌었다.

유일표는 짐보퉁이를 들고 형에게 끌려가며 청년이 가리킨 쪽을 보았다. 왼쪽에는 수십 명의 여자들이 두 줄로 좌판을 차려놓고 앉아 있었다. 유일표는 갑자기 시장기가 동하면서 형이 왜 그렇게 겁먹는지 알 수가 없었다.

「서울역에서 조심해라. 쓰리꾼도 많고 깡패 건달들도 득실거린다. 그놈들은 촌놈 촌티를 귀신같이 알아본다. 어물거리다가 잘못 걸리면 초장에 신세 망친다.」

동생의 손을 잡고 다급하게 걷고 있는 유일민의 의식 속에서는 선배의 이 말만이 확성기를 틀어댄 것처럼 크게 울리고 있었다.

큰길 술집 간판에는 두 가지 글씨가 번갈아가며 꺼졌다 켜졌다 하고 있었다. 술병은 빨간 불이었고 술집 이름은 파란 불이었다. 그것도 처음 보는 것이라서 유일표는 신기하게 바라보며, 서울에서는 네온사인이라는 것이 유행이구나, 생각하고 있었다. 그는 약도를 꺼내 살피며 사방을 두리번거리고 있는 형에게는 관심이 없었다.

동대문행 전차를 골라 탄 그들은 종로4가에서 내렸다. 거기서 길을 건너 돈암동행 전차를 갈아탔다. 삼선교에서 전차를 내린 그들은 개천 옆의 길을 따라 성북국민학교(초등학교)를 찾아가기 시작했다.

유일표는 짐이 무거워 낑낑 매고 있었다. 아직까지 아침도 못 먹고 그

동안 전차를 오르내리고 갈아타고 하느라고 기운이 빠질 만큼 빠져 있었다. 그런데 학교를 찾아가는 길은 짐을 들고 걷기에는 너무 먼데다가 산 쪽에서 몰아치는 바람은 숨이 막힐 정도로 거칠고 매웠던 것이다.

「배고프고 춥지야. 요것이 서울이다.」

불쑥 이렇게 말한 형은 시범이라도 보이듯 짐보퉁이를 들어 어깨에 걸치고는 또 앞서 걷기 시작했다.

형의 그 말은 유일표의 가슴에 문득 이상한 느낌으로 와 박혔다. 그건 기차를 내려 형이 처음으로 한 말이었다. 그런데 그 말투가 꼭 어머니나 선생님들 말투 같은가 하면, 그 말의 내용은 책자로 된 일기장 아래 적혀 있는 금언이나 명언들처럼 그럴듯하기도 했던 것이다. 유일표는 형의 짐이 자기보다 배는 크다는 것과 함께 형이 밤사이에 갑자기 어른이 된 것 같은 느낌을 받으며 자기도 짐을 어깨에 들쳐멨다.

한자 간판이 붙은 남천장학사(南泉奬學舍)는 성북동 골짜기길이 시작되는 초입에 자리잡고 있었다. 담도 문도 칠이 벗겨지고 있는 양철이었다.

「누구? 김선오 학생? 응, 저쪽 방.」

가는귀가 먹은 듯한 노인이 마당을 쓸다 말고 소리치듯 목청을 높였다.

「야아, 드디어 유일민이 나타났구나.」

짐을 다시 들려다가 유일민은 소리나는 쪽으로 고개를 돌렸다. 노인의 큰 목소리를 알아듣고 김선오 선배가 방을 나서는 참이었다.

「이거, 예상시간에 거의 맞는 걸 보니 전차를 잘못 타진 않은 모양이지?」

언제나 활달한 김 선배가 저쪽에서부터 손을 내밀고 오며 껄껄 웃었다.

「예, 선배님 약도가 정확해서요.」

유일민은 김 선배와 악수를 하며 비로소 서울에 안착한 기분을 느꼈다.

「내가 일부러 마중 안 나간 거야. 그게 다 서울생활 훈련이거든. 남을 따라다녀서는 1년이 지나도 길을 못 익히지. 자아, 추운데 어서 들어가 자구.」

김 선배의 눈길이 동생에게로 쏠렸다. 얼른 동생을 인사시켰다.

「그래, 유일표? 눈이 반짝반짝하는 게 아주 똘똘하게 생겼구나. 성깔도 있어 보이고.」

한눈에 상대방을 꿰뚫어보는 김 선배의 눈치 빠른 안목에 유일민은 사뭇 놀라고 있었다. 워낙 기억력 좋은 머리에 서울생활의 경험이 보태져 생긴 능력이 아닐까 싶었다.

「그랬을 줄 알고 내가 아주머니한테 사바사바해서 밥을 남겨놨지.」

김선오는 손수 밥상을 들고 들어오며 씨익 웃었다. 빽과 사바사바라는 말은 사촌간으로 엮어져 유행의 장수를 누리고 있는 말이었다.

「지금이라도 늦지 않았으니까 계획을 바꿔보는 게 어때? 여기 있으면 공짜니까 집안에도 도움이 되고.」

「글쎄요, 그게 좀…….」

유일민은 동생을 흘끗 보며 어물거렸다. 동생은 정신없이 밥을 퍼넣고 있었다.

「강 의원 과거는 볼 것 없어. 그런 사람이 어디 한둘인가. 급하니까 우선 이용하는 거지. 누이 좋고 매부 좋고야.」

「어머니도 곧 이사 오실 겁니다.」

더 듣고 싶지 않아 유일민은 이렇게 잘랐다. 꽤나 현명한 것 같은 그 두루뭉실한 김 선배의 말이 너무 역겨웠다.

「그놈 밥얼 얻어묵느니 똥얼 묵겄다.」

어머니의 이 말이 싸늘하게 울리기도 했다.

「어머니도 서울로?」 김선오는 자못 놀라는 기색이더니, 「하긴 너희 어머닌 여장부시니까 서울에서 장살 해도 잘해 내시겠지」 하며 그 이야기를 마무리짓는 반응을 보였다.

유일민은 김 선배의 그런 빠른 대응이 고맙기까지 했다. 김 선배가 그렇게 말한 것은 자신을 도우려는 단순한 호의일 수 있었다. 그러나 자신의 집안과 강 의원과는 김 선배가 전혀 모르는 악연이 있었다.

「방은 두어 군데 봐놨으니까 직접 보고 고르라구. 미리 말해 두지만 보고 실망은 말어. 싼 게 비지떡이란 말 있지?」

김선오가 떨떠름한 웃음을 지으며 몸을 일으켰다.

유일표가 얼른 밥상을 들고 일어났다.

「하아 이거 밥값하려고? 그만하면 넌 서울 살 자격 있다.」

검정물 들인 군용잠바를 내리던 김선오가 유일표의 어깨를 툭 쳤다.

집에서는 그런 일에 신경도 쓰지 않았던 동생을 바라보며 유일민은 가슴이 찡해지고 있었다.

「싼 방을 찾으라고 했으니까 멀고 불편한 것은 각오해야 돼. 우리가 갈 곳은 이 골짜기길을 따라 한참을 올라가야 하는데, 그전에 여기가 어딘지부터 대충 알아두는 게 좋아. 그러니까 말야, 이 지역 전부가 옛날로 치면 성(城) 밖으로, 산짐승들이나 살고 호랑이가 오가던 산골이었지. 저기 오른쪽에 돌축대 보이지? 저게 바로 한양성의 성터야. 그리고 저 뒤로 보이는 산이 그 유명한 삼각산 백운대와 북악산이 이어지는 산줄기고. 그래서 성북동엔 이 지점까지도 아직 수도가 없어. 수도는 삼선교와 여기의 중간 지점쯤 와 있지, 아마. 언제쯤 수도가 여기까지 뻗을지, 그걸 누가 알겠어. 한마디로, 너나 나나 수돗물 못 먹고 서울 사는 서울 촌놈인 거야. 곧 알게 되겠지만, 사실 이 성북동 골짜기마다 시골서 몰려온 사람들로 만원사례지. 신설동 산동네가 그런 것처럼. 그런데 사람들은 날마다 서울역에 내리지, 어디다 움막이라도 쳐야겠지, 그러다 보니까 여기보다 더 변두리인 미아리나 종암동, 청량리 같은 데로 밀려가는 수밖에. 나라나 서울시에서 속수무책인 채로 무허가 판자촌이 생겨나고 있는 판이지. 그런 곳에 비하면 그래도 여긴 천국인 셈이야.

시내 가깝겠다, 전차 탈 수 있겠다, 버스에 비해 값싼 전차를 탈 수 있다는 건 가난뱅이들한테는 큰 혜택이 아닐 수 없거든. 그런 건 차차 살아가면서 느끼게 될 거고, 그럼 슬슬 움직여볼까.」

김선오는 골짜기길로 앞장섰다. 비포장인 그 길은 차가 서로 비켜가기에는 어림도 없이 좁았다.

유일민은 세 군데를 둘러보고 나서 한 걸음이라도 덜 걸을 수 있는 집으로 정하고 말았다. 집이라야 그야말로 무허가 판잣집들이었고, 부엌이라는 것도 본채에 잇대어 판자로 엉성하게 얽어 한데나 마찬가지였다. 모두가 그런 형편이라면 동생에게 한 걸음이라도 덜 걷게 하는 집이 그나마 나았던 것이다. 남천장학사가 산자락이라면 그 동네는 아까 선배가 말한 대로 산골짜기의 양쪽 비탈을 따라 이루어진 산동네였다. 거기서부터 삼선교까지 매일 오르내리는 것은 등산치고도 고된 등산이 될 수밖에 없었다.

「이거 이래가지고 밥해 먹겠어?」

부엌의 판자 틈새마다 비쳐드는 하늘을 보며 김선오가 난감한 표정으로 고개를 저었다.

「쌀가마니 터서 둘러싸면 되지요.」

유일표가 대뜸 말을 받았고,

「하아, 요 맹랑한 것 보게. 그래, 그 정도 각오라면 됐다.」

김선오는 귀여워 죽겠다는 듯 유일표의 볼을 잡아 흔들었다.

며칠 전에 이사가고 비어 있는 방이라 유일민은 바로 짐을 옮기려고 했다.

「아서, 아서. 아직 자취도구도 없잖아.」

김선오는 손사래를 쳤다.

「일부는 가져왔으니까 몇 가지만 사면 돼요.」

「그건 그렇고, 이봐, 서울에서 제일 허망한 개죽음이 뭔지 알아? 신문마다 거의 매일 나는 것 봤지. 그런 허술한 집일수록 믿을 수 없으니까 내일 푸대종이 사서 방바닥하고 굽도리 단단히 바르고 들어가. 청운의 꿈을 연탄까스한테 먹힐 순 없잖아.」

「그렇지만 혼자 쓰시는 방도 아니고, 밥도 한두 끼도 아니고……」

「그건 염려 마. 내 방 학생은 딴 방으로 보내면 되고, 아주머니한테는 음식점 밥값 반만 쥐어주면 만사형통이야.」

「이거 너무 고맙고 죄송해서……」

「고맙긴, 세상살이 다 그렇고 그렇게 굴러가는 거지.」

으레 그렇게 해왔다는 듯 김 선배는 쿡쿡거리며 웃었다.

유일민은 김 선배와 자신이 정말 1년 차이밖에 안 나는가 하는 생경한 생각이 또 들었다. 김 선배는 1년 사이에 그 언행이 부쩍 어른처럼 달라져 있었다.

점심을 먹고 유일민은 동생과 함께 시장을 찾아갔다. 책을 좀 보겠다며 김 선배가 책상으로 돌아앉은 것이 오히려 다행스러웠다. 김 선배의 공부시간을 너무 뺏는 것이 여간 미안하고 부담스럽지 않았던 것이다. 김 선배는 고등고시 최연소합격자가 되겠다는 야심을 품고 방학인데도 집에 내려가지 않고 있었다. 그런 김 선배는 남천장학사에 가장 잘 어울리고, 또 가장 환영받을 수 있는 인물이었다. 국회의원 강기수는 남천장학사의 기숙생을 뽑는 데 두 가지 조건을 내세우고 있었다. 법대생에, 세칭 일류대학들이어야 했다. 그런데 기숙비뿐만 아니라 학비 전액을 대주는 특례가 있었다. 그건 국립서울대학의 법대 합격자에게 베풀어졌다. 김 선배는 바로 그런 특혜를 받은 사람이었다. 그런데 그런 조건으로 운영되는 남천장학사는 강기수의 의도를 응큼하게 품고 있었다. 혜택을 받고 있는 학생들의 집안을 통해 자연스럽게 여론조성을 해가며 선거구를 장악하고, 쓸 만한 법대생을 엮어 자신의 울타리를 실하게 하려는 것이었다. 그건 그의 아버지의 아들다운 수완이었다.

유일민은 잠시나마 강기수네 신세를 지게 되면서 곧바로 어머니를 생각하지 않을 수 없었다. 만약 어머니가 이걸 알게 되면 뭐라고 할 것인가.

「니도 사람이냐, 니가 사내새끼여, 모랫바닥에 쌔럴 박고 죽제!」

이런 투의 어머니 외침이 들리는 것만 같았다.

「일표야.」

「응?」

「너 혹시라도 어머니한테 남천장학사에서 밥 먹고 잠잤다는 말 해선 안 돼.」

「왜?」

「글쎄, 차차 알게 돼.」

「말해 보소. 나가 애기간디?」

유일표의 입에서는 그만 사투리가 튀어나왔다.

「잔소리 말고 사투리나 고쳐.」

유일민은 이렇게 무지르며 눈을 부라렸다.

「치이……」

유일표는 형을 치켜보며 입술을 삐쭉 비틀었다.

유일민은 동생 눈길을 피하며 동생이 그 일을 전혀 모르리라고 생각하진 않았다. 어머니는 어린 동생에게는 그 일을 알리지 않으려고 애썼지만 동생은 세상을 떠난 누나와 무척 친했던 것이다.

어머니가 적어준 살림살이들을 대충 장만했다. 돈이 아까웠지만 포대종이와 풀 쑬 밀가루도 조금 샀다. 비싼 장판지 대용인 시멘트 포대종이도 어엿하게 지물포에서 팔고 있었다. 포대종이가 가난한 사람들의 장판지로 손색없이 쓰이듯이 신문지도 도배지 행세를 당당히 하는 세상이었다. 아까 그 방의 벽과 천장도 온통 신문지로 발라져 있었다.

저녁을 먹고 동생이 변소에 가는 틈을 타 유일민은 조심스럽게 입을 열었다.

「저어……, 가정교사 자리 같은 거 구하는 건 사정이 어떤가요?」

「왜, 그걸 해야 돼?」

김선오는 반문을 하면서 벌써 자신의 실수를 깨닫고 있었다.

평소에도 우울한 기색이 서려 있는 유일민의 얼굴에 문득 그늘이 스쳐갔다.

「그러니까 그게 말야, 쉽지도 않고 어렵지도 않아. 이게 무슨 말인고 하니, 경제학 쪽 동네 용어로 하자면, 시장원리의 균형이 안 맞아 수요보다는 공급이 과잉상태다 그거지. 허지만 딱 한 가지 방법이 없는 건 아니지. 바로 네가 지망하는 대학에 꼭 붙는 거야. 그럼 그 벽이 쉽게 무너지지. 이 너머에 혜화동이라는 부자동네가 있는데, 내가 책임질 수 있어. 어때, 합격 자신 있지?」

「글쎄요…….」

유일민의 그늘진 웃음은 스산했다.

어머니는 가정교사 같은 건 생각지도 못하게 했다. 공부를 잘하는 것만큼 힘에 벅찬 일이 없는데 뒷바라지는 다 당신이 알아서 한다는 거였다. 그러나 그건 어머니로서의 마음일 뿐 시장통의 초라한 국밥장사로 대학 뒷바라지까지 하기는 버거운 일이었다.

「그런데 말야, 그 가정교사라는 게 궁여지책이지 사람 못할 노릇이거든. 돌대가리들 성적은 안 오르지, 돈힘만 쓰는 부모들 몰상식하게 굴지, 내 친구들도 속상하고 비위 틀려 죽을려고들 해. 괜히 고달프게 살지 말고 여기로 들어오는 게 어때. 동생이야 대학 때 올라와도 안 늦고, 어머니 장사도 터잡힌 데가 더 낫지 않겠어?」

김선오는 또 은근하게 그 이야기를 꺼내고 있었다.

「예, 어머니 계획도 계획이지만 실은 저도 법대에 별 생각이 없어요.」

유일민은 이 말로 김 선배의 말을 빨리 차단하고 싶었다.

「그래? 그럼 무슨 과를 가게?」

예상했던 대로 김 선배는 뜻밖이라는 반응이었다.

「아직 여유 있으니까 좀더 생각해 봐야죠.」

그때 동생이 들어오는 기척이 들렸다. 유일민은 김 선배에게 눈짓을 하며 앉음새를 고쳤다.

「그래, 무슨 유행가 퍼지는 것처럼 어중이떠중이 몰려들어 법대가 대유행인데, 이놈으게 무슨 풍존지 가끔 의문스럽고 한심스럽기도 하고 그래. 그리고 육법전서 달달 외우다 보니 이 짓도 우습고 따분해. 사는 것이 뭔지 원.」

김선오는 팔베개를 하며 벌렁 누워버렸다.

「니넌 정치라는 물건 옆에는 평상 얼찐헐 생각도 말어라.」

어머니의 이 말 앞에서 법과 정치는 다르다고 굳이 설명할 필요가 없었다. 일제시대에 여학교까지 나온 학벌이 아니더라도 어머니는 험한 체험을 통해서 법대가 정치로 빠질 수 있는 쉬운 길목이라는 것을 너무나 잘 알고 있었다. 그래서 어머니는 공부깨나 하는 자식이면 판검사 만들고 싶어하는 상식적 유혹을 단호하게 뿌리친 것이다. 어머니의 그 한마디에는 어머니가 겪어온 삶의 아픔과 상처가 그대로 응축되어 있었다. 또 어머니의 그런 생각이 아니었더라도 자신도 차츰 법대에 흥미를 잃어갔던 것이다.

「여기 학생들이 얼마나 돼요?」

유일표가 김선오 옆으로 다가앉으며 속삭이듯이 물었다.

「한 서른 명.」

「화아, 강 의원이란 분은 얼마나 부자길래 그 많은 사람들을 다 공짜로 먹여주고 재워주고 하나요?」

「그래, 아주 큰 부자지. 그런 건 형한테 물어봐라.」

김선오는 대답을 슬쩍 떠넘겨버렸고,

「너 피곤한데 그만 자라.」

유일민은 동생을 꼬나보았다.

유일표는 잠깐 형을 맞쏘아보다가 획 돌아앉아 버렸다. 이상한 일이었다. 모두가 자신에게 무엇인가를 감추려 하고 있었다. 어머니와 형은 말할 것도 없었고, 심지어 누나까지도 강기수란 사람에 대해서는 입을 봉해 버렸었다. 분꽃이나 수선화 같았던 누나는 불쌍하게 저세상으로 가기 전까지 자신과 온갖 이야기를 다 나누는 사이였다. 그런데도 강기수의 이야기는 하려고 하지 않았다. 그건 집안에서 아버지의 이야기를 덮고 피하려는 것이나 마찬가지였다. 그런데 이제 형의 친구까지 한통속으로 돌아가고 있었다. 그들이 그러는 건 다 자신을 어린애 취급하기 때문이었다. 그렇지만 어림없는 일이었다. 자신은 이미 어른이었다. 작년 가을부터 수음을 시작했고, 거기에도 거뭇거뭇하게 털이 솟기고 있었다. 그걸 모르는 것이 어른들이었다. 국어선생 말마따나 춘향이가 그 멋진 연애를 한 것이 이팔청춘 열여섯이었듯이 자신은 그보다 한 살이 더 많은 열일곱이었다. 그런데 자신은 춘향이보다 1년 먼저 연애편지를 썼고, 연애소설이야 열 권도 더 읽었다. 그런데도 어른들은 무작정 어린애 취급을 하려 들었다. 강기수에 대해서 아무리 덮고 감추려 들어도 다 헛수고하는 것이다. 눈치로 짐작으로 대충 알고 있지만 강기수네는 아주 못된 집안이고, 우리 집과는 무언가 사이가 좋지 않은 일이 있는 것이다. 앞으로 어디 두고 봐라, 내가 못 알아내나.

유일표는 형과 김선오를 등진 채 벽을 보고 누워버렸다.

서울 같지 않게 솔바람 소리가 밤 깊은 정적 속에 서글피 울고 있었다. 솔바람 소리는 언제 들어도 슬픔이 겨워 켜켜이 쌓인 한스러운 울음이었다. 유일민은 잠자리를 뒤척이며 솔바람 소리에 실려오는 어머니의 한숨과 서러움이 사무친 속울음을 듣고 있었다. 어머니는 전쟁이 끝난 뒤로 그 많은 고초를 겪으면서도 소리 내어 운 일이 한 번도 없었다. 누나가 장사밑천을 남겨놓고 스스로 세상을 떠나며 그 비참한 생활을 청산했을 때도 어머니는 울지 않았다. 누나는 식구들을 위해 요정에 나가지 않을 수가 없었고, 유난히 어머니를 닮았던 누나를 불에 태워 저세상으로 보내던 그때의 어머니 흉중을 그 누가 헤아릴 수 있으랴. 그때처럼 작은 몸집의 어머니가 크고 강하게 느껴진 적은 없었다. 어떤 일 앞에서도 드러내 울지 않는 어머니의 그 깊은 가슴에는 솔바람 소리 같은 한스러운 울음이 언제나 끊임없이 울리고 있을지도 몰랐다.

지금……, 어머니도 잠들지 못하고 있을 것이다. 두 아들을 떠나보내고 막내딸 하나만을 옆에 둔 허전함과 고적함이 얼마나 클 것인가.

아참, 그 일을 어쩌나!

문득 떠오른 그 생각에 유일민은 몸을 일으킬 뻔했다.

어머니는 음력 정월이면 꼭 점쟁이를 찾아갔다. 어머니는 미신을 전혀 믿지 않으면서도 해가 바뀌면 한복을 꺼내 단정하게 입고 집을 나섰다. 낡고 구지레한 몸뻬를 벗고 한복을 차려입은 어머니의 모습은 생판 딴사람이었다. 고생에 찌들고 지친 어머니에서 몸맵시 단아하고 자태 고운 한 여인으로 바뀌어 있었다.

「살아 있어, 살아 있어. 아무 걱정할 것 없어.」

아무에게나 반말지거리를 하는 점쟁이의 점괘는 언제나 똑같았다. 그 앞에 합장을 하며 정성스레 머리를 조아리는 어머니의 모습도 똑같았다.

「니 똑똑허니 들었지야.」

점쟁이의 집을 나서며 자신에게 하는 어머니의 다짐도 똑같았다.

어머니에게는 점쟁이의 그 말이 고달픈 1년을 또 살아내게 하는 힘인 것이 분명했다. 그리고 자신에게는 아버지의 존재를 잊지 못하게 하는 각성제 주사를 놓는 셈이었다.

어머니는 그 아버지 때문에 그렇게 쫓기고 시달리고 살아오면서도 어디로 이사를 가나 점쟁이 찾아가는 일은 거르지 않았다. 점쟁이가 바뀌면 자신의 가슴은 심하게 두근거리곤 했는데, 점쟁이들은 요행스럽게도

'살아 있다'는 점괘를 내놓는 것이었다. 자신이 그렇게 긴장하는 것은 아버지의 생사 확인이 걸려서가 아니라 순전히 어머니 때문이었다. 만약 점괘가 뒤집히면 어머니는 어떻게 될 것인가…….

그런데 1년 전쯤에 묘한 이야기를 얼핏 듣게 되었다. 친구네 집의 골목으로 접어드는데 서너 여자가 평상에 앉아 이야기를 나누고 있었다.

「점쟁이럴 어디 다 믿을 수 있가디. 난리통에 생이별혔다 허먼 덮어놓고 살았다고 혀부닝께로.」

「아니, 살았다고 점찌가 나옹께 살았다고 허제 점쟁이가 머시가 아숩고 더 묵자 것 있다고 거짓말허겄능가.」

「음마, 속 몰르는 소리 하고 앉었네. 죽었다고 혔다가 가심에 한맺힌 사람덜헌티 머리끄뎅이 끄들리고 웬수질라고? 복채 묵었응게 존 게 좋드라고 그냥 존 말 혀주자 그런 것이제.」

「아, 그런 거짓말이사 백분 천분 혀도 좋제. 존 거짓말에넌 나랏님이 상도 내리는 법인디, 생이별헌 사람덜이 무신 심으로 살겄어.」

어쩌면 그랬을지도 모른다는 생각이 그때서야 퍼뜩 들었던 것이다. 그 뒤늦은 깨달음과 함께 말로는 표현하기 어렵지만 느낌으로는 분명한 새로운 사실을 알게 되었다. 이 세상에는 드러내서 약속한 일이 없으면서도 그런 좋은 거짓말을 서로서로 모르는 척 싸안고 다독거리고 하는 은밀함과 따스함이 있는 것이로구나……, 점쟁이들도 그저 쓸데없는 미신이나 퍼뜨리는 게 아니라 세상의 괴로움이나 아픔을 어루만지고 쓰다듬어주는 좋은 일도 하고 있구나, 겨우 이 정도로 생각을 정리하며 이 세상의 내밀한 속을 들여다보게 되었던 것이다. 그건 스스로가 갑자기 성장한 것 같은 느낌을 주는 최초의 경험이었다.

그러나 어머니에게 그 이야기를 비밀로 묻었던 것처럼 아버지가 살아 있다는 것도 의심하지 않았다. 그건 점쟁이의 좋은 거짓말을 믿어서가 아니라 형사들의 끈질긴 감시와 추적 때문이었다.

「느그 아부지가 이 시상 사람이 아님사 저것덜이 저리 찰거마리맨치로 징허게 붙어 댕기겄냐.」

어머니는 괴로움과 고통을 당하는 대가로 아버지의 생존을 확인하는 기쁨을 맛보고 있었던 것이다. 다만 형사들만 그 사실을 모르고 있었다.

전쟁이 끝난 이듬해였다. 어머니는 어느 날 갑자기 형사들에게 붙들려 갔다. 엿새 만에 풀려난 어머니는 흡사 실성한 사람이었다. 뼈가 다 없어져버린 것처럼 몸이 흐물흐물 무너져내리는 것보다 더 큰 문제는 흰창이 드러난 멍한 눈이 사람을 전혀 알아보지 못하는 것이었다. 그래도 친척이라고 찾아와 준 아주머니 서넛이 얼마나 심하게 다뤘으면 생사람 넋을 나가게 만들어버렸느냐고 혀들을 찼다.

어머니는 열흘이 넘도록 몸을 가누지 못했다. 물론 사람도 알아보지 못했다. 그러면서도 밥 때가 되면 먹는 것만은 억척스러웠다.

「살아지겄다. 정신 곧 돌아오겄어. 새끼덜 생각혀서 살아날라고 저리 발싸심허는 것이여. 워메, 장허고 고마운 거.」

아주머니들의 울먹임이었다.

정말 어머니는 보름쯤 되어 사람을 알아보기 시작했다.

「니만 알고 있거라. 니넌 인자 이 집안 장남잉께. 요분에 알았는디, 아부지가, 느그 아부지가 저짝에 살아 기신다.」

한밤중에 자신을 꼭꼭 끌어안으며 어머니가 귀에다 속삭인 말이었다.

이번에 해안으로 침투하다 잡힌 간첩사건 때문에 어머니는 붙들려간 것이고, 이곳 출신인 간첩의 실토로 아버지의 생존이 확인된 모양이었다. 서울에서 일하다가 인민군의 후퇴로 소식이 끊긴 뒤로 어머니는 몇 년 만에 아버지가 살아 있다는 최고급 정보를 얻은 셈이었다. 그게 경찰의 부주의였는지 고의였는지 알 수는 없지만.

그 사건은 고향을 등진 계기가 되었다. 한 달쯤 지나 어머니는 갑자기 밤중에 집을 나섰던 것이다.

겨울철의 북쪽 산골짜기라서 그런지 솔바람 소리는 잠들지 않았다. 유일민은 또 뒤척여 돌아누웠다.

　다음날 아침을 먹자마자 그들은 자취방으로 갔다. 새끼줄을 가운데 구멍에 꿰서 하나씩 들고 온 연탄부터 피웠다. 밑불은 유일표가 비위 좋게 주인네한테서 얻어왔다.

　「도배? 우리 가스 안 새는데…….」

　주인여자는 못마땅한 기색이었다.

　「치이, 선오 형 말이 딱 맞네. 도배 안 해주는 걸 미안해하지는 않고. 서울 인심 참 드러워.」

　포대종이에 맨손으로 풀을 바르며 유일표가 군시렁거렸다.

　「너, 듣겠다.」

　유일민이 혀를 찼다. 방은 눈짐작으로 앉은뱅이책상 둘을 나란히 붙여 놓고 나면 두 사람이 겨우 잘 수 있는 넓이라 일을 점심때쯤 다 끝냈다.

　둘이는 책상을 사러 나섰다. 둘 다 공부는 한시가 급했다.

　그러나 책상은 너무나 비쌌다. 서울 물가 앞에서 그들은 또 망연해졌다.

　「사과상자를 써.」

　유일표가 말했다. 어제 찬장으로 쓰려고 사과상자 산 것을 생각해 낸 것이다.

　「안 돼, 좁고 낮아서. 힘도 없고.」

　「그럼 우리가 짜.」

　「짜아?」

　「나무 사다가 짜자고. 그럼 반에 반값도 안 먹힐 건데.」

　「무슨 재주로?」

　「재주는 무슨 재주? 서랍 필요 없이 튼튼하게 못질만 탕탕 하면 책상이지.」

　「모양이 형편없을 텐데 괜찮아?」

「힝, 누가 보간디? 보면 또 으째서.」

유일표의 입에서는 또 사투리가 튀어나왔다.

「그래, 그리 해보자.」

유일민은 동생의 어깨를 감싸잡았다.

김선오는 하룻밤 더 자라고 붙들었지만 그들은 짐을 옮겼다.

그들은 밤새껏 떨었다. 판잣집의 첫밤은 코가 시리도록 외풍이 셌다.

「저 까치집도 이 방보다는 낫겠다.」

쪽마루로 나서던 유일표가 건너편 산비탈의 까치집을 보며 부르르 떨었다.

2
분노와 비애

　남천장학사의 설은 언제나 음력설로부터 닷새 뒤였다. 그날이 남천장
학사의 운영주이며 국회의원인 강기수에게 기숙생들이 단체로 세배를
올리는 날이었다. 무슨 영문인지 모르게 정부가 음력과세 완전폐지를
실시해 온 것이 벌써 10년이 넘었고, 국민들은 약을 올리기라도 하는 듯
그 외침을 귓등으로 들어넘기며 그저 음력설을 쉴 뿐이었다. 그러자 정
부에서는 화풀이라도 하듯이 음력설에 문을 닫는 상점들은 모두 처벌한
다는 으름장을 놓기에 이르렀다. 그런데 그 지엄한 처벌령을 한갓 엄포
나 허풍으로 만들어버린 것이 전국의 상점 주인들이었다. 죽이든 살리
든 어디 맘대로 해봐라 하는 식으로 모두가 문을 닫아거는 판이니 그런
배짱들 앞에서 처벌의 칼이 휘어질 도리밖에 없었다.
　「음력설을 쇤다고 나라가 망하기를 하나, 양력설을 쇤다고 나라가 흥
하기를 하나. 내 원 참, 빌어먹을……」
　「두말하면 잔소리지. 배곯는 국민 잘살릴 궁리는 안 하고 왜 설 가지

고 이리 시비야, 시비가. 도대체가 이율 모르겠다니까.」

「아니, 따지고 보면 양력설이란 게 왜놈들 설 아니냔 말야. 왜색 없앤다고 떠들어대면서 설은 왜 왜놈들 설을 쇠라고 이 난리판굿이야 그래.」

어느 도시 어느 지방에서나 사람들은 이런 식으로 야유하고 이죽거렸다. 그 비아냥거림에는 단순히 음력설을 못 쇠게 하는 데 대한 불만만이 아니라 정권을 불신하고 비난하는 민심이 실려 있었다. 사실 정부는 음력설을 폐지하고 양력설을 쇠게 하는 데 있어서 국민들을 설득하고 이해시킬 수 있는 그 어떤 명분이나 이유를 전혀 갖추지 못한 채 그저 우격다짐으로 밀어붙여 왔던 것이다.

그런데 이런 민의(民意)에 충실히 호응이라도 하듯 강기수는 국회의원 신분이면서도 꼬박꼬박 음력설을 쇠고 있었다. 그는 음력설이면 꼭 고향 행차를 했다. 거기서 사흘을 머무는 동안 한껏 위세를 과시하며 유지들을 두루 접견하고, 자기 사업장을 순시하고, 지역구의 조직장들을 독려한 다음 나흘째 서울로 돌아오는 것이다. 그러면 닷새째 점심나절에 남천장학사의 기숙생들은 줄지어 그의 집으로 들어서게 되어 있었다.

「다들 준비 끝났지? 시간 다 됐는데 빨리 출발해야지. 모두 몇 명이야?」

대표자가 허름한 양복을 건성으로 털며 마당에 선 일행을 둘러보았다.

「열일곱이구만요.」

완연한 전라도 말투의 대답이었다.

「이거 왜들 이러나. 설 쇠러 갔으면 후딱후딱 올라와야지. 의원님 화내시겠는데, 이거.」

대표자가 얼굴을 찌푸리며 혀를 찼다. 고등고시에 하루라도 빨리 합격해야 한다고 안달인 강기수는 방학 동안에도 기숙생들이 장학사에서 공부에 매진해야 한다는 원칙을 세워두고 있었다.

「배꼽에서 오포 붑니다.」

누군가의 이 말에 여기저기서 쿡쿡거렸다. 시청에서는 날마다 정오를 알리는 사이렌을 울렸는데 사람들은 그걸 '오포(午砲) 분다'고도 했다. 없는 사람은 어쩔 수 없고 배고프니 어서 가자는 말이었다. 강기수의 집에서 차려내는 반찬 건 점심상은 갈비찜 등속으로 오랜만에 포식을 할 수 있었다.

그들은 보성고등학교와 경신고등학교 사이의 넓은 고갯길을 빠르게 올라챘다. 비탈이 별로 심하지 않은데다 젊은 기운이 실린 다리들이었다. 고갯마루에서는 혜화동에서부터 종로5가 일원의 시내가 한눈에 들어왔다.

내리막길이 끝나면서 소문난 부자동네 혜화동은 시작되고 있었다. 나지막한 고개를 사이에 두고 혜화동과 성북동의 차이는 너무나 현격했다. 지주의 기와집과 소작인의 초가집 차이였고, 비단옷 입은 여자와 무명옷 입은 여자의 차이였다. 그들은 큰길을 건너 골목으로 접어들었다. 골목이라지만 한옥들의 으리으리함과 우람함에 걸맞도록 폭넓은데다 포장까지 말끔하게 되어 있었다.

「저거 웬 찌프차야. 군인이 세배 왔나?」

「별은 안 달렸고, 찌프차를 쓸 정도면 영관급은 될 텐데.」

「보나마나 빽 쓰러 왔겠지.」

「군인이 국회의원한테?」

「왜? 국회의원 빽이 사방팔방 삼십육방에 안 통하는 데가 없는 것 몰라서 그래?」

「아이고, 아는 것 많아서 좋겠다.」

그들은 강 의원네 집 앞에 멈춰 있는 군용 지프차를 보면서 수군거렸다. 양복 빼입은 사람들 속에 군인이 하나 끼어 있는 것처럼 고급 한옥들이 즐비한 골목에서 군용 지프차는 생소하게 도드라져 보였다.

언제나 그렇듯 그들은 강 의원 집의 거창한 대문 앞에서 자신들도 모르게 옷매무시를 바로잡기에 바빴다. 그들 중에 양복을 입은 것은 서넛이었고, 대학생 교복을 입은 것이 네댓, 나머지는 검정물을 들인 군인 야전잠바 차림이었다. 물들인 야전잠바는 전쟁이 끝난 뒤로 줄곧 가난한 대학생들이나 일반 노동자들의 몸을 감싸온 겨울나기의 유일한 복장이었다.

그들은 남천장학사에 입사한 순서대로 한 줄로 서서 대문을 들어갔다. 강기수의 집은 밖에서보다 안으로 들어서자 훨씬 더 으리으리하고 호화로웠다. 3단을 이루고 있는 길고 반듯반듯한 화강암의 층계, 그 위에 우람하게 올라앉은 ㄷ자의 한옥, 황갈빛으로 반들반들 윤이 나고 있는 아름드리 기둥들과 먼지 하나 없이 번쩍거리는 광을 내뿜고 있는 대형 유리문들, 넓은 마당에 깔린 여러 색깔의 판판한 자연석들, 그 마당 가운데 자리잡은 원형 정원에서 겨울을 비웃으며 싱그러운 초록색을 뿜내고 있는 상록수들. 그들은 소리 안 나게 마당가를 따라 걸으며 하나같이 어덜리고 쭈뼛거리고 움츠러들어 있었다.

「학생들, 어서들 와요. 지금 의원님께 손님이 와 계시니까 저 응접실로 들어가 좀 기다리세요. 오래 걸리지 않으실 거예요.」

한복으로 화사하게 차린 30대 중반의 여자가 옷만큼 화사한 웃음을 뿌리며 그들을 맞이했다. 미인이되 야한 기가 흐르는 그 여자는 기숙생들 사이에서 심심찮게 입에 오르는 강기수의 첩이었다.

「에에……, 그러면……, 김 의원과는 어떤 사이오?」

강기수는 소개장을 전화기가 놓인 작은 탁자에 던지듯 하며 물었다. 그런 그의 살찐 얼굴에는 거만스러움이 맥질되어 있었고, 거드름을 피우느라고 목소리는 한껏 느리고 낮았다.

「예에, 저의 부친과 절친한 사이십니다.」

소파 끝에 겨우 엉덩이를 걸친 군인의 목소리는 그 얼굴만큼이나 긴장되고 굳어져 있었다. 그의 양쪽 어깨에 올라앉은 대령 계급장이 영 초라해지고 있었다.

「춘부장이 뭘 하시는가?」

실눈을 뜬 강기수의 입에서는 반말이 흘러나오고 있었다.

「예, 정미소도 운영하시고, 이런저런 사업을 하십니다.」

「으음……, 지방 재력가에 유지시로구만.」 강기수는 고개를 보일 듯 말 듯 끄덕이고는 「국회의원과 절친한 재력가의 아들이 대령에서 계급정년에 걸려 있다니, 이거 한 대령한테 무슨 문제가 있는 것 아닌가. 사상불온일 리는 없고, 통솔력 부족이거나 계보상의 문제일 것 같은데……, 한 대령! 군문에 들어오기 전의 경력이 뭐였소?」 그는 산전수전 다 겪은 노회한 50대답게 아주 날카로운 질문을 던졌다.

그 순간 한 대령은 갈등에 휘말렸다. 뭐라고 하지? 이미 대비를 했으면서도 반감처럼 일어난 갈등이었다. 그건 군에 몸담은 이후 자신을 줄기차게 괴롭혀 왔고, 결국 이 자리까지 오게 만든 문제였다. 참아라! 하는 아버지의 얼굴이 문득 떠올랐다.

「예, 학병에 다녀왔습니다.」

한 대령은 '학병에 끌려갔다 왔습니다' 하는 말이 입버릇처럼 나오려고 했지만 상대방의 과거를 의식해서 겨우 그렇게 말을 고쳤다.

「학병? 혹 비적떼 출신은 아니고?」

상대방의 말을 받아치듯 잽싸게 되묻는 강기수의 눈초리는 예리하게 대령을 쏘아보고 있었다. 비적떼란 일본 헌병이나 경찰들이 독립군들을 그렇게 불렀던 것이다.

뭐, 비적떼? 한 대령은 심장을 정통으로 찔리는 고통과 분노를 동시에 느꼈다. 그러나 태연해야 한다고 자신을 다잡았다.

「아닙니다. 그렇지 않습니다.」

그러나 억지웃음을 담은 한 대령의 얼굴에는 동요의 기색이 내비쳤다.

「알겠소, 김 의원을 봐서라도 내 명심하리다. 또다른 손님들이 와 있으니까 이제 그만…….」

강기수는 먼저 몸을 일으켰다.

큰 유리문을 밀친 마루에 버티고 서서 대문 쪽으로 가고 있는 대령을 내려다보며 강기수는 '넌 아무래도 수상해' 하는 생각을 하고 있었다. 그런 그는 오른손을 혁대 안쪽으로 찔러넣고 있었는데 그 배는 풍성하게 불룩 나와 있었다. 그야말로 세상에서 부르는 '사장배'의 전형이었다.

하루 세 끼를 때우기 바쁜 서민들은 누구나 핏기 없는 얼굴에 양쪽 볼이 패어 광대뼈가 더 불거져 보이고, 배에 살이 붙지 못해 가늘어진 허리는 휘어질 듯 휘청거리는 몰골이었다. 그런 서민들의 눈에 잘먹고 잘살아 윤기 번들거리는 살찐 얼굴에 두두룩히 솟아오른 기름진 배는 부러움의 대상이 아닐 수 없었다. 그건 바로 부의 상징이며 권력의 상징이었다. 그래서 서민들은 언제부턴가 돈 많은 사람의 표상인 사장의 배를 줄여 '사장배'라고 부르기 시작했다.

당장 김 의원한테 전화를 걸어봐……? 대령의 모습이 사라졌는데도 강기수의 마음은 그쪽으로 쏠리고 있었다.

「아이 여보오옹, 찬바람 쐬면서 뭘 하세요. 학생들이 기다리잖아요 오옹.」

사르르 눈웃음치며 강기수의 팔을 끼는 젊은 첩은 아양과 애교를 너무 떨어 콧소리 진한 말꼬리가 도르르 말리고 있었다.

「응, 가지, 어서 가.」

강기수는 젊은 첩의 희고 도톰한 손등을 톡톡 치며 더없이 흡족하게 웃었다.

「그 군인 뭐예요?」

「응, 김 의원 소개로 인사 왔어.」

「인사요? 실속도 없이 그런 쫄따구를 뭐 하러 보내나요. 당신 위신 떨어지게.」

「맞어, 맞어. 그런 쫄따구를…….」

긴 마루를 걸어가던 강기수는 첩의 엉덩이를 토닥거리며 으흐흐흐 웃음을 흘렸다.

아까 대령을 맞았던 응접실과는 다르게 학생들이 대기하고 있는 응접실은 네댓 배는 더 넓었다. 강기수가 헛기침을 하며 들어서자 학생들은 일제히 일어나며 고개를 깊이 숙였다.

「다들 앉게. 헌데, 왜 이것밖에 안 되나?」

학생들을 휘둘러보는 강기수의 안색이 변했다.

「예에, 설 쇠러 가서 아직…….」

대표자가 머리를 조아리며 어물거렸다.

「어허! 이래 가지고서야 어찌 남 먼저 청운의 꿈을 이루나.」 강기수는 소파에 살찐 몸을 부리며 버럭 소리를 지르고는, 「그놈들 명단 적어내도록 해.」 낮고 싸늘하게 명령했다.

「예, 알겠습니다.」

강기수 옆에 젊은 첩도 나란히 자리잡고 앉았다. 학생들은 하나씩 그 소파 앞으로 나서서 카펫 깔린 바닥에 엎드리며 세배를 했다. 강기수는 그때마다 고등고시라는 단어가 빠지지 않는 덕담을 했고, 젊은 첩은 봉투 하나씩을 학생들에게 내밀었다.

「이봐 박 비서, 숙자 데려와.」

세배가 다 끝나자 강기수가 문 앞에 손을 모아잡고 서 있는 비서에게 일렀다. 첩은 밥상 차리는 걸 보겠다며 자리를 떴다.

「에에, 자네들 그런 일 없겠지만 혹시라도 신보안법 파동에 휩쓸리지 않도록 조심해야 돼. 만일 그런 불상사가 생기면 나하곤 인연이 끝나는 거니까.」

인연이 끝난다는 말 앞에서 학생들은 고개만 떨구고 있었다. 그가 말하는 신보안법 파동이란 반공을 앞세워 작년 12월 24일에 기존의 국가보안법을 대폭 확대하고 강화시켜 자유당 단독으로 통과시킨 사건이었다. 자유당은 경위권을 발동해 무술경관들이 야당의원들을 의사당 밖으로 몰아낸 사이에 그 법을 통과시켰다. 그건 여당의 정치적 위기를 모면하고 정권을 유지시키기 위해 새로 장만한 무기였다. 그래서 그 통과의 불법성과 신보안법의 악법성을 규탄하고 반대하는 데모가 벌써 한 달 동안 전국적으로 일어나고 있었다. 심지어 미국 대통령 아이젠하워가 그 법에 대한 우려의 친서를 이승만 대통령에게 전달했다는 신문보도가 나올 정도였다.

「얘가 내 둘째딸인데 금년에 대학시험 치러 이번에 내가 데리고 올라왔네. 여보게 김선오 군, 영어는 자네가 맡아 시험보는 날까지 바짝 조여 총정리시키고, 이규백 군, 자넨 수학을 맡게. 얘는 염불보다 잿밥에 더 맘이 있는 애니까 잠시 틈도 주지 말고 오전 오후로 틀어쥐고 조이란 말야. 자네들, 알겠어!」

김선오와 이규백이라는 학생은 그저 예, 예, 머리만 조아렸다.

예년과 다름없이 점심상은 푸짐했다. 그러나 김선오는 밥맛을 잃고 있었다. 그런 일방적인 명령에 속수무책인 자신의 꼴이 너무 남루했고, 염불보다 잿밥에 더 맘이 쏠려 있다는 학생을 상대로 시간 낭비를 해야 한다는 게 그렇게 억울하고 속상할 수가 없었다.

「가정교사님으로 뽑히신 누구누구는 신바람 나서 좋겠다.」

강 의원네 대문을 나서자마자 누군가가 놀림조로 읊조렸다.

「그렇지, 촌지를 두둑하게 하사하실 거 아닌가.」

누군가의 비아냥거리는 맞장구였다.

「아서라 말아라, 그런 머리 가지고 판검사 해먹겠다고? 이봐, 두 사람은 영광스럽게도 의원님의 사위감 후보로 간택되었다 그런 말씀이야.」

「아하, 듣고 보니 그렇네.」

「아이고 부러워라. 이거 누구한테 잘 보여야 되지?」

모두가 키들거리고 쿡쿡거리며 웃기 시작했다.

「거 불난 집에 부채질하지 말어.」

이규백이 짜증스럽게 내쏘았고,

「다들 나한테 잘 보이쇼. 내가 이 선배보다 미남이니까.」

김선오의 능청이었다.

「그런데 말야, 신보안법을 강압적으로 통과시킨 건 뭐고 공산국가가 된 큐바를 정부가 공식 승인한 건 또 뭐야. 그런 앞뒤 안 맞는 모순이 어딨어?」

누가 갑자기 내놓은 말이었다.

「그래, 나도 그걸 이해 못하겠어. 이북 공산주의는 가까이 있어 적이고 큐바 공산주의는 멀리 있으니까 동지라 그거야 뭐야.」

길을 걸으면서도 그들의 분위기는 금세 진지해졌다.

「그거 혹시 미국이 작용한 거 아닐까.」

「미국? 글쎄, 미국의 입장에서는 큐바가 공산화된 게 배꼽 밑의 혹일 텐데.」

「아니야, 그 정도면 좋게? 사타구니 사이에 난 종기지.」

「그런데 참 이상해. 어떻게 바로 미국 코밑에서 공산국가가 생겨나지?」

「그러게 등잔 밑이 어둡다는 거지. 멀리 떨어진 쏘련하고 으르렁거리느라고 발밑에서 꽹과리를 치는지 장구를 치는지 모른 거야.」

「좌우간 카스트로 그 친구 물건은 물건이야. 이 시대에 공산혁명을 성공시켜 거대한 미국의 불알을 잡고 늘어지게 생겼으니.」

「그건 우연한 성공이고, 앞으로 미국이 가만 두고 보겠어? 마음만 먹었다 하면 그까짓 것 하루아침일 텐데.」

「그런 황당한 소리 말어. 공산혁명이 무슨 어린애들 병정놀이야? 목숨을 내거는 그런 거사일수록 역사적 필연성과 당위성이 없이는 성취가 불가능한 것 몰라? 그리고 어떻게 미국이 하루아침에 해치우나, 큐바를 치는 건 곧 쏘련을 치는 건데. 그러면 세계3차대전 폭발이야.」

「그럼 카스트로가 장님 문고리잡기 식으로 성공했다는 말이 떠도는 건 뭔데?」

「그야 극성 반공주의자들이 화나고 속쓰려서 토해내는 감정적 발언이지. 큐바는 말야 기존 정권의 부패와 타락, 그에 대한 민심의 불만과 이반, 혁명저항세력의 등장, 민심의 동조와 지지, 이런 함수관계 속에서 공산혁명이 성공한 역사현실을 직시해야 된다구.」

「그럼 우리 현실도 지금 엉망인데, 여기서도 그게 가능하다는 거야?」

「이런, 비약이 너무 심하군. 우리와 큐바는 정권 부패와 민심 동요는 같을지 모르지만 전혀 다른 점이 두 가지가 있잖아. 6·25로 국민 절대 다수가 공산주의에 학질을 뗀 것이고, 그리고 미군들이 진을 치고 있다는 점 아니겠어. 우리 현실은 많이 달라.」

그들은 법대생들답게 완만한 오르막길을 오르며 보행토론을 벌이고 있었다. 행인이 드문 길이라 그런 대화들을 주고받기에 안성맞춤이기도 했다.

「그나저나 신보안법 때문에 우리만 골치 아프게 생겼어.」

누군가가 화제를 바꾸며 끄윽 트림을 했다.

「그렇지, 악법도 법이라니까 시험범위만 늘어난 셈이지.」

「내가 한 가지 장담할까. 금년 시험은 거기서 꼭 난다.」

「아이고 고마워라. 다들 쪽집게 점쟁이 말씀 어서 받아적으라고.」

「흥, 신법을 주시하라는 명언이시군.」

「그런데 말야, 어제도 세종로를 지나다 보니 반대 데모가 굉장하던데, 이러다가 이 정권 어떻게 되는 것 아냐?」

누군가의 정색을 한 말이었다.

「글쎄, 조짐은 좋지가 않아.」

「방구가 잦으면 똥 나오더라고 민심이 이렇게 뒤숭숭하면 정말 무슨 일 날지도 몰라.」

「에이, 밥 배불리 잘먹고 왜 하필 똥입니까, 똥은.」

「아니 농담으로 돌릴 일이 아니고, 우린 정말 이 사태를 보고만 있어야 하나. 법대생 양심이 있지.」

「인연 끊으려면 자유야.」

이 한마디에 그들의 말은 중단되었고, 모두가 침울하게 걸음만 옮겨놓고 있었다. 저 멀리로 강기수의 호를 딴 남천장학사가 보이고 있었다.

군복을 벗고 양복차림을 한 한인곤 대령은 어둠살이 깔리고 있는 명동으로 들어섰다. 밝은 동네라는 이름값을 하려는 것인지 초입부터 호화롭게 꾸민 상점들의 불빛이 휘황찬란했다. 갑자기 많아진 사람들도 그런 불빛 탓인지 도시의 피곤한 시간대와는 상관없이 활기차 보였다.

한인곤은 사람들 속에 섞여 어지럽게 나붙은 간판들을 두리번거리며 또 서먹하고 어덜리는 기분을 느끼고 있었다. 가끔 명동에 나올 때마다 그 낯설고 어색스러운 기분은 어김없이 일어나곤 했다. 휴전상태의 긴장이라고는 전혀 느낄 수 없는 그 흥청거리는 도심에 자신이 잘못 들어오지 않았나 하는 이질감은 언제나 떼칠 수가 없었다.

갈채다방은 어렵지 않게 찾을 수 있었다. 갈채, 갈채……? 이게 도대체 무슨 뜻이야, 한인곤은 2층 계단을 올라가며 투덜거렸다. 다방 이름도 아리송하게 붙인 것이 비위에 거슬렸던 것이다.

다방문을 열자 훈기와 함께 담배연기가 확 끼쳐왔다. 다방 안은 안개라도 낀 것처럼 담배연기가 자욱했다. 그리고 여기저기서 웃어대기도 하고 목청 높이 소리들이 뒤섞여 시끌벅적했다. 선 굵고 사각진 한인곤의 얼굴이 잔뜩 찌푸려졌다. 그는 우뚝 선 채 다방 안을 휘둘러보았다. 그런 그의 자세는 구령대에서 부하들을 향해 곧 무슨 소리를 지를 것 같은 지휘관의 모습 그대로였다. 좌우로 살폈지만 정동진 준장의 얼굴은 보이지 않았다. 그는 얼굴이 구겨진 채 빈자리를 찾아가 앉았다.

「이봐, 실존주의란 그런 게 아냐. 책이나 똑바로 읽어보고 떠들어.」

「이거 큰소리치지 말어, 불어는 한 자도 모르는 주제에. 나도 자네가 읽은 일어판 정돈 읽고 하는 소리야.」

「이런 양거지들아, 그만 떠들어. 날이날마다 실존주의 떠들어댄다고 밥이 나오냐 술이 나오냐.」

「맞어, 불란서의 전후와 우리의 전후는 달라. 괜히 어거지로 뜯어다 붙이지 말어. 그것들은 배부른 개인주의고 우린 배고픈 민족문제에다 사상이 겹쳐 있어.」

「이런 시대착오적인 국수주의자. 실존주의는 그런 것을 포괄하는 인간문제를 푸는 열쇠야.」

「요런 얼빠진 문화사대주의자. 싸르트르고 까뮤가 느네 할애비냐 애비냐. 미국 것이고 서양 것이야 하면 똥도 달다고 허겁지겁하는 그 드런 놈의 근성, 좀 창피한 줄을 알라고.」

「아니, 그런 야비한 의식을 가지고도 문화인이고 예술인 대접 받기를 바래? 새롭고 유익한 사조는 빨리 받아들이고 소화해서 발전을 꾀하는 것이 정도지 그렇게 배척만 하는 게 애국인 줄 알아.」

「이봐, 싸르트르나 까뮤가 한국놈들이었으면 세상이 이렇게 시끄러웠을 것 같애? 불란서 놈들에다가 백인들이니까 이 난리 아냐. 똑같은 말을 해도 누가 하느냐에 따라 달라지는 그 간사한 인간 심리를 알고나 떠들어.」

그런 말들을 귀에 담으며 한인곤은 비로소 그 무질서한 소란이 단순한 잡음이 아니었다는 것을 깨닫고 있었다. 신문에서 가끔 보았고, 대학물을 먹은 사병들 사이에서도 더러 말이 오가던 바로 그 실존주의에 대한 논쟁이 벌어지고 있었다.

「자네, 먼저 왔군. 오래 기다렸어?」

「응, 얼마 안 돼.」

한인곤은 정동진과 악수를 나누었다.

「이 다방 어떤가?」

정동진이 비식 웃으며 물었다.

「좀 이상한데? 손님들 말야.」

「벌써 눈치챘군. 예술인들 단골다방이라 눈 피하기 좋아 일부러 여길 정했지.」

「그럼 이 사람들이 다 이 나라 예술인들인가?」

한인곤은 새삼스러운 얼굴로 담배연기 자욱한 실내를 둘러보았다. 담배연기를 타고 흐르듯 다방 안에는 어느 여가수의 애조 띤 샹송이 번지고 있었다.

「대개 그렇다고 봐야지. 예술가 지망생들도 더러 있고.」

정동진이 필터 달린 고급담배 아리랑을 뽑아들며 대답했다.

「자넨 이런 델 어찌 다 아나?」

「웅, 골치 아픈 예술지망생 조카가 있어.」

「여자, 남자?」

「남자니까 골치 아프다는 거지.」

「그거 평생 쫄쫄이 배고플 테니 골치가 아플 만도 하겠군.」

「아아, 슬픔의 땅에 눈물이 흐른다. 폐허의 땅에 통곡이 울린다. 보라, 쓰라린 운명의 철조망 위에 신음하는, 너와 나의 초상에……..」

그때 한 남자가 다방으로 들어서며 거칠 것 없이 큰소리로 시를 낭송하기 시작했다. 그 남자는 벌써 술이 취한 듯 비척거리고 있었다. 그런데 다방 안의 사람들은 아무도 그 낭송을 꺼려하는 눈치가 없었고 그렇다고 유심히 듣는 기색도 없었다.

「저 사람은 누굴까?」

한인곤이 어리둥절해서 물었다.

「아마 시인이겠지.」

정동진이 거북한 듯 넥타이 고리에 손을 대며 웃었다.

「참 별난 세상도 다 있군. 난 이놈에 명동만 나오면 내가 군인 노릇 괜히 하고 있는 것 같아 영 기분 나빠.」

한인곤이 쓴 입맛을 다시며 커피잔을 들었다.

「왜, 너무 사치스럽고 흥청망청해서?」

「꼭 맞췄어. 동병상련인 모양이지?」

「그게 아니고, 그런 건 다 우리가 세우는 공훈 중의 하나네.」

「그게 무슨 소린가?」

「들어보게. 우리 군인들은 북괴군만 방어하고 있는 게 아니네. 우리가 휴전선을 지켜주니까 사람들은 후방에서 이렇게 맘놓고 살 수 있다 이거지. 국민들은 세금을 내고 이 평화를 즐길 권리를 획득했고, 우린 그 세금으로 봉급을 받으며 이 평화를 지킬 의무를 부여받은 거야. 사치와 향락이 지나친 점도 없진 않지만 그것은 극히 일부의 일이고, 대다수의 사람들은 이런 생활 속에서 휴식을 즐기고 멋도 내보고 싶어하면서 자유롭게 살아가는 거니까 우리가 군대식의 질서와 긴장을 일반인들에게 요구하는 건 큰 잘못이지. 그러니까 사회를 향해서는 우리의 군대식 사고방식을 고쳐야 한다 그 말이야.」

「아니 자네……?」

「뭐 그리 놀랄 것 없어. 이건 내 말이 아니라 어느 교수님의 말씀인데, 나도 전에는 자네하고 똑같은 생각을 가지고 있었는데 그 말을 듣고 보니 사실은 그렇더군. 나도 생각을 고치고 있는 중인데, 자네 생각은 어떤가?」

「글쎄, 그 말이 일리가 있는데. 그런데 왜 혼자서는 그런 생각이 안 떠오르지?」

「그런 생각 해내면 군인이 아니지. 그리고 교수님들 다 밥 굶고.」 정동진은 커피잔을 비우더니, 「강 의원은 만났나?」 목소리를 낮추었다.

「응, 오전에 만났는데…….」

한인곤의 얼굴이 굳어졌다.

「나가세, 여기선 곤란하니까.」

정동진이 오버를 들고 일어섰다.

그들은 샛길을 따라 퇴계로 쪽으로 발길을 빨리 놀렸다. 술집이 많은 뒷골목에는 음식들을 끓이고 지지는 냄새가 시장한 사람들을 유혹하고 있었다. 큰길의 휘황하고 매끈함에 비해 한결 소박하고 정다운 분위기였다.

네거리에 이르자 색색의 네온사인 불빛 저 뒤로 어둠에 묻힌 남산의 자태가 흐릿하면서도 묵직하게 드러났다. 정동진이 걸음을 멈춘 곳은 도라지 위스키 시음장이었다.

「여기 비싸잖아.」

한인곤이 고개를 갸웃했다.

「괜찮아, 이 정도는. 조용한 요정은 못 찾아갈 신세고, 여기도 얘기 나누긴 불편하지 않아. 국산이긴 하지만 오랜만에 양주 맛도 좀 보고.」

「이거 장군님 노시는 거라 다르네.」

「암, 다르고말고.」

정동진이 한인곤의 어깨를 치며 다른 손으로 술집 문을 밀었다.

불그레한 조명으로 어둠침침한 실내에 낮은 음악이 흐르고 있었다. 손님도 별로 없어 조용하고 아늑했다.

최초의 국산 양주인 도라지 위스키의 시음장은 서울 중심가 곳곳에 번창하기 시작한 새로운 업종이었다. 그러나 값이 비싸 아무나 드나들 수 있는 술집이 아니었다. 그것이 생겨나던 초기에 '시음'이란 말뜻을 눈치 빠르게 넘겨짚은 대학생들이 공짜술을 얻어먹으려고 의젓하게 시음장에 들어갔다가 맨입으로 쫓겨났다는 소문이 나돌기도 했다.

「그래, 어찌 됐나?」

작고 날렵하게 생긴 위스키잔을 부딪치며 정동진이 빠르게 물었다.

「글쎄…….」

한인곤이 단숨에 잔을 비웠다.

음악이 바뀌어 미국 흑인가수 해리 벨러폰테의 텁텁한 목소리의 노래가 흘러나오고 있었다. 한인곤은 술의 독기 탓인지 기분이 상해서인지 상을 찡그린 채 담배를 빼들었다. 정동진은 불안한 기색으로 그런 한인곤을 바라보고만 있었다.

「그 작자, 아주 골수에 박힌 친일파 종자더군.」

한인곤이 담배연기와 함께 내뱉은 말이었다.

「왜, 어쨌길래?」

정동진이 다가앉듯 앉음새를 고쳤다.

「차암, 드러워서. 비적떼 출신 아니냐고 따지더군.」

「뭐야? 그래서?」

「학병 출신이라고 잡아뗐지.」

「그랬더니?」

「잘 믿지 않는 눈치야.」

「뭐 그따위 형편없는 종자가 다 있어. 군부에서 독립운동계라고 비웃고 따돌림당하는 것도 열받쳐 죽을 판인데 비적떼라니. 그 인간 그거 지금이 일제시댄 줄 아나 어쩌나.」

정동진도 술잔을 확 비워버렸다.

「말해 뭘 해. 분야마다 이 세상 실권이란 실권은 모두 장악하고 있는 그 패거리들로서는 일제시대보다 훨씬 나은 안하무인의 천국 아닌가. 지금도 계속 일제시대라면 그놈들이 국회의원이고 장관이고 참모총장을 해먹을 수 있겠어? 참 기막히게 재미있는 나라 아닌가.」

한인곤은 한숨을 푹 쉬더니 또 술잔을 비웠다.

「그럼, 도와줄 가망은 없단 말이지?」

「뻔하잖나. 도와주려면 필히 내 기록카드를 보게 될 거고, 거기서 비적떼 경력을 발견하는 순간 일은 정반대로 틀어질 것 아닌가.」

「그럼 그쪽은 포기하고 김 의원을 더 적극 공략하는 게 어떤가?」

「글쎄, 이거 괜히 헛지랄하는 거 아닌지 몰라. 남 중령처럼 진작 예편으로 접힌 걸 가지고 말야.」

「그렇진 않아. 박 중장의 반응이 아주 좋으니까 진급심사에 올라가는 건 틀림없어.」

정동진이 자기가 맡은 일을 자신하는 듯 잔을 권했다.

「글쎄, 그 능구렁이들이 겉으로만 그럴지도 모르지.」

「이보게, 소위부터 대위까지 진급은 자동이고, 소령부터 대령까지는 통솔력이고, 준장부터는 정치란 말 자네도 잘 알잖아. 이젠 자네도 적극적으로 정치를 하는 거야. 자네 춘부장께서 뒤를 적극 미시겠다는데 뭐가 걱정인가. 김 의원을 통해서 장관을 바로 붙들도록 빨리빨리 손을 쓰는 거야.」

정동진의 말은 진지하게 열기가 차 있었다.

「아니야, 그건 보통의 경우고 난 비적떼라는 치명적인 결격사유가 있잖아. 아무리 생각해도 일찍 냉수 마시고 속차려야 될 것 같애. 생각해 보면 51년 김홍일 장군 예편 때부터 우리 광복군이나 독립군 출신들의 앞날은 결정났던 거야. 도대체 김홍일 장군이 어떤 분인가. 김구 선생을 도와 이봉창, 윤봉길 의사가 사용할 폭탄을 제조한 독립투사고, 중국 정규군 소장으로 왜놈들과 맞서 싸운 걸출한 인물인 거야 세상이 다 아는 것 아닌가. 그런 분은 겨우 별 둘 달고 예편당하고, 독립군들 등뒤에 총질해 댔던 만군 출신 정일권이가 그 새파란 나이에 마구 별 달아대며 참모총장을 해먹는 판이니 볼장 다 본 거지. 말이 좋아 중국 대사로 파견이지 속을 들여다보면 김홍일 장군을 유배시킨 동시에 군부에서 독립운동 세력의 중추를 제거해 버린 것이었어. 그 다음부터 독립운동 세력은 진급이 안 되는 것만이 아니라 추풍낙엽 신세들이 되지 않았나. 참, 우리도 만군 출신 못 된 게 천추의 한이로구만 그래.」

한인곤은 쉴새없이 술을 마셔댔다.

「그랬으면 자네나 나나 지금쯤은 별 둘, 셋은 틀림없지.」

정동진이 허허롭게 웃었다.

「최소한, 최소한 말야, 김홍일 장군이 참모총장을 거쳐 지금쯤 국방장관을 지내고 계시면 우리 꼴이 이렇게 비참하진 않을 텐데 말야.」

한인곤은 취기를 드러내기 시작했다.

「그렇게 따지면 한이 없어. 김구 선생이 암살당하지 않고 지금 대통령을 하고 있으면 어떻고? 다 부질없는 생각이고, 현실의 장애를 돌파해야 해.」

정동진의 목소리에서도 술기운이 묻어나고 있었다.

「장애를 돌파해? 그건 근사한 우리 군대 용언데, 그게 전투시에는 내 능력으로 가능하지만 이런 비전투 상황에선 가능하지 않으니 어쩌지?」

「아니야, 길을 찾아보자구. 찾으면 있을 거야.」

말은 이렇게 하면서도 정동진의 얼굴 역시 침울했다.

「다 틀렸어. 사면초가야, 사면초가. 내가 인제지구 전투에서 포위당했을 때도 이처럼 암담하고 절망적이진 않았어. 다 때려엎어야겠어.」

한인곤이 뿌득 이빨을 갈았다.

「그게 무슨 소리야. 참아, 참아야 해.」

「아니야, 감정이 아니야. 그동안 얼마나 참아왔나. 이 잘난 대령 계급장 달고 계급정년이 된 이날까지 14년을 참고 또 참으면서 살아왔어. 비겁하고 치사한 새끼로 참으면서 살았다구.」

울분을 억누르고 있는 한인곤의 목소리는 마치 우는 것 같았다.

「그래도 한 번 더 참아. 지금까지 참아온 것이 억울해서도 참아야 해.」

「그래서 강 의원, 그자의 과거를 알면서도 찾아가 머릴 굽힌 것 아닌

가. 근데 얻어진 게 뭐야.」

「그건 너무 성급한 결론이야. 그건 그래 놓고 또 딴 길을 뚫는 거야. 모든 수단을 다 동원해 최선을 다하면 어디든 빈 구멍은 있어.」

「폐일언하고 결론은 하나야. 해방된 나라에서 빠른 애국의 길을 찾아 군인이 된 우리가 한없이 순진무구하고 어리석었던 거지. 아니, 아니, 또 하나가 있군, 또 하나. 그때 그, 육사 심사를 받을 때 말야, 독립운동계 출신이로구만 하며 심사관들이 묘하게 웃고 수군거리고 했을 때 재빨리 눈치챘어야 했어. 그게 비적떼 취급인 것을 까맣게 모르게 멍청하게도 날 장하게 생각하는 줄 알았으니, 이 꼴 된 게 싸지.」

어깨를 들썩이며 흐흐거리는 한인곤의 웃음소리는 마치 무슨 흐느낌 같았다.

「여보게, 남 중령 직장이 이 근방인데 찾아가 보는 게 어떨까?」

「응, 그거 좋지. 오랜만에 그놈하고 한잔하고. 하아, 왕년의 남 중령이 호텔 수위장이라니, 참 잘 돌아가는 세상이다.」

비틀거리며 몸을 일으킨 한인곤은 두 주먹으로 연달아 허공을 갈겨 댔다.

「이 사람아, 그래도 자넨 학병을 탈출해 광복군이 된 긍지라도 있어. 학병 출신도 과히 달갑게 보지 않는 판에 난 여기서 끝나면 그런 긍지도 없이 학병으로 빌빌댄 것만 남는다네.」

정동진이 비척거리며 한인곤과 어깨동무를 했다.

술집에서와는 달리 그들은 밖으로 나오자 걸음걸이가 단정해졌다. 명동 거리는 여전히 밤을 거부하며 밝게 깨어 있었고, 비틀거리는 취객들이 그 거리의 자유를 보장하는 장식물로 등장해 있었다. 명동을 벗어난 그들은 퇴계로를 한참 동안 말없이 걸었다.

「남 수위장이요? 관둔 지 오래됐어요.」

「아니, 왜?」

「언제?」

한인곤과 정동진은 동시에 물었다.

「모르겠어요, 벌써 반년이 넘었어요.」

「무슨 다른 직장 구했나요?」

한인곤은 멍하게 서 있었고, 정동진이 물었다.

「모르겠어요, 갑자기 관뒀으니까.」

더 물을 말이 없었다. 어깨가 처진 두 사람은 호텔 앞에서 돌아섰다.

매운 밤바람에 행인들은 쫓기고, 가까스로 어둠을 밝히고 있는 흐린 가로등 불빛만큼이나 가난한 도시가 추위에 얼어가고 있었다. 한인곤은 고개를 하늘로 젖히고 있었고, 정동진은 고개를 아래로 떨구고 있었다.

「아이구 미치겠다아!」

한인곤이 꺾어 올린 두 팔을 떨며 짐승의 울부짖음처럼 외쳐댔고,

「견디기 어려웠겠지, 어려웠을 거야. 여보게, 우리도 그만 가세. 더 술 마실 기분도 아니고.」

정동진이 침울하게 말했다.

「쨔식, 왜놈 장교 죽이고 만주로 튄 그 기백이 서글프다.」

한인곤이 걸음을 옮겨놓기 시작하며 하늘을 향해 탄식하듯 중얼거렸다.

「난 이쪽으로 가네.」

정동진의 말에 한인곤은 아무 대꾸 없이 걸어가고 있었다.

한인곤의 눈앞에는 남재구의 모습이 선하게 떠올라 있었다. 평양에서 학도병 훈련을 받다가 일본군 장교를 찔러 죽이고 만주로 도주했고, 만주에 밀파되어 있던 이범석 장군 쪽으로 선이 닿아 위기를 모면했고, 당연히 광복군에 입대했다가 귀국해서 광복군 동지회의 결의에 따라 군인의 길을 시작했고, 이범석 장군이 정치적으로 서리를 맞게 되면서 족청(조선민족청년단)계로 몰려 중령으로 군복을 벗었고, 몇 개월 허둥대다가 누군가의 소개로 잡은 직장이라는 것이 호텔 수위장이었던 것이다.

「나 말이야, 죽고 싶은 맘뿐이야…….」

수위장이 된 다음에 마주앉은 술자리에서 떨리는 입술을 깨물며 남재구가 한 말이었다. 평양이 고향인 그는 줄곧 혼자 몸이었다가 결혼해서 이제 세 아이의 아버지였다.

한인곤은 그동안 자신의 일에 급급해 남재구에게 소원했던 것을 깊이 후회하고 있었다. 광복군 동지인 남재구는 대학 동창인 정동진보다 어느 면에서는 더 깊은 정이 든 사이였다. 다 해진 옷으로 훈련을 받고, 중경의 뒷골목에서 호떡을 나누어 먹으며 눈물로 조국땅을 그렸던 젊은날이 있었던 것이다.

이 취직하기 어려운 세상에서 어디로 간 것일까. 그 강단진 성질에 혹시 무슨 일 저지른 건 아닐까. 설마 자식들을 생각해서라도……, 한인곤은 남재구의 생각을 떼칠 수가 없어서 아무데나 눈에 띄는 술집으로 들어갔다.

「너 분하고 괴로운 맘 이 애비가 다 안다. 여태까지 잘 참아왔으니까 큰 고비 앞에서 더 참아라. 어차피 군인으로 일생을 걸었으니 장군이 돼야 한다. 그게 우리 가문의 생광이기도 하니까. 이 애비가 극력 뒤를 밀 테니까 너도 단단히 작심하고 나서라. 큰 뜻을 이루려면 굽히기도 해야 하고 속맘을 감추기도 해야 한다. 명심해라.」

한인곤은 아버지의 말을 다시 생각하고 있었다. 아버지의 그런 결심이 작용해 김 의원은 국방분과위원인 강 의원에게 소개장을 쓴 것이었다.

그러나 한인곤은 김 의원부터 믿을 수가 없었다. 경기평야의 만석꾼 자손으로 일찍부터 서울살이를 해온 김 의원은 소문나게 전쟁기부금을 많이 내며 이권 큰 군수품 공장을 할 정도로 친일을 한 인물이었다. 그도 독립군에 대해서는 강 의원과 마찬가지로 생각할 사람이었다. 그는 다음 선거에서도 아버지의 도움이 필요하니까 그저 부탁을 들어주는 시늉만 하는지도 몰랐다. 만약 그렇다면 아버지는 헛돈만 쓰고 고스란히 사기를 당하는 셈이었다.

취기를 깨우며 한인곤의 의식 속에는 그때가 또 선명하게 떠오르고 있었다. 임시정부를 찾아 부대를 탈출하고, 추격대에 쫓기며 몇 번씩 죽을 고비를 넘기면서 중경을 향해 내달았던 그 험난한 길. 임정의 소식이 은밀하게 전해지던 최전선 부대에 배치된 것은 운명이었던가 악연이었던가. 그건 조선인이 가야 하는 유일하고, 옳은 길이었다. 한인곤은 끝없이 끓어오르는 분노와 풀 길 없는 괴로움 위에 마구 소주를 들어부었다.

3
움막촌 사람들

나무 한 그루 없이 벌거숭이가 된 그 산도 부스럼이 번지고 있는 머리통처럼 보기 흉했다. 서울 변두리의 야산들이 집 없는 가난한 사람들에게 꼼짝없이 몸을 파먹히듯 옥수동의 그 산도 이미 목 부분까지 먹이가 되어 있었다. 그런데 그 야산은 유난히 너저분하고 구질구질해 보였다. 그럴 수밖에 없는 것이 산을 뒤덮다시피 하고 있는 것은 그나마 판잣집이 아니라 움막집들이었다.

땅을 석 자 정도 깊이로 파내고 그 위에 지붕을 덮은 움막집들은 누추할 수밖에 없었다. 지붕이라고 덮은 것은 가마니때기거나 헌 문짝이 아니면 천막쪼가리 같은 것들이었다. 그 산동네에도 판잣집이 전혀 없는 것은 아니었다. 산 아래 쯤으로 판잣집들이 자리잡고 있었다. 모두가 무허가이긴 마찬가지였지만 그래도 판잣집들은 움막집들에 비하면 대궐인 셈이었다. 산자락에서부터 먼저 움막을 쳤던 사람들이 어렵사리 돈을 모아 판잣집을 얽어짠 것임을 알아보기는 어렵지 않았다.

「와따메, 사람 얼어죽겄다 와. 음력설이 지낸 지가 은젠디 날이 워째 요렇크름 사람을 잡을라고 염병이까. 닌장맞을 서울은 쓸 만헌 것이 하나또 읎당께로. 인심만 고약헌 것이 아니라 날할라 요 모냥이니 말이여. 위메 추운 거.」

잠에서 깬 천두만은 잔뜩 웅크린 몸을 헌 담요로 감싸며 아침마다 투덜거리는 소리를 또 되씹었다. 부들부들 떨리고 있는 몸뚱이처럼 그의 목소리도 얼어 있었다.

「하이고, 따땃헌 아랫목서 노골노골허니 풀린 붕알 훔쳐올리고 마누라 큰 궁뎅이 더듬어감서 잠 깨든 것이 꿈만 같으시. 저놈으 연탄난로가 그래도 저승길 면허게는 혔는 게비여.」

천두만은 굼뜨게 일어나 앉으며 거적문 쪽에 있는 난로를 원망스러운 눈길로 바라보았다. 불기 없는 그 난로는 고물로도 팔아먹을 수 없을 정도로 온몸에서 붉은 녹을 흘리고 있었다. 고물상에서 헐값으로 살 때부터 난로는 녹을 머금고 있었다. 그런데 불기를 끊게 되자 고물상에서 칠해 둔 기름기가 바래면서 붉은 녹은 기승을 부리기 시작했다.

음력설을 넘기고 나서부터 난로에 연탄을 피우지 않았다. 겨울철 지게 품팔이로 세 끼 죽도 끓이기 어려운 판에 연탄을 더 땔 수가 없었고, 음력설이 지나면 추위라고 해보았자 쫓겨가는 건성 추위라 땅이 풀리게 마련이었다. 그러나 그건 남쪽인 고향의 절기였다. 서울 추위는 밤마다 잠이 오지 않도록 뼛속까지 파고들었다. 그렇다고 다시 연탄을 피워 난로를 끌어안을 수는 없었다. 연탄 한 장에 55환인데 하루 벌이가 50환이 안 될 때가 많았다. 연탄을 피우면 하루 세 끼를 완전히 굶고도 생돈까지 깨지는 판이었다. 어차피 연탄을 피운다고 해도 구들장을 놓지 않았으니 등 뜨시게 잘 수도 없는 형편이었다. 얼어죽을 추위 지났으니 어쨌거나 견디어내는 도리밖에 없었다.

「아이고메, 말 들든 것허고는 영 달븐디, 나가 서울 잘못 온 모냥 아니여? 나 한나 목구녕 풀칠허기도 시냥고냥헌디 어느 세월에 돈 모타 갖고 처자석덜얼 불러올리게 될끄나, 빌어묵을.」

천두만은 또 뭉텅이진 한숨을 토해내며 길거리에서 주워모은 꽁초를 신문지 위에 까기 시작했다. 그건 담배를 피우려고 하는 짓만이 아니었다. 한푼이라도 돈벌이를 하려는 거였다.

지게 품팔이를 시작해서 동대문시장으로 중부시장으로 오가다 보니 담배꽁초를 일삼아 줍고 다니는 노인네들이 있었다. 그런데 특히 눈길을 끄는 것이 꽁초를 찍어 올리는 긴 막대기였다. 그들은 꽁초를 일일이 허리 굽혀 줍는 수고를 덜려고 긴 막대기로 콕 찍어서는 옆구리에 차고 있는 깡통에 넣고는 했다. 꽁초를 콕콕 잘도 찍어 올리는 그 막대기 끝에 달린 것이 뭘까 궁금해 눈여겨 보았다. 못을 송곳 끝처럼 갈지 않았을까 싶었는데, 그건 뜻밖에도 학생들이 글씨를 쓰는 펜촉이었다. 그리고 더 알고 보니 그 노인네들은 골초가 아니었다. 단속을 피해가며 시장 뒷골목에서 팔고 있는 '야미 담배'의 원료를 바로 그 노인네들이 대고 있었다. 그 가짜 담배는 단속반들이 양담배와 똑같이 눈에 불을 켜고 다니며 단속했다. 그러나 담배 파는 여자들은 없어지지 않았다. 잽싸게 보자기를 걷어 자취를 감추었다가 다시 나타나 좌판을 벌였고, 잡혀갔다가 며칠 구류를 살고 나와 또 가짜 담배 팔기에 바빴다. 그 가짜 담배는 이름 찍힌 담뱃갑만 없을 뿐이지 담배의 길이와 굵기는 진짜 담배와 구분이 안 될 정도로 똑같았다. 그런데 값은 필터가 안 달린 진짜 담배의 반의 반밖에 안 되게 쌌다. 그리고 맛도 양담배로부터 시작해서 온갖 고급 담배들이 섞여 있어서 하급 담배는 족보도 못 내민다고 소문나 있었다. 그 여자들은 담배장사만 하는 것이 아니었다. 꽁초를 까가지고 온 실담배를 사들였다.

그 꿍꿍이속을 알게 된 천두만은 지게품을 파는 한편으로 눈에 띄는 꽁초는 놓치지 않고 주워 모았다. 그는 한푼이라도 돈벌이가 되는 것이면 무슨 짓이라도 할 작심이 되어 있었다. 지게꾼들의 대목인 김장철이 지나버리고, 수박 같은 무거운 과일이 나오는 여름도 아니라서 겨울에는 원래 지게꾼들이 세 끼 찾아 먹기 어렵다고 했다. 그러나, 잡히지 않는다면 도둑질이라도 할 판에 앉아서 당할 수는 없었다. 자신은 굶더라도 고향에 두고 온 새끼들 입에 죽이라도 떠넣게 해야 하는 것이 당장 급했다. 논은 그만두고 밭뙈기도 없는 형편에 아내가 아무리 몸 부서지게 품팔이를 해보았자 새끼들은 굶을 수밖에 없었다.

「참말로, 더 나이 들기 전에 무신 기술이고 기술을 배와야 쉴케 돈을 벌게 될 것인디 말이여. 염병헐, 돈이 있어야 기술을 배우든지 말든지 허제. 이 시상에 밑천 안 드는 장사가 읎는 법인디, 쌩붕알만 딸랑 차고 있시니, 참말로 이놈으 신세 각다분혀서……」

천두만은 신문지쪽에 만 담배에 불을 붙여 한숨이 뒤섞인 연기를 토해냈다. 그렇게 혼자말을 자꾸 하는 건 서울 온 다음에 생긴 버릇이었다.

그는 배우고 싶은 기술도 많고, 행상이나마 해보고 싶은 장사도 많았지만 모두가 목마른 헛꿈이었다. 쌀 두 말 값을 빚내 가지고 온 돈은 차비 제한 다음 이 움막을 치고, 지게를 짜맞추고 나니 몇 푼 남지 않았다. 움막도 판자 대서 지붕을 하지 못하고 가마니떼기만 겹으로 덮었고, 방구들은 놓을 엄두도 내지 못하고 고물상에서 헌 문짝을 하나 사다가 깔고 그 위에 가마니떼기며 찢어진 종이상자 같은 것들을 주워다가 덧깐 것이 잠자리였다. 그러니 아무리 음력설이 지났다 해도 불기 없는 움막 안은 한뎃잠을 자는 것이나 별로 다를 것이 없었다.

「좌우간에 요놈으 시상은 좆겉은 놈으 시상이여. 여그나 저그나 있는 놈덜만 배 터지게 생겨묵은 개좆겉은 시상이라고. 근디 나라 다시린다는 놈덜언 왜 자꼬 외곡(外穀) 딜여와 가난헌 농새꾼덜 다 쪽박 차게 맹그냐 그것이여. 즈그놈덜이 입도선매허는 농새꾼덜 가심이 을매나 찢어지고 아픈지 알기나 혀? 이놈이고 저놈이고 다 웬수여, 웬수.」

천두만은 냉기 서려 뻑적지근하고 찌프드드한 등을 주먹으로 쿵쿵 치며 또 분이 솟고 있었다.

될뚱말뚱 말썽 많던 농지개혁이 마침내 실시되자 새 세상을 만난 기분이었다. 어머니는 소작인 신세 면하고 허리 펴고 살게 되었다고 동네 사람들과 어울려 덩실덩실 춤을 추었다. 그때 스물여섯이었던 자신은 만약 농지개혁이 되지 않으면 공산당을 하려고 마음먹고 있었다. 경찰의 눈을 피해 그쪽 사람들이 끈질기게 끌어당기고 있었다. 공산당 세상이 되면 재깍 토지개혁을 해서 누구나 공평하게 사는 세상을 만든다고.

그런데 동네사람들의 춤은 오래가지 못했다. 소작지가 그냥 자기들 것이 되는 줄 알았는데 유상몰수 유상분배로 돈을 내고 사게 되어 있었다. 그것도 헛김 빠지는 일인데 더 기막힌 일이 또 있었다. 논 열 마지기를 소작하던 사람을 예로 놓고 보면 그 사람 앞으로 돌아온 것은 서너 마지기뿐이었다. 나머지는 농지개혁을 하네 마네 하며 질질 끌어오는 몇 년 동안 지주들이 소작인들 모르게 다른 사람들에게 팔아넘겨 버렸던 것이다. 그런데 실망한 소작인들이 더 놀란 것은 그 다음이었다. 딴 사람들에게 팔아넘긴 줄 알았던 그 논의 태반이 지주들과 짜고 명의만 살짝 바꾸어놓은 것이었다. 그건 결국 농지개혁을 하나마나였지만 법에 걸리지 않으니 소작인들로서는 어찌할 도리가 없었다.

일은 거기서 끝나지 않았다. 바로 전쟁이 터지자 그 뒤를 대느라고 세금벼락이 떨어지기 시작했다. 분배받은 농지에서 곡식을 거둬들여 배불리 먹는 즐거움에 취해보지도 못하고 세금지옥에 시달려야 했다. 전쟁이 끝나면 좀 나아지려나 했지만 사정은 오히려 더 험해졌다. 세금에다 분배받은 농지의 상환액까지 겹쳐져 농민들은 허덕이다 못해 논을 잡히고 빚을 낼 수밖에 없었다. 대개 지난날의 지주들에게 돈을 빌렸고, 그건 1년이 지나면 곱으로 불어나는 장리빚이었다. 그러나 세금과 상환액은 1년으로 끝나는 것이 아니었다. 몇 년 동안 장리빚이 늘다 보니 논들이 넘어가기 시작했다. 열 집에 서너 집이 다시 소작인 신세가 되는 일이 벌어졌다.

배탈 나 똥 싸는 놈 주저앉히더라고 나라에서는 또 해괴한 일을 벌였다. 외곡을 들여와 마구 풀어댔다. 그것은 곧바로 농산물을 똥값으로 만들어버렸다. 딴 물가는 오르는데 농산물값만 곤두박질을 치니 가난한 농민들은 죽을 길을 앞에 둔 셈이었다. 자식들을 가르쳐야 하고, 집안에 변고가 생기고……, 돈은 급한데 추수 때까지 기다릴 수 없으니 입도선매에 나설 수밖에 없었다. 읍내의 부자나 큰 쌀장수를 찾아가 입도선매를 해달라고 사정을 하는 것이다. 목마른 놈이 샘 파고, 돈 쥔 놈이 흥정 끝내더라고 입도선매에 붙여진 나락값은 잘 받아야 추수기의 절반 정도였다. 한번 입도선매에 말리게 되면 추수 때 빈손 털고 장리빚을 내야 하고, 다음해에는 더 빨리 입도선매에 나서야 하고, 또 장리빚은 늘어나고……, 그렇게 3~4년 하다 보면 논까지 빚쟁이에게 다 뺏기고 빈털터리가 될 수밖에 없었다.

그 지긋지긋한 소작질을 하면서 평생 종 노릇을 하느니 서울로 가자. 서울서는 거렁뱅이도 쌀밥을 먹는다고 하더라. 말새끼는 낳아서 제주도로 보내고 사람새끼는 낳아서 서울로 보내라고 하지 않더냐. 서울서 고생하면 자식새끼들이나마 똑똑하게 가르칠 수 있다.

맨주먹이 된 농민들이 고향을 등지며 하는 생각이었다. 천두만도 그런 생각으로 서울행 기차를 탔던 것이다.

「니기럴, 요놈으 시상이 워찌 이러냐. 우리 아부지도 나도 죄진 것이 아무것도 읎는디……. 또 하로가 샛웅께 나가는 봐야제.」

천두만은 불 꺼진 꽁초를 물고 커다란 바위를 밀어올리듯 힘들게 몸을 일으켰다. 밤새도록 추위에 시달린 몸은 아침마다 그렇게 무겁고 뻑뻑했다.

움막을 벗어난 천두만은 눈을 비비며 새끼줄부터 살폈다. 움막보다 다섯 배쯤의 넓이로 둘러쳐진 새끼줄은 누가 손댄 흔적 없이 팽팽했다.

「요 땅을 목심 걸고 잘 지켜야 써. 돈 벌어 여그다 판잣집 세와야 헐 것 잉께. 어리빙허다가 요 땅 뺏게부는 날에는 참말로 알거지 되는 판잉께. 안직 초장이라 이만헌 땅이라도 차지허는 것이제 2~3년, 아니시, 1년만 지내면 저 꼭대기꺼정 한 치 땅도 안 남을 것이여. 항, 나가 여그 오기 2년 전만 혀도 200호 남짓이었는디 그간에 500호가 넘었단 마시. 무신 말인지 알아묵겄제?」

움막을 치던 날 나삼득이 힘 꽁꽁 쓰며 한 말이었다.

그날 이후로 천두만은 아침저녁으로 거르지 않고 새끼줄을 살폈다. 나삼득의 말은 틀리지 않아 두어 달 사이에 벌써 자신의 움막 위로 스무 개가 넘는 움막들이 생겨나 있었다. 그런데 새끼줄도 제 욕심껏 넓게 칠 수 있는 것이 아니었다. 산동네 초입에서 구멍가게에다 연탄장사까지 하고 있는 최 씨가 금을 그어주었다. 산동네에서 제일 부자라는 그는 통 장이라는 감투를 쓰고 있었다. 그런데 새끼줄에 발이 달린 것도 아닌데 가끔 이동을 해 쌈박질이 벌어지고는 했다. 더러 욕심 많은 사람들이 부실하게 박혀 있는 각구목이나 막대기를 밤새 살짝 옮겨 박고는 했던 것이다.

천두만은 새끼줄을 따라 걸으며 기지개를 켰다. 안개가 끼어 한강은 흐미하게 보일 듯 말 듯했다. 이 산동네에 사는 유일한 맛이 있다면 아침마다 한강을 한눈에 바라보는 거였다. 그는 유유히 흘러가는 한강을 바라보며 기차로 처음 한강을 건널 때의 마음을 새롭게 다지고는 했다.

그려, 기연시 성공얼 혀야제. 당당허니 고향에 내래가게 돈 많이 벌어야제.

그는 또다시 다짐을 하며 마음을 공그렸다. 그때 기차에서 마주앉았던 사람들의 얼굴이 어김없이 떠올랐다. 자신하고 똑같은 신세로 고향을 떠나온 충청도 남자도 어디서 고생을 하고 있는지 궁금했고, 서울로 유학을 오던 두 형제의 소식도 궁금했다. 그들의 이름을 알았었는데 이제는 유 씨라는 성밖에 기억나지 않았다. 서울서 공부를 한 그들이 10년 후에는 얼마나 잘되어 있을 것인가……. 천두만은 자신의 나이에 어울리지 않게 그들을 부러워하고 있었다.

아침이 일러 인기척이 별로 없었다. 천두만은 거적으로 엉성하게 둘러진 공동변소에서 소변을 보고 나삼득의 움막으로 걸음을 서둘렀다. 아침저녁을 붙여먹고 있는 처지에 게으름을 피울 수 없었다.

「야 이 썩을 놈아, 싸게 안 일어나, 싸게! 해가 궁뎅이꺼정 떠올르겄다. 니 그리 염병허다가 강냉이 가리 못 타오면 내리 사흘 밥 굶을지 알어.」

움막 안에서 터져나오는 나삼득의 아내 목소리였다.

천두만은 움막으로 들어가기를 주춤하며 잡동사니 더미로 눈길을 돌렸다. 그건 처음 볼 때보다 조금씩 커져 이제 움막 크기만해져 있었다. 고무풀로 땜질한 미군 우장으로 덮어 질긴 삼줄로 묶은 그 더미는 나삼득이 애지중지하는 재산이었다. 우장 속에는 길고 짧은 각구목이며 판자에서부터 크고 작은 문짝이며 문틀까지, 나무로 된 온갖 것들이 채곡채곡 쌓여 있었다. 판잣집을 지으려고 나삼득 내외가 모아들이고 있는 물건들이었다.

「성님은 참 용허요 이. 이 많은 것을 워디서 다 줏었다요? 나 눈에는 잘 뵈덜 않튼디.」

천두만은 그 잡동사니들을 구경하며 놀랍기도 하고 부럽기도 해서 뚱하니 물었다.

「글씨……, 서울물 묵다 보면 차차 알게 되겄제. 자네, 눈이 보배고 손이 충신이라는 말 알어? 요 인심 징헌 서울서는 넘덜보담 먼첨 보고 먼첨 묵는 것이 임자시. 경찰들이 시내버스만 뜯어묵는 것이 아니라 그 불쌍헌 창녀들도 뜯어묵고 사는 것이 서울잉게. 무신 소린지 알아묵겄는가?」

나삼득이 묘하게 웃으며 나직하게 한 말이었다.

「아그새끼덜 많이 끼대와 꼬랑댕이에 스먼 도로아미타불잉께 걷지 말고 핑허니 뛰어가. 강냉이 가리 타갖고는 엎어지지 않케끄름 조심조심 걸어오고.」

움막 밖으로 나온 나삼득의 아내는 아이에게 큰 냄비를 들려주며 일렀다. 아이는 한 손으로 눈을 비비며 마지못한 듯 다른 손으로 냄비를 받아들었다.

「아 문딩아, 멀 허고 자빠졌어. 싸게 달음박질쳐야제.」

나삼득의 아내는 빠락 소리치며 어린것의 등을 철퍽 때렸다. 그 서슬에 아이는 비탈길을 뛰어 내려가기 시작했다. 아이의 때 끼고 바싹 마른 얼굴과 여기저기 기운 누더기와 찌그러지고 그을음때 낀 냄비와……, 아이는 갈 데 없이 동냥을 나선 거지꼴이었다.

천두만은 나삼득의 아내와 맞대하는 것을 잠시나마 피하려고 잡동사니 더미 뒤로 몸을 숨겼다.

그 아이는 공짜로 주는 옥수수 가루를 타러 가는 참이었다. 가톨릭 구제원에서는 보름마다 한 차례씩 굶주리는 아이들에게 옥수수 가루를 배급한다고 했다. 그 궂은일은 셋째 아이가 맡아야 하는 몫이었다. 둘째 아이는 딸인데다가 열세 살을 먹어 배급 타기에 너무 많은 나이였다. 열 살짜리 아들은 형이 군대에 가고 없는 집안에서 벌써부터 장남 노릇을 나서고 있었다.

천두만은 신문지쪽에 담배를 말며 긴 한숨을 쉬었다. 찌그러진 냄비를 들고 뛰는 아이의 모습에 자신의 애들 모습이 겹쳐지고 있었다. 자신의 애들이라고 지금 더 나을 게 없을 것이 뻔했다.

서울이니까 그나마 옥수수 가루라도 주지……. 천두만은 담배연기를 깊이 들이마셨다. 나삼득의 아내 갈포댁도 볼수록 딴사람이었다. 가난이 사람을 그리도 억척스럽고 드세게 만드는 모양이었다.

고향에서 위아랫동네에 살 때만 해도 갈포댁은 잘 웃고 순한 사람이었다.

내 마누라도 서울서 부대끼면 저리 변해질랑가 몰라……? 삼득이 성님은 그 마누라 덕을 솔찬이 보고 있는 심인디…….

천두만은 반쯤 탄 담배를 솜씨 좋게 꺼서 귀에 꽂고 일어났다. 빈속에 두 대째 담배라 속이 메슥거렸다.

「형수님, 어지께 왔든 각설이 또 왔구만이라. 일어나셨는게라?」

천두만은 움막 앞에서 넉살좋은 척 이렇게 목청을 돋우었다. 고마움과 미안함을 어떻게 말로 할 수 없어 이런 식으로 때워넘기고 있었다.

「잉, 어여 들오씨요. 시방 밥 앉치는 참잉게.」

갈포댁이 거적을 들치고 얼굴을 내밀었다. 그 목소리는 아까하고 다르게 여자다웠다.

「성님은 또 늦잠 지무신당게라? 똑 밤손님질 허는 것맹키로.」

천두만은 움막 안으로 들어서며 나삼득을 깨울 겸해서 목청 쿠렁하게 농담을 던졌다.

「어허, 저 사람 또 깨소금잠 깨우고 난리시. 나가 늦잠 자는 것이 아니라 자네가 너무 일찍 일어나는 것이여. 전생에 중이 환생헌 것도 아니고 워찌 그리 새북잠이 없댜.」

나삼득이 잠에 취한 소리를 하며 꿈지럭꿈지럭 잠자리에서 일어났다.

천두만은 움막 안에 찬 온기를 느끼며 어깨를 푸들 떨었다. 이 움막은 자신의 움막하고는 전혀 달랐다. 바닥, 벽, 천장이 어엿한 방 모양을 갖추고 있었다. 방바닥에는 구들이 놓여 있었고, 벽에는 시멘트를 발라 포대종이로 도배를 했고, 판자를 올린 천장도 신문지로 도배가 되어 있었다. 그러니 자신의 방보다는 외풍이 훨씬 덜한데다 방바닥에는 연탄불이 들고 있으니 편한 잠을 느긋하게 잘 수밖에 없었다. 그렇다고 자신은 추워서 잠을 더 잘 수가 없다고 말할 수는 없었다.

저 구석에서 깨어 일어난 계집애가 눈을 비비며 천두만에게 고개를 꾸벅했다.

「이, 윤자 일어났냐. 워쩨, 자봉틀 기술 배울 만허냐?」

천두만은 아침마다 하는 인사를 변함없이 했다. 열세 살로 봉제공장에 '시다'로 취직한 윤자가 재봉틀을 만지려면 아직도 멀었다는 것을 알면서도 힘을 북돋워주려고 하는 말이었다.

「열시 살이면 지 밥벌이 지가 혀야제. 글 안 허면 서울서 못 살아진께.」

나삼득이 매정하다 싶게 한 말이었다. 기술을 배울 수 있는 곳은 어디든 기술을 가르쳐준다는 명목으로 월급이 박하다고 했다. 윤자는 아침 8시부터 밤 10시까지 일하고 한 달에 3천 환을 받는다고 했다. 일하는 것에 비해 너무 적은 돈이었지만, 쌀 한 가마에 1만 3천 환이니 궁한 살림에 제 밥벌이는 하는 셈이었다.

「오늘 말이시, 중부시장서 조기 엮는 일이 생겼네. 한 도라꾸(트럭) 일감잉께 벌이가 톡톡헐 챔인디, 자네 짚 엮는 솜씨 팬찮허제?」

나삼득이 말이담배에 불을 붙이며 옆눈길로 천두만을 쳐다보았다.

「짚 갖고 허는 일이사 성님이나 나나 선수 아닙디여? 멍석 짜고 짚신 삼든 솜씨로 조기 엮어내는 것이야 하품 나는 일이제라. 근디, 조기가 한 도라꾸면 엄칭이 많은 일감인디, 고것을 성님허고 나허고만 허능게라?」

천두만의 눈에 생기가 돌았다.

「글면 목돈 잡고 좋겄는디, 염병허고 이틀 만에 그 많은 일을 다 해내라는 것이시. 긍께 아까와도 벨수 있능가. 솜씨 존 놈들로 골라 둘은 더 붙여야겄제.」

「성님, 밤 꼴딱 샘서 둘이서만 허면 안 될께라?」

천두만은 침을 꿀떡 삼키며 나삼득 쪽으로 다가앉았다.

「그리 욕심낼지 알었제. 우리 둘이 밤 새운다고 계산허고도 둘은 더 있어야 혀. 어차피 갈라묵어야 헐 밥잉께 일손이나 넘보담 재게 놀릴 작정혀. 한 두름 엮는디 20환씩 묵는 것잉께.」

「20환! 알겄소, 요 손꾸락이 다 까져 피가 난다고 고런 일 마다겄소.」

천두만은 두 손바닥에 침을 튀겨 맞비볐다. 등짐 일이 줄어 단돈 50환짜리 꿀꿀이죽도 못 먹고 점심을 굶는 판에 그 일거리는 그야말로 횡재가 아닐 수 없었다. 입장료 5백 환인 영화 구경은 언감생심 바라지도 않았고, 3백 환 하는 자장면을 두고도 감히 군침 흘려본 적이 없었다. 그저 꿀꿀이죽으로라도 점심을 때울 수 있으면 그날은 재수 좋은 날이었다. 주로 미군부대 식당에서 나오는 음식 찌꺼기를 뒤섞어 끓이는 꿀꿀이죽은 그 이름 그대로 돼지먹이나 다름없었다. 어쩌다 운이 좋으면 절반쯤 뜯다 만 닭다리나 송편 크기의 고깃덩어리가 걸려들기도 했지만, 담배꽁초나 성냥개비가 섞여 있는 게 예사였다. 그러나 꿀꿀이죽을 파는 시장통에는 끼니 때마다 눈이 희멀건하게 들뜨고 몰골 꾀죄죄한 사람들이 줄을 이었다.

「얼렁 한술 뜨고 나갔씨요. 조기 엮어 목돈 챙게 오면 맛난 괴기반찬 착 올릴 것잉께.」

갈포댁이 밥상을 놓으며 생기 도는 소리로 말했다.

「실답잖은 소리 허덜 말어. 무신 놈으 예팬네가 돈 생기기 전에 쓸 생각보톰 먼첨 혀.」

나삼득이 거세게 혀를 차며 숟가락을 들었다.

「아이고메 무셔라. 누가 꼭 괴기반찬 묵을라고 근다요? 말이라도 푸지게 허고 살라는 것인디 워째 말도 못 허게 잡지고 그요. 남정네 시집살이가 사람 잡는당께로.」

갈포댁이 눈을 째지게 흘기며 토라져 돌아갔다.

천두만은 마음이 옹색해져 막 밥을 뜨려던 손목에 힘이 빠지는 걸 느꼈다. 밥을 붙여먹고 있는 처지에 이런 말을 들으면 꼭 자신한테 하는 말인 것만 같아 여간 마음이 쓰이는 게 아니었다. 이번에 목돈이 생기면 눈 딱 감고 돼지고기 서너 근 사다가 체면을 팍 세워, 어쩌……? 그는 보리밥을 숟가락 넘치게 떠서 입에 몰아넣었다.

그들의 밥그릇에 담긴 것은 깡보리밥에 고구마쪽들이 듬성듬성 박혀 있었다. 된장국에는 콩나물이 몇 가닥씩 떠 있었고, 반찬은 철 지난 김치 한 가지뿐이었다. 그 김치도 김장철에 뜯어 내버린 겉잎들을 주워다가 양념도 제대로 하지 못하고 담근 것이라 김치 시늉만 하고 있었다.

그러나 그렇게나마 밥상을 받는 것은 이 동네서 잘사는 축에 들었다. 나삼득이 조기 엮는 일거리를 맡을 정도로 시장통에서 자리잡혀 있는데다, 아내가 광주리 행상을 나서고, 딸도 취직을 해 있기 때문이었다. 천두만은 거기에 얹혀 실비만 내고 아침과 저녁을 해결하는 덕을 보고 있었다. 그러나 그보다 더 큰 덕은 나삼득의 날개 아래서 일을 하게 된 거였다. 지게질이라고 제 마음대로 시장을 휘젓고 다니며 남 먼저 일거리를 낚는 것이 아니었다. 넝마주이나 구두닦이가 제 구역을 가지고 있듯이 그 일도 몇 사람씩 패를 짜서 자기 구역을 가지고는 딴 지게꾼들은 얼씬도 못하게 했다. 그렇게 해서 상점들을 단골로 잡지 않고는 죽이나마 세 끼를 먹을 도리가 없었다. 그런 패에 끼지 못한 뜨네기 지게꾼들은 일거리가 확 줄어드는 겨울철에는 한 덩어리에 10환하는 비지나 겨우 먹어야 했다. 나삼득을 형님으로 깍듯이 받들어 모시지 않으면 자신도 비지나 술찌기로 빈속을 채우며 근근이 겨울을 나야 한다는 것을 천두만은 너무나 잘 알고 있었다.

그려, 눈 딱 감고 돼지고기 서 근을 사다가 지글지글 꿔서 모다 목에 때 빼게 맹글어, 잡것! 은혜도 갚고 싸나이 체면도 세우고.

천두만은 이렇게 마음을 정하자 숟가락을 든 손목에 힘이 실렸다. 그는 우악스럽게 밥을 먹어댔다.

그들이 밥을 거의 다 먹어갈 즈음에 갈포댁이 헐레벌떡 뛰어들었다.

「예 말이오. 사람이 죽었소, 사람이!」

「사람? 워떤 사람이?」

나삼득이 놀라 고개를 치켜들었고, 천두만은 밥을 입에 가득 담은 채 눈만 크게 떴다.

「쩌 우게(위에) 한 씨라고 안 있습디여. 히놀놀 혀갖고 기운 잘 못 쓰든 남정네 말이오.」

「그 인사성도 읎이 뚱허든 충청도 남자 말이여?」

나삼득이 끄윽 트림을 하며 물었다. 천두만은 자기의 움막 서너 개 건너에 혼자 살았던 지게꾼 한 씨를 떠올렸다.

「야아. 그 남정네가 금메 복어알을 낄에 묵고 죽어부렀당마요.」

「닝장맞을, 죽을라고 환장을 혔었구마. 복어알 낄에 묵으면 직방으로 죽는 것 몰라서 복어알을 낄에 묵어.」

나삼득은 더 관심 없다는 기색을 드러내며 신문지쪽에 담배를 말기 시작했다.

비지도 세 끼 묵기 에롭다등마 복어알이 명태알로 뵈었등갑소.

이 말을 하려다가 천두만은 나삼득의 눈치를 보며 그냥 삼키고 말았다.

「워디 몰라서 그랬겄소. 하도 배고프다 봉께 나야 괜찮허겄제 허고 손이 가는 것이제라. 그라고 그 복어알이란 것이 명태알보담 더 노리족족헌 것이 얼매나 회를 동허게 허는디라.」

갈포댁이 안됐어 하며 연달아 혀를 찼다.

「다 시끄럽네. 인명재천이고, 갈 사람 가고 살 사람 사는 것잉께.」

나삼득은 담배연기를 내뿜으며 나설 채비를 했다.

「성님, 저것이 워찌 될께라? 식구도 아무도 읎이 혼자 가부렀시니.」

움막을 나선 천두만은 저 위쪽을 바라보며 말했다. 한 씨의 움막 가에는 열댓 사람이 웅성거리고 있었다.

「자네야 걱정 말소. 저리 죽는 사람이 한둘이 아닝께. 통장이 다 알아서 허게 되야 있네.」

나삼득은 그쪽으로 가볼 기미는 전혀 보이지 않은 채 대꾸했다.

「통장이 알아서 혀라?」

「통장이 나서서 경찰에 알리고, 경찰에서는 주소 찾아내 가족헌테 알리고, 다 착착 허게 되야 있어.」

「주소가 없기도 헐 것인디. 그런 사람은…….」

「이 사람, 복어알 묵고 죽는 사람 첨 보등마 걱정도 팔자시. 복어알 묵고 죽고, 연탄까스 마시고 죽는 사람은 요 서울 하늘 아래 천지백가링께 자네나 그 꼴 안 당허게 허고 딴 걱정은 말어. 주소 웂는 시체야 대학병원으로 실고 가서 갈갈이 찢어본 담에 화장터에서 꼬실려불면 깨끔허제 어째.」

「야아? 고것이 무신 소리다요?」

천두만은 눈이 휘둥그레졌다.

「와따 그 사람 알고 잡은 것도 많으시. 서울물 더 묵어감서 차차로 다 알게 될 것잉께 싸게 가드라고. 우리 일이 태산인디.」

나삼득이 몸을 돌려 걷기 시작했다. 천두만도 다급하게 그 뒤를 따랐다.

4
반고아

유일표는 저녁밥을 하러 나가는 형을 뒤따라나가 물지게를 걸쳤다.

「나둬라, 내가 할 테니까, 넌 그동안에 공부나 해.」

유일민이 동생을 보며 고개를 저었다.

「오늘은 내가 물 당번이야. 성은 나를 그리도 못 믿어?」

기분이 상한 어조와 함께 유일표의 눈찌에 곱잖은 성깔이 드러났다.

「화를 내기는. 널 못 믿어서가 아니라 물 길어오는 데 시간이 너무 걸리니까 그러지. 지금 시간 낭비할 때가 아니니까.」

유일민은 방에서 떠가지고 나온 쌀에 물을 부으며 부드럽게 웃었다. 한 말씩 팔아다 먹는 적은 양이었지만 쌀을 부엌에 둘 수가 없었다. 부엌이 워낙 허술한데다가, 밤새 된장이며 간장까지 퍼가는 좀도둑들이 흔해 말썽이었다.

「나만 시간 낭비고 성은 시간 낭비가 아닌가 뭐. 성 시험공부나 잘허드라고. 원생이도 낭구에서 떨어질 때가 있는 법잉께.」

유일표는 마지못해 서울말을 써나가다가 끝에 가서 옹이 박힌 고향말을 내지르고는 물통을 들고 돌아섰다.

「허 참, 기는 드세가지고. 그나저나 물이 귀해서 큰일이다. 서울이라는 게 어떻게……」

유일민은 힘없이 중얼거리며 쌀을 씻기 시작했다.

유일표는 빈 물통을 물지게의 양쪽 쇠고리에 걸고는 잠시 서 있었다. 어느 샘으로 가야 물을 쉽게 기를 수 있을지 종잡기 어려웠다. 물 긷는 사람들은 많고 물은 딸리고, 샘마다 물난리를 치르고 있었다.

「말 마라. 물난리는 갈수록 심해질 거다. 두세 사람이 먹던 물에 열 사람, 스무 사람이 덤벼드니 샘인들 당할 도리가 있겠냐. 우리 장학사 옆의 우물이 개천이 가깝고 해서 재작년까지만 해도 물이 넘쳐 흐를 정도였다. 그런데 성벽 위아래로 무허가 집들이 계속 불어나면서 물이 줄기 시작하더니 요새는 낮이면 바닥을 드러내기 예사야. 이런 물난리는 여기만 일어나는 게 아니지. 무허가 집들이 몰리는 변두리는 다 똑같은 형편이야. 가난해서 동회 운영비 대기에도 허덕인다는 시청에서 세금도 안 내는 무허가 집 거주자들을 위해 수도를 놓아줄 리 없고, 참고 견뎌야지 어떡해. 한강이 머니 그 물을 퍼다 먹을 수도 없고.」

김선오가 쓰게 웃으며 한 말이었다.

유일표는 서울에 와서 물지게라는 것을 지게 되리라고는 생각도 못했던 것이다. 광주에서도 구경하지 못한 물지게를 처음 지고 얼마나 당황했는지 몰랐다. 물하고 쌀이 무겁다는 것은 알고 있었지만, 물이 가득 담긴 물통을 양쪽 쇠고리에 걸고 상체를 일으키는데 그 무게가 생각보다 훨씬 무거워 몸의 중심이 잡히지 않고 멋대로 기우뚱거렸다. 그런데, 그보다 더 당황스러운 것은 걸음을 떼어놓기 시작한 다음이었다. 두 손으로 쇠고리줄을 잡았는데도 양쪽 물통은 제멋대로 흔들리면서 물을 출렁거리게 했다. 발을 떼어놓을 때마다 더 심하게 출렁거리는 물은 거침없이 물통을 넘쳐났다. 발은 떼어놓아야 하고, 물은 넘쳐나고……, 참 사람이 미칠 일이었다.

「그게 아직 박자가 안 맞어서 그렇다. 지게질이 몸에 익으면 차차 나아질 테니까 처음엔 물을 너무 가득 채우지 마라.」

형이 한 말이었다.

박자……? 그 말이 알듯도 싶고 아리송하기도 했다. 장난삼아 지게는 가끔 져봤지만, 물지게는 지게하고는 영 달랐다. 지게는 짐의 무게가 양쪽 어깨에 얹히면서 지게가 등에 착 붙는 안전감이 생기는데, 물지게는 무거운 물통이 양쪽에 매달려 있어서 그 무게가 어깨로 모아지지도 않았고 등받이도 이상하게 따로 놀았다.

그런데 다른 사람들이 물지게를 지는 것을 유심히 보며 '박자'라는 말 뜻을 깨닫게 되었다. 사람들은 거의 물이 출렁거리지 않게 걸었고, 어떤 청년은 쇠고리줄을 잡지도 않고 가뿐가뿐 뛰듯이 하는데도 물 한 방울 흘러넘치는 게 없었다. 물지게 지기는 바로 자전거타기와 마찬가지였다. 초보자가 타는 자전거는 불안하게 비틀거리게 마련이었고, 숙달된 사람은 핸들을 잡지 않고 팔짱을 끼고도 자전거가 똑바로 달리게 운전을 했다. 결국 물지게를 지는 것도 기술이었다. 얼마나 물지게를 많이 져야 그 청년처럼 할 수 있는 것인지 엄두가 나지 않았다. 두어 달 지나보니 물이 출렁거리는 것은 막을 수 있었지만 그 무게는 가벼워질 리가 없어서 물지게 지는 것은 여간 힘들지 않았다. 그런데 물까지 귀해 아까운 시간을 버려야 하니 겹으로 고역이었다.

「니 성 말 잘 들어야 헌다 이. 니가 헐 일은 눈치 싸게 니가 알아서 허고. 성이 시키는 일은 무신 일이고 싫어라 말고 잘히야 혀. 성은 부모 맞잽잉께. 알아듣것지야?」

어머니가 몇 번씩 되풀이한 다짐이었다. 부모 맞잡이라는 말이 비위에 거슬렸지만 형이 아버지 때문에 경찰서에 끌려다니며 고생했던 것을 생각하면 슬그머니 기가 죽고는 했다.

　형은 무슨 일을 시키려고 하지 않았다. 밥하고 물 긷는 것을 하루씩 번갈아가며 하자고 한 것도 자신이었다. 어쩌면 어머니는 자신에게 한 말을 형에게는 반대로 했는지도 모를 일이었다. 형이 부모 맞잡이라는 말만 빼고.

　유일표는 좀더 먼 곳으로 가기로 했다. 먼 대신 사람이 적어 결국은 빨리 돌아올 수 있다는 계산이었다. 사람이 많은데다가 물이 고이기를 기다리는 형편이니 물 한 지게 긷기에 한 시간이 넘기가 예사였다. 더구나 성북동 골짜기는 비탈 아닌 곳이 없어서 물지게를 지고는 오르막이든 내리막이든 힘겹기는 마찬가지였다. 오르막은 견디기 어렵게 숨이 가빴고 내리막은 곧 곤두박힐 것처럼 다리가 후들거렸다. 오르막에서는 무거운 물통이 한사코 몸을 뒤로 잡아당겼고 내리막에서는 제가 먼저 앞으로 나아가려고 버둥거렸다.

　그러나, 대보름이 지나면서 날씨가 조금씩 풀리고 있어서 그나마 다행이었다. 처음에 날이 땡땡 추울 때는 그 고역을 말로 다 할 수가 없었다. 손은 손대로 시리고 발은 발대로 시린데 얼어붙은 길은 미끄럽기까지 했다. 물을 퍼담고 나서 물 묻은 손을 바지주머니에 넣어 닦기는 했지만 맨손으로 쇠고리줄을 잡으면 손가락 마디마디가 쏙쏙쏙 아리면서 시리는 고통은 참으로 견뎌내기 어려웠다. 그렇다고 형에게 먼저 장갑을 사자고 할 수가 없었다. 광주에서는 겨울에 장갑을 끼지 않아도 별로 손 시려운 것을 몰랐는데 서울 추위는 딴판이었다. 형도 번갈아가며 물지게를 지고 있으니 손이 안 시려울 리 없었다. 그러나 형은 끝내 장갑 사자는 말을 하지 않았다.

　한번은, 미끄러지는 것을 막으려고 으레 발에 새끼줄을 세 겹으로 동였는데 그만 발을 잘못 디뎌 쭉 미끄러지고 말았다. 낙엽들 아래 빙판이 숨어 있었던 것이다. 한 발이 쭉 미끄러지는 순간 몸의 중심을 잡으려고 했지만 비탈 급한 오르막이라 몸이 뒤로 쏠리면서 여지없이 넘어지고 말았다. 물통 두 개의 무게가 몸을 잡아끈 것이다. 뒤로 벌렁 넘어지는 순간 물통 하나가 물을 토해내며 달겨들었다. 얼떨결에 물통을 잡고 보니 온몸에 물을 뒤집어쓰고 말았다. 다른 물통 하나는 물을 쏟아내며 양철 소리 요란하게 아래로 굴러 내려가고 있었다.

「엄니이……」

자신도 모르게 이 소리가 나왔고, 어머니 모습이 떠오르자 걷잡을 수 없이 서러워지며 눈물이 솟구쳐 올랐다.

「에이 씨발……」

손등으로 눈물을 훔치며 굴러 내려가고 있는 물통을 쳐다보았다. 물통은 조금 더 굴러 내려가다가 길 옆 개울로 처박혔다.

물벼락을 맞은 몸이 와들와들 떨려왔다. 서러운 채로 울화가 치밀어 올랐다. 물통이 다 찌그러지도록 짓밟고 바위에 두들기고 싶었다. 이게 무슨 사람 사는 것인가……, 이렇게 살아서 뭘 하자는 것인가……. 그런 생각들이 울화에 불을 붙이고 있었다. 몸을 벌떡 일으켰다.

「젊어 고생은 사서도 헌다는 말이 있니라. 니넌 다 존디 욱 허는 성깔이 걱정이여. 성질 나드라도 이 에미 생각허고 다 참어라 이. 참을 인(忍) 자 셋이면 살인도 면허는 법이여. 고생 참으면 한시상 볼 때가 있을 것잉께.」

그때 어머니의 말이 생생하게 떠올랐다.

그 말이 순식간에 울화를 식혔다. 터벅터벅 걸어내려가 물통을 집어들었다. 물 한 방울 남아 있지 않은 물통은 여기저기가 우그러지고 찌그러져 있었다. 그 모양을 보자 또 울화가 치밀었다. 물통은 턱없이 비쌌었다. 에누리 없는 물건값이 없는데 물통은 한푼도 깎아주지 않았다. 나무방망이로 양철을 다루고 있는 주인은 딴 데로 가보라며 불친절하기 짝이 없었다. 책상처럼 손수 만들어 쓸 수 없는 그 비싼 물통을……, 어떻게 하다가 발을 헛딛게 되었는지 자신이 야속하기만 했다.

형한테 면목없고 창피하고……, 그래서 물을 다시 떠갈까 했다. 그러나 몸이 점점 더 심하게 떨려와 견딜 수가 없었다. 떨지 않으려고 어금니를 앙다물고 주먹을 부르쥐어도 전신은 걷잡을 수 없이 떨렸다. 물이 속옷까지 배들었고, 어찌나 추운지 정신을 잃을 것만 같았다.

「성, 이 물통이…….」

「그까짓 게 무슨 상관 있냐. 너 어디 다친 데는 없냐? 다행이다. 어서 들어가 옷 갈아입자. 이거 감기 들면 큰일이다.」

형은 싫은 소리 한마디 없이 허둥지둥 내의를 꺼냈고, 이불을 펴서 감싸주었다. 그런 형의 눈시울은 붉어져 있었다. 그때 형은 정말 부모 맞잡이 같았다.

그때에 비하면 지금은 물지게질이 이만저만 능숙해진 게 아니었다. 아직 쇠고리줄을 놓고 가뿐가뿐 뛰듯이 할 수는 없지만 물이 출렁거리는 일은 전혀 없었다.

물이 귀하니 세숫물이며 설거지물도 아껴야 될 지경이었다. 자기네는 두 식구니까 하루에 한 지게면 걸레와 양말 같은 것을 빠는 물까지 쓸 수 있었다. 그러나 식구가 네댓씩 되는 다른 셋방들은 물 아껴 쓰라고 소리를 질러댔고, 세수한 물에 걸레를 빠는 형편이었다.

「가자, 목욕하러. 자면서 몸을 너무 긁어대더라.」

얼마 전에 형이 뚜벅 말했다. 그러고 보니 광주를 떠나기 직전에 목욕을 하고 나서 석 달이 다 되어 있었다.

보성고등학교 옆의 고갯길을 넘어 혜화동으로 목욕을 나갔다. 탈의실에서 옷을 벗고 탕으로 들어가려는데 '너 어디 봐' 하며 형이 팔을 붙들었다.

「어거 차암…….」

어깨를 쳐다보는 형의 얼굴이 우는 것처럼 찌푸려지고 있었다. 형이 보고 있는 건 물지게 멜빵에 짓눌리고 쓸려 맺힌 피멍줄이었다. 그 불긋 불긋한 줄은 형의 양쪽 어깨에도 선명했다.

「아프지 않냐?」

형의 손이 어깨를 쓰다듬어내렸다.

「아니.」

운동회 때 운동장에 그어놓은 하얀 줄처럼 어깨에 형의 온기가 뚜렷 하게 남아 있는 것을 느끼며 먼저 탕으로 들어갔다. 그때 또 형이 부모 맞잡이 같았고, 이제 그 모습이 희미해지고 있는 아버지의 온기가 이럴 지도 모른다 싶었다.

탕 안의 뜨끈뜨끈한 물 속에 목까지 몸을 담그니 그 시원함이 말할 수 가 없었다.

「탕 안에서는 때들 밀지 말아요.」

수영복을 입은 청년이 긴 막대기에 달린 그물로 물 위에 뜬 때를 건져 내며 퉁명스럽게 내쏘았다. 그 말이 자신에게 하는 것 같아 찔끔했지만 이내 못들은 척해 버렸다. 목욕을 석 달에 한 번 하는 건 그리 오래 안 한 것도 아니었다. 돈 아까워 넉 달, 다섯 달에 한 번 하는 사람들도 적 잖은 세상이었다. 탕 안에 들어앉은 예닐곱 명의 사람들도 누구 하나 청 년의 말을 들은 척도 하지 않았다. 청년의 말대로 사람들이 남몰래 물 속에서 때를 미는 것인지, 아니면 오래 목욕들을 하지 않아 많이 긴 때 가 뜨거운 물에 불어 저절로 떠오르는 것인지, 물 위에는 때가 무리를 짓듯이 둥둥 떠다니고 있었다.

탕에서 나와 별로 힘도 주지 않고 수건으로 팔부터 문지르자 때는 후 둑후둑 떨어질 정도로 밀려나왔다. 본전을 뽑자는 생각으로 잔뜩 힘을 써가며 박박 문질러댔다. 대충 한 번 때를 벗기고 탕에 들어가고, 두 번 째 벗기고 또 탕에 들어가고, 세 번째 벗기고 나니 팔을 들 수 없을 정도 로 기운이 파했다.

「두 시간이나 했구나.」

옷을 입으려던 형이 벽시계를 보며 말했다.

「이만하면 본전 뽑은 것이제?」

형이, 누가 듣는다는 눈짓을 했다.

「너 얼굴이 왜 이러냐? 아니 목도…….」

다음날 아침 잠이 깬 형이 놀랐다.

「뭐가 어째서……?」

「이런……, 어제 때를 너무 세게 밀어댔구나.」

형의 얼굴이 울상이 되며 쯧쯧쯧 혀를 찼다.

거울을 보니 얼굴이고 목이고 벌겋게 피가 돋아 있었다. 그 핏기는 이틀, 사흘이 되어도 쉽게 가시지 않았다. 그리고 나흘째부터 무슨 상처가 났을 때처럼 자디잔 딱지가 생기기 시작했다.

「괜히 본전 뽑으려고 욕심부리다가 때만 벗긴 것이 아니라 살껍질까지 벗겨 피부가 상한 것 아니냐.」

형이 마치 의사처럼 내린 진단이었다.

그 핏기가 완전히 가시고 잔 딱지들이 다 떨어지기까지는 1주일이 넘게 걸렸다.

유일표는 땅만 내려다보고 빨리 걷다가 가녀리게 들리는 목탁 소리에 고개를 들었다. 높직하게 자리잡은 반야사에서 울려나오는 소리였다. 반야사는 여승들만 몇이 있는 자그마한 절이었다.

유일표는 또 부러운 마음으로 그 절을 올려다보았다. 그 절에는 물 잘 나는 샘이 있다는 소문이었다. 몇 안 되는 여승들이 빨래며 목욕까지 실컷 하고도 남아 그냥 흘러넘친다고 했다. 그게 틀림없는 것은, 그동안 여승들이 물을 뜨려고 밖으로 나온 것을 한 번도 본 적이 없었다.

유일표는 그냥 흘려보낸다는 물이 몹시도 아까웠다. 그 아까운 물을 어떻게 좀 얻어먹을 수 없을까. 절을 볼 때마다 간절해지는 생각이었다.

그러나 절을 찾아들어가 그 말을 할 용기는 생기지 않았다. 언제나 근엄하고 엄숙한 분위기를 자아내고 있는 그 거리감 때문만이 아니었다.

타다 남은 부지깽이 하나라도 절 밖으로 내가면 벌받는다. 절을 끔찍하게 받드는 어머니의 이 말이 앞을 가로막고는 했다. 그러나 곰곰이 생각해 보면 그럴듯한 그 말에 슬그머니 반감이 생기기도 했다. 그럼 절에서는 시주만 받아먹지 사람들을 위해서는 아무것도 안 해도 된단 말인가……? 그러나 곧 반격이 따랐다. 시주하는 사람들한테는 그들이 원하는 불공을 들여준다……. 더는 할말이 없었다. 그러면서도 물을 그냥 흘려보낸다는 것은 아깝기 그지없었다.

유일표는 그 어린 여승을 생각했다. 그 여승과 친하게 되면 자연스럽게 물을 얻어먹게 될지도 몰랐다. 머리를 깎아버려 나이를 좀 정확하게 짐작하기는 어려웠지만 그 여승은 열대여섯 되어 보였다. 얼굴이 예쁜 편은 아니었지만 흰 살결에 볼이 유난히 발그레한 그 여승은 이상하게도 혼자 다니는 일이 없었다. 어린애가 엄마를 따라다니듯 언제나 나이든 여승의 한 발쯤 뒤에서 고개를 숙이고 걸었다. 그러지만 않고 혼자 나다녔다면 벌써 말을 붙였을 것이다. 아무리 여승이라 해도 여자이긴 마찬가지고, 같은 또래의 여자들에게 말을 거는 것쯤 이미 몸에 익은 일이었다. 언젠가 한번은 그 여승과 눈이 마주친 적이 있었다. 그런데 여승은 멈칫 놀라는 눈치더니 고개를 더 깊이 숙이며 앞선 여승에게로 다붙어 걸었다.

유일표는 대웅전 처마 끝에서 흔들리고 있는 먼 풍경에다 아쉬움을 남겨놓은 채 우물로 발길을 서둘렀다. 우물가에는 여전히 물통들이 줄지어 서 있었다. 그리고 그 옆에서는 몸을 웅크려 팔짱을 낀 여자들이 수다를 떨어대고 있었다. 우물가에 여자들이 많은 것은 당연하지만, 이상하게도 서울 여자들은 물동이를 이지 않고 물지게를 졌다. 지게가 없어서는 안 되는 시골에서도 여자들은 지게를 지는 일이 전혀 없었다. 물동이보다 물지게가 두 배 이상 물을 나를 수 있는 효과가 있긴 하지만 여자들이 지게질을 하는 건 그게 물지게라 하더라도 영 눈설어 보였다.

유일표는 맨 뒤에 물통을 갖다붙이고 주머니에서 영어 단어장을 꺼내며 돌아섰다. 영어 단어장은 보기만 해도 신물이 났다. 해도 해도 요령이 안 생기는 게 그놈의 영어 단어 외우기였다. 자꾸 하다 보면 요령이 생긴다는데, 3년을 진땀 빼며 해보았지만 요령이 생기기는커녕 머릿골만 더 아파왔다.

「10년은 해야지 이놈들아, 겨우 2년 하고선 무슨 요령 타령이야, 요령이. 미국 국민학생들도 스펠링 외우느라고 길을 걸으면서도 꽥꽥 소리를 질러대.」

중학교 2학년 때 영어선생의 핀잔이었다.

「선생님 미국 갔다 오셨어요?」

한 아이의 입빠른 말에 영어선생은 그만 머쓱해지고 말았다.

그 영어선생은 '콘사이스'를 두 권이나 씹어먹은 것으로 유명했다. 사전을 통째로 외워나가며 다 외운 페이지는 질겅질겅 씹어 삼켰다는 거였다. 그러니 에누리 없는 실력파로 꼽혔다. 그런데 그 선생이 '공갈 실력파'로 추락하는 사건이 벌어졌다. 유네스콘가 어디서 교육 시찰을 나와 전교생을 모아놓고 강연을 하게 되었다. 통역으로 실력파 영어선생이 나선 것은 너무 당연했다. 그런데 어찌 된 영문인지 그 선생은 유창하게 통역을 하지 못하고 되묻고 어쩌고 하면서 우물쭈물 쩔쩔맸다. 그 이유는 발음이 너무 달라 미국사람과 영어선생은 서로의 말을 잘 알아듣지 못하는 거였다. 몇 달 동안 시무룩하고 웃는 일이 없던 영어선생은 다음해에 집을 팔아가지고 미국으로 떠났다.

영어 단어장만 보면 그 생각이 떠올라 유일표는 빙긋이 웃었다. 그 선생은 지금 밤낮없이 미국사람들을 따라 발음을 고쳐가면서 콘사이스 대신 무엇을 씹어 삼키고 있는지 궁금했다.

「아니, 내복만 입고 울고 오는 쟤가 누구야? 홍 씨네 딸 아냐?」

「응, 그렇네. 쟤가 내복만 입고 왜 저리 서럽게 울어대? 뭘 잘못해 매 맞고 내쫓겼나?」

「설마, 홍 씨네가 얼마나 애지중지하는 딸이라고.」

「그래, 내쫓겼으면 저 위에서 와야지 왜 아래서 올라와. 학교에서 무슨 일 있었나?」

여자들이 새 이야깃거리를 찾았다 싶었는지 입들을 모으고 있는데 계집아이 하나가 위에 내복만 입은 채 서럽게 울며 가까워지고 있었다.

「애, 너 웃옷은 안 입고 왜 그리 우니? 춥지 않어?」

한 여자가 쫓아가 아이를 붙들며 아는체했다.

「아줌마아……」

아이는 아앙 새롭게 울음을 터뜨렸다.

「왜 그래? 무슨 일 있었어?」

「내 쉐타……, 내 새 쉐타를……」

아이는 서럽게 울음을 추슬려 올리느라고 말을 제대로 하지 못했다.

「쉐타? 쉐타가 어쨌게?」

여자들이 아이 가까이 모여들었다.

「두, 두 남자가 사, 사탕 사준다고……, 꼬셔서 골목에서……」

아이는 또 아앙 울음을 터뜨렸다.

「그래서 쉐타를 벗겨갔단 말이지?」

「으응, 가방도……, 가방도……」

아이는 눈물을 철철 흘리며 울음을 걷잡지 못했다.

「그것들이 어른이든?」

「아니, 학생 오빠들만해.」

「그놈들 그거 또 고아원 것들 아닐까?」

한 여자가 다른 여자들을 둘러보았다.

「고아원? 아유, 잘 모르면서 그런 소리 말아요, 괜히.」

한 여자가 어깨를 으시시 떨었고,

「그래요. 고아원에서 이런 말 들으면 가만 있겠어요. 걔네들 떼거리로 덤비는 데는 무섭잖아요.」

다른 여자가 재빨리 좌우를 살피며 고개를 끄덕였다.

「말해 뭘 해요. 걔네들 단체로 독기 부리고 덤비는 데는 경찰도 못 당해요.」

「왜 안 그렇겠수. 전쟁통에 부모 다 잃고 저희들끼리 한 덩어리가 안 되고서야 이 세상 어찌 살겠수.」

「그나저나 얘, 그만 울고 빨리 집에 가거라. 이러다가 감기 들겠다.」

여자가 아이의 등을 가볍게 밀었다.

「싫여, 싫여. 나 엄마한테 혼나. 세 번밖에 안 입은 새 쉐타…….」

아이는 다시 아앙 울음을 터뜨리며 뒤로 서너 걸음 물러섰다.

「이런, 이 일을 어쩌면 좋으냐. 가자, 아줌마가 가서 말해 줄 테니까. 금방 갔다 올 테니까 내 자리 새치기하지 말어.」

처음의 여자가 아이의 손을 잡고 돌아섰다.

유일표는 눈은 영어 단어장에 둔 채 언제부터인지 모르게 귀는 그쪽에 빼앗기고 있었다.

「세상 참 망조야. 뻘건 대낮에 눈 번히 띄워놓고 이게 무슨 일이야, 그래.」

한 여자가 끌끌끌 혀를 찼다.

「쫄쫄이 배곯는 판에 밤중 대낮 가리게 생겼수. 돈 되는 것이면 뭐든지 훔치고 뺏고 하는 거지. 어린애한테 값나가는 쉐타는 왜 입히고 그래요.」

「하긴 그래. 고등학생들이 남산에 놀러갔다가 교복을 다 뺏기는 판에 어린 것 쉐타 벗겨가는 거야 식은죽 먹기지.」

「그건 또 무슨 소리유?」

「아 글쎄 내 아는 사람 집 아들이 얼마 전에 남산에 올라갔다가 깡패들한테 걸려 교복을 홀랑 다 뺏기고 빤스 바람으로 돌아왔다니까 그래.」

「세상에나 교복도 돈이 되나?」

「그 무슨 답답한 소리예요? 헌 군화, 헌 담요 쪼가리도 돈이 되는 판인데.」

「그나저나 가난이 웬수지, 가난이.」

이런 말들이 꼬리에 꼬리를 잇는 가운데 물통을 채운 여자는 떠나고 새로 온 여자가 끼여들고는 했다.

유일표는 단어장 한 페이지를 넘기지 못한 채 한 시간이 훨씬 지나 물지게를 지고 허리를 곧추세웠다.

「야 일표야, 빨리 일어나 콩나물 좀 사올래?」

다음날 아침 형이 깨워서야 유일표는 눈을 떴다. 벌써 부엌에 나가 있었던지 형의 얼굴에는 추운 기가 서려 있었다.

「응, 알았어.」

유일표는 미안한 생각이 들어 벌떡 몸을 일으켰다. 형은 이상하게도 구멍가게에 가는 것을 싫어하는 눈치였다. 다른 일은 거의 시키지 않으면서도 구멍가게 가야 할 일은 어물어물 시키고는 했다. 아마도 콩나물이나 두부 같은 것을 사들고 다니기가 창피스러운 모양이었다. 그런 것을 봉지에 담아주기는 했다. 그러나 신문지나 헌책 같은 것으로 만든 봉지는 그저 시늉에 지나지 않았다. 작은 봉지의 한쪽 옆구리를 북 터서 담아주는 콩나물은 아무리 봉지를 여미려 해도 대가리와 꼬리들이 삐죽삐죽 드러났고, 물기 머금은 두부는 질 나쁜 봉지를 금방 축축하게 적셔 속에 든 것이 두부라는 표를 확연하게 드러냈다. 그런 것을 들고 가다가 여학생이 킥 웃기라도 해버리면……, 형의 성격에 어지간히 창피할 거였다. 자신도 그런 일을 당해보니 얼굴이 화끈거리는 게 생각보다 훨씬 창피했었다. 언젠가 두부와 꽁치 두 마리를 사들고 구멍가게에서 나오다가 마주오는 여학생 둘과 눈이 마주쳤다. 그들은 입을 가리고 킥킥대며 뛰어갔다. 그건 서울에 와서 처음 느낀 창피스러움이었다.

「구찮허다 생각 말고 국은 끄니마동 꼭 낄에 묵어라. 찬도 부실헌디 국할라 안 묵어서는 밥이 살로 안 간다. 국은 사람 기도 보허고, 해독도 허니라. 명념해라.」

어머니가 당부한 말이었다.

끼니때마다 국을 끓이기는 했는데, 국거리가 마땅찮았다. 결국 콩나물국과 두부찌개가 가장 많아졌다.

「응, 왔어?」

유일표가 구멍가게 유리창문을 옆으로 미는데 주인여자가 먼저 알은체를 했다.

「안녕하세요.」

유일표는 꾸벅 인사를 하며 20환을 내밀었다.

돈을 받아든 여자는 묻지도 않고 봉지 옆구리에 익숙한 손칼질을 해대더니 콩나물을 담기 시작했다. 그런데 그 손놀림이 콩나물장수들이 으레 하는 손놀림과는 아주 달랐다. 콩나물장수들은 누구나 재빠른 손놀림으로 콩나물을 털어가며 엉성하게 담아 많게 보이려고 했다. 그리고 한 줌을 더 올려 인심 좋게 덤을 주는 척했다. 그런데 그 여자는 콩나물을 털기는커녕 꾹꾹 눌러담듯 하고 있었다. 유일표는 그걸 알면서도 못 본 척 하고 있었다.

구멍가게는 또 한 군데가 있었다. 집에서 한 걸음이라도 더 가까워 유일표는 처음에 그 가게의 손님이 되었다. 그런데 어느날 주인여자가 고향이 어디냐고 불쑥 물었다. 자신의 말투를 이상하게 생각한 것이라는 눈치를 챈 유일표는 그냥 광주가 아니라 '전라도 광주'라고 대답했다.

「어머, 학생이 하와이야?」

여자는 콩나물을 팔기 싫다는 듯 콩나물 담던 손을 멈추고 유일표를 뻔히 쳐다보았다.

다음날부터 유일표는 그 가게에 발길을 끊었다.

가게를 바꾼 어느 날 오후 주인여자는 국민학생인 아들의 머리를 쥐어박으며 야단을 치고 있었다. 징징 우는 아이 앞에는 56점짜리 산수 시험지가 놓여 있었다.

「틀린 걸 가르쳐줘야지 때리기만 하면 어떡해요.」

유일표는 맞고 있는 아이가 딱해 자기도 모르게 이 말을 했다.

그러자 주인여자가 유일표를 올려다보았다. 그런데 여자의 얼굴이 점점 난감하게 변하고 있었다. 유일표는 그 여자가 가르칠 능력이 없다는 것을 눈치챘다.

「괜찮다면 제가 잠깐 가르쳐줄게요.」

그 다음부터 주인여자는 콩나물을 꼭꼭 눌러담기 시작했다.

유일표는 구멍가게를 나오다가 걸음을 멈추었다. 줄잡아 서른 명이 넘을 것 같은 크고 작은 아이들이 새끼줄에 연탄을 꿰어 양쪽 손에 하나씩 들고 비탈길을 올라가고 있었다. 유일표는 그들이 고아원 아이들이라는 것을 한눈에 알아보았다. 한 달쯤 전에도 그들이 그렇게 연탄을 운반하는 것을 보았다.

「한 장에 2환 하는 배달비 아끼자고 이 추운데 어린것들한테 저 짓을 시키니 원. 제놈 자식들은 돈암동 양옥집에서 금이야 옥이야 키우면서. 쯧쯧쯧…….」

그때 구멍가게 아주머니가 한 말이었다.

유일표는 슬픈 마음으로 그 아이들을 바라보고 있었다. 만약 어머니가 경찰서에 끌려가서 영영 돌아오지 않았다면 그 아이들의 남루한 모습은 바로 자신의 모습이었다. 전쟁이 끝나고 6년이 지났는데도 아버지는 돌아올 줄 모르고 있으니 자신은 반고아인 셈이었다.

5
만남의 길목

「아니, 숙자 니 전축 샀구나!」

안경자는 앉으려다 말고 눈이 반짝 커지며 몸을 되일으켰다.

「내가 이뻐서 사주냐. 자기 첩하고 싸우지 말라고 비우 맞추는 것이제.」

그들의 말에는 사투리와 표준말이 섞여 있었다. 안경자는 강숙자의 거친 말투에서 자기 아버지에 대한 미움이 전보다 더 커진 것을 느꼈다.

「아주 좋아 보인다.」

강숙자에게 빈 주먹질을 하며 안경자는 책상 옆의 전축으로 다가갔다.

「에라 골탕이나 먹어라 하고 명동 하이파이에 나가 젤 비싼 걸로 샀다.」

예쁘장하면서도 어딘가 맹랑한 느낌이 드는 인상에 어울리는 강숙자의 대꾸였다.

「그 유명한 전축점 하이파이에서 젤 비싼 것?」

전축 앞에 허리를 굽힌 채 강숙자를 올려다보고 있는 안경자의 놀란 눈은 여러 가지 물음을 담고 있었다.

「응, 10만 환에, 미이제!」

'미이제' 할 때 희고 가지런한 강숙자의 치아가 얼굴보다 곱게 드러났다.

「화아아…….」

순간적으로 허리를 곧추세운 안경자의 입이 헤벌어져 있었다. 10만 환이면 줄잡아 쌀이 열 가마였던 것이다.

「뭘 그리 놀래, 광주 무등병원 따님이.」

강숙자가 안경자의 어깨를 툭 쳤다.

「그래도 그렇지야, 겁난다.」 안경자는 혀를 조금 내밀며 고개를 내두르고는, 「미제가 어찌 들어오나. 이런 것도 밀수하나?」 하며 윤기 번쩍이는 전축을 조심스럽게 만졌다.

「응, 내가 물어보니까 미군 부대서 흘러나온다드라. 가만 있어, 그것도 밀수는 밀수 아니냐?」

「그래, 그런 셈이지. 판은?」

「응, 떡 본 김에 제사 지낸다고 명곡으로 50장 샀다.」

「가시내, 통도 크다.」

「어디, 틀어보자. 뭘 들을래?」

강숙자가 전축으로 바짝 다가앉았다.

「내가 뭘 아나. 그야 니가 박사지.」

「음악의 황제 베토벤이 좋지만 글쎄, 봄에 어울리는 슈베르트의 감미로운 곡으로 하자.」

어떠냐고 강숙자가 눈으로 동의를 구했다

「좋을 대로 해. 난 말야, 이럴 땐 정말 너한테 열등감을 느껴.」

「뭐라고, 열등감? 누구 놀리냐?」

강숙자가 까르르 웃었다.

「정말이라니까. 난 뭐 열등감이 없는 줄 아냐? 이제 와서 하는 말이지만 니가 자유롭게 맘껏 행동하는 게 부러울 때가 많았어. 대학 들어와서 보니까 공부가 뭘까 하는 생각도 들고.」

안경자는 부끄러움이 깃든 듯한 진지함으로 말하고 있었다. 보통의 생김인 그녀는 온순한 인상이었는데, 유난히 맑아 보이는 눈에 총기가 서려 있었다.

「참 별소릴 다 듣겠네. 이 후라빠한테 열등감을 느끼다니, 그럼 그걸 뭐라고 해야 하나? 으음……, 열등생에 대한 우등생의 열등감?」

스스로를 '후라빠'라고 할 수 있는 저 꾸밈없고 당당한 것이 강숙자의 남다른 매력인 것을 안경자는 또 느끼고 있었다. 후라빠는 품행이 불량하거나 말썽 피우는 여학생들을 통칭하는 은어였다.

「그건 너무 고상해. 공부벌레의 열등감.」

둘이는 마주보며 웃음을 터뜨렸다. 공부벌레는 안경자의 별명이었다.

「숙자 학생, 친구 왔구만이라우.」

느직한 여자 목소리가 들렸다.

강숙자가 방문을 열면서 손님이 들어서면서 했다.

「어머, 안녕하세요 경자 씨.」

서울말씨의 손님이 먼저 인사했고,

「어서 오세요, 영자 씨.」

안경자가 얼른 일어서며 반겼다.

「잘들 한다, 뭐 잘난 이름들이라고 경자 씨, 영자 씨 해가면서. 지난번에 말들 놓기로 했잖아.」

강숙자가 둘에게 눈을 맵게 흘겼다.

「그래, 말이 났으니 말인데 우리들 이름 참 마땅찮아. 어렸을 때는 몰랐는데 나이 들면서 점점 싫어지고 창피해.」

박영자가 강숙자의 힐책을 살짝 피해서며 재치있게 화젯거리를 끌어냈다.

「그래, 맞었어. 숙자, 경자, 영자가 뭐냐 그래. 어디 그뿐이냐, 미자, 애자, 말자, 복자, 정말 창피해 못살 일이야. 가만있어 봐, 이따 우리 나간 길에 작명소에 가서 이름 새로 지을까?」

강숙자가 불쑥 말했다.

「또 저 엉뚱한 생각 발동한다. 고쳐봐야 뭘 해, 돈만 없애지. 정작 호적을 못 고치는걸.」

안경자가 웃으며 고개를 저었다.

「우리끼리라도 부르면 되지.」

「아니, 가만있어 봐……」 안경자가 무슨 생각인가를 붙들려는 듯이 표정이 골똘해지더니, 「그래, 이름자를 바꿔 부르면 어떨까?」 하며 둘을 쳐다보았다.

「어떻게? 자숙이, 자경이, 자영이, 이렇게 말이냐?」

박영자가 눈을 빛내며 물었다.

「야아, 그거 좋다, 그거 좋아. 역시 우등생 안경자 머리가 최고야, 최고!」

강숙자는 마치 선머슴처럼 모두뜀으로 돌며 손뼉을 쳐댔다.

「또 저 소리.」

그제서야 자릴 잡고 앉으며 안경자가 강숙자에게 눈을 흘겼다.

「참, 그렇게 바꿔 부르니 너무 좋네. 자숙이, 자경이, 자영이, 얼마나 고상하고 세련되어 보여.」

박영자는 무척이나 흡족한 얼굴로 다시 이름들을 또박또박 뇌며 안경자에게 고맙다는 눈인사를 보내고 있었다.

여자들 이름에 숱하게 붙어 있는 '자'자는 일본식 이름 그대로였다. 강압적인 창씨개명 바람에 쫓겨 단시일에 효과를 내느라고 일본 여자의 흔한 이름들을 갖다가 읍사무소며 면사무소 직원들이 제멋대로 붙이는 실정이었으니 똑같은 이름들이 무더기로 쏟아질 수밖에 없었던 것이다.

「숙자 학생, 요것 받으씨요.」

「아주머니, 오늘부터 숙자가 아니라 자숙이라고 불러요, 자숙이!」

강숙자가 방문을 발칵 열며 큰소리로 힘주어 말했고, 안경자와 박영자는 입을 가리며 소리 죽여 웃고 있었다.

「야아?」

「아, 이름 바꿨다니까요.」

강숙자가 바락 소리질렀고,

「니기럴, 엎어치나 뫼치나 꼽새등이 피지간다. 숙자나 자숙이나.」

어눌한 듯 들리는 이 말에 안경자는 그만 웃음을 터뜨리며 배를 잡았고, 박영자는 그저 멍한 얼굴이었다.

「하 참, 저 아주머니 입심은 못 당해.」

다과용 소반을 들고 돌아서며 강숙자도 웃어대고 있었다.

사투리를 제때 알아듣지 못한 박영자는 강숙자의 설명을 듣고서야 뒤늦게 웃기 시작했다.

「이거 태극당 생과자네.」

서울 토박이답게 박영자는 소반 위에 놓인 생과자를 첫눈에 알아보았다.

「응, 누가 또 빽 쓰려고 사왔겠지. 그 생과자 상자에 따로 든 봉투는 저 애첩께서 쓱싹 했으니까 니네들은 하나도 고마워할 것 없이 많이 먹어.」

강숙자의 어조가 비틀려 돌아갔다.

「니가 그걸 봤어?」

안경자가 살짝 웃으며 꼬집었고,

「쟈가 대한민국 국회의원을 뭘로 보고 저래? 달랑 이까짓 생과자 갖고 빽이 써져? 이건 남들 눈 피해 돈봉투를 전하기 위한 눈 가리고 아웅이야, 이 멍청아.」

첩 이야기와 함께 그 뇌물 이야기는 자기 아버지의 치부이고 집안의 흉거리인데도 강숙자는 아무 거리낌 없이 말을 해대고 있었다. 그리고 두 친구도 별다른 반응 없이 예사롭게 듣고 있었다. 그도 그럴 것이 돈이나 권력깨나 있는 남자들은 그 위력을 과시하기라도 하듯 으레 축첩을 했고, 빽을 쓰고 사바사바를 하지 않고는 아무리 똑똑하고 잘났어도 출세할 수 없다는 풍조가 사회 전체에 퍼져 있었던 것이다.

「그래도 이거 아주 비쌀 텐데. 말만 들었지 난 첨이야.」

안경자의 손은 과일을 지나 서울 장안에서 제일이라는 태극당 생과자를 집어들었다.

「오늘 무슨 좋은 플랜 있니?」

박영자가 과일을 베물며 물었다.

「있지. 우리의 위대하신 국부 이승만 대통령 각하의 생신을 축하하기 위해서 아주 멋들어진 플랜을 짰지.」

강숙자가 과장된 몸짓을 지었다.

「흥, 대통령 생일이라고 공휴일로 쉬는 나라는 이 지구상에 이 나라뿐일 거야. 우습지도 않아.」

코웃음만큼 박영자의 얼굴에는 냉소가 흐르고 있었다. 그 힐난함에 안경자는 놀란 눈길이 되었고, 강숙자가 넉살좋게 말을 받았다.

「그 고마우신 은혜에 보답하기 위해서 우린 뜨겁게 청춘을 즐겨야지.」

「나 잠깐 실례…….」

박영자가 몸을 일으켰다.

밖으로 나간 박영자의 발자국 소리가 멀어지자 안경자가 강숙자를 쳐다보며 고개를 살래살래 흔들었다.

「쟤 순하고 얌전해 보여도 보통내기가 아니야. 며칠 전에는 글쎄, 어떤 교수가 역사학도의 태도와 양심에 대해 강의를 했는데, 교수님은 일제시대에 뭘 하셨습니까, 그때도 역사를 가르쳤을 텐데 그건 친일 중에 가장 심한 친일이 아닌가요, 하는 질문을 했다니까. 난 뒷문 보결생이지만 쟨 제대로 맘먹고 사학과에 온 애야.」

「너, 그 보결, 쟤도 알아?」

안경자가 당황스럽게 물었다.

「아아니, 내가 바보 천치냐?」

강숙자는 더없이 느긋하게 웃었다.

「제발 그 소리 좀 하지 말어. 괜히…….」

안경자는 말끝을 흐리며 동생이라도 꾸짖듯 눈총을 쏘았다.

「혹 누가 알면 어때? 보결생이야 대학마다 쌔고 쌨는데.」

강숙자는 키득 웃기까지 했다.

그녀의 말은 사실이기도 했다. 전쟁을 치르고 사회가 안정기로 접어들면서 고학력을 필요로 했고, 그런 사회 분위기는 대학을 나와야 출세한다는 인식을 유발시켰고, 그에 발맞추어 대학들이 생겨나는 동시에 전국적으로 교육 열풍이 불어대기 시작했다. 그러나 새로 생긴 대학일수록 재정이 취약해 그것을 보충하느라고 정원 외에 뒤로 보결생들을 받아들이고 있었다. 어떤 대학은 정원보다도 보결생들이 더 많기도 해 그런 대학들의 비리는 해마다 신문을 장식하는 사회문제가 되어 있었다. 그런데도 그 엄연한 불법이 매년 되풀이되고 있는 데는 국가적 지원을 할 수 없는 문교부의 은근한 묵인도 작용하는 낌새가 보이기도 했다. 사회에서도 그 문제에 대해 관대한 일면이 없지 않았다. 배움의 길을 막을 것 없고, 많이 배운 사람들 늘어나 나쁠 것 없고, 보결생 등록금 받아 결국 학교 시설하는데 다른 부정보다는 낫지 않느냐는 여론이었다.

「아이고, 저 배짱.」 안경자는 어이없어하는 웃음을 흘리고는, 「근데, 집안은 어떤 집안인데?」 하며 박영자에게 관심을 보였다.

「응, 무슨 건축회살 한다는데, 작은오빠가 사학과에 다닌데.」

「그래, 그 오빠한테 보배우는 게 많은 모양이구나.」

눈길을 떨군 안경자는 신중하게 고개를 끄덕이고 있었다. '보배운다'는 말은 보고 배운다는 남도지방 말이었다.

「날씨가 너무 화창하고 좋다. 정원 나무에 꽃망울들이 방울방울 맺혔어.」

경쾌한 콧노래를 하며 들어선 박영자가 환하게 웃음지으며 말했다.

「처녀 가슴이 싱숭생숭하지?」

강숙자가 탁구 치듯 냉큼 받았고,

「어머나, 징그럽게. 어서 재미나는 플랜이나 말해 봐.」

박영자가 강숙자의 등을 치며 앉았다.

「자아, 들어봐. 오전에는 멋진 영화 한 편을 보고, 점심은 불고기로 맛있게 먹고, 그 다음엔 시발택시를 타고 저 뚝섬으로 나가 봄바람 쐬며 뽀트놀이를 하는 거야.」 강숙자는 점점 신바람이 오르더니, 「근데 이걸 우리끼리 하느냐? 그 무슨 재미로? 괜찮은 총각 셋과 함께 즐긴다 그 말씀이야.」 그녀는 떠돌이 약장수 흉내까지 내며 반짝이는 눈으로 두 친구를 빠르게 훑었다.

「남자들……?」

안경자의 얼굴이 금세 붉어졌고,

「어떻게 괜찮은데?」

박영자는 생긋 웃으며 긴 머리카락을 뒤로 넘겼다.

「얼굴 미남에, 두뇌 명석하고, 학벌 일류에, 일이 잘 풀리면 넌 판검사 영감님 부인이 될 수가 있지.」

어떠냐는 듯 허리를 꼿꼿하게 세우는 강숙자의 얼굴에 장난기가 넘쳐 났다.

「법대생들이구나? 근데 어떻게 그리도 다 겸비한 사람들을 셋씩이나 구했니?」

「그건 차차 알면 되고, 빨리 좋으냐 싫으냐만 딱 잘라서 말해.」

「그야 말해 뭐해. 싫다면 내숭이잖니?」

「경자, 아니 자경이 넌?」

「아이, 몰라…….」

안경자의 얼굴이 더 붉게 물들었다.

그러나, 기세 좋게 남천장학사에 전화를 건 강숙자의 얼굴은 붉으락푸르락해지고 있었다. 김선오가 느물느물 놀리다가 공부를 핑계로 제의를 거절했던 것이다.

「나럴 무시혀. 니 어디 성허나 봐라.」

강숙자는 입술을 깨물며 바르르 떨었다.

「아유, 기가 막혀서 참. 경자야, 그 나 영어 가르쳤던 김선오 있지? 그게 글쎄 뭐라는지 아냐? 우리 아부지 허락을 받아야 가겠다면서 거절을 한다, 글쎄. 그게 공부 좀 한다고 시건방지게 날 무시한다니까. 가만 안 둘 거야.」

강숙자는 김선오에게 자존심이 상한데다 친구들에게 체면이 안 서 화가 머리꼭지를 뚫고 있었다.

「그야 그렇지. 아부지가 아시면 생야단 안 맞겠어? 널 무시하는 게 아니라 그 사람들 입장이 있지. 이런 계획을 세웠으면 니가 미리 아부지한테 말씀드렸어야지. 이건 니 실수니까 잊어버리고, 차라리 잘됐어, 괜히 어색하고 한 것보다는 우리끼리가 더 재미있지 뭐. 기회는 앞으로도 얼마든지 있으니까.」

언제나처럼 안경자는 강숙자를 다독거리며 자존심이 상하지 않도록 마음썼다.

「무슨 얘기들이니? 나만 모르고 있는 것 같은데?」

박영자가 두 사람을 향해 눈동자를 빠르게 굴렸다. 희고 작은 듯한 얼굴에 선이 가늘어 순해 보였지만 동그란 눈이 영리하고 눈치 빠른 느낌을 주었다.

「으응, 그거. 그게 다른 게 아니고…….」

안경자는 남천장학사에 대해서 아는 대로 대충 설명했다.

「호오, 얘기 듣고 보니 더 구미 당기는데? 그건 그물에 든 고기떼나 마찬가지니까 서두를 것 없고, 오늘은 우리끼리 즐기면 되잖니? 자아, 어떤 영화 보러 가지? 빨리 정하자.」

박영자는 간단하게 정리해 버렸다. 안경자는 남자들에 대해서 그렇게 거침없이 말하는 것에 놀라며 역시 서울애들은 다르다는 것을 또 느끼고 있었다.

「영화 프로 고르는 건 나한테 맡겨. 요새 볼 만한 게 세 편이야. 〈차와 동정〉, 〈유혹의 파리〉, 〈상처뿐인 영광〉. 그런데 〈차와 동정〉과 〈유혹의 파리〉는 개봉관이 아닌 게 흠이야. 우리가 입시공부하는 사이에 개봉관 상영이 끝났거든.」

마침내 생기가 돌기 시작하는 강숙자를 보며 안경자는 웃고 있었다. 강숙자는 고등학교 시절에 벌써 영화 팸플릿을 300가지 이상 모아 가지고 있었다. 시험 때도 막무가내로 영화관에 갔다가 잡히곤 했는데, 그 분야에 대해서는 박사가 따로 없었다. 훈육주임은 마냥 두통거리 취급이었지만 아이들한테는 인기 만점이었고, 그러면서도 연애사건은 한 번도 일으키지 않아 졸업은 무사히 할 수 있었던 것이다. 소설도 많이 읽어 생각 깊은 데가 있었고, 특히 마음씨가 곱고 거짓이나 꾸밈이 없는 성격이었다. 아이들은 자신과 강숙자가 친한 것을 이해하지 못했지만 강숙자는 공부 좀 하는 애들이 갖지 못한 좋은 점들을 너무 많이 가지고 있었고, 어쩌면 자신이 하고 싶으면서도 억제하고 감추고 하는 또다른 자신을 강숙자한테서 발견하는 그 야릇한 감정이 우정의 샘이었는지도 몰랐다.

「그럼 그게 말야……, 영화의 질이냐 상영관의 질이냐 하는 문제 아니겠니? 〈상처뿐인 영광〉은 남성 취향이고, 〈유혹의 파리〉는 제목이 너무 노골적이라 유치하고, 역시 영화의 질로 따져 〈차와 동정〉이 젤 낫지 않을까?」

박영자의 차분차분한 의견이었다.

「역시 넌 안목이 있구나. 다음, 넌?」

강숙자가 안경자에게 눈을 돌렸다.

「나야 전문가 의견에 무조건 동의.」

「됐어 그럼, 〈차와 동정〉이야. 나 옷 갈아입을게.」 강숙자는 윗목으로 가 옷장문을 열면서, 「좀 미안한 말이지만 국산 영환 왜 그리 유치하고 비린내 나는지 모르겠어. 아무리 봐주려고 해도 눈만 아프고 본전 아까워. 내가 남자였으면 한바탕 멋진 영활 만들었을 텐데. 아유 분해, 이놈의 여자.」 그녀는 옷을 갈아입으며 연상 지껄였다.

「그래도 쓸 만한 배우들은 몇 있잖아.」

박영자가 생과자를 먹으며 말했다.

「그야 물론이지. 김승호, 황정순 같은 사람이야 특급 배우지. 김승호야 쟝 카방이 무색하고, 황정순이야 잉그리트 버그만이 어찌 당하겠어. 그 사람들이야 한국에 태어난 게 불행이지.」

「아까 무슨 소린가 했더니 너 정말 전문가로구나?」

박영자가 놀란 눈으로 쳐다보았다.

그들은 나란히 집을 나섰다.

「의대 공부는 할 만해?」

박영자가 안경자에게 물었다.

「공부는 무슨……, 앞으로 해봐야지.」

안경자가 쑥스럽게 웃었다.

「너 산부인과 해라. 우리 덕 좀 보게.」

강숙자가 불쑥 한 말이었다.

학교의 담을 따라 개나리꽃이 흐드러지게 피어 있었다. 포근하고 눈부신 봄햇살 속에서 그 샛노란 꽃의 홍수는 싱그러운 생명감을 맘껏 발산하고 있었다. 흰옷을 입고 스치기만 해도 금세 샛노랗게 물들 것 같은 그 개나리꽃의 낭자함은 믿기 어려운 계절의 기적이고 경이로움이었다. 며칠 전까지만 해도 겨울 추위 속에서 얼어죽어 버린 것 같았던 가늘고 긴 가지들에서 그리도 화사하고 찬란한 꽃들이 피어난 것이었다.

유일표는 창밖으로 그 꽃무리를 하염없이 바라보고 있었다. 그는 무리 지은 꽃들의 아름다움을 보고 있는 것이 아니었다. 그 꽃물결 위에 어른거리는 어머니를 보고 있었다. 속으로 어머니, 어머니를 간절하게 부르고 있는 그의 가슴은 눈물로 젖고 있었다. 어머니의 모습은 문득문득 떠올랐고, 그럴 때면 무작정 어머니 있는 곳으로 가버리고 싶은 충동에 휩싸였다. 그리고 어머니를 생각하면 어김없이 눈물로 목이 메었다. 꿈에서도 울다가 잠이 깨어 더 자지 못한 것이 한두 번이 아니었다. 그런 밤이면 어머니 앞으로 긴 편지를 썼다. 형도 그러는지 어쩐지 알 수가 없었지만, 자신의 그런 마음을 형에게는 전혀 내색하지 않았다.

「떴다, 상이용사!」

누군가의 억누른 외침으로 소란스럽던 교실 안이 조용해졌다. 상이용사는 담임선생의 별명이었다. 6·25 때 하필이면 오른팔, 그것도 팔꿈치에 총을 맞아 담임선생의 팔은 반으로 꺾인 것처럼 표가 났다. 그런 팔로도 칠판글씨를 너무 잘 쓰는 담임선생은 자신이 타고난 병신이 아님을 알리기라도 하듯 첫 시간에 팔을 다친 연유를 이야기했다. 그리고, 10분 간의 휴식시간이 끝나기도 전에 담임선생의 별명은 상이용사로 결정났다.

「오늘은 오전수업이다. 오후에는 서울운동장에서 열리는 재일교포 북송반대 궐기대회에 참석한다. 시간 절약을 위해서 청소는 전체가 하고, 1시 30분까지 운동장에 집합하도록!」

인사를 받고 담임선생이 돌아서는데 한 학생이 외쳤다.

「우리 반은 지난번 대통령 생일 행사 때 동원됐잖아요.」

「맞아요, 윤번제로 돌아간댔잖아요.」

다른 목소리가 더 크게 응원을 했다.

「이 녀석들아, 잔소리 말어. 오늘은 1학년 전체 동원이야. 이 문제로 온 나라가 시끌시끌한 걸 알아 몰라?」

교실 안을 휘둘러보는 담임선생의 곤두선 눈길 앞에서 학생들은 그만 잠잠해졌다.

「에이, 오늘 또 죽어났다.」

「다 김일성 그 새끼 때문이야.」

「우리가 여기서 죽어라고 핏대 올린다고 되는 게 뭐냐. 좆도.」

「걸핏하면 행사다 궐기대회다, 아유, 지긋지긋해.」

학생들은 끼리끼리 모여앉아 감정을 터뜨려댔다.

그들은 재일교포 북송문제에 대해서 이미 너무나 잘 알고 있었다. 매주 월요일마다 전교생이 운동장에서 하는 애국조회 때 교장은 벌써 서너 차례나 북송 결사반대와 함께 반공교육을 실시했다. 그리고 또 담임선생들과 사회과목 선생들이 비슷비슷한 말들을 반복해 왔었다. 일본 정부는 지난 2월 13일 재일교포 북송을 정식으로 결정했고, 한국 정부는 즉각적인 반대의사 표명과 함께 전면적 저지운동을 선언했다. 그에 따라 반대 궐기대회가 전국에서 일어나기 시작했다. 모든 신문들은 거의 날마다 궐기대회 상황을 보도하면서 두 달째를 보내고 있었다.

유일표네 학교 학생들은 묵직하게 늘어지는 책가방을 든 채 세 줄로 대열을 맞추며 종로를 걸어가고 있었다. 온통 새까만 그들의 교모와 교복은 4월의 쾌청한 오후 날씨 속에서 꽤나 무더워 보였다. 더구나 신입생인 그들의 모자와 옷은 모두 새것이라서 까만색은 더욱 선명했던 것이다. 그 까마귀떼 같은 검은 대열 속에서 금방 눈에 띄는 한 학생이 있었다. 그건 키가 유난히 커서도 아니었고 몸이 턱없이 뚱뚱해서도 아니었다. 그 학생의 모자와 교복은 검정물이 바래 붉은 기가 돌 정도로 낡아 있었다. 그가 바로 유일표였다.

「챙피하면 교복 사.」

형이 말했었다.

「아니, 떨어진 데 없어.」

유일표는 속마음과는 달리 고개를 강하게 내저었다. 어머니를 생각한
것이다.

유일표는 새 교복을 입고 싶었다. 고등학교에 입학한 새 기분을 내기
위해서가 아니었다. 가난을 표내고 싶지가 않았다. 또, 교복으로 아이들
에게 무시당하고 싶지 않았다. 그리고, 불쌍하게 보여지는 것은 더구나
싫었다. 그런 기분을 다 합치면 결국 창피스러움이었다. 그러나 어머니
를 생각하면 기분대로 할 수가 없었다. 자신이 모자와 교복을 새로 사면
그만큼 어머니의 고생이 커지고, 서울로 이사 올 날도 늦어지는 셈이었
다. 유일표는 너무 싫었지만 어쩔 수 없이 창피스러움과 부끄러움을 무
릅쓰기로 작정했던 것이다. 가난은 죄가 아니다, 다만 일시적인 불편일
뿐이다, 하는 어느 유명한 사람의 말을 곱씹으며.

서울운동장은 학생들로 새까맸다. 교복에 하얀 목깃을 단 절반 정도
의 여학생들 때문에 그나마 좀 숨통이 트이고 있었다. 북괴 김일성 도당
의 만행을 규탄하는 연설이 길게 이어지고, 다음 사람이 나와 또 비슷한
내용으로 외쳐대고, 남녀 학생대표가 나와서 북송 결사반대 웅변을 하
고, 학생들은 너무 많이 들어온 똑같은 말에 몸들을 비비꼬고 있었다.

그런데 갑자기 앞에서부터 술렁거리기 시작했다. 그 술렁거림은 물결
치듯 빠르게 뒤로 퍼져나갔다.

「혈서를 썼다, 혈서!」

이 말은 서늘한 정적을 뿌리며 뒤로뒤로 굽이쳐 갔다.

「청년학도 여러분, 세 명의 애국학생들이 북괴도당의 만행을 규탄하
고 재일교포 북송을 결사반대하는 뜨거운 결의로 혈서를 썼습니다. 이
장한 용기와 투철한 애국심에 우리 다같이 열렬한 박수를 보냅시다아!」

확성기에서 이런 외침이 울려퍼지면서 단상에서는 세 개의 혈서가 펄럭이기 시작했다. 학생들은 그때야 몸가짐을 바로잡고 박수를 쳐댔다.

「북괴도당은 북송 만행을 중단하라!」

「재일교포 강제북송 결사반대한다!」

「삼천만이 하나되어 북진통일 완수하자!」

확성기의 선창에 따라 학생들은 구호를 외쳤다. 그리고 늘 똑같이 만세삼창으로 궐기대회는 끝이 났다.

학교마다 그 자리에서 해산을 하는 바람에 넓은 운동장은 금세 소란으로 바글바글 끓었다. 학생들은 서로 친한 아이들을 부르고 찾고 하느라고 북새통을 이루고 있었다.

「보래 깡다구야, 퍼뜩 나가자 마.」

모자를 밀어올린 이상재가 이마의 땀을 손등으로 문지르며 짜증스럽게 말했다. 그는 서너 줄 뒤에서 유일표 쪽으로 온 것이었다. 유일표는 60명 중 출석번호가 31번이었고 그는 39번이었다.

「그래, 나가자 마.」

유일표는 손부채를 부치며 이상재의 말을 흉내냈다.

「이, 일표 니 안직 있었구나.」

단추를 서너 개 따놓은 최주한이가 급한 걸음을 멈추며 유일표의 어깨를 쳤다.

「이 행님 기둘리고 있었드나?」

장경식이가 헤벌쭉 웃으며 뛰어왔다.

「하! 또 촌놈 넷이가? 좋다 마, 퍼뜩 나가서 찬 것부텀 묵자.」

이상재의 말에 그들은 가방을 추슬러 들며 걸음을 옮겨놓기 시작했다.

운동장 앞은 더 수라장이었다. 운동장에서 쏟아져 나온 학생들과 일반인들이 뒤섞인데다가 눈치 빠른 냉차장수들까지 몰려들었고, 덥고 목마른 학생들은 냉차리어카를 둘러싸고 바글댔던 것이다.

「저거 머꼬? 벌떼 아이가?」

이상재가 냉차장수들을 보며 실망스럽게 어깨를 늘어뜨렸고,

「가자, 종로 쪽으로. 제과점에 점잖허니 앉아서 아이스케키도 묵고 빵도 묵자.」

최주한이 말을 받았다.

「그거 좋다. 저기 머꼬, 상시럽구로.」

장경식의 찬동으로 그들은 다시 걷기 시작했다. 이런 경우에 입을 열지 않는 것은 유일표뿐이었다. 그는 그날 쓸 전차표말고는 돈이 한푼도 없는 처지였다. 그래서 그동안에도 이런 자리를 될 수 있는 대로 피하려고 했다. 돈을 한 번도 내지 못하고 얻어먹기만 해야 하는 그것은 낡아빠진 교복을 입고 남들 눈앞에 도드라지는 것에 못지않은 가난의 쓰라린 아픔이고, 마음에 그늘이 지게 하는 일이었다.

「야 깡다구, 인자 니보고 하와이라꼬 놀리는 놈들은 진짜 없는기가?」

장경식이 유일표 옆으로 오며 물었다.

「그래, 이 보리 문딩아.」

유일표가 씩 웃으며 대꾸했다.

「하, 일마가 이거 쫑코 믹이네. 우예 됐든 간에 니야 해방돼서 졸긴데, 내사 마 그 보리 문디 소리 듣기 싫어 똑 죽겠구마는, 우야믄 좋노.」

「그야 뉘서 떡 묵기여. 니도 일표맨치로 깡다구 부리면 될 것 아니여.」

최주한은 맘놓고 고향말을 써댔다.

「치아라, 깡다구는 아무나 부리나. 일마 이거 쌈에는 영 맹탕인기라.」

이상재가 자기보다 한 뼘 작은 장경식의 머리를 쥐어박았다.

「이거 당수를 배울 수도 없고 말다⋯⋯. 우예 서울놈아들은 지방사람들을 그리 고약시리 차별하노. 서울 인심 더럽다 카는 기 틀린 말이 아이라.」

장경식이 투덜거리듯 말했다.

「치아라, 인자 당수 배와갖고 어느 세월에 써묵노. 그라고 말다, 쌈은 우리 일표맨쿠로 깡다구로 하는 기제 당수 유도로 하는 기 아닌기라. 일 표 일마 이거 지보담도 10센치는 더 큰 42번한테 뎀빈 것부텀 깡다구고, 코피는 지가 먼저 터지갖고 항복은 안 하고 되레 박치기 믹이고 귀 물어 뜯고 늘어져 결국 쌈에 이기는 그 깡다구가 어데 보통 깡다구가. 고향도 아이고 서울놈아들 판에서 말다. 짱구 니넌 택도 없다.」

이상재는 벌써 몇 번째 한 이야기를 또 하면서도 처음의 감정이 전혀 변하지 않고 그대로 살아나고 있었다. 그건 기가 센 자에 대한 남자로서 의 본능적인 경이감과 부러움의 반응이었고, 또 하나는 유일표와는 달 리 자신은 서울아이들에게 여전히 보리 문둥이라고 놀림을 당하고 있기 때문이었다.

입학을 하자마자 그들은 엉뚱한 놀림감이 되기 시작했다. 서울아이들 은 경상도 출신을 보리 문둥이, 전라도 출신을 하와이, 충청도 출신을 핫바지라고 놀려댔다. 그건 각 지방사람들이 서울로 몰려들기 시작하면 서 생겨난 말이 그대로 학생들한테까지 옮겨진 거였다. 그런데 그 별칭 에 지방사람들을 업신여기고 적대시하는 서울사람들의 감정이 들어 있 다는 것이 문제였다.

유일표는 학교에서까지 그 놀림을 당하는 것을 참을 수가 없었다. 이 미 입학하기 전에 동네의 여기저기에서 당하며 분이 쌓여 있었다. 「그으 래에에, 하와이였어어?」 미리 알았으면 방을 세놓지 않았을 거라는 듯 주인여자는 고개를 틀어돌렸고, 「학생이 하와이야?」 콩나물을 팔기 싫 다는 듯 구멍가게 아주머니는 봉지에 콩나물 담던 손을 멈추었고, 우물 에 물을 길러 가면 여자들이 흰눈을 뜨며 수군거리기도 했다. 그런 어이 없는 일을 당하면서 언뜻 떠오른 것이 형의 담임선생이었다. 그분이 머 뭇거리다가 하지 않았던 말이 바로 이런 차별에 대한 것이었구나 하는 깨달음이 일었던 것이다. 그런데 아무리 생각해도 왜 그런 차별을 하는 것인지, 왜 하와이라고 부르는 것인지 알 수가 없었다. 생각다 못해 김선오 형을 찾아갔다. 형은 알 것 같지도 않았고, 안다고 해도 제대로 가르쳐주지도 않고 공부는 안 하고 쓸데없는 것에 관심 쓴다고 퉁이나 맞을 것이 뻔했다. 「어린 너도 당했다 그거지. 그게 서울이야. 차차 알게 될 거야.」 김선오 형은 떫게 웃고 말았다. 「형은 왜 뭘 물으면 다 알면서도 대답을 안 해요? 그건 아는 사람 도리가 아니잖아요.」 「요게 볼수록 맹랑하다니까. 수학, 영어를 물으면 안 그러지.」 「그따위 건 학교에서 배우는 것으로 충분해요.」 「하 요거 보게. 배고픈데 풀빵이나 사먹고 올라가라. 세상엔 미리 알아서 좋을 게 없는 것이 많아.」 김선오 형에게 돈만 20환을 받아가지고 나왔던 것이다.

유일표는 언제까지고 아이들의 놀림감이 될 수는 없었다. 한 달을 참다가 마침내 한 놈을 골랐다. 단 한 번으로 끝내기 위해 일부러 자신보다 큰 42번을 찍었다.

「이 씨팔놈아, 아가리 조심해.」

「이 하와이새끼가, 죽고 싶어!」

「그래, 한판 뛰자 그거야?」

「너 이새끼, 당장 나와!」

그래서 방과후에 아이들이 에워싼 변소 뒤에서 한판 싸움이 벌어졌다. 그 싸움에서 이긴 다음날로 유일표의 별명은 깡다구가 되었고, 그 누구도 다시는 하와이라고 놀리지 못했다. 당연한 것처럼 이상재가 밀착해 왔고, 그의 동창인 장경식이 연결되었고, 같은 식으로 유일표의 동창인 최주한이 엮어지면서 그들 넷은 타향살이의 병을 앓는 마음을 서로서로 붙들었다.

그들은 동대문 전차 종점 건너편에 있는 제과점을 찾아냈다. 동대문은 종점만이 아니라 전차의 차고까지 있어서 여간 번잡하지 않았다.

「보이소 예, 여게 앙꼬 아이스껙 시무 개허고, 빵 시무 개 퍼뜩 주이소.」

자리에 앉자마자 교복을 헤풀며 장경식이 소리쳤다.

「서울사람한테 말할 때는 사투리 너무 쓰지 말어. 잘 못 알아들어.」

유일표가 모자챙으로 부채질하며 말했고,

「니 우짤라꼬 그라나?」

이상재가 놀란 기색으로 장경식을 쳐다보며 물었다.

「와? 니 우리 꼰대가 부산바닥 울리는 부잔 것 몰라서 그라나.」

장경식이 짓궂게 웃었다.

「밥통아, 그기 아이고, 니 수중에 그만한 돈 지닛나 그기라.」

「땁땁타 이 밥통아. 모지래믄 니 붕알 띠놓고 가믄 될 거 아이가.」

장경식이 키득키득 웃었다.

「내 돈 보태면 된께 걱정덜 말어.」

최주한이 공책을 부채질하며 말했다.

아가씨가 가져온 팥 아이스케이크와 빵은 작은 탁자를 가득 채우듯 했다.

「자아 묵자, 묵자.」

장경식이 서둘러 아이스케이크를 집어들었다. 그들은 허겁지겁 아이스케이크를 먹어대기 시작했다. 마치 먹기 시합이라도 하듯 나무꼬챙이만 쌓일 뿐 아무도 말이 없었다.

「우야 어메야, 인자 살겄다.」

제일 먼저 다섯 개를 먹어치운 이상재가 시원하게 숨을 토해냈다.

「보래, 아새끼들은 놀리고, 국어선생도 사투리를 뻐떡 고치라 케서 고치기는 고치얄 긴데, 그기 수학문제 풀기보다 더 에로븐 기라. 내 가만 보니께네 주한이 일마에 비해 깡다구 니가 사투리를 마이 덜 씨는데, 그기 우짠 비결이고? 말 쫌 해보그라.」

장경식이 입을 훔치며 진지하게 말했다.

「비결은 무슨 비결이야. 날마다 노력하는 거지.」

유일표가 비식 웃었고,

「그 노력이 바로 비결 아이가.」

이상재가 말을 거들었다.

「응, 그거 간단해. 예습하는 셈치고 국어책을 매일 한 과씩 소리내서 읽어. 그리고, 사람들하고 말할 때 국어책 그대로 말하려고 애쓰고.」

「고것 참말로 존 방법인디?」

최주한이가 반색을 했고,

「일마가 이거, 깡다구는 진짜 깡다구네.」

이상재가 고개를 주억거렸다.

「근디 말이여, 김일성이는 위째 재일교포럴 데래갈라고 허고 교포덜언 또 위째 북으로 가는지, 그 설명을 허는 사람은 위째 하나또 없제?」

최주한이 빵을 먹으며 말머리를 돌렸다.

「글타, 말 듣고 보이 글쿠마는.」

장경식이 친구들을 둘러보았다.

「사회선생한테 질문해 봐.」

유일표가 넌지시 말했다.

「그야 진작에 혀봤제.」

「머시라 카드노? 그런 거 시험에 안 나오니 몰라도 된다 카드나?」

이상재의 말에 장경식이 쿡 웃음을 터뜨려 그만 입에 가득 담겼던 빵이 터져나왔고, 그 바람에 그들은 마구 웃어대기 시작했다. 말똥 굴러가는 것만 보아도 웃음이 터지는 나이였던 것이다.

그들은 종로5가에 이르러 헤어졌다. 집의 방향이 서로 달랐다. 유일표는 전차를 탈까 어쩔까 잠시 망설였다. 몸은 피곤했지만 그냥 걸어가기로 작정했다. 전차를 타자면 종로4가까지 더 걸어가야 하는데, 그 거리는 곧바로 혜화동 로터리까지 걸어가는 것의 절반 정도였다. 어차피바로 전차를 못 탈 바에는 배도 불렀겠다 다리 아픈 것은 좀더 참고 전차표 한 장을 아끼자는 계산이었다.

가방을 어깨에 걸치고 걸으며 유일표는 또 그 생각을 하고 있었다. 빵다섯 개를 혼자 다 먹은 것이 형에게 너무 미안했다. 두 개는 형에게 갖다 주고 싶은 마음이 간절했었다. 그러나 안타깝게도 그건 속마음일 뿐이었다.

그리고, 유일표는 또 아버지를 생각했다. 세 친구와 자신의 차이는 바로 아버지가 있고 없음의 차이였다. 태양이 없으면 지구는 종말이라고 했다. 자신은 영락없이 태양 잃은 지구였다. 살아갈수록 그 느낌은 커져가기만 했다. 아버지……, 아버지는 왜 그랬을까……, 아버지……, 아버지…….

「학생, 일표 학생!」

유일표는 떨구고 걷던 고개를 돌렸다.

한 여자가 서둘러 길을 건너오고 있었다. 유일표는 그때서야 자신이 혜화동 길에 접어들어 있음을 알았다. 그러나 자신에게로 다가오고 있는 여자는 전혀 모르는 얼굴이었다.

「누, 누구세요?」

유일표는 어깨에 걸쳤던 가방을 내렸다.

「응, 일표 학생은 날 잘 몰라도 난 일표 학생을 잘 알아. 형하고 지나다니는 걸 몇 번 봤거든. 난 강자숙이야.」

강숙자의 눈인사에 유일표는 어색하게 고개를 꾸벅하며 어물거렸다. 그러면서 같은 고향사람인 것을 금방 알아보았다. 그 말씨에서 고향 냄새가 묻어나고 있었다.

「배고플 텐데 우리 어디 가서 빵이나 좀 먹을까? 얘기도 하구.」

유일표는 자신도 모르게 해를 흘끗 쳐다보며, 오늘은 웬 빵 풍년이냐 하는 생각을 했다.

「후후, 밥할 걱정 땜에? 시간 아직 멀었으니까 괜찮아. 자, 가자.」

강숙자는 유일표의 팔을 살짝 잡았다.

어, 어, 초면에 남자 팔을 막 잡네. 책 든 걸 보니까 대학생이 틀림없는데, 형하고 무슨 사이지? 그래, 이 기회에 알아볼 필요가 있다. 그까짓 빵이야 서른 개도 먹을 수 있으니까.

유일표는 이런 생각을 하고 따라가면서 강자숙이라는 이름을 다시 뇌었다.

「아까 기운 없어 보이던데 딱 배고플 시간이야. 빵 맘껏 먹어, 우유도 마시고.」

이렇게 말한 강숙자는 빵 열 개에다 우유까지 두 병을 시켰다.

「겁나네. 형제가 다 일류대학에 일류고등학교. 앞길이 환히 열렸잖아.」

강숙자는 장난스레 말하면서도 유일표를 찬찬히 뜯어보는 눈길이었다.

「자, 자, 어서 먹어, 어서.」

빵이 오자 강숙자는 포크로 빵을 찍어 유일표에게 건넸다. 유일표는 당황스럽게 빵을 받으면서 얼핏 누나가 떠올랐다. 그 다정하고 정겨움이 흡사 살아 있을 때의 누나 같았다.

「저어……, 우리 형하고 잘 아세요?」

무슨 말이든 해야 하는 예의도 차릴 겸해서 유일표는 입을 열었다.

「왜, 궁금해?」

유일표는 빵을 베물며 그저 웃었다.

「우리 결혼할 사이.」

「예에……?」

「아니, 왜 그리 놀래? 내가 그렇게 자격 없어 보여?」

유일표는 너무 놀라 빵을 떨어뜨릴 뻔했고, 이젠 또 뭐라고 대답해야 좋을지 몰라 당황스러웠다.

「염려 마, 다 장난이야.」 강숙자는 가지런하고 하얀 이를 드러내며 활짝 웃고는, 「그러고 있지 말고 어서 많이 먹어. 먹고 돌아앉으면 배고플 나이잖아. 형은 한 번 만난 것뿐이야」 하며 우유를 한 모금 마셨다.

유일표는 그 하얗고 가지런한 치아를 보는 순간 피아노의 건반이 떠올랐다. 몇 년 전 교회에서 처음으로 피아노를 여는 순간 드러났던 그 새하얗고 쪽 고르던 건반. 그 깨끗하고 산뜻한 모습은 자신의 손으로 만지면 때가 묻을 것 같아 주저했을 만큼 아름답고 귀해 보였던 것이다.

환한 웃음과 함께 드러난 그 치아의 아름다움은 피아노를 여는 순간 나타났던 건반의 바로 그 아름다움이었다. 여자의 웃는 입이 그리도 아름답게 보인 것은 첫 느낌이었다. 연애소설에서 말하는 키스의 단맛이란 저런 입에 키스했을 때 느껴지는 것일까. 아니야, 아니야. 저 정도면 형수가 돼도 괜찮잖아. 정도 많고 쾌활하고 얼굴도 예쁘장한데. 형이 늘 침울하고 말이 없는 편이니까 저런 여자면 아주 잘 어울릴 텐데. 아니야, 내가 왜 이래. 유일표는 한순간에 일어난 이런 생각들을 지우듯 빵을 마구 넘겼다.

「같은 형제간인데도 일표는 인상이 형하고는 많이 다르네?」

강숙자는 여전히 웃는 얼굴로 손수건을 꺼내며 말했다.

「어떻게요?」

딴생각을 하다가 자기가 물을 기회를 놓친 것을 느끼며 유일표는 건성으로 대꾸했다.

「글쎄, 그러니까 뭐랄까……, 사람 인상이라는 게 느낌으로는 분명한데 말로 하자면 잘 안 되는 것 알지? 으음……, 그러니까 형은 뭐라고 해야 하나……, 아이, 속상해. 간단하게 배우하고 비교해서 말하자. 형은 그레고리 펙 같고, 일표 학생은 커크 다그라스 같애. 내 말 무슨 말인지 알아듣겠어?」

눈을 크게 뜨고 유일표를 들여다보듯 목을 빼고 있는 강숙자의 얼굴에는 기대와 의문이 섞여 있었다.

「그러니까 형은 사색적이고 전 저항적이다 그런 뜻인가요?」

「맞어, 맞어. 바로 그거야, 그거.」강숙자는 사람 많은 빵집인 것을 개의치 않고 환성에 맞추어 손바닥까지 치더니, 「야아, 역시 일류학교 학생이라 어려운 문자까지 척척이구나.」혀끝을 살짝 내밀며 놀라는 시늉을 해보였다.

유일표야말로 그런 상대방이 세상을 떠난 누나와는 정반대의 인상이라고 생각하고 있었다. 누나가 분꽃이나 수선화 같다면 저 강자숙이라는 여자는 칸나거나 장미 같았던 것이다. 사람 많은 데서 자기 기분 내키는 대로 하는 것이 교양 없는 짓이라고 할지도 모르지만, 유일표는 오히려 그 거침없고 활달한 행동이 좋아 보였다. 자신은 이런 데 들어오면 괜히 쭈뼛거려지고 주눅 들고는 했다. 유일표는 상대방의 그 꾸밈없고 자유스런 행동에서 오래된 것 같은 친근감과 편안함을 느끼고 있었다.

「근데 말야, 일표 학생이 말을 풀어놓으니까 생각났는데 말야, 형은 철학적 분위기고 동생은 행동적 분위기야.」

「형은 지성적이고 저는 야성적이고요.」

「어머머, 어쩜 그리 척척이야? 나하고 호흡이 아주 잘 맞네. 문학에 소질이 있나 보지?」

강숙자는 눈을 빛냈다.

「소질이 있긴요. 그런 식의 대구(對句)는 교과서에 흔히 나오는 걸요.」

「역시 일류학교 학생다운 말씀이네. 그런데, 아까 배우 인상을 재깍 알아맞히는 걸 보니 영화 좋아하는 모양이지?」

「영화 좋아하지 않는 애들이 어디 있나요. 돈…….」

유일표는 다음 말을 꿀꺽 삼켰다.

「응, 알았어. 그럼 앞으로 나하고 영화 구경 다닐래?」

「그게…….」

멋쩍게 뒷머리를 긁적거리던 유일표는, 저 여자가 왜 이렇게 나한테 친절하지? 혹시 형을 짝사랑하는 건 아닐까? 하는 생각과 함께 그동안 자신이 물어볼 것을 놓치고 있었음을 깨달았다.

「저어, 우리 형은 무슨 일로 만나셨어요?」

「으응, 시시한 일이었어. 우리 남동생 가정교사 땜에. 결국 형이 싫다고 거절했지만 말야.」

그 순간 이상한 느낌이 유일표의 머리를 스쳤다.

「형은 어떻게 만났는데요?」

「혹시 김선오 씨라고 알아? 형 선밴데, 그분이 소개했던 거야.」

그렇구나! 자신의 예감의 적중에 유일표는 가슴이 섬뜩해지는 걸 느꼈다. 강자숙 저 여자가 바로 강기수의 딸이로구나. 유일표는 자신의 감정 변화가 표나지 않게 하려고 애를 썼다.

「그만 가봐야겠어요. 오늘 고맙습니다.」

「빵 더 먹어.」

「아니, 배 너무 불러요.」

유일표는 먼저 몸을 일으켰다.

집에 도착할 때까지 줄곧 생각해 보았지만 그 여자는 자기 아버지와 우리 집안 간의 관계를 전혀 모르는 것 같았다. 그렇지 않고서야 그렇게 허물없고 친절하게 대할 수가 없는 일이었다. 일류대학생들이 비싼 돈 들여가며 신문에 광고를 내고도 가정교사 자리를 구하기 어려운 형편에 형이 그 자리를 거절한 것은 너무나 당연한 일이었다. 덥석 빵을 얻어먹은 것이 너무 후회스러웠다. 형에게는 영원히 비밀로 해야 할 문제였다.

유일표는 저녁밥을 먹지 못했다. 배가 부르기도 해서였지만, 배가 살살 아프기 시작해서였다. 형한테는 친구들과 먹은 빵 이야기를 조금 부풀려서 했다.

밤 9시쯤에 유일표는 변소로 뛰지 않을 수가 없었다. 급행열차를 탄 설사였다. 뒤틀리는 배를 붙안고, 아이고 그 아까운 빵이……, 그 아까운 빵이……, 그놈의 우유 때문이야, 안 먹던 속에 들어간 그놈이……,

유일표는 이런 생각을 뒤죽박죽 하고 있었다.

10시쯤 또 변소로 뛰었고, 12시쯤 또 뛰었다. 빵만이 아니라 그전의 살까지 훑어내리는 것 같은 심한 설사였다. 완전히 망했구나, 본전이 밑졌으니. 이런 생각을 하며 판자들 틈새로 초롱초롱한 별들을 바라보다가 유일표는 언뜻 어머니를 떠올렸다. 아아, 이건 우유 때문이 아니다. 어머니 몰래 원수 집안 것을 얻어먹어 벌을 받는 것이다.

6
서러운 우정

오전 강의가 끝나자 유일민은 동급생들을 피할 겸해 변소 쪽으로 발길을 돌렸다. 점심시간을 혼자 보내는 것은 이제 습관처럼 되어 있었다. 으레 점심을 굶는 처지에 그들과 어울릴 수 없었다. 그러나 동생은 자신이 점심을 굶는 것을 까맣게 모르고 있었다. 늘 동생의 등교시간이 자신보다 빠르니까 눈속임이 쉬웠다.

「세 끄니 밥이 보약이다. 께을름 피우지 말고 한 때도 걸르면 안 된다. 알겠지야?」

쌀 이는 것, 밥 안치는 것, 국 끓이는 것, 김치 담그는 것 등을 자신과 동생에게 가르쳐주며 어머니가 몇 번이고 다짐한 말이었다. 그러나 책을 한 권이라도 더 사야 했고, 헌책이라 해도 대학교재 관계는 어쩐 일로 보통 책보다 갑절이 비쌌다. 그렇지만 적십자병원에 피를 팔아 연명해야 하는 사람들에 비하면 점심 굶는 배고품쯤은 아무것도 아니었다. 그리고 굶는 것이 익숙해지다 보니 배고품을 견디는 것도 차츰 수월해져 갔다.

　유일민은 변소를 거쳐 뒷마당을 느릿하게 거닐었다. 나무마다 신록의
푸르름이 싱그럽게 넘쳐나고 있었다. 그 푸르름에 햇살이 부서지는 눈
부심을 바라보며 그는, 벌써 여름이 오고 있구나 생각했다. 그러고 보니
꽃을 본 기억이 없는데 꽃피는 계절은 어느새 지나가고 말았다. 참으로
허둥지둥 살아온 나날이었다.

　유일민은 저만치 피어난 눈익은 꽃들을 보고 걸음을 멈추었다. 그 예
쁠 것도 없고 볼품도 없는 꽃들은 토끼풀꽃이었다. 그 꽃들은 뒤늦게 나
도 꽃이에요 하는 것처럼 가늘고 긴 꽃대를 꼿꼿이 세운 끝끝마다 피어
나 있었다. 어린 날 계집아이들이 꽃반지 꽃시계를 만들던 꽃이었다.

　유일민은 잔디밭 여기저기에 무리 지어 피어난 토끼풀꽃들을 유심히
살펴보았다. 꽃들보다 더 싱싱하게 활력이 넘치는 게 짙푸른 잎사귀들
이었다. 그런데 그 무성한 이파리들 사이에서는 잔디라고는 찾아볼 수
가 없었다.

　「인간들만이 생존경쟁을 하는 것이 아니다. 동물들의 세계에서는 물
론이고 식물들의 세계에서도 생존경쟁은 치열하게 전개된다. 그런데 그
경쟁은 동족과 동종 간에, 타족과 타종 간에 동시에 벌어진다. 여러분은
동물들의 세계는 모르지만 식물들의 세계에서 무슨 생존경쟁이냐고 할
지도 모른다. 그러나 그건 고양이가 쥐를 잡아먹고 뱀이 개구리를 잡아
먹는 것처럼 쉽게 표가 나지 않고, 사람들이 무관심하기 때문에 잘 발견
하지 못할 뿐이다. 활엽수 속에서 침엽수는 햇빛을 못 받아 결국 고사하
고, 속성수 속에서 보통 나무들도 그늘에 치여 다 죽고 만다. 식물들은
그 싸움에서 이기기 위해 동물들과 마찬가지로 치열하게 동족을 번식시
키며 집단과 무리를 이룬다. 이러한 모든 현상을 약육강식, 적자생존이
라고 한다.」

　새삼스럽게 생물선생의 말이 떠오르고 있었다. 정말 토끼풀의 무리는

군데군데 번성해 가며 잔디밭을 점령해 나아가고 있었다. 유일민은 토끼풀들의 싱싱한 기세를 물끄러미 바라보며 가슴 한편에서 서늘한 바람이 일고 있었다. 약육강식, 적자생존……, 그 살벌하기 이를 데 없는 말 앞에서 자신은 얼마나 굳세고 강인할 수 있을지 의심스러웠다. 점심을 굶는 것도 그 무기를 튼튼하게 장만하기 위함이었다. 그러나 자신은 잎 넓은 참나무들 속에 서 있는 한 그루 소나무이거나, 늑대들이 우글거리는 황야에 내던져진 한 마리 토끼가 아닐까 하는 불안하고 불길한 예감이 또 떠오르고 있었다.

유일민은 그런 생각을 떼치듯 수도 쪽으로 빨리 걸었다. 배가 부르도록 물을 마시고 앞마당으로 나갔다. 넓지 않은 교정의 벤치는 거의 비어 있었다. 그는 신문이 놓인 벤치가 없나 하고 살펴보았다. 모든 것이 궁핍한 사회환경 속에서 학생들은 신문을 서로 돌려보는 지혜를 발휘하고 있었다. 한곳에 누가 두고 간 신문이 놓여 있었다.

유일민은 신문을 펼쳐 들었다.

「유 형, 여기 있었군 그래. 한참 찾아다녔는데.」

3학년 홍정배였다.

「아 예에……, 여기 앉으시죠.」

유일민은 벌떡 일어나며 선배에게 자리를 권했다.

「점심은 먹었어?」

「예, 먹었습니다.」

「자아, 담배 피우지.」

홍정배가 담뱃갑을 내밀었다.

「아닙니다. 담배 못 피웁니다.」

「아직까지도 담배를 안 배웠어? 거 문리대생들의 전매특허 있잖아. 담배, 술, 커피는 대학 낭만의 3대 기본조건이다 하는 거. 괜히 말쟁이들이 지어낸 말이긴 하지만 어찌 보면 그럴듯하기도 하거든. 그게 성년과 미성년을 구분 짓는 자연스러운 기본조건인 것은 분명하니까.」

좀 보고 배우라는 듯 홍정배는 담배를 맛있게 빨아댔다.

유일민은 그저 엷게 웃고만 있었다. 홍정배의 옆에 놓인 담배는 필터가 달리지 않은 대중용인 진달래였다. 그게 한 갑에 100환이었다. 그건 어림잡아 쌀 한 되 값이었다. 쌀 한 되면 1주일 치의 점심을 먹을 수 있는 양이었다. 담배와 함께 술도 커피도 자신과는 멀리 있는 물건들이었다. 몸이 너무 피곤하고 속상할 때 담배보다 술은 한잔하고 싶기도 했다. 그러나 그게 될 일이 아니었다. 술은, 빠져서는 안 되는 신입생들 모임에서 취하도록 마셔본 것이 전부였다. 그리고 커피는 남들에게 서너 차례 얻어 마신 것뿐이었다.

「저어, 그 문제는 결정했어?」

홍정배가 선하게 생긴 얼굴에 웃음을 담으며 마침내 용건을 꺼냈다.

「예에……, 저는 여러 가지 형편상 그 활동을 하기가 어렵겠습니다. 공부에 도움도 되고, 선배님들도 사귀고, 마음은 있습니다만 여건이 여의치 못해서……, 죄송하지만 선배님께서 이해해 주십시오.」

유일민은 후배로서 갖출 예의를 다 갖춰 완곡하게 그러나 거절의 뜻을 확실하게 나타냈다. 가능하지 않은 일을 언제까지 미적지근하게 미룰 수 없었고, 그건 선배에 대한 예의도 아닐 성싶었다.

「여러 가지 형편이란 가정교사 생활에 자취까지 하는 것을 말하는가?」

「예에……」

「그럼 그중에서 한 가지 부담을 줄이면 어떨까? 마침 내 고등학교 동창이 입주 가정교사를 구하고 있거든.」

지난번에 생활형편을 대충 들었던 홍 선배는 그동안 입주할 수 있는 자리를 구한 것이 틀림없었다. 자신을 인정해 서클활동을 권유한 것만도 고마운데 그런 데까지 마음을 쓴 것은 참으로 고맙지 않을 수 없었다. 유일민은 그만 몸이 달았다.

「선배님, 정말 죄송합니다. 실은 제가 동생을 데리고 있는 형편입니다. 고1인데……, 이해해 주십시오.」

유일민은 옹색한 앉음새로 말까지 약간 더듬거리고 있었다.

「아, 형편이 또 그렇구먼. 그럼 생활이 보통 어렵지 않겠는데…….」 홍정배는 담배연기를 내뿜으며 혼자말하듯 하고는, 「그럼 당분간 어쩔 수 없지. 차차 형편이 나아지면 가입해도 상관없는 문제니까.」 그는 유일민의 한쪽 무릎을 잡고 흔들며 결론을 내렸다.

「정말 죄송합니다.」

유일민은 고개를 깊이 숙였다. 그는 상대에서 일급으로 꼽히는 그 서클에 가입할 수 없는 자신의 처지에 비애를 느끼고 있었다. 마음이 끌리는 서클활동이야말로 대학의 자유 속에서 누릴 수 있는 진정한 낭만이고 참다운 실행일 수 있었다.

「죄송하긴, 기회는 얼마든지 있어. 현실이 중하니까 힘내라구. 그 신문에 혹시 조봉암 씨 기사 안 나왔나?」

유일민은 신문을 얼른 홍정배에게 옮겨주었다.

홍정배가 담배꽁초를 버리고 신문을 훑어나가기 시작했다. 유일민도 목을 한껏 늘여 큰 제목들을 대충 더듬어나갔다. 사회면까지도 진보당 사건의 조봉암에 대한 기사는 보이지 않았다. 요즈음 대학생들의 관심이 조봉암에게 내린 사형 언도와 《경향신문》의 폐간 조처에 쏠려 있듯이 유일민도 예외가 아니었다. 그건 별개의 사건 같으면서도 한 꼬챙이에 꿰이는 정치적 공통성을 가지고 있었다. 그 공통성은 한마디로 정적 제거였는데, 진보당 간첩사건은 조봉암을, 《경향신문》 폐간은 장면을 겨냥하고 있었다. 그런데 그 두 가지 사건은 장기집권을 하고 있는 이승만정권의 운명과 직결되어 있었던 것이다. 대학생들은 그 사건들의 무리한 조작으로 오히려 이승만정권이 위기에 처할 거라고 점치고 있었다. 유일민도 그렇게 되기를 은근히 바라고 있었다.

「거 이상하단 말야. 진보당 사건에 미 CIA 입김이 작용했다는 설이 들리는데……, 알다가도 모를 일이야.」

홍정배가 심각한 얼굴로 중얼거렸다.

유일민으로서는 처음 듣는 말이었다. 어떻게요? 하는 말이 입 끝에 걸렸지만 꾹 참았다. 경박하게 보이고 싶지 않았고, 그게 사실이라 하더라도 홍 선배가 그 내막을 알 리 없었던 것이다.

「홍 선배, 여기 계셨군요?」

2학년 신무영이 묵직한 가방을 벤치에 놓으며 숨을 몰아쉬었다. 유일민은 급히 일어나며 그에게 인사했다. 1학년 신세에 소홀하게 대할 수 없는 선배들이었다.

「왜, 무슨 일 있어?」

신문을 옆으로 치우며 홍정배가 신무영에게 담배를 권했다.

「예, 오늘 쓸 유인물을 찾아왔어요. 신문에 뭐 볼 만한 것 났어요?」

「뭐 그저, 계속 《경향신문》 사건 보도야. 한심하게 미군정법령 88호를 가지고 끝도 없이 왈가왈부니 원.」

홍정배가 얼굴을 찌푸리며 담배연기를 길게 내뿜었다.

「그건 이미 결판났잖아요. 전 대법원장 김병로 씨와 정구영 변협회장이 위헌이라고 공식입장을 밝혔는데요.」

「그 입장표명 가지고 돼? 칼자루 쥔 놈들이 잔소리들 닥쳐라 하며 맘대로 멋대로 몰아가니까 문제지.」

「아닙니다. 이건 대처방법이 근본적으로 잘못돼서 그런 겁니다. 무슨 말이냐면, 《경향신문》을 폐간시키면서 미군정법령 88호를 끌어다가 적용시킨 것에 대해 위헌이라고 한 것부터가 발상이 잘못됐고, 방향이 어긋났다 그겁니다. 왜냐하면 대한민국 수립과 동시에 미군정은 종식됐고, 따라서 군정법도 완전히 폐기처분됐습니다. 그런데 엄연히 독립국가고 법치국가에서 집권자의 편익을 위해 미군정법을 끌어다 적용시키는 것은 대한민국이라는 독립국가의 정통성을 전면 부인하는 반역행위이고, 법치국가의 존엄성을 완전히 파괴하는 반란행위가 아니고 무엇입니까. 미군정법을 끌어다 대는 건 일제 총독부의 법을 끌어다 대는 것과 뭐가 다르냐 그겁니다. 이 점을 부각시켜 정부를 비판하고 공격해야 하는데 엉뚱하게 위헌이다 뭐다 하고 있으니 일이 해결될 게 뭡니까.」

「히야, 이것 봐라. 그 말 그야말로 명언 중에 명언인데.」 홍정배는 놀라는 얼굴로 무릎을 치고는, 「너 그런 기발한 생각을 언제부터 한 거야, 도대체?」하며 정색을 했다.

유일민도 놀라서 신무영을 새삼스럽게 바라보고 있었다.

「한 며칠 됐어요.」

「그거 정말 정곡을 찌른 논리야. 그 문제는 현 정권의 장래와 직결되어 있는 중대사니까 오늘 모임에서 본격적으로 토론에 부쳐보는 게 좋겠는데.」

「이놈의 정권은 제 도끼로 제 발등 찍은 게 아니라 제 권총으로 제 심장 쏜 거 아닙니까. 그렇잖아도 민심이 돌아서는 판에 그 두 사건을 일으켜 지금 민심이 얼마나 고약합니까.」

「그래, 독재의 말기증상이야. 그만 갈까.」

유일민은 멀어져 가는 그들을 바라보며 그 간격만큼 커져가고 있는 소외감을 느끼고 있었다. 그 감정은 배고픔보다 더 심하게 마음을 괴롭혔다.

유일민의 의식 속에서는 신무영에 대한 놀라움이 가시지 않고 있었다. 입술 두껍고 거칠거칠하게 생긴 인상과는 전혀 다르게 신무영은 예리하고 명료했으며, 그런 단호하고 충동적인 내용의 말을 하면서도 흥분하는 기색이라고는 없이 차분할 수 있다는 것이 또한 놀라웠다.

유일민은 그들이 남기고 간 감정의 잔영을 덮듯 신문을 펴들었다. 아까 신경을 끌었던 기사를 서둘러 찾았다.

그건 간첩 자수에 대한 기사였다. 경찰에서는 간첩 자수주간을 5월 1일부터 실시했다가 더 많은 은전을 베풀기 위해 '자수주간'을 '자수기간'으로 바꿔 월말까지 연장했는데, 그 마감일이 임박할수록 자수자들이 급증해 한 달 동안 자수자의 총원은 86명이라는 내용이었다. 그리고, 자수자들에게는 과거를 묻지 않고 관대한 처분을 할 거라고 했고, 끝에 날짜별 자수자 수가 밝혀져 있었다.

그 기사 위에 아버지의 얼굴이 떠오르고 있었다. 유일민은 가느다란 신음을 물며 눈을 감았다. 그러나 아버지의 모습은 더욱 선명해졌다. 그리고, 아버지가 내려오면 어쩔 것인가 하는 두려움이 찬바람으로 일어났다. 제발, 제발……, 신음과 함께 그의 몸이 움츠러들고 있었다. 지난날 경찰에 서너 번 끌려갔던 공포가 엄습해 오고 있었다.

교정에 학생들이 모여드는 소리가 차츰 왁자해지고 있었다. 오후 강의가 시작될 시간이었다. 유일민은 감정을 수습하고 신문을 접으려고 했다. 그 기사 아래로 꽁치 풍어를 알리는 기사가 조그맣게 나와 있었다. 열흘 전쯤 딴 신문에 나온 기사가 또 나온 걸 보면 꽁치가 잡히기는 어지간히 많이 잡히는 모양이었다.

「요 꽁치가 싸고 맛나고 지름지고, 가난헌 사람덜 배에 지름기 돌게 허는 디는 질이다. 전에 흔찮든 생선이 요리 많이 나는 걸 보면 가난헌 백성 구헐라고 하늘이 돕는 갑는디, 느그도 대구, 도미 못 묵을 팔자에 꽁치나 많이 꾸묵어라. 요리 살살 소금 뿌려서.」

꽁치 굽는 법을 가르쳐주며 어머니가 한 말이었다. 유일민은 스산하게 웃으며 신문을 접어 벤치에 놓고 일어났다.

며칠이 지나 잠자리에서 일어나자마자 유일민은 기분이 찜찜하고 불안스러운 것을 느꼈다. 그날이 바로 가정교사 하는 학생의 중간고사 성적표가 나오는 날이었다. 시험이 끝나고 학생은 무사태평이었는데 자신은 그때부터 신경이 쓰이기 시작했던 것이다.

「말 마. 성적표 받아오는 날이 사형 언도 받는 날이니까. 성적이 떨어지는 거야 더 말할 것도 없고, 제자리걸음만 해도 사형이지. 5등 이내의 경우는 예외지만, 그런 아이들이 가정교사 두는 게 어디 흔한가. 끝없이 성적이 오르기를 바라는 부모들 욕심 앞에서 우리들 목숨은 하루살이야. 아까운 돈 쓰고 있는 부모들 욕심 탓할 게 아니라 가난한 우리들 신세를 탓해야지.」

어떤 선배가 쓰디쓰게 웃으며 한 말이었다.

유일민은 아침을 먹으며 동생에게 성적표가 나왔는지 물어볼까 말까 망설이다가 그만두기로 했다. 어머니는 당신 대신 단속 잘하라고 당부였지만 괜히 감독하고 간섭하는 느낌을 줘서 그 성깔을 건드리고 싶지 않았다. 제가 알아서 공부를 하고 있었고, 그 학교에서 중간만 해도 진학에는 별 걱정이 없었다.

「서울애들하고 공부는 할 만하냐?」

유일민은 슬쩍 에둘러 물었다.

「서울놈들이라고 별건가? 다 시시해.」

유일표가 식욕 좋게 밥을 먹어대며 대꾸했다.

「그래도 중학교 때하고 똑같진 않을 텐데. 공부 잘하는 애들이 훨씬 많잖아?」

「형은 그런가 보지? 내 공부는 걱정 마. 엄니 실망 안 시키게 하고 있으니까.」

동생의 그 눈치 빠르고 시건방진 대응에 유일민은 그만 픽 웃고 말았다. 동생은 다른 말들은 거의 고쳤으면서도 어머니만은 꼭 '엄니'였다. 어쩐 일인지 자신도 그 말은 고쳐지지 않았고, 어머니보다 엄니가 더 정겹고 포근하게 느껴지기도 하였다.

「참, 나 그저께 기차에서 만났던 우리 고향 아저씨 봤어.」

유일표가 숟가락을 놓으며 말했다.

「아니, 어디서?」

「전차를 타고 오는데 길 건너에서 지게에 짐을 잔뜩 지고 가잖아. 뛰어내릴 수도 없고 몸달아서 혼났어. 무슨 기술을 배워야 하는데, 결국 지게꾼 된 거야. 종로5가 쪽으로 가는 걸 보니까 아마 동대문시장에서 품팔이하나 봐.」

유일표의 얼굴에 슬픈 기색이 드러나 있었다.

「그래, 기술을 배우자도 돈이 있어야지. 당장 먹고 살아야 하고, 제일 잘할 수 있는 건 지게질이고, 어쩔 수 없지.」

유일민은 밥상을 들고 나가며 힘없이 중얼거렸다.

성적표에 대한 불안감은 하루 내내 유일민의 마음을 무겁게 했다. 최초로 겪게 되는 일이라 그렇기도 했지만, 머리도 신통찮은데다 공부에 관심도 없는 임호태를 도무지 믿을 수가 없었다.

강의가 다 끝나기 바쁘게 유일민은 창신동으로 발길을 서둘렀다. 임호태의 어머니가 집에 들어오기 전에 자신이 먼저 성적표를 볼 심산이었다. 그러나 다른 날과 달리 유일민을 맞이한 것은 식모가 아닌 임호태의 어머니였다. 평소에는 장사를 하느라고 얼굴을 볼 수 없는 형편인데 아들의 성적 때문에 시장에서 미리 들어온 것이 분명했다.

「일민이 학생, 나 좀 봐요.」

이 한마디에 유일민의 가슴은 그만 얼어붙었다. 그는 현기증을 느꼈다.

「이번 중간고사에서 호태 성적이 2학년 때보다 겨우 4등밖에 오르지 않았어요.」

그 순간 유일민은 소리나지 않게 긴 숨을 내쉬었다. 등수야 몇 등이든 간에 '올랐다'는 것이 주는 안도감이었다. 그리고 임호태가 그렇게 예쁘고 고마울 수가 없었다.

「이번에 10등은 다 안 돼도 7, 8등까지는 올라야 되지 않아요?」

다부지고 억센 인상의 임호태 어머니가 성적표를 흔들며 말했다.

「예 사모님, 더 노력하겠습니다.」

유일민은 군이 사모님이란 호칭을 붙이며 고개를 숙였다. 첫날 면접을 하면서 임호태의 어머니는 호태의 아버지는 사장이며, 자신을 사모님이라 부르라고 분명히 못박았던 것이다. 사모님이란 스승의 부인에 대한 존칭인데 어찌 된 영문인지 요즈막에 들어 '사장 사모님'으로 쓰이면서 마구 남용되고 있었다.

「그냥 쉽게 말해선 안 돼요. 우리 호태는 무슨 일이 있어도 5대 공립 중에 하나는 꼭 들어가야 하니까 새로운 각오로 단단히 결심해야 한다니까요. 5대 공립 중에 하나예요!」

「예, 명심하겠습니다.」

언제부터인지 모르게 서울에 있는 남자 고등학교를 놓고 5대 공립이니 5대 사립이니 하는 구분이 자연스럽게 통용되고 있었다. 그 학교들이 속칭 일류로 꼽히는 것들이었다.

「엄마, 양심도 없이 그렇게 공갈 때리지 마. 딴 선생들에 비하면 4등이나 올린 게 얼마유? 상 줄 생각이나 해야지.」 쟁반에 주스잔을 받쳐가지고 나오며 임호태의 누나 임채옥이 입을 삐쭉하고는, 「선생님 칼피스 드세요. 냉장고에 있는 물로 타서 시원해요.」 그녀는 주스잔을 유일민 앞에 놓으며 생긋 웃었다.

냉장고가 있다는 것은 이 집의 재력이 얼마나 튼튼한가를 보여주는 것이었다. 선풍기 없는 집이 수두룩한 형편에 냉장고는 귀물 중의 귀물이었다. 그런데 집은 그저 평범한 한옥이었다. 잘사는 것을 드러내지 않고 있는 알부자였던 것이다.

「공갈 때리다니, 다 큰 처녀가 말버릇이 그게 뭐냐! 넌 나서지 말고 들어가 공부나 해. 못된 에미나이 같으니.」

임호태의 어머니는 성난 목소리만큼 사납게 딸에게 눈을 흘겼다.

「그 말이야 아무나 다 쓰는 건데 엄만 괜히 야단야. 아무 때나 그저 공부, 공부, 아유 지겨워.」

어머니의 입에서 사투리가 튀어나오는 기세에 밀려 쫓겨 들어가면서도 임채옥은 이렇게 쫑달거렸다. 그 몸집은 어른이었지만 쌍갈래로 땋은 머리가 고등학생 티를 내고 있었다.

「일민이 학생, 잘 들어요. 우리가 38선을 넘어와 38따라지로 괄시당하고 서름당하면서 요만큼 살게 된 건 그냥 된 게 아니라우. 입을 것 제대로 못 입고, 먹을 것 제대로 못 먹고, 언 손발 불어가며 고생고생해서 이룬 거라우. 그리고 주님께서 돌보심이 함께한 거구. 그간에 우리가 겪고 고생한 사연을 소설책으로 쓰면 열 권도 넘을 거고, 영화로 만들면 서울 장안이 눈물바다가 될 거유. 겪어봐서 알겠지만 우리 호태가 머리는 좋은데 공부를 안 하려는 게 흠 아니우. 내가 왜 지금도 구호물자 장사를 하면서 이 고생이겠수. 호태 저것 잘되게 하자는 게 욕심 하나 아니우. 저게 5대 공립을 거쳐 서울대학에 딱 들어가야 우리 부부 고생한 보람이 생기고, 교회에서 내 체면도 서요. 일민이 학생, 다음 기말 시험에는 10등 더 올려야 해요, 10등! 나하고 약속해요.」

임호태의 어머니는 이미 서너 번 했던 지난날의 이야기를 지치지도 않고 또 되풀이하고는 손가락 열 개를 쫙 펴서 유일민의 눈앞에 디밀듯했다.

「예 사모님, 최선을 다하겠습니다.」

유일민은 또 고개를 숙여 보였다.

「됐어요. 가서 공부 시작해요.」

임호태의 어머니는 아들 성적표를 유일민에게 내밀었다.

「호태야 정말 잘했다. 사람이 맘먹고 하면 안 되는 게 없는 거야.」

유일민은 임호태를 다정하게 보듬으며 등을 토닥거려 주었다. 칭찬의 교육적 효과를 올리기 위해서였다. 그러나 그는 전신을 에워싼 한기에서 벗어나지 못하고 있었다. 호태 어머니의 끝 모를 욕심 앞에서 자신은 언제 하루살이 목숨이 될지 모를 일이었다.

6월 중순으로 접어들면서 여름은 불기를 서서히 내뿜기 시작했다. 어느 길목에나 리어카에 얼음덩이 띄운 냉차통이나 색색의 물감병을 차려놓은 냉차와 빙수장수들이 수없이 불어나 있었다. 어떤 리어카에는 손님을 끄느라고 어색한 글씨로 '빠인쥬스'며 '깔삐스'라고 써붙이고 했다.

오후 강의가 휴강이어서 유일민은 바로 학교를 나섰다. 동대문 헌책방골목을 들러서 창신동으로 가기 알맞았다. 종로에서 청계천변에 이르는 그 헌책방 지역은 이제 유일민이 서울에서 가장 정 붙인 곳이었다. 미로 같은 그 골목골목을 누비다 보면 허기를 쉽게 잊을 수가 있었고, 좋은 책을 뜻밖에 싸게 살 수도 있었고, 온갖 종류의 책들의 제목을 훑어보고 더러 저자의 머리말을 읽어보는 것만으로도 지식의 포만감을 느낄 수 있었던 것이다. 그 헌책방 지역은 언제나 활기차게 성업중이었다. 중·고등학생에서부터 대학생까지 헌책으로 공부하는 학생들이 많아서 사고 파는 상거래가 빈번했다.

큰길에 이른 유일민은 더위를 더는 견딜 수가 없어서 물들인 군인작업복의 단추 두 개를 땄다. 양쪽 팔은 벌써 5월에 팔꿈치 위로 바짝 접어올렸던 것이다. 진작 남방이든 와이셔츠든 사 입었어야 했지만 동생의 하복을 사주고 나니 돈의 여유가 전혀 없었다. 동생은 하복도 그대로 입겠다고 했다. 그러나 막상 입어보니 작아서 도저히 입을 수가 없었다. 잘 먹지도 못하고 살면서도 동생은 1년 동안에 부쩍 큰 거였다. 동생은 새 하복을 입고 얼마나 좋아했는지 모른다. 말은 하지 않았지만 입이 절로 벙글거렸고, 학교를 오가는 것이 전과는 달리 기가 나는 것 같았고, 옷을 무슨 보물 다루듯 소중히 여겼다. 그런 것을 보며 입학 때 동복을 사주지 못한 게 너무 미안하고 안쓰러웠다. 그때도 가정교사를 했었더라면 그래도 여유가 있었을 것이다. 2학기에는 동복을 사주리라 마음먹었다.

유일민은 단추 따놓은 옷깃을 흔들어 바람을 일으키며 버스정류장으로 가고 있었다. 그런데 갑자기 사이렌이 울리기 시작했다. 정오가 아닌데 이상해서 유일민은 엉거주춤했고, 오가는 사람들도 어리둥절해서 사방을 두리번거렸다. 그때 호루라기 소리들이 여기저기서 울리며 경찰들이 큰길로 나서고 있었다.

「빌어먹을, 또 민방공훈련이야.」

한 남자가 거칠게 내뱉었고,

「아유, 지겨워. 날도 더워죽겠는데.」

어떤 여자가 짜증을 부리며 뛰듯이 걸음을 서두르기 시작했다.

그 사이렌은 민방공훈련의 경계경보였다. 유일민은 어찌해야 좋을지 몰라 난감해졌다. 차량이나 행인들의 통행이 일절 금지되는 공습경보가 울리기 전에 가까운 다방이나 빵집으로 피하는 방법이 있었다. 그러나 그런 데 쓸 돈은 없었다. 공습경보가 해제될 때까지 꼼짝없이 더위 속에 발이 묶일 수밖에 없는 일이었다.

공습경보가 울리기 시작했다. 경찰들의 호루라기 소리가 더 요란해지고, 완장 찬 남자들이 빨리 피신하라고 외쳐대며 행인들을 가로막았다. 유일민도 예닐곱 사람과 함께 골목으로 밀려 들어갔다.

「먹고 살기도 힘든데 자알들 한다.」

「꼴이야, 꼴. 애들 장난도 아니고.」

「이까짓 걸 맨날 하면 뭘 해. 정작 적기가 나타나면 숨을 데라고는 한군데도 없으면서. 병신들 꼴값하는 거지.」

입마다 불평을 쏟아내고 있었다.

그들의 말마따나 이미 신문들은 유사시에 대비할 방공시설이 전무한 상태에서 실시하는 방공훈련이 무슨 실효가 있겠느냐고 야유조로 비판하고 있었다. 유일민은 쪽그늘을 찾아 앉아 가방에서 책을 꺼냈다.

방공훈련이 끝난 버스정류장에서는 시비가 붙어 있었다. 버스 옆에서 남자 차장과 군인이 서로 멱살잡이를 한 채 소리치고 있었다.

유일민은 버스로 다가가며 얼굴을 찡그렸다. 보나마나 또 요금 시비일 거였다. 시내버스를 타면서 군인들은 무턱대고 요금을 안 내려고 했고, 완력깨나 쓰는 남자 차장들은 그걸 그냥 보아넘길 리 없었다. 그 시비는 비일비재하게 벌어지고 있었는데, 그건 여러 가지 전쟁 후유증 중의 하나였다. 전쟁 동안의 특권의식에 젖어 헌병들이 경찰들과 자주 충돌을 일으키고 민간인을 취조하는 월권을 범하듯 일반 군인들도 그 특권의식을 버리지 못하고 있었다.

그런 시비가 자주 폭력화해서 사회문제를 일으키자 정부에서는 전방의 군인은 무임승차하고 후방의 군인은 요금을 내게 하는 방안을 내놓기에 이르렀다. 그러나 그건 싸움을 더 많이 일으키는 혼란을 가중시켰을 뿐이지 근본적인 해결책이 되지 못했다.

「아니, 저건…….」

버스에 가까워진 유일민은 깜짝 놀랐다. 잘못 보았나 싶어 다시 보았다. 남자 차장은 틀림없이 서동철이었다.

「동철아, 동철아!」

유일민은 반가움과 싸움을 말려야 한다는 생각이 뒤섞여 차도로 뛰어내렸다.

「엉? 이, 일민이구나…….」 서동철은 놀란 듯하다가 어색한 웃음을 띠더니, 「야 이 좆만헌 새끼야, 너 오늘 재수 존 줄이나 알고 싹 꺼져버려」 하며 군인을 떠다밀었다.

「아, 얼렁 타. 바쁜디.」 서동철은 유일민을 차에 밀어올리고는, 「오라이!」 외치며 버스 옆구리를 텅텅 두들겼다.

「너 어떻게 된 일이냐?」

버스 천장에 연결되어 길게 뻗은 손잡이를 잡으며 유일민이 물었다.

「나는 진작에 니럴 서너 번 봤다.」

서동철이 헤벌쭉 웃었다.

「그게 무슨 소리야?」

「니야 맨날 고개 푹 숙이고 댕긴께 나럴 볼 수가 있겄냐. 나는 니가 앞 문으로 타면 뒷놈허고 바꾸고, 뒷문으로 타면 앞문으로 바꾸고 험서 피 했응게 더 보기가 에로와졌제.」

유일민은 그제서야 아까 왜 서동철이가 자신보다 반가움이 덜했는지 를 깨달았다.

「아니, 그게 말이 되냐?」

「요런 꼬라지 뵈서 머헐라고. 노선 바꿀 참이었는디 들켜부렀다.」

코밑을 씩 문지르는 서동철의 얼굴에 슬픈 기색이 스치고 지나갔다.

「너 어떻게 된 거야?」

「그 이약얼 여그서 어찌 다 허겄냐. 니 요분 공일날 시간 있지야?」

유일민은 빠르게 고개를 끄덕였다.

「그려, 오포 부는 시간에 종로5가 호산나다방에서 만내자.」

이야기는 여기서 끝났고, 버스가 시가지로 들어서면서 서동철은 차장 노릇 하기에 바빴다.

빡빡 깎은 앞뒤 머리가 유난히 불거져 별명이 쌍짱구였고, 그 머리통 이 꼭 돌덩어리처럼 단단해 보이는데다, 툭 튀어나온 이마로 어쩌나 박 치기를 잘해대든지 당해내는 아이들이 없었던 서동철. 머리를 길렀지만 그의 머리통은 여전히 앞뒤 짱구였고, 살이 붙지 않고 강파르게 보이는 얼굴도 변함이 없었다. 그러나 그의 체구는 깡말랐던 옛날의 모습을 벗 고 실한 장정으로 탈바꿈해 있었다.

「이 미친놈아, 친구 좋다는 것이 머시냐!」

서동철은 돈을 받는 대신 유일민의 등을 철퍽 쳤다. 그리고 버스는 곧 떠났다.

멀어지는 버스를 바라보고 있는 유일민은 콧등이 찡해지고 있었다.

이 미친놈아……, 그 말이 그리도 정답고 다정할 수가 없었던 것이다. 그리고, 그 한마디로 지난날의 슬픔과 아픔이 한꺼번에 솟구쳐 올랐다.

그래, 너와 나는 어쩔 수 없는 친구였지. 같은 병을 앓는 마음으로 살아야 했으니까. 그런데도 서로 마음을 털어놓지 못하고 눈치로만 위로를 했었지. 차이가 있었다면 넌 아버지가 산에서 돌아가셨고 난 아직 살아 계시다는 거지. 지금, 너와 나는 누가 더 나을까…….

이틀이 지나 유일민은 호산나다방으로 나갔다. 서동철의 모습은 보이지 않았다. 벽시계가 5분을 지나고, 10분이 되는데도 나타나지 않았다. 그동안 두 번 거쳐간 레지 아가씨가 사뭇 험한 얼굴로 세 번째 다가오고 있었다. 공짜인 보리차만 축내고 앉았다가 그냥 나가는 실업자들이 많아 다방 인심이 사납다는 말은 널리 퍼져 있었다. 유일민은 눈치가 보여 커피를 시켰다.

서동철은 15분이 지나도 나타나지 않았다. 무슨 일일까……, 교통사고라도 났을까……, 유일민은 커피를 아껴 마시며 30분까지 기다리기로 했다.

25분쯤 되었을 때 서동철은 모습을 드러냈다. 무슨 상자를 들고 있는 그는 몹시 숨을 헐떡거렸다.

「와따메, 니 가부렀을 줄 알고 뽕빠지게 뛰었다. 요것 하나썩 사니라고 그랬는디, 니 얼렁 변소에 가서 요것으로 갈아입고 나오니라. 이 염천에 을매나 덥겄냐.」

서동철이 상자 하나를 불쑥 내밀었다.

「이거 뭐냐?」

유일민은 상자를 받을 생각은 않고 서동철을 멍하니 바라보았다.

「니 유식헌 눈으로 보면 몰르냐? 와이샤쓰의 왕 조광와이샤쓰! 으떠냐, 멋나지야? 나는 백화점서 발써 갈아입어 부렀다.」

서동철은 와이셔츠 중에 최고품으로 꼽는 조광와이셔츠의 신문광고

문구를 읊으며 엄지손가락을 세우고는, 다시 그 손가락을 뒤로 젖혀 자신을 가리켰다. 유일민은 그제서야 서동철이가 눈부시도록 하얀 새 와이셔츠를 입고 있는 것을 알아보았다. 그리고 서동철의 심중을 알아챘다. 자신에게만 사주면 안 받을 것 같으니까 두 개를 사서 제가 먼저 갈아입고 그대로 시키는 거였다.

「이 미친놈아, 니 미쳤냐?」

유일민은 일부러 이렇게 말하면서 목이 꽉 메었다.

「아무 소리 말어. 나는 월급쟁이고 니넌 학생잉께. 아, 얼렁 가서 갈아입어, 사람 쪄죽는디. 헌옷은 그 곽에 도로 넣고.」

서동철이 상자를 더 디밀었다.

「참말로 미친놈이다…….」

유일민은 상자를 받아가지고 일어섰다.

「하이고, 베룩에 간을 내묵제 요것이 무신 소리여. 니 오늘 돈 낼 생각 허덜 말어. 이 성님 체면 깎잉께로.」

찻값을 내려는 유일민을 떠다밀며 서동철이 한 말이었다. 갈수록 그의 사투리는 짙어지고 있었다.

음식점에 가서도 서동철은 불고기를 시키려고 했다. 불고기값을 자기가 내면 몰라도 그렇지 않으면 그만 가겠다고, 유일민은 정말 화를 냈다. 서동철은 그 기세에 꺾여 갈비탕을 시켰다.

「서울 온 지 2년 되얏다. 니가 알디끼 중2에서 학교 작파허고 철공장으로 성냥공장으로 떠돌아도 기술 갤차준다고 밥만 믹여주제 어디 돈이야 땡전 한닢 주기럴 허냐. 근디 기술은 지대로 안 갤차주고 잡일만 시키제, 기술자 될라면 부지하세월 감감허제, 그런 판에 서울서 돈벌이허는 친척 성님을 만낸 것이여. 당장 돈벌이 헐 수 있다고 따라갈라면 가자는디 마다헐 것이냐. 그려서 팔자에 없는 차장질이 시작되얏다.」

서동철은 이마의 땀을 문지르며 씁쓰름하게 웃었다.

「그럼 차장 다음에는 운전수가 되는 것이냐?」

「잉, 대개 그런 코스로 가는디, 나 곧 차장질 때래치울 판이다.」

「왜, 좋은 자리가 생겼어?」

「글씨, 존 자린지 어쩐지넌 몰르겄는디…….」 서동철은 잠시 망설이다가, 「반공청년단 일 보기로 혔어.」 그는 목소리를 낮추며 말했다.

「반공청년단?」

유일민은 숟가락질을 멈추었다.

「워찌 그리 놀래냐? 우리 아부지 땀시? 아니여, 우리 아부지가 그리 죽었응께 나는 인자 이 험한 시상 살아갈라면 힘씬 이짝으로 붙어얄 것 아니냐. 나가 넘덜맨치로 배운 것이 있기를 허냐, 빽이 있기를 허냐. 그렇다고 쌔빠지게 고상혀서 차장질 졸업허고 운전수 된다고 뻐스회사럴 채릴 것이냐. 니 나 알지야, 쌈 잘허는 거. 나가 지닌 재산은 서울 와서 배운 당수 2단이 전분디, 고것이 밑천이 돼야 갖고 어물쩍 반공청년단에 뽑힌 것이여. 니가 어찌 생각헐란지 몰르겄는디, 나 인자 우리 아부지 일 깨끔허니 잊어불고 살고 잡다. 반공청년단서 공 세우고 살아가면 형사고 경찰이고 안 무서와허고 살 수 있을 것 아니겄냐? 니넌 워찌 생각허냐?」

서동철은 담배를 피워물며 물었다. 그 얼굴에 괴로움이 서려 있었다.

「그래, 니 말도 일리가 있는 것 같다. 너무 갑작스러워 뭐라고 확실하게 말하기는 어려운데……, 니 맘은 알 수가 있어.」

「니 시방 기분 상했지야?」

서동철이 유일민을 응시했다.

「아니, 그렇지 않아. 그러나 걱정은 돼. 눈치껏 조심해서 행동해야 될 거야.」

「글먼 우정은 변치 않는 것이제?」

「그럼.」

서동철은 손을 불쑥 내밀었다. 유일민은 그 손을 잡았고, 둘이는 손이 으스러져라 악수를 했다.

유일민은 서동철의 얼굴에 또 하나의 얼굴이 겹쳐지는 것을 바라보고 있었다. 빨치산의 자식놈이라고 욕해대는 아이들 앞에서 분을 못 참아 일그러지고 있는 그의 눈물 젖은 얼굴이었다.

7
하늘이여, 하늘이여

8월 초순의 더위가 다방 안을 끈끈하고 후끈거리는 열기로 채우고 있었다. 문 쪽에서 대형 선풍기가 돌아가고 있었지만 손님들은 저마다 부채질을 하고 있었다. 체구가 큰 선풍기는 낡을 대로 낡아 털털거리는 소리만 요란했지 바람 일으키는 것은 영 신통찮았다. 보나마나 미군부대에서 폐품처리한 것을 빼내다가 청계천의 만물수리상들이 적당히 손보아 겉만 멀쩡하게 페인트칠을 했고, 다방에서는 여름장사를 하려고 그저 구색을 맞추어놓은 것이 뻔했다. 그렇지 않고서야 부채를 따로 준비했다가 손님들이 자리에 앉기 바쁘게 내밀 리 없었다.

「숙자 씨는 왜 벌써 올라왔어요? 아직 한 달이 더 남았는데.」

김선오가 냉커피를 한 모금 마시고 나서 입을 열었다.

「머리 좋다는 건 다 헛말이네. 숙자가 아니라 자숙이라 그랬잖아요.」

강숙자가 톡 쏘며 눈을 흘겼다.

「아, 그렇지요. 이거 머리는 나쁘지 않은데 두뇌가 나빠서…….」

김선오는 비위 좋게 생긴 넓적한 얼굴에 어울리게 어물쩍 응수했다.

「알았어요, 무관심의 결과라는 거.」 강숙자는 다시 톡 쏘며 칼피스잔을 기울이고는, 「시골에 더 박혀 있으면 뭘 해요. 새 영화를 봐도 서울이 낫지요」 하며 그녀는 눈길을 문 쪽으로 돌렸다.

강숙자 옆으로는 안경자와 박영자가 앉아 있었고, 그 맞은편에 김선오와 이규백이 앉아 있었다. 강숙자를 뺀 나머지 네 사람은 첫 만남의 인사를 나눈 참이었다. 그래서 그들에게는 더위에다 어색함까지 보태져 있었다. 안경자는 고개를 숙임막한 채 하얀 가제손수건을 만지작거리고 있었고, 박영자는 부채를 살랑거리며 두 남자를 빠른 눈길로 순간순간 살피고 있었고, 인상이 김선오와는 달리 예민하고 깐깐해 보이는 이규백은 무표정하게 담배를 피우며 부채에 적힌 낙서들에 눈길을 보내고 있었다.

「안 오는 것 아녜요? 벌써 10분이 넘었는데.」

강숙자가 목에 닿는 머리칼을 넘기며 부채로 바람을 세게 일으켰다.

「아니오, 그런 희미한 사람이 아니오. 아마 공부가 좀 늦게 끝났거나, 그렇지 않으면 걸어오느라고 좀 늦는 거요.」

김선오가 손목시계를 들여다보며 자신 있는 어조로 말했다.

「이 더운데 걸어다녀요?」

「그 친구는 버스든 전차든 다섯 정거장 이상이 아니면 절대로 안 타는 게 원칙이오. 그게 고학생의 현실 아니겠소.」

「어머 딱해라. 얼마나 힘들겠어요.」

강숙자가 금방 울상을 지었다.

「저어……, 안, 자, 경 씨라고 하셨던가요?」 김선오의 조심스러운 말에 안경자가 고개를 들며 얼굴 붉게 부끄러움을 탔고, 「자경 씨도 새 영화를 보려고 일찍 올라온 겁니까?」 그는 불쑥 물었다.

「네, 영화도 보고 전문영어도 좀 공부하려구요.」

상대방의 말에 들어 있는 경멸을 순간적으로 감지한 안경자는 강숙자의 입장과 자신의 입장을 동시에 옹호하려고 이렇게 대답했다.

그때 유일민이 막 들어서고 있었다. 김선오가 먼저 보고 팔을 들어올렸다.

유일민은 강숙자의 소개로 안경자하고 박영자와 인사를 하면서도 아무 표정 없는 얼굴로 땀 닦기에 바빴다. 그는 무척 피곤하고 지쳐 보였다.

「뭐 찬 걸로 드세요, 빨리 땀 식게. 뭘로 드시겠어요.」

강숙자가 안쓰러운 얼굴로 서둘렀고,

「뭐, 아무거나…….」

유일민은 연신 땀을 닦으며 어물거렸다. 겸손이 아니라 그는 찬 것들이 뭐가 있는지 잘 모르는 처지였다.

「이봐요, 빙수하고 칼피스하고 어떤 게 더 빨리 돼요? 예, 그럼 칼피스 빨리 주세요.」

강숙자가 민첩하게 주문했다. 시큼한 가루를 찬물에 타서 마시는 칼피스는 신종 유행 음료수였다.

유일민이 찬 것을 다 마시자 그들은 곧 자리를 떴다.

「이런 말 안 했잖아요. 선배님 생일이라고 했지.」

뒤에 처진 유일민이 미간을 찌푸리며 김선오에게 따지듯 말했다.

「내 생일인 건 틀림없고, 저 강숙자가 축하해 준다는데 어쩌겠어. 나비와 꽃이 어울리면 더욱 좋잖아? 너도 꽃들 속에서 오랜만에 휴식도 좀 해. 매냥 허덕거리고 살다간 탈나.」

김선오의 능청맞은 대꾸였다.

그들은 화신백화점과 맞바라보고 있는 신신백화점 뒤의 한일관으로 갔다. 유일민으로서는 서울에서 제일 크다는 그 대중식당에 들어가는 것은 처음이었다.

강숙자는 여럿에게 묻지도 않고 불고기를 시켰다.

「그거 맘놓고 먹어도 되는 겁니까?」

이규백이가 불쑥 물었다. 그건 그가 처음으로 내놓은 말이었다.

「네에, 얼마든지 맘놓고 드세요. 이런 때 우리 아버지 골탕 안 먹이면 언제 먹여요.」

강숙자가 대꾸했고, 안경자와 박영자는 입을 가리고 웃고 있었다.

「잘 들었지? 오늘 영양보충 단단히 하자구. 나 지금 영양실조 상태야.」

김선오가 팔꿈치로 유일민을 슬쩍 치며 말끝에 가시를 박았다.

「영양실조요? 괜히 모함하지 말아요. 기분 나쁘면 직방으로 밀고하는 수가 있어요.」

강숙자가 잽싸게 꼬집고 들었다. 김선오의 영양실조 상태라는 말은 바로 남천장학사의 음식이 좋지 않다는 불만이었던 것이다.

「나 이거 잘못하다간 꼼짝없이 쫓겨나게 생겼네. 자숙 씨 생일이 언제요? 미리 빽을 써야지 안 되겠어.」

김선오가 수첩을 꺼내는 시늉을 했고,

「아니 자숙 씨, 내가 먼저 빽 좀 씁시다. 이 기회에 이 친구 쫓아내 버려요. 이 친구가 나보다 먼저 고시를 패스해 버리면 선배 체면이 말이 아니란 말이오.」

이규백의 말에 안경자와 박영자가 아까보다 한결 편안하게 웃었다.

「아아, 이 소녀 마음이 괴롭고도 괴로웁도다. 수학선생을 따르자니 영어선생이 울고, 영어선생을 따르자니 수학선생이 운다. 야속타, 이 운명의 장난을 어찌하란 말이더냐.」

강숙자의 변사 흉내에 그들은 와아 웃음을 터뜨렸다. 차츰 그들의 자리가 부드럽게 어우러지고 있었다.

그러나 유일민은 그런 분위기에 쉽사리 젖어들 수가 없었다. 겉으로는 그저 웃고 있었지만 마음속에는 어머니 생각이 가득 차 있었다. 여름방학이 되어 1주일 전에 동생을 혼자 내려보냈더니 어제 어머니의 편지가 왔던 것이다. 여동생 선희의 공책 한 장을 뜯어내 쓴 어머니의 편지는 글자마다 눈물이었다.

"……가정교사를 하는 것만도 너의 살을 깎고 피를 몰리는 일이고 아부지 압에 나를 죄인 맨드는 것인디 그것으로도 모지래 나이롱 치마저고리 감꺼정 보냈드란 것이냐. 나가 무신 염치 무신 체면으로 그 옷을 입고 나스겄냐. 이 못나고 부실헌 에미 곱곱으로 죄인 맹글지 말고 니 입치레나 제대로 허도록 해라. 초년 고생은 사서도 헌단다만 초년입치레가 부실헌 것은 평생 병치레가 되는 법잉께 세 끄니 꼭꼭 챙게 묵어야 헌다. 니 한몸이 천하고, 니가 실해야 이 에미가 기대고……."

「나이롱 치마저고리 감? 이거 되게 비싸잖아?」

상자를 받으며 동생이 눈이 휘둥그레졌지만 그걸 임호태의 어머니가 사주었다는 말을 하지 않았다. 굳이 그 과정을 이야기하는 게 번거로웠고, 자신은 한마디 말도 하기 싫고 귀찮을 만큼 지쳐 있었던 것이다.

임호태의 어머니는 방학 동안에 시간을 세 배로 늘려 가르쳐달라고 했다. 모자라는 기초를 튼튼하게 할 마지막 기회라는 것이었다. 그건 학기말 성적을 그녀가 원하는 대로 10등은 못 올렸지만 그 절반을 올린 것에 대한 신뢰였다. 그러나 학기말에 다시 5등을 올리기 위해 자신이 몸부림쳤던 것을 생각하면 끔찍하기만 했다. 시험과목마다 두세 배씩의 예상문제를 내서 외우게 하는 그 고역은 그야말로 소에게 억지로 물을 먹이는 격이었다. 그 5등을 올린 것은 임호태의 실력이 아니라 예상문제가 더러 들어맞은 자신의 몸부림이었다. 그런 아이를 상대로 삼복더위 내내 평소보다 세 배의 시간을 부대껴야 할 것을 생각하면 시험 때 치렀던 고역보다 훨씬 끔찍스러웠다. 그러나 그 요구를 거절할 수는 없었다. 그 거절은 곧 가정교사 자리를 스스로 박차는 일이었다. 그리고, 보수가 평소의 세 배로 불어나는 것도 떼칠 수 없는 유혹이었다. 그 돈이면 2학기 등록금을 걱정할 게 없었다.

그러나 마음을 정하고 나니 어머니가 걸렸다. 자신보다도 어머니가 더 방학을 기다렸는지도 모를 일이었다.

 그 죄송스러움을 다소나마 갚기 위해 생각해 낸 것이 나이롱 옷감이었다. 나이롱은 3～4년 전부터 퍼지기 시작해 이제 일대 유행을 이루고 있었다. 울긋불긋한 꽃무늬의 나이롱은 삼베는 말할 것도 없고 모시까지 밀어내며 여자들의 나들이옷으로 군림했고, 여자면 누구나 입고 싶어하는 옷으로 인기를 누리고 있었다. 신문들까지 '의류계의 총아'니 '의류의 혁명'이니 해가며 그 유행바람에 더욱 부채질을 해대는 판이었다.

 그러나 정작 옷감을 사는 일이 문제였다. 그 어느 상점이고 정찰제라는 것이 없었지만 특히 동대문시장이나 남대문시장은 물건값이 제멋대로라서 잘 깎는 재주나 요령이 없어서는 바가지를 쓰는 것으로 유명했다. 헌책 값을 깎는데는 자신이 있었지만 옷감을 알맞게 깎을 자신은 전혀 없었다. 생각다 못해 임호태의 어머니에게 부탁하지 않을 수 없었다.

 「그래, 그래, 아주 잘 생각했수. 남자가 옷감골목에 들어가면 그야 밥이지, 밥이야.」 이렇게 수다스럽게 말한 임호태의 어머니는 잠깐 무슨 생각을 하던 눈치더니, 「효자 노릇 할려구? 됐수, 그 옷감 내가 선사하지.」 뜻밖의 말을 했다.

 「이봐, 넌 어떻게 생각해?」

 김선오가 허벅지를 툭 쳐서야 유일민은 퍼뜩 그 생각에서 깨어났다.

 「예에? ……뭐, 뭘요……?」

 유일민은 어리둥절해서 좌중을 둘러보았고, 그런 유일민을 보며 그들은 모두 웃어댔다.

 「고기는 계속 입으로 들어가면서 어떻게 그리 딴생각을 할 수가 있지? 이 식사 끝나고 영화 보러 가는데 〈형제는 용감하였다〉냐 〈여로〉냐 골라잡고 있는 중이야.」

 「참, 어둡다고 먹을 것이 코로 들어가는 법 있나요. 그리고, 먹으면서

딴생각 안 하면 언제 해요. 난 〈여로〉를 봅니다.」

유일민의 뚱한 대꾸에 모두 와아 웃었고, 「어머, 멋져라!」 강숙자가 환성을 지르며 손뼉을 쳤다. 그럴 수밖에 없는 것이, 남자 둘은 〈형제는 용감하였다〉로, 여자 셋은 〈여로〉로 의견이 갈린 판이었던 것이다.

「너 지금 〈여로〉가 무슨 영환지나 알고 멋지다는 말 듣는 거야?」

김선오가 시비 걸 듯 말했고,

「그야 상식이죠. 율 부린너와 데보라 카 주연의 사랑 이야기 아닙니까.」

유일민의 심드렁한 대꾸에 이번에는 박영자까지 합세해서 손뼉을 쳤다.

영화를 보고 나왔지만 날은 여전히 더웠다. 더위 탓인지 뚝섬으로 뱃놀이 가자는 강숙자의 말에 아무도 반대하지 않았다. 유일민은 김선오나 이규백이가 싫어하면 적극 합세하려고 했다가 또 어쩔 수 없이 따라나섰다. 강숙자와 이렇게 어울리는 것이 더없이 거북하고 싫었다.

두 대의 시발택시에 남녀가 나누어 탔다. 유일민은 그동안 구경만 했었지 시발택시는 처음 타보는 것이었다. 헌 군용 지프를 개조한 그 시발택시는 그나마 서울 시내를 굴러다니는 유일한 택시들이었다. 물들인 군복처럼 그것도 전쟁이 남겨놓은 유산이었다.

정말 물 쓰듯 돈을 써대는구나. 지금까지 쓴 돈만도 내 가정교사 한 달치 보수보다 많지 않을까……. 이런 생각을 하다가 유일민은 깜박 잠이 들었다.

뚝섬은 기분만으로도 한결 시원했다. 맑은 강물이 푸르게 넘실거렸고, 넓은 백사장이 눈부셨으며, 강둑의 수많은 미루나무들은 무성하게 짙푸르렀고, 수영객들의 환성이 물빛처럼 맑게 울리고 있었다.

여자들은 뱃놀이로 남자들은 수영으로 의견이 갈렸다. 처음 만난 남자들 앞에서 여자들은 아무리 더워도 수영복을 입고 나설 수 없는 세상이었다.

「또 저쪽 편을 들지 그래?」

김선오가 떠밀듯 손짓했고,

「물 본 김에 때 좀 벗겨야죠.」

유일민의 능청스런 대꾸에 세 여자가 까르르 웃어댔다.

결국 남자들은 수영을 하고 여자들은 뱃놀이를 한 다음 한 시간 뒤에 미루나무 아래서 만나기로 미루나무 하나를 정했다. 남자들은 천막으로 가서 수영복을 빌려 입고 물로 뛰어들었다.

유일민은 머리를 물 속으로 깊이 담그며 언젠가 사진으로 본, 갠지스강에서 목욕하며 기도하는 인도인들을 떠올렸다. 자신도 무언가 기도하고 싶은 마음으로.

남자들이 수영을 마치고 지정된 미루나무 아래로 갔을 때 여자들은 벌써 그 그늘에 수박이며 사이다 같은 것들을 차려놓고 있었다. 강둑 저편으로는 풋풋한 남새밭이 또 하나의 드넓은 강을 이루고 있었다.

「저어, 조봉암 사형 사실을 보도관제한 걸 어떻게 생각하세요.」

그들이 둘러앉아 수박을 한 쪽씩 막 들었을 때 박영자가 느닷없이 물었다. 세 남자는 문득 긴장하는 얼굴로 서로를 쳐다보았다. 그 문제에 대해 유일민은 할말이 많았지만 두 선배를 의식해서 말을 꾹 눌렀다. 김선오도 선배 이규백을 생각해서인지 입을 열 기미를 보이지 않았다.

「글쎄요……, 사학도로서의 관심인가 보지요?」 이규백이 박영자에게 눈길을 보내고는, 「그건 민주국가에서 재론의 여지가 없는 언론탄압이고 국민 기만행위지요.」 그는 단호하게 말했다.

「그건 당연한 원칙론이구요, 그보다 더 큰 문제가 있잖아요. 유족의 행위억제를 포함해서, 그게 조선총독부령을 끌어다가 적용한 것 아니에요?」

박영자는 더욱 진지해지고 있었다.

「예, 그건 독재정권의 극치에 달한 만행이고 웃지 못할 희극이죠. 다시 말하면 그 짓을 해서 이 정권은 주권국가를 스스로 부정하고 포기했으며, 법치국가의 위신을 스스로 훼손하고 말살한 겁니다. 소도 웃을 짓을 한 거죠.」

김선오의 말이었다. 그건 신무영의 말과 일맥상통하는 것이었고, 유일민으로서는 자신이 하고 싶었던 말이었다. 그는 김선오의 수준을 다시 인정하지 않을 수 없었다.

강숙자는 잔뜩 긴장해서 그들의 말에 귀기울이고 있었다. 자신은 조봉암이 사형당하기 직전에 설교와 기도를 자청하고, 술 한 잔과 담배 한 대를 원했는데 술과 담배는 규정상 거절되었다는 기사를 읽고 안쓰러워한 정도였는데 그들의 말은 전혀 딴판이었던 것이다. 그녀는 이런 기회에 배워야 한다고 마음을 다잡고 있었다.

정부가 끌어다댄 총독부령의 유족 행위억제는, 사형자의 비석을 세울 수 없다, 대중을 상대로 공공연히 부고를 낼 수 없다, 집단이 모여 장례식을 할 수 없다, 는 세 가지였다. 그건 총독부가 독립투사들을 사형시키고 나서 민심의 자극과 동요를 차단하기 위해 만든 대비책이었다.

「조봉암이 사형당한 건 단순히 개인의 죽음이 아니잖아요. 그러니까 뭐랄까……, 앞으로 사회적 영향 같은 건 어떻게 될까요?」

박영자의 동글한 눈은 한층 초롱초롱해지고 있었다. 이제 네 차례라는 듯 김선오가 유일민을 쳐다보았다.

「그건 간단치가 않습니다. 이승만의 정적을 제거한 것을 빼고 현시점에서 확실하게 예견할 수 있는 건 세 가지 정도가 아닐까 합니다. 첫째, 평화통일론의 말살입니다. 둘째, 진보세력의 파탄이고, 셋째, 반공주의와 북진통일론의 강화입니다. 그러나 예측할 수 없는 큰 문제는 민심의 동요일 겁니다. 지금 일어나고 있는 민심의 동요는 조봉암의 옹호가 아니라 이 정권에 대한 불신입니다. 이승만은 정적 하나를 제거하는 데 성공한 대신 새로운 민심의 불신을 사게 되었습니다. 어떤 것이 더 이익이고 손해인지는 더 두고 볼 일입니다.」

조봉암 사형 이후 줄곧 생각해 왔던 것을 유일민은 시원하게 털어놓아 버렸다.

「상대생이 왜 저래. 법대생 선배들 다 죽이고 앉았네.」

이규백이 수박을 우물거리며 말했고,

「이거 마치 돌아가면서 실력테스트 받는 것 같잖아. 수박이나 좀 편히 먹읍시다.」

김선오가 수박을 왈칵 베물었고,

「그러게 말야. 자영 씨 남편 누가 될려는지 영 힘들겠는데.」

이규백이 과장되게 고개를 내둘렀다.

「바로 지금 말하신 분!」

강숙자가 냉큼 받았다. 그 바람에 박영자는 얼굴을 가렸고, 이규백은 얼굴이 어색한 채 벌게졌고, 다른 사람들은 맘놓고 웃어댔다.

석양의 햇살이 강물에 번지고 있었다. 금빛 물결 현란한 강을 등지며 수영객들이 떠나고 있었다. 그들도 미루나무 그늘을 벗어났다. 이제 그들 사이에는 처음의 어색함이나 서먹함은 가셔지고 없었다. 더위는 많이 누그러졌고, 강바람이 남새밭 위로 불어가고 있었다.

9월과 함께 삼남지방을 휘몰아친 사라호 태풍은 서울의 남천장학사까지 강타했다. 그들의 고향 강진은 태풍 피해의 핵심지역 중의 핵심이었다. 임시통계의 사망자만 900명을 넘고 있었으니 태풍 사라호의 위력이 얼마나 어마어마하고 무시무시했는지는 더 말할 것이 없었다.

남천장학사의 학생들은 다들 허둥지둥 고향 가는 열차를 탔다. 그 황급한 발길을 강기수 의원이 나서서 막았다 하더라도 그들을 제지하지는 못했을 것이다. 그런데 강 의원은 학생들보다 먼저 고향에 내려가고 없었다. 그의 걸음이 빨라진 것은 자기 지역구에 대한 국회의원의 임무뿐만 아니라 많은 자기 재산의 피해가 걸려 있었기 때문이다.

태풍의 피해는 전북에서부터 눈에 띄게 나타나기 시작했다. 그 피해는 아래로 내려갈수록 점점 심해지고 있었다. 고향에 이르기 전에 낙담하기 시작한 학생들은 고향에 다다라 완전히 절망에 빠지고 말았다. 농촌의 초가집들은 성한 것이 거의 없을 지경이었고, 다 자란 벼들을 삼켜버린 흙탕물은 망망한 바다를 이루고 있었다. 그 흙탕물의 바다는 바로 죽음의 바다였다.

원조받은 곡물을 마구 풀어 농산물값이 몇 년째 계속 폭락하는 상황 속에서 9월벼가 모두 흙탕물에 먹히고 말았으니 가난한 농가들은 굶어죽게 된 판이었다.

그러나 그건 또 차후의 문제였다. 그보다 더 큰 비극들이 그들을 기다리고 있었다.

「선오야, 아부지가……, 아부지가…….」

자신을 붙든 어머니의 통곡을 들으면서도, 뒤따른 동생들의 울음소리를 들으면서도 김선오는 멍하니 서 있기만 했다. 아버지가, 그 강인하던 아버지가 태풍으로 돌아가셨다는 게 도무지 믿기지 않았던 것이다. 그러나 흙탕물이 차오르다 빠진 흔적이 벽 중간쯤에 뚜렷하게 찍혀 있는 그 방에 아버지의 빈소는 마련되어 있었다.

「비가 억수로 퍼붓는 밤에 나가셨다가 보가 터지는 바람에…….」

김선오의 어머니는 더 말을 잇지 못하고 숨이 자지러지고 있었다. 김선오는 어머니를 붙안으며 그제서야 울음이 터지고 있었다.

상복을 입은 김선오는 아버지 영전에 망연히 앉아 있었다. 비가 아무리 심하게 퍼부었어도 아버지는 밖으로 나갔을 것이다. 아니, 비가 심하면 심할수록 아버지는 더 나가서 논을 돌보려고 했을 것이다. 열 마지기의 논, 그건 아버지의 육신이었고 생명이었다. 소작인의 자식으로 태어나 손수 그 열 마지기의 논을 장만한 것은 아버지의 크나큰 긍지였고 자랑이었다. 지주와 소작인 사이의 철저한 착취구조 속에서 그것은 거의 기적 같은 일이라는 것을 깨달은 것은 자신이 고등학생이 되고서였다.

그때부터 아버지는 더욱 크고 강하게 보였다.

「나가 무신 재미로 이 시상얼 사는지 아냐. 니 공부 잘허는 것 허고, 요 논에 나락이 쑥쑥 잘 크는 재미로 산다. 그려, 니가 공부 잘혀서 이 애비 한얼 풀어도라. 이 애비 일자무식으로 넘덜 밑에 볼피고 산 것이 평생 한잉께. 니넌 공부 잘혀서 크게 출세도 허고 권세도 누려야 쓴다. 니가 끈허니 공부만 잘험사 요 논덜 다 폴아 뒷대도 하나또 아까울 것이 읎응께. 니 애비 말 알아듣겠냐!」

자신이 우등상을 타올 때마다 아버지는 어깨에 무동 태우고 논두렁을 덩기덩기 춤추듯 돌며 이렇게 말하곤 했었다. 그 무동을 국민학교 졸업할 때까지 탔다. 중학생이 되자 아버지는 무동 태우는 것을 끝낸 대신 보고 싶은 책을 사라고 돈을 주었다.

「나가 니헌테 큰절을 허고 싶은 맘이다, 시방.」

광주의 고등학교에 합격했을 때 아버지가 한 말이었다. 읍내 중학교에서 그 고등학교에 합격한 것은 셋뿐이어서 동네 경사라고 하기도 했었다.

아버지는 한 달에 한 번씩 꼭 광주 나들이를 해서 하숙비를 주고 갔다. 그때마다 보약이며 약과 같은 것을 가지고 오는 것을 잊지 않았다.

아버지는 나들이 때마다 학교 둘러보는 것을 거르지 않았다.

「그려, 이 핵교가 호남 질이라 그것이제? 핵교도 차암 자알 생겼다.」

아버지는 운동장 가운데 뒷짐을 지고 서서 더없이 흡족하게 학교를 바라보며 고개를 끄덕이곤 했다.

그리고 아버지는 학년이 바뀌면 꼭 담임선생을 찾아보았다.

「니, 이 애비가 우새시러와 그러지야!」

처음에 그럴 것 없다고 했을 때 아버지가 대뜸 한 말이었다.

그게 아닌 것을 입증하기 위해서 자신이 앞장서 아버지를 교무실로 안내해야 했다. 아버지는 담임선생 앞에 정말로 코가 땅에 닿도록 깊은 절을 하고는 소중하게 싸안고 있던 것을 내놓았다. 그건 달걀 두 꾸러미였다. 그 달걀은 시장에서 산 것이 아니었고, 꾸러미도 아버지가 손수 만든 것이었다. 아버지의 선물은 3년 동안 변함없이 달걀 두 꾸러미씩이었다.

「스승에 은공을 몰르는 것은 불효허는 것보담 더 못된 짓거리다.」

역시 변함없는 아버지의 훈도였다.

「참말로 장허고 장허고 또 장허다. 이 애비 한이 다 풀린 것이나 진배읎다.」

대학에 합격했을 때 아버지가 목이 메며 한 말이었다. 그리고 아버지는 돼지를 잡는 잔치를 벌였다. 법대에 진학한 것도 아버지의 소망이 절반쯤 포함된 것이었다. 아버지가 바라보는 판검사는 바로 하늘이었던 것이다. 고등고시 최연소합격자가 되려는 목표를 정했던 것도 단순히 공명심을 노리는 욕심이나 객기가 아니었다. 아버지를 하루라도 빨리 기쁘게 해드리고 싶었고, 그것만이 자신이 할 수 있는 유일한 효도였다.

그런데 아버지는 당신 말대로 한이 다 풀린 것이나 '진배읎을' 뿐인 상태로 세상을 떠나버린 것이다. 그 여한을 고스란히 자신의 가슴에다 옮겨 심어놓은 채. 김선오는 아버지가 떠난 허망하고 텅 빈 자리에 확대되어 오는 어머니와 다섯 동생들의 모습을 막막하게 바라보고 있었다.

이규백 또한 겹초상의 충격 속에 빠져 있었다. 형과 작은 아버지가 같은 장소에서 급류에 휘말려 세상을 떠나고 말았다. 농부들은 누구나 논을 지키려고 나섰던 것이고, 태풍은 잔인하게도 그런 남자들을 삼켜버린 것이다. 그런데 이규백이 더욱 비통한 것은 형의 시신을 아직까지 찾지 못하고 있는 거였다. 그는 어머니, 형수와 함께 물길을 따라 정신없이 헤매다니고 있었다. 사람들의 조심스러운 말로는 아직까지 찾지 못한 시체들은 거의 바다로 떠내려갔을 거라고 했다.

만약 그렇다면 형을 찾을 가망은 거의 없었다. 아직도 거센 흙탕물이 쏟아져 들어가고 있는 바다는 너무나 사납고 넓었다. 이규백은 사흘째 해변을 헤매다가 지쳐 쓰러졌다. 담배에 불을 붙인 그는 망망한 바다를 넋 놓고 바라보고 있었다. 막막하고 허망하기가 국민학교 6학년 때와 똑같았다. 전쟁터에 노무자로 나갔던 아버지는 한줌 뼈로 돌아왔던 것이다.

「시상에나 시상에나 요것이 무신 날베락이다냐. 일정 때 북해도꺼정 끌려갔다가도 살아온 사람인디 인자 와서 요것이 무신 일이냔 말여. 살려내라, 이놈들아 살려내라.」

그때 어머니는 읍사무소 직원들의 가슴팍을 치며 통곡했었다. 그러나 이제는 칠 수 있는 그 누구의 가슴팍도 없었다. 그리고 어머니 자신보다 더 젊은 나이에 홀로 된 며느리까지 부축해야 하는 처지에서 통곡마저 안으로 삼켜야 했다.

「나가 허는 고상에는 맘 쓰덜 말어라. 사람은 다 지각각 타고난 팔자가 있는 것이고, 나야 원체로 공부는 잘 안 되는 머리 아니냐. 나는 농새일이 제참이고, 니나 고등고시에 딱 붙어부러라. 글먼 우리 집안 훤히 피고 와짝 양지 되는 것 아니겄냐. 니가 크게 출세혀서 조카덜 뒤 잘 봐주먼 고것이 이 성이 헌 고상에 보답허는 것이고 말이여.」

그리도 넓은 마음을 지니고 집안을 실하게 이끌어왔던 형은 자취가 없었다. 형을 찾을 수 없는 절망감 위에 세 동생과 세 조카의 무게가 겹쳐지고 있었다. 얼마 되지는 않지만 대물림해 온 농사는 어찌할 것이며, 앞으로 집안 형편은 어떻게 될 것인가……. 그 암담함과 막막함은 곧 형이 차지하고 있었던 비중의 크기였고, 형이 남겨놓고 떠난 허망함의 크기였다.

거의가 농민의 자식인 남천장학사의 학생들은 태풍의 피해에서 벗어날 수가 없었다. 논이 흙탕물에 잠기지 않은 집이 없었는데, 그나마 그것이 가장 가벼운 피해였다. 거기에다 집이 반파되거나 완파되고, 사람이 목숨을 잃는 것으로 피해는 확대되고 있었다. 그래서 학생들은 제각기 집안의 피해를 다스리느라고 매달려 있었다.

일단 자신의 사업장들을 수습한 강 의원은 경찰서와 군청을 오가며 사망자들을 파악해 조의금을 보내고 있다가 장학사의 학생들이 모두 내려와 있다는 것을 뒤늦게 알게 되었다. 비서의 보고를 받고서야 강 의원은 자신이 너무 서둘러 혼자 내려온 실수를 깨달았다. 피해가 너무 극심해 면목없고 미안함은 더욱 커졌다. 학생들의 피해를 직접 확인하는 것이 도리였다.

강 의원은 비서를 앞세워 가까운 학생들의 집부터 찾아나서기 시작했다. 사망자가 있는 집에서는 특별히 많은 조의금을 내놓고 빈소에 정중히 절을 올려 조의를 표하고, 학생과 가족들을 따뜻한 말로 위로했다. 현직 국회의원의 그런 성의는 슬픔에 젖은 가족들의 마음을 울렸을 뿐만 아니라 마을 사람들까지 감동시켰다. 그런 부수적 효과는 강 의원을 꽤나 흡족하게 해주었다.

「더욱 힘내게. 고난은 성공의 어머니 아니던가.」

그는 실패는 성공의 어머니라는 말을 변용해서 이렇게 말하며 친근하게 학생의 어깨를 두들겨 격려하는 것도 잊지 않았다.

사망자가 없는 학생들의 집에서도 강 의원의 위로의 말은 정답고 자상했다. 그는 어느새 정치인의 감각이 예민해져 부수적 효과를 의식하는 일면이 없지 않았다.

그런데 강 의원이 전혀 생각하지 못한 또다른 효과가 나타났다.

「가그라, 얼렁 가. 니 하나 없어도 일 다 된다. 니가 시방 요런 가당찮은 잡일 험서 허송헐 때냐. 얼렁 올라가서 큰 뜻 이룰 공부나 더 열성으로 혀라. 고것이 집안 살리는 일잉께.」

초상이 안 난 집안의 부모들은 아들의 등을 떠밀었다. 그들은 강 의원을 보자 고등고시를 떠올렸고, 그들로서는 어려워진 형편에 장학사의 도움은 더욱 절실했던 것이다. 그리고 그것이 강 의원이 바라는 것임을 알아채고 있었다.

부모들의 이런 말에 밀려 학생들은 폐허의 고향을 뒤에 두고 다시 서울길에 올라야 했다.

보름이 더 지나 유일민은 김선오와 이규백 선배를 만나 때늦은 문상을 했다. 두 사람의 몰골은 몰라볼 지경으로 초췌해지고 진이 다 빠져 있었다. 그러나 남천장학사에서 그들과 같은 변을 당한 학생들은 열이 넘었다. 그들이 모두 고향으로 떠난 것을 알게 된 다음부터 유일민은 날마다 집에 돌아가는 길에 남천장학사에 들렀던 것이다.

「그럼……, 집안 농사는 어떻게…….」

유일민은 어렵게 입을 열었다.

「몰라……, 별수없이 머슴을 두기로 했는데……, 그게 어찌 될지…….」

탄식 같은 김선오의 한숨은 짙고 길기만 했다.

이규백 선배도 자꾸 한숨만 토해내기는 마찬가지였다. 유일민은 더없이 우울한 마음으로 그들과 헤어졌다.

「글 안 해도 외상값 받기 에로와 이사 못했는디, 이리 지독시리 물난리 나부렀시니 이사는 더 에로와졌다. 허나 워쩔 것이냐, 다 하늘이 허는 일인디. 고상 되드라도 쪼깨 더 참고 기둘리자.」

물먹어 망가진 살림살이의 어지러움 속에서 굳이 닭 한 마리를 과서 내놓으며 어머니가 한 말이었다.

이틀 동안 어머니를 도와 이것저것 정리하고 서울로 돌아오며 암담했던 기분을 유일민은 이제사 회복하고 있었다. 어머니와 여동생이 무사한 것만으로도 천행이었던 것이다.

그동안 서울에서도 사람들이 모이는 곳이면 어디에서든 태풍 피해에 대한 이야기들이 오가고 있었다. 사람들은 물가 오를 것을 걱정했고, 더욱 살기 어려워질 것을 근심했다.

「……숭년 드는 것이야 정헌 이치고…….」
그때 기차에서 만났던 농부의 말이 유일민의 의식 속에 문득 떠올랐다.

8
처음 한 짓

「너 나삼득이지?」

「근디요?」

「넌 천두만이지?」

「워째 그요?」

그들이 응답하기 바쁘게 그들의 팔은 뒤로 꺾였다. 나삼득과 천두만은 동시에 비명을 질렀다. 그러는 사이에 지게가 벗겨지고 그들의 팔목에는 쇠고랑이 채워졌다.

「워째 이러시오. 우리가 머시럴 잘못했다고.」

상대방이 형사인 것을 알아본 나삼득이 상체를 요동하며 소리쳤다.

「하먼이라. 무신 일로 이러시오.」

천두만도 나삼득을 믿고 몸을 힘껏 내두르며 소리쳤다.

「이새끼들, 시끄러!」

두 형사가 거의 동시에 정강이를 걷어찼다. 나삼득과 천두만은 곧 숨

넘어가는 신음을 물며 주저앉았다.

「여기서 이러지 말고 그 새끼들 빨리 서로 끌고 가.」

다른 형사가 나타나서 지시했다.

나삼득은 새로 나타난 형사가 시장통을 담당하는 안 형사인 것을 알아보았다.

「아이고 안 형사님, 우리가 잘못헌 것이 암것도 읎는디 워째 이러신다요? 머시럴 잘못 아셨구만이라.」

나삼득은 두 팔이 뒤로 결박된 채로 안 형사를 곧 붙들 것 같은 몸짓을 했다.

「닥치지 못해. 새끼, 언제 봤다고 안 형사님이야. 할말 있으면 서에 가서 해.」

안 형사는 나삼득을 싸늘하게 노려보고는 돌아섰다.

「너 이새끼, 그 양복기지 어디로 빼돌렸어?」

취조실에서 안 형사가 대뜸 내지른 말이었다.

「야아? 무신 양복기지……?」

천두만은 어리둥절했다.

「이새끼, 초장부터 오리발 깔 거야! 다 아니까 빨리 불어. 뻑따귀 다 부러지기 전에!」

안 형사는 버럭 소리를 지름과 동시에 경찰봉으로 천두만의 어깻죽지를 내려쳤다.

「아이고메……, 나 죽네. 무신 양복기지가 워째 됐다는 것잉게라.」

천두만은 아픔을 견뎌내며 무슨 일인지 몰라 애가 타고 있었다. 꼭 죄를 따지자면 며칠 전에 후생주택을 짓는 공사장을 지나다가 마침 사람 눈이 뜸해 못 한 주먹을 슬쩍 한 것뿐이었다. 그것도 모아두면 판잣집을 지을 때 요긴하게 쓰리라 싶었던 것이다.

「이새끼야, 어제 느네들이 옮긴 양복기지 말야. 그게 밤새 싹 없어져

버렸는데, 그게 그 창고에 들어간 걸 아는 건 느네 네 놈들뿐이잖아.」

또 경찰봉이 천두만의 팔을 후려쳤다.

「워메메⋯⋯.」

천두만은 비명을 토하며 그제서야 왜 끌려왔는지를 알았다.

「아니구만이라, 아니구만이라. 산신령님헌테 목심 걸고 그런 못된 짓 헌 일 없구만이라.」

「이새끼, 산신령님 좋아하고 자빠졌네. 듣기 싫으니까 사투리 쓰지 말어.」 안 형사는 험한 얼굴로 경찰봉을 또 치켜들고는, 「네놈들이 그 짓 하지 않았으면 누가 해. 양복기지가 발이 달렸냐, 바퀴가 달렸냐」 하며 말에 맞추어 경찰봉으로 천두만의 가슴을 콱콱 질러댔다.

「아니랑께라. 그 기지가 그 창고로 들어간 것을 본 사람들은 시장통에 쌔고 쌨제라. 글고, 우리가 도적질했음사 천리 밖으로 좃 빠지⋯⋯, 아니 저, 싹 내빼뿔제 멀라고 또 지게 지고 나왔을 것이오.」

천두만은 형사가 싫어하는 사투리를 안 쓰려고 했지만 마음이 급하다 보니 오히려 상소리까지 튀어나오려고 했다.

「이새끼야, 나발 까지 말어. 들켰나, 안 들켰나 보려고 시침 뚝 따고 나온 거지 뭐야. 그게 모든 도둑놈들의 심뽀라 그거야.」

「아이고메, 사람 복장 터져 죽겄소. 시장통에 건달이고 깡패가 얼매나 많으요. 의심헐라면 그놈들을 의심혀야제 위째 아무 죄 읎이 불쌍헌 우리 지게꾼덜얼 요리 잡지고 이런다요, 금메.」

천두만은 제 가슴을 치며 울먹거렸다.

「바로 그거야. 느네들이 그놈들하고 짜고 난짝 해먹은 거야. 그게 누군지 빨랑 대!」

경찰봉이 또다시 어깻죽지를 내려쳤다.

「워메 엄니⋯⋯. 죽이든지 살리든지 맘때로 허씨요. 요런 각다분허고 씨부랄눔에 시상 더 살고 잡덜 안 헝께.」

천두만은 이를 뿌드득 갈았다.

찬바람 이는 대목에 맞춰 동대문 도매상들이 양복기지를 비축하는 계절이었다. 어제 어느 집 것 100필을 지게질한 그들 넷은 번갈아가며 그런 고초를 당하고 있었다.

꼬박 이틀 동안 어깻죽지며 팔에 시퍼렇다 못해 검은 피멍이 들도록 매타작을 당한 그들은 사흘 만에 풀려났다.

「지 에미허고 붙어묵다가 좆대감지럴 못 빼고 뒈질 놈덜. 3대를 내리 염병을 앓다가 땀 못 내고 꼬드라져라.」

경찰서가 멀어진 꺾임길을 돌아서며 나삼득이 욕 끝에다 가래까지 돋구어 내뱉었다.

「지게질 해묵는 것도 서러분데 이런 꼴까지 당허고 서러바서 우예 살겄노.」

김 씨가 어깨를 주무르며 한숨을 쉬었다.

「니기미 씨발, 서럽기는 머시가 서럽소. 끄니 때마동 곰탕이다 설렁탕이다 얻어묵은께 신선 팔자가 따로 옳든디. 씨부랄놈덜, 애맨 사람덜 잡아다가 매타작헐 기운 모트느라고 그리 잘들 쳐묵고 산가.」

천두만이 말을 뒤틀어대며 담배쌈지를 꺼냈다.

「홧짐에 서방질허드라고 워디 가서 술 한잔씩 허유. 얼병도 풀어야 허닝게유.」

송 씨가 마침 눈에 띄는 꽁초를 집어들어 옷에 문질렀다.

「가드라고, 외상이면 소도 잡아묵는 것잉께. 요런 때 술 안 묵으면 은제 묵어, 잡것.」

나삼득이 앞서 길을 건너갔다.

그들은 시장 구석에 박혀 있는 막소주집을 찾아갔다. 무엇을 시키고 말고 할 것도 없이 그들이 드럼통술상에 앉자마자 술과 안주가 나왔다. 찌그러지고 칠 벗겨진 양은주전자에 담긴 것은 어디서 만든 것인지 모를 막소주였고, 양은접시에 담긴 안주는 소금 뿌려 구운 닭발이었다. 시장통 막벌이꾼들을 상대하는 그 싸구려 술집에는 다른 것은 없었다. 닭발은 닭집에서 잘라 내버리는 것을 모아다가 안주로 삼은 거였다.

「와따, 형사라는 것들이 왜정 때보톰 독허고 징허다고 소문은 났지만도, 그 자석 그거 참말로 아든 정 보든 정 읆이 독허고 징허대.」

첫 잔을 단숨에 비운 천두만이 고개를 내둘렀다.

「그렇지유. 우리가 아무 보잘 것이 없으니 지 맘대로 매타작 놓기가 얼마나 좋았겠어유. 지헌테 돈 솔솔 잘 주는 사람들 편은 들어야 허닝게유.」

「그기 말이 아닌기라. 즈가 민주경찰 간판 내걸었다 카믄 최소한도 양심은 있어야제, 우째 빽 없고 돈 없는 백성이라꼬 그리 개 잡듯 패노 말이다. 이 분을 우째 푸노?」

「허허, 이 사람 유식헌 문자 혼자 다 써감서 자다가 봉창 뚜딜기고 앉었네, 시방 민주경찰에, 최소한도 양심? 서울물 묵었으면 고런 소가 웃을 소리는 허덜 말어. 그놈이 워떤 놈인지 안직들 몰르제? 우리가 다 항꾼에 당혔시니 인자 허는 말인디, 그놈이 뒷구녕으로는 창신동서 계집장사 허는 놈이여.」

나삼득은 두 잔째도 단숨에 뒤집으며 쓰게 웃었다.

「머, 머시라꼬예?」

「포, 포주 노릇 헌다 그것이요?」

그들 셋은 다같이 놀라 어리벙벙해졌다.

「아는 사람들은 다 암서도 말 잘못해 베락 맞을 것이 무서와 그냥 모른 칙끼 덮고 사는 것인디, 그놈이 즈그 장모 내세와갖고 그 짓거리로 떼돈 벌어딜이고 있는 놈이여. 무신 소린지 알어?」

「하아, 이거 정신이 하나또 없네. 우째 요놈으 세상이 이리 개판이고.」

「참말로 환장헐 일이지. 경찰들이 교통단속으로 돈 뜯고, 포주들 등치고 헌다는 말이야 귀 아프게 들었어도 형사놈이 지 손으로 포주 노릇 헌다는 것은 내 생전에 첨 듣는 소리시. 에라 잡것, 돈이 질인 시상에 돈 못 버는 우리 겉은 것들이 빙신이제 이. 술이나 묵어.」

천두만이 한숨을 푹 쉬며 술잔을 꺾었다.

「그려유. 그것 한 번 허는데 3천 환씩이니 색시 대여섯만 부리면 돈 엄청 벌거여유. 월급이야 하품 나오는 것이겠쥬?」

송 씨가 느린 말투에 맞추듯 눈을 껌벅껌벅했다.

「아니, 꼬질대 소지 한 분 허는디 3천 환씩? 글면 그것이 쌀이 몇 말이고, 꿀꿀이죽으로 치면 몇 그럭이다냐? 고것이 워찌 그리 비싸? 송 씨는 가봤는갑소 이?」

천두만이 놀라움과 호기심이 엇갈리는 얼굴로 송 씨를 건너다보았다.

「워디가유. 그런 데 가볼 팔자면 양반 다 된 것이지유. 천 씨는 귀동냥도 못허고 사남유?」

송 씨가 허전하게 웃었다.

「그나저나 분허고 원퉁허드라도 우리 구역 안 뺏길라면 그놈이 시킨 대로 이 술 묵고 우리가 당헌 것 싹 잊어뿌러야 혀. 그놈이 우리 몰아낼라고 맘묵으면 하로아칙잉께.」

나삼득이 힘준 눈길로 세 사람을 둘러보았다.

「내사 마 이 세상에 머할라꼬 태어났는지, 서러바 몬살겠소.」

김 씨가 가슴 무너지게 한숨을 토해냈다.

「좌우간 어떤 놈들인지 장허유. 그 많은 옷감을 쥐도 새도 모르게 해묵었으니. 우리가 해묵는다 해도 그리 되겠시유?」

송 씨가 꽁초에 불을 붙이며 뚱한 소리를 했다.

「잽히지만 않음사 팔자 고칠 돈일 것인디, 차를 들이댄 것이 아닐랑가 몰라? 하여튼지 그 기술도 참 굉장혀.」

천두만이 고개를 끄덕이며 말을 받았고,

「잽히지 말거래이, 우리 원수 갚아주는 셈 쳐서라도 절대 잽히믄 안 되는 기라. 하모, 한발 먼저 해묵는 놈이 장땡인 세상인께네.」

김 씨가 술기 젖은 소리로 중얼거리고 있었다.

천두만은 오랜만에 술에 흥건하게 취해 움막의 거적을 들쳤다.

「하이고, 돼지우리 겉은 움막이라도 내 집이 요리 좋은지 인자 알겄네 이.」

그는 너저분하고 눅눅한 방바닥에 벌렁 드러눕다 말고 한쪽 어깨를 잡고 아이구구……, 신음을 물었다. 두들겨 맞은 자리가 찢어지는 듯, 긴 꼬챙이로 찔러대는 듯 심하게 아팠다.

「요런 때 마누래가 있어야 찜질도 혀주고 주물러주기도 허고 헐 것 아니여. 요놈으 신세 참말로 눈물나시…….」

천두만이 혼자소리를 하며 아내를 떠올렸다. 아내가 못내 그리웠다. 아내의 솜씨가 담긴 밥상도 받아보고 싶었고, 아내와 함께하는 그 아늑하고 푼더분한 잠자리도 하고 싶었다. 밥상보다도 더 간절한 것이 잠자리였다. 밥이야 붙여먹고 있으니 그런대로 넘길 수 있었지만 잠자리의 굶주림은 아내가 없고서는 어찌할 방도가 없었다. 잘 먹지도 못하면서 허덕거리고 살면 그 생각이 나지 말아야 할 텐데, 어떻게 된 것이 그 생각은 밥 안 먹으면 배고파지는 것처럼 어김없이 마음을 설렁거리게 하고는 했다. 어찌할 수 없이 혼자 해결을 하며 사창가를 떠올리지 않은 것이 아니었다. 그러나 돈이 아까워 그런 생각은 이내 지웠다. 그런데, 오늘 알고 보니 그 돈이 3천 환이라……, 식구들을 불러올릴 때까지 앞으로 몇 년이 더 걸릴지 모르지만 여자 품어보기는 그른 일이었다.

「아이고, 이 젊은 삭신에 으째야 쓴다냐 와.」

천두만은 크게 외친 탄식에 맞추어 쭉 기지개를 켜다가 또 아이구구……, 신음하며 몸을 웅크렸다.

천두만은 다음날 일을 나갈 수가 없었다. 어깻죽지와 팔만 아픈 것이

아니라 옆구리며 몸통까지 결리고 들뜨는 것 같으면서 몸살이 이는 것
처럼 온몸이 무겁게 늘어졌다. 밥상을 받고 보니 나삼득도 앓는 소리를
하며 맥이 풀려 있었다.

「애맨 사람덜얼 요리 골병들게 맹글다니, 그냥 당허고만 있어서 되겠
소? 얼굴 안께 그놈헌테 직방으로 웬수 못 갚을 판이면 그놈 새끼라도
잡아다가 반 죽게 맹글어뿌러야제.」

그렇지 않느냐는 듯 갈포댁이 독오른 눈길로 천두만을 쏘아보았다.

「금메 말이오, 나도 엊지녁에 벨 생각을 다 혀봤는디……, 어쩌야 좋
을랑가 안직 몰르겄소.」

천두만은 갈포댁의 눈길을 피해 나삼득을 쳐다보았다.

「실답잖은 소리덜 말어. 시상이 분허고 원통헌 대로 살아지는 것이 아닝
께. 그리 웬수 갚음 헐라면 우리 다 죽을 작정 허고 나서야 허는 것이여.
그럴 맘 없음사 다 잊어뿌러. 재수 읎어 독새헌테 물렸다고 생각허고.」

나삼득이 아내에게 눈총을 쏘며 엄한 기세로 말했다.

「야아, 성님 말씸이 맞구만이라. 분허고 원통절통혀도 참으시씨요,
형수님. 때린 놈은 발 못 뻗고 자도 맞은 사람은 발 뻗고 잔다고 안 헙
디여.」

천두만은 갈포댁에게 위로의 눈길을 보냈다.

밥상에는 전에 없이 쇠고기까지 약간 다져넣은 미역국이 올라 있었다.

「어깨 풀릴 때꺼정 메칠 지게질 허기는 글러묵었고, 그렇다고 구둘장
지고 뉘 있으면 더 큰 병 도진께 요것 들고 날 따라나스소.」

말이담배에 불을 붙인 나삼득은 헌 포대를 천두만 앞으로 던졌다.

「요것 갖고 워디 가는디라?」

천두만은 뜨악하게 나삼득을 쳐다보았다.

「동냥질 나스는 것 아닝께 걱정 말어.」

나삼득도 움막을 나서며 헌 포대를 어깨에 걸쳤다. 그는 가끔 앓는 소

처음 한 짓 155

리를 가늘게 낼 뿐 약수동에 접어들 때까지 말이 없었다. 천두만은 누워서 자고 싶은 생각뿐이었지만 아무 소리도 못하고 그의 뒤만 따라 걸었다. 천두만은 걷기가 너무 힘겨워 지나가는 시내버스들을 바라보고는 했다. 그러나 버스를 타자는 말은 아예 꺼내지도 않았다. 서울에 도착하는 날 마중 나온 나삼득을 따라 한 번 타보았을 뿐 그동안 더는 발을 올려놓은 적이 없는 버스였다. 지게 진 사람을 태워주지도 않았고, 차비가 아까워 탈 수도 없는 형편이었다.

시장을 오가며 곁눈으로 보아온 약수동은 왜식 집들이 유난히 많은 부자동네였다. 고향에서도 몇 채 안 되는 왜식 집에는 이상하게도 부자들이 살고 있었다. 천두만은 그 까닭을 알 수가 없었다.

약수동 골목으로 들어선 나삼득은 집집마다 대문 옆에 나와 있는 시멘트 쓰레기통을 뒤지기 시작했다.

「성님, 시방 멀 허요?」

천두만은 답답하고 어이없어 더는 입을 봉하고 있을 수가 없었다.

「꼭 콩이야 퐅이야 허고 말을 혀야 혀? 잘사는 동네 쓰레기통 뒤지면 빈 병이야 머시야 잡동사니 주워서 한두 끄니 벌이는 된단 말이시. 그냥 구둘장 지고 뉘 있으면 누가 밥 줘?」

나삼득은 쓰레기통을 뒤지다 말고 고개를 꺾어들어 천두만을 올려다보고 있었다. 이마에 주름이 잡힌 그 얼굴은 검게 메마르고 초췌해 보였다. 천두만은 언뜻 그 얼굴이 나삼득 같지가 않았다. 그 얼굴에 또다른 나삼득의 얼굴이 겹쳐지고 있었다. 달빛과 불빛을 받으며 환하게 웃고 있는 살오른 얼굴이었다. 정월 대보름날 밤에 달이 떠오르는 것에 맞추어 달집을 태울 때 볼 수 있었던 나삼득의 그 얼굴. 꽹과리 소리에 맞추어 덩실거리는 몸짓을 따라 벙글거리던 그 복스럽던 얼굴은 어디로 가고 쓰레기통을 뒤지고 있는 나삼득의 얼굴은 태어날 때부터 거지였던 것만 같았다. 천두만은, 고향 산천이 떠오르며 서러움이 복받쳐오르는 것을 감추려고 고개를 돌렸다.

「그려라. 개맨치로 벌어서 정승맨치로 쓰면 된께 어여 벌어서 고향 찾어갑시다.」

천두만은 이렇게 말하며 다른 쓰레기통으로 발을 옮겼다.

천당허고 지옥이 죽어서나 있는지 알었등마 그것이 아니여. 여그가 천당이면 나가 사는 디가 영축없이 지옥이여. 여그 사는 사람덜언 멀 혀 묵고 살간디 요리 잘들 사는고? 사람이 사람이라고 다 똑겉은 사람이 아니여. 여그 사람들에 비허면 움막에 사는 것덜언 즘생 아니라고. 나가 평상 발싸심혀대도 이리 살아보기는 글른 것이겄제? 사람이 한 분 태어 났다가 한 분 죽는 것이야 다 똑겉은디 워디서보톰 잘못되야 요리 차등이 나는 것이제? 삼득이 성님도 맴이 참 기맥히겄제……

이런 생각을 하며 몇 번인가 골목을 꺾어 돌았을 때였다.

「야 이새끼들아, 어디서 굴러든 개뼉따귀들이야!」

갑자기 터져나온 고함에 나삼득과 천두만은 거의 동시에 고개를 돌렸다.

골목 가운데 한 사내가 버티고 서 있었다. 그는 커다란 망태를 한쪽 어깨에다 삐딱하게 메고 한 손에는 쇠로 된 쓰레기집게를 든 넝마주이였다.

「요런 호로새끼, 대갱이에 안직 피도 안 모른 놈이 어따대고 욕질이냐, 욕이! 매운 맛 잠 봐야겄어?」

나삼득이 소리쳤고,

「쩌 호로새끼럴 당장 패대기쳐뿔께라?」

기운 쓰는 데는 자신 있는 천두만이 눈을 부릅뜨며 나섰다. 그렇잖아도 심란하던 참에 스무 살도 못 되어 보이는 넝마주이가 욕을 해대자 그는 그만 심사가 뒤틀리고 말았다.

「좆같은 새끼들, 둘이라고 까불어. 느네들 꼼짝 말고 그대로 있어. 우리 땅에 들어온 놈들은 뼈를 추리고 말 테니까.」

넝마주이는 망태를 벗어던지더니, 「형니임, 형니임!」 목청껏 외쳐대며 돌아서서 뛰기 시작했다.

「어이, 싸게 튀세. 저 떼거리는 땅벌보담 더 무섭네.」

나삼득이 다급하게 말하며 뛰기 시작했다. 천두만도 얼떨결에 그 뒤를 따라 뛰었다.

큰길을 몇 개 건너고 나서 그들은 뛰기를 멈추었다. 천두만이 숨을 헐떡거리며 말했다.

「워찌 그리 허망허니 내빼뿐다요?」

숨이 가빠 얼굴이 일그러진 나삼득은 가로수에 기대앉으며 손을 저었다.

천두만도 나삼득 옆에 주저앉으며 쌈지를 꺼냈다. 그는 천천히 담배를 말아 나삼득에게 건넸다. 그리고 자기도 한 대를 말아 물었다. 담배 연기를 길게 내뿜고 나서 나삼득이 입을 열었다.

「갸덜 구역쌈은 깡패덜 구역쌈보담 못헐 것이 읎제. 그 떼거리에 잽히는 날에는 반죽음 당헌께 튀는 것이 상수여.」

「참말로, 이것이고 저것이고 벌어묵고 사는 것은 구두닦이꺼정 지 구역 읎는 것이 읎소 이.」

천두만은 어깨한숨을 쉬며 고개를 저었고,

「금메, 서울이 그려.」

나삼득이 스산하게 웃음지었다.

「글먼 요것도 더 혀서는 안 되는 짓 아니요?」

「그 무신 배불른 소리여? 눈치껏 먼첨 묵는 것이 임자제. 넘 입에 든 것도 못 빼묵어서 환장 들린 시상에. 또 살살 가보드라고.」

그들은 골목골목을 타고 성수동 쪽으로 빠졌다. 이것저것 돈이 될 수 있는 것들을 집어넣다 보니 포대는 반이 차오르고 있었다.

「어이, 저 그늘에서 잠 쉬어가세.」

나삼득이 고갯짓으로 앞을 가리켰다.

골목이 세 갈래로 갈라지는 그곳은 꽤 넓은 공터였다. 그 한쪽 집그늘에는 이상한 시설을 한 리어카를 열댓 명의 아이들이 바글거리며 둘러싸고 있었다.

나삼득을 따라 리어카 가까이 간 천두만은 그 시설이 무엇인지 알아보았다. 그것은 가운데 쇠기둥에 연결시켜 양철로 다섯 개의 비행기 모형을 만들어 아이들을 태우는 놀이기구였다.

밀짚모자를 쓴 남자가 아이들을 하나씩 안아 올려 울긋불긋하게 칠한 비행기에다 태워나갔다. 비행기 몸체에는 뉴욕·런던·파리 같은 이름이 색색의 페인트로 씌어 있었다. 비행기에 탄 아이들은 셋이었다. 남자는 둘러선 아이들을 돌아보았다. 그때 비행기에 탄 한 아이가 쨍하게 소리쳤다.

「아저씨, 뭐해요. 빨랑 떠나요.」

「응, 그래, 그래, 자아, 날아간다아…….」

두 도시에 손님을 채우지 못한 채 그 남자는 비행기 날아가는 소리를 흉내내며 손으로 모형 비행기들을 돌리기 시작했다.

생담배가 타는데도 나삼득은 담배를 빨 생각은 하지도 않고 빙글빙글 돌아가고 있는 그 놀이기구에 눈을 박고 있었다.

「성님, 아들 태워주고 잡아서 그요?」

이상한 생각이 들어 천두만은 이렇게 물었다.

「이? 아, 아니여. 저것이 돈벌이가 어쩔랑가 생각혀 보는 것잉만.」

천두만은 그제서야 나삼득이 왜 굳이 여기서 쉬자고 했는지를 깨달았다.

「야아, 저것이 돈벌이는 되기는 허겠는디……, 밑천이 솔찬이 들덜 안컸는게라? 리야카도 그런다다, 저 비행기덜 맨그는 것은 훨씬 비쌀 것인디…….」

「그려……, 솔찬헌 돈이겄제…….」

나삼득이 무겁게 고개를 주억거렸다.

한 5분쯤 지났을까. 그 남자는 비행기 돌리던 것을 멈추고 아이들을 차례로 내려놓았다.

「저어, 애 많이 쓰시오. 근디, 벌이는 잘되시오?」

나삼득이 그 남자에게 다가가 공손하게 인사하며 물었다.

「이거 말이오? 이거 원, 코 묻은 돈 받아서 세 끼 먹기 어려워요. 빈 자리 없이, 공치는 시간 없이 뺑뺑이를 돌리면 그래도 좀 돈이 모아질 텐데, 다들 살기가 넉넉잖으니 열 애들 중에 잘해야 두세 아이가 타는 형편이니까 본전 찾기도 어려워요. 왜, 해볼 맘 있으슈?」

그 남자가 밀짚모자를 밀어올리며 목마른 입맛을 다셨다.

「아니, 첨 보는 것이라 그냥 물어보는 구만요. 나야 그럴 밑천도 읎는 지게꾼이어라. 글면 돈 많이 버씨요.」

나삼득은 고개를 꾸벅하고는 돌아섰다.

천두만은 그런 나삼득의 심정을 충분히 이해할 수 있었다. 자신도 이 것저것 눈에 띄는 돈벌이에 마음이 끌린 것이 한두 번이 아니었다. 겨울의 풀빵장사, 여름의 냉차장사, 철을 안 타는 야미 담배장사, 어서 돈을 모아 그런 것을 해보고 싶었다.

「나가 말이시, 질로 허고 잡은 것이 먼지 아는가? 고물상이여. 고것이 밑천 들어가는 것에 비혀서 이익이 엄칭이 큰께로. 사딜이는 값보담 다섯 배, 열 배가 남는 것이 그 장사란 말시. 넘 보기에 추접시럽고 하품나게 뵈는 그 속에 알짜가 들었단 말이여. 근디 은제나 그날이 올랑가 원.」

나삼득이 골목을 걸어가며 시름겹게 말했다.

「금메요, 워디서 돈다발을 줍는 재수가 생기는 것도 아니고…….」

천두만이 한숨을 푹 내쉬었다.

쓰레기통을 뒤지며 한참을 걷다가 나삼득이 문득 걸음을 멈추었다.

「워째 대문이 열렸제……?」

중얼거리는 그의 눈길은 반쯤 열린 어느 집 대문으로 가 있었다.

「집 비우고 잠시 어디 간 것일랑가.」

그는 머뭇거리며 대문으로 다가갔다. 그리고 그는 안을 기웃기웃하다가 소리쳤다.

「고물 삽시다아.」

집 안에서는 아무 기척이 없었다.

「보시오 아주머니, 고물 삽시다아.」

그의 외침은 더 커졌다. 그러나 집 안은 조용하기만 했다.

「어이, 빈 집이여. 나가 망볼 것잉께 자네 싸게 들어가서 저 옷들 싹 걷어갖고 나와.」

나삼득이 이상한 눈빛으로 천두만에게 재빨리 말했다.

「워메, 그것이 긍께……, 저어……, 머시냐…….」

천두만은 겁 질린 얼굴로 두서없는 소리를 하며 허둥거리고 있었다.

「요런 지기럴, 자네가 망봐.」

나삼득이 급히 집 안으로 들어갔다. 그는 빨랫줄에 널린 옷 네댓 가지를 한꺼번에 몰아 걷어 포대에 쑤셔 넣었다. 그리고 대문을 나오기까지 그 시간은 미처 1분도 걸리지 않았다.

나삼득은 아까 약수동에서보다 더 날쌔게 뛰었다. 천두만도 그 뒤를 따라 뛰면서 정신이 하나도 없었다. 숨을 쉴 수 없도록 가슴이 벌떡거리고 눈앞까지 아찔아찔했고, 누가 곧 뒷덜미를 잡아채는 것만 같았다.

큰길로 나선 나삼득은 뛰기를 멈추었다.

「성님, 워쩔라고 그요? 더 멀찍허니 내빼야제.」

천두만은 몸이 달아 뒤를 돌아보았다.

「자네는 당아 멀었어. 아까는 잽히면 피럴 본께 그리 좆 빠지게 뛰었

제만, 시방 더 뛰면 의심살랑가도 몰룽께 그만 뛰는 것이여. 요만치 왔
으면 그 집허고는 뚝 떨어졌응께.」

나삼득은 자신감이 찬 얼굴로 씨익 웃었다.

「성님, 워디 가서 잠 쉽시다.」

천두만은 길을 건너며 숨을 몰아쉬었다. 아직까지도 가슴은 심하게
두근거리고 있었다.

「헤, 간이 그리 콩알만혀 갖고 워찌 서울 살아지겄어? 첨에넌 다 그런
법잉께 너무 걱정허든 말소.」

나삼득은 허허허 두툼하게 웃으며 천두만의 어깨를 두들겼다.

천두만은, 자기도 어서 그리 되고 싶었다. 자신도 분명 옷이 탐이 났
었다. 그런데 왜 그렇게 다리가 딱 굳어지며 꼼짝을 못하게 겁이 났는지
모를 일이었다. 그렇다고 그전에 남의 물건에 전혀 손을 댄 일이 없었던
것도 아니었다. 어렸을 때부터 보리서리, 밀서리는 주인에게 쫓겨다니
면서 해먹었고, 다 커서는 닭서리도 예사로 해먹었던 것이다. 그런데,
옛날에 그런 짓을 할 때는 히히덕거리며 했는데, 아까는 왜 그리도 가슴
이 벌떡거리고 정신이 하나도 없었는지 알 수가 없었다. 남의 물건에 손
대기는 마찬가지니까 앞으로는 옛날처럼 마음먹어야 한다고 천두만은
스스로를 일깨웠다. 그렇게 겁먹은 꼴을 나삼득에게 보인 것이 은근히
창피하기도 했고, 다음에 또 그래서는 병신 취급을 당할 것 같기도 했
다. 나삼득에게 병신 취급을 당해서는 좋을 게 아무것도 없었다.

사흘째 되는 날 일을 나가기로 했다.

「성님 몸 괜찮허겄소?」

「참아야제 위째. 벌이도 벌이고, 우리 구역 더 오래 비워두면 안 된께.」

「그간에 뻴일 읗겄제라?」

천두만은 그동안 마음이 쓰였던 말을 꺼냈다.

「하면. 무신 일 있으면 그냥 두가니? 우리 없을 때 벌어묵었으면 되았

제 더 까불면 다리몽뎅이럴 뿐질러 내몰아야제.」

나삼득은 섬뜩한 살기가 느껴지도록 거세게 말했다.

「그런 놈 있으면 나가 맡을라요, 성님. 우리 밥그럭얼 누가 건디려라.」

천두만은 주먹을 불끈 쥐어보이며 화답했다.

9
나라 아닌 나라

혹독했던 9월이 끝나가고 있었다. 사람들은 9월 들어 태풍의 잔혹한 피해만 겪은 것이 아니었다. 엎친 데 덮친 격으로 뇌염이 창궐하는 공포에 시달려야 했다. 뇌염은 8월 중순 무렵부터 퍼지기 시작해 9월 초순을 넘기며 기세가 꺾여들었다. 그런데 그 한 달이 못 되는 사이에 뇌염 발병자는 2천여 명이었고 사망자는 자그마치 500여 명이었다. 그나마 올해는 태풍이 모기떼까지 휩쓸어 가 그랬는지 덜한 편이었고, 해마다 전국 학교들이 뇌염방학을 따로 할 정도로 뇌염 발생은 연중행사처럼 반복되고 있었다. 정부의 무대책 속에서 여름은 뇌염 사망시대, 겨울은 연탄가스 사망시대가 연출되고 있었다.

「다 깨어지는 때에 혼자 성키 바랄소냐.

금이야 갔을망정 벼루는 벼루로다.

무른 듯 단단한 속을 알 이 알까 하노라.」

국어선생이 운율을 맞추어 시조를 읽었다.

「무슨 뜻인지 알겠나?」

국어선생이 책을 내리며 물었고, 학생들은 조용했다.

「이건 친일을 안 할 수 없었던 입장을 변호하는 거다. 그럼 다음 시로 넘어간다.」

국어선생을 따라 학생들이 일제히 책장 넘기는 소리가 무슨 화음 잘 맞는 가락처럼 신선하게 교실 안에 퍼졌다. 그런데, 시 한 편을 가지고 한 시간씩 세세하게 분석하고 해설하고 감상해 왔던 것에 비해 국어선생의 그런 태도는 뜻밖이었다.

「선생님, 질문 있습니다.」

그때 한 학생이 팔을 번쩍 들어올렸다. 이미 책장을 넘긴 학생들의 눈길이 그쪽으로 쏠렸다.

「왜 이런 친일파의 시조가 교과서에 실려 있는 겁니까?」

학생이 벌떡 일어서며 던진 질문이었다. 그는 아직도 경상도 어감이 그대로 살아 있는 이상재였다. 유일표는, 하 저거 제법이다, 하고 생각했다. 그 질문은 자신도 얼핏 생각하며 그냥 지나친 문제였다.

「그래, 저거 말 되잖니?」

옆자리의 학생도 유일표에게 속삭였다. 유일표는 선생에게 눈길을 보낸 채 고개를 끄덕였다.

「왜 이런 게 교과서에 실렸냐구? 에에……, 그게 말야……, 그게 그러니까……,」 국어선생은 몹시 난처하고 곤혹스러운 얼굴로 어물거리다가, 「누구 대답할 수 있는 사람?」 하며 학생들을 둘러보았다.

학생들은 조용하기만 했다. 그 조용함이 운동장에서 체육을 하고 있는 학생들의 소리를 불러들였다.

「좋아, 이건 숙제다. 모두 다음 시간까지 알아오도록.」

국어선생의 갑작스럽고도 엉뚱한 말이었다.

대답을 피하는구나, 유일표의 느낌이었다. 왜 대답을 피하십니까 하는 질문이 반사적으로 나가려고 했지만 참았다. 이상재가 하기를 바라면서. 그러나 이상재는 그 질문을 하지 않았고, 국어선생은 다음 시를 읽어나가기 시작했다.

유일표는 새 시를 보지 않고 그 시조에 눈길을 박고 있었다. 그건 육당 최남선의 〈깨진 벼루의 명(銘)〉이었다. 이상하다, 왜 대답을 피하지? 이상재는 또 뭐야. 선생이 대답을 피하는 눈칠 채지 못했나? 유일표는 이런 생각에 빠져들고 있었다.

쉬는 시간이 되자 유일표는 곧 이상재에게로 갔다. 아이들은 변소 가기에 바쁘고 잡담으로 소란할 뿐 그 문제를 화제삼지 않았다.

「너 아까 국어선생이 대답을 피하는 눈칠 못 챘냐?」

「왜, 내가 그리 바보로 보이나?」

이상재가 책을 꺼내며 반문했다.

「근데 왜 대답을 피하느냐고 다시 묻지 않았어. 난 그 질문을 할 줄 알고 기다렸는데.」

「듣고 보니 그렇네. 나는 숙제라 캐서 그냥…….」

「너희들 그 얘기 하니? 그 얘기 땜에 그러는데 이따가 점심시간에 좀 만날래?」

그때 그들 옆으로 한 학생이 다가서며 나직하게 말했다.

그는 이름보다 지각대장으로 더 잘 통하는 23번 허진이었다. 이상재와 유일표는 어리둥절했다가, 이상재가 곧 입을 열었다.

「왜, 지금 얘기하면 안 되나?」

「곧 시간 시작되잖아. 이따가 봐.」

허진은 무표정하게 돌아섰다.

그들은 점심을 서둘러 먹고 운동장 한쪽의 바위동산으로 갔다.

「아까 들으니까 국어선생한테 왜 대답을 피하는지 다시 묻지 않았느냐고 하던데, 안 묻기 잘했어. 물어봤자 그런 비겁자는 제대로 대답할

리 없거든.」

자리를 잡고 앉자마자 눈썹 짙은 허진이 대뜸 한 말이었다.

「뭐, 비겁자?」

이상재가 놀라며 되물었고, 유일표도 그 당돌함에 놀라고 있었다.

「그래, 국어선생은 비겁한 자야. 왜 그런지 모르겠니? 봐, 이따위 시조가 교과서에 실린 건 친일파들이 교과서를 만들었기 때문이다, 이게 국어선생이 해야 할 대답이었단 말야. 근데 국어선생은 무서워서 그 말을 피해버린 거야. 학생들한테 그런 말했다는 게 알려지면 당장 이거니까.」

허진은 쪽 편 손바닥으로 목을 치는 시늉을 보였다.

「아니, 넌 그런 걸 어떻게 다 아냐?」

동급생 같지 않은 허진에게 충격을 받으며 유일표가 물었다.

「그건 알 거 없고, 난 이상재 너의 질문이 나왔을 때 반가웠고, 국어선생이 제대로 대답하길 바랐어. 그건 학생들 모두가 알아야 하고, 국어선생은 올바로 가르쳐줄 책임이 있는 중요한 문제거든. 근데 국어선생은 얼렁뚱땅 넘겨버렸으니 비겁자고, 국어선생 자격이 없어. 국어가 낱말 뜻풀이나 하는 게 아니잖니? 난 오늘부터 그 사람 경멸해.」

허진은 꼭 유식한 어른처럼 말하고는 경멸을 강조하듯 침을 내뱉었다.

「너 혹시 느그 집안이……?」

이상재가 허진을 응시하며 물었고, 유일표도 같은 생각이 스치고 있었다.

「왜 말을 하다 말지?」

허진은 짙은 눈썹이 꿈틀하도록 눈에 힘을 모아 이상재를 맞바라보았다.

「독립투사 집안이지?」

「그래, 자랑할 것도 없고 숨길 것도 없는데 잘 맞췄어.」

더욱 어른 같은 말투로 말하며 허진은 엷게 웃었다. 그 쓴 것 같기도

나라 아닌 나라 167

하고 찬 것 같기도 한 웃음이 스쳐간 허진의 얼굴을 유일표는 새삼스럽게 바라보았다. 그런 그의 가슴은 묘한 감정으로 울렁거리고 있었다. 말로만 들어왔던 독립투사, 그리고 그 집안의 아들……. 감격스럽기도 하고 신기하기도 했다.

그런데 이해할 수 없는 사실 하나가 떠올랐다. 그는 왜 지각대장이란 별명이 붙도록 지각을 자주 하는 것일까 하는 것이었다.

「근데 말야, 이 말을 해야 좋을지 어쩔지 모르겠는데……, 너 왜 자꾸 지각하지? 그건 좀…….」

「됐어. 그건 차차 알게 될 거야.」

유일표의 말을 자르며 허진이 자리에서 일어났다. 뒤이어 점심시간이 끝나는 종소리가 울리기 시작했다.

그들은 더 말없이 바삐 운동장을 가로질러 교실로 갔다. 유일표는 새로운 친구 허진에 대해서 더 많은 것을 알고 싶은 궁금증이 커져가고 있었다.

담임선생은 지각이 결석보다 더 나쁘다며 아침마다 자신이 조회에 들어온 다음에 오는 지각생들의 볼기를 갈겼다. 결석은 피치 못할 이유가 있지만 지각은 게으름 때문이라는 거였다. 그러나 담임선생의 볼기치기로 허진의 게으름은 고쳐지지 않았다. 그는 1주일에 두세 번은 교탁을 잡고 엉덩이를 세 대씩 맞는 단골손님 노릇을 해오고 있었다. 그런 그는 그나마 뛰어왔다는 것을 입증하듯 으레 땀 흘린 모습이고는 했다.

「너 정말 버릇 못 고치겠어!」

담임선생이 화를 내도 허진은 아무 말 없이 교탁을 잡고 엉덩이를 내밀었다.

허진에 대해 아는 건 그 정도뿐이었다. 그런데, 허진의 한마디는 지각하는 것에 어떤 다른 이유가 있음을 암시하고 있었다. 사실 엉덩이를 맞는 것은 아프고도 창피스러운 일이었다.

유일표는 전차 속에서도 두 가지 의문에 줄곧 시달리고 있었다. 어떻게 해서 친일파들이 교과서를 만들게 되었을까? 어째서 국어선생이 그런 걸 가르친 게 알려지면 쫓겨나게 될까?

「얘들아, 미안해. 내가 할 일이 있어서 바빠. 담에 얘기하자, 정말 미안해.」

수업을 다 마치고 더 얘기하고 싶었지만 허진은 이 말을 남기고 허둥지둥 돌아가고 말았던 것이다.

유일표는 몇 번 망설였지만 남천장학사를 그냥 지나칠 수가 없었다. 그 의문을 풀지 않고는 다른 공부가 될 것 같지 않았다. 그 생각 때문에 오후 수업도 다 망친 꼴이었다.

김선오 형은 나가고 없었다. 유일표는 이규백의 방을 찾아갔다.

「뭘 좀 여쭤볼 게 있어서 왔는데, 공부에 방해될까 봐서…….」

「들어와. 공부에 관한 것이면 괜찮아.」

수척한 얼굴의 이규백은 눈을 비비며 희미하게 웃었다.

유일표는 국어책을 꺼내놓고 오늘 있었던 일을 간추려 이야기하고, 그 두 가지 의문을 덧붙였다.

「그래, 아주 골치 아프고 중대한 문제에 네가 부딪쳤구나. 너도 이젠 수염이 나는 나이니까 알 건 알아야겠지.」

담배에 불을 붙이는 이규백의 얼굴은 처음의 흐릿하던 얼굴이 아니었다.

「자아, 나도 다 아는 건 아니고, 아는 데까지만 얘기할 테니까 들어봐라. 우리나라가 해방되었을 때, 왜놈들 편에서 앞잽이 노릇을 했던 친일파와 민족반역자들은 대략 160만 명쯤 되었다. 그놈들은 당연히 법에 따라 처벌을 했어야 하는데 미군정에서 과거를 불문한다면서 그놈들을 다시 써먹었지. 독립투사들을 고문했던 고등계 형사 출신 놈들이 다시 경찰 노릇을 하고, 총독부 관리질을 해먹었던 놈들이 다시 공무원 노릇을 해먹는 꼴이 된 거야. 더 기막힌 건 말야, 왜놈들이 비워놓고 간 높은 자리에 그런 놈들이 승진까지 되는 판이었지. 미군정은 자기들 뜻대로 남쪽을 지배하기 위해 앞잡이들이 필요했던 것이고, 꼼짝없이 감옥살이를 할 줄 알았던 그놈들은 자기들의 구세주인 미군정에 충성을 다 바치고, 아주 궁합이 잘 맞았던 거야. 그러나 그런 부당한 처사에 대한 국민들의 원성과 반발이 격렬해 48년 8월 15일 대한민국을 수립하자마자 9월 7일 국회에서 반민족행위처벌법을 통과시키게 되었지. 그리고 49년 2월부터 반민특위가 본격적으로 활동을 개시하면서 화신백화점 사장 박흥식, 문필가 이광수, 최남선, 고등계 형사 노덕술 같은 자들이 속속 체포되기 시작했지. 그러나, 위기를 느낀 왜경 출신 경찰 간부들이 주동해서 반민특위를 습격하고 폭력을 휘두르는 만행이 벌어졌어. 이승만정권은 그 엄청난 폭거를 묵인했고, 결국 반민특위는 49년 8월 말로 해산되고 말았지. 그 뒤로 친일파들은 모든 분야에서 멋대로 득세하기 시작하면서 이 나라는 친일파 민족반역자들의 천국이 되어버린 거야. 국가의 3대 기구인 입법·사법·행정부는 말할 것도 없고 교육계, 예술계 그리고 사업가들까지, 실권은 모두 그놈들이 장악했지. 그래서 제놈들 입장을 변호하고, 반감을 없앨 목적으로 그런 시조까지 교과서에 실리는 음모를 꾸민 거야. 너희 국어선생이 대답을 피한 것도 비겁하긴 하지만 딱하기도 하지. 교장부터가 친일파일 거고, 친일파를 매도하는 교육을 했다는 게 상부에 알려지면 공립학교 선생 목숨은 하루아침이야. 그리고, 친일파들이 제일 싫어하고 미워하는 존재가 누구겠냐? 도둑놈들이 경찰 싫어하듯 독립운동가나 그 집안 아니겠어? 6·25 직전까지 독립운동했다면 취직이 안 되던 게 이 나라였다. 지금도 천대받고 괄시당하기는 마찬가지고. 어찌 좀 도움이 됐냐?」

이규백은 혀끝으로 입술을 축이며 담배를 빼들었다.

「이건 나라도 아니잖아요!」

유일표의 떨리는 외침이었다.

「그러니까 젊은 사람들이 정신차려야지. 그만 가거라, 가서 밥해야 되잖아.」

유일표는 비탈길을 오르며 또 허진을 생각하고 있었다. 그가 쉬는 시간에 이상재의 자리로 찾아왔던 심정을 이제야 비로소 절절하게 느낄 수 있었다.

진창의 구덩이에 벗어나려고 발버둥을 쳤다. 그러나 무수한 발들이 걷어차고 있었다. 간신히 가장자리를 붙들면 수많은 발들이 걷어차 구덩이 가운데 진창에 처박혀 허우적거리며 다시 사력을 다해 팔을 뻗치고, 또 채이고……. 그 무수한 발들은 군홧발이었다. 지치고 지쳐 끝내 진창 속으로 꼴깍 잠기고 말았다.

그 순간 한인곤은 무슨 소리를 지르며 벌떡 일어났다. 그는 숨을 몰아쉬며 잠이 덜깬 눈으로 두리번거렸다. 그의 이마는 식은땀으로 젖어 있었고, 눈은 잠을 잔 것 같지 않게 충혈되어 있었다. 그는 손등으로 이마를 훔치며 긴 숨을 내쉬었다. 날이 새 아내가 나가고 없는 것이 다행이었다. 그는 어금니를 물며 담뱃갑을 끌어당겼다.

그런 악몽은 한 달이 지나도록 하룻밤도 거르지 않고 찾아들었다. 잊어야 한다고, 잊을 수 있다고 자신을 했지만 스스로의 마음은 스스로의 뜻대로 말을 듣지 않았고 지배할 수도 없었다. 끝도 없는 낭떠러지에서 곤두박히는가 하면, 총알이 빗발치는 속에서 온몸이 구멍 뚫려 죽어가기도 했고, 수많은 탱크에 쫓기다 쫓기다 깔려 죽기도 했다. 그건 예편이 몰아온 병이었다.

「그건 직장을 잃는 경우 흔히 나타나는 증상인데, 빨리 새 일을 찾도록 하십시오. 그것도 일종의 병인데, 오래 방치하면 심각한 문제가 될 수 있습니다. 다 잊도록 노력하세요.」

아내의 성화로 병원에 끌려가서 의사한테 들은 말이었다.

의사가 준 안정제는 아무런 효과가 없었다. 종기나 맹장이 아닌 바에야 의사를 탓할 수도 없었다. 스스로의 마음을 스스로가 어쩌지 못하는데 그 형체도 모양도 없는 마음이라는 것을 의사더러 어떻게 해달라고 할 수가 없는 노릇이었다. 분명 새 일을 결정했는데도 악몽이 계속되고 있는 이유를 알 수가 없었다.

내가 군대에 그리도 애착을 가졌었던가……, 깊이 빨아들인 담배연기를 내뿜으며 한인곤은 새삼스럽게 자신을 되짚어보고 있었다.

「아빠, 일어났어?」

「아빠, 아빠, 동전 줘, 동전.」

아홉 살, 여섯 살짜리 두 아들이 요란스럽게 뛰어들었다.

「오냐, 오냐, 이놈들아 뛰지 말어.」

한인곤은 마음을 바꾸며 있는껏 기지개를 켰다. 칙칙한 마음처럼 아침마다 몸도 찌뿌드드했다.

「아빠아, 빨리 동전.」

작은놈이 왼손을 받쳐 오른손을 내밀며 어리광을 부렸다. 새로 나온 동전을 구해다 주기로 어제 손가락까지 걸어 약속했던 것이다.

「그래 기다려라. 어디 보자…….」

한인곤은 양복주머니에서 종이에 싼 동전뭉치를 꺼냈다.

「자아, 100환짜리하고 50환짜리는 하나씩, 10환짜리는 둘씩.」

한인곤은 두 아들의 손바닥에다가 말에 맞추어 세 가지 동전을 나눠주었다. 그건 10월 중순부터 유통되기 시작한 최초의 동전이었다.

「와아, 우리 아빠 최고!」

두 아들은 환성을 지르며 서로 다투어 아버지를 얼싸안고 매달리고 법석을 피웠다. 그래, 이놈들을 위해서라도 내가 정신을 차려야지. 아직도 시퍼런 나이가 아니냐. 한인곤은 행복감과 함께 새로운 의지로 마음을 다잡고 있었다.

「아유 시끄러, 애들아! 오빤 애들 버릇은 안 잡고 함께 놀아요?」

「왜 또 투정이냐?」

한인곤이 여동생을 올려다보았고, 두 아이는 고모를 향해 혀를 빼물고 용용 죽겠지를 해대고 있었다.

「책 사게 돈 좀 주실래요?」

한정임의 목소리는 나긋하게 변했다.

「며칠 전에 준 건?」

「선풍적인 베스트셀러가 새로 나왔어요.」

「베스트셀러? 또 연애소설이냐?」

「어머, 오빠 참. 『제8요일』이라구, 폴란드 작가 소설인데 오빠도 한번 읽어봐야 해요. 사회인 자격 갖추려면.」

「아니, 8요일도 있나? 하긴 세상 물정 배울려면 그런 것도 읽긴 읽어야겠지.」

한인곤은 무겁게 몸을 일으켰다.

입맛 없는 아침을 먹고 한인곤은 장롱을 열었다. 그리고 몸을 획 돌리던 그의 동작이 딱 멈춰졌다. 그의 상체는 반쯤 돌려졌고, 「여보, 군복 어딨어」 하고 외치려던 입이 크게 벌어져 있었다.

한인곤은 잔뜩 힘이 실렸던 어깨를 늘어뜨리며 푹 한숨을 쉬었다. 이 습관에서 벗어나려고, 이 착각을 떼치려고 얼마나 애를 써왔는지 모른다. 그러나 밤마다 악몽이 집요하게 달라붙는 것처럼 그 습관과 착각도 야속하게 마음먹은 대로 되지 않았다.

그런 습관과 착각은 한두 가지가 아니었다. 대문을 나서며 출근할 지프를 찾았고, 길을 가다가 군인을 만나면 경례받을 준비를 했고, 민간인과 첫인사를 하며 손이 이마로 올라갔고, 식당 같은 데서 구두를 벗고 신으며 구두끈을 풀고 매는 헛손질을 하고는 했다. 명령조의 말투로 다방 아가씨들의 눈총을 받거나, 학교 운동장을 연병장이라고 하는 것쯤은 그나마 신경 쓰이지도 않았다.

한인곤은 어설픈 솜씨로 넥타이를 매고 양복을 입었다. 장롱을 닫자 그 문에 붙은 거울에 전신이 비쳤다. 한인곤은 또 군복을 입고 버티고 선 자신의 모습을 보았다. 그는 눈을 질끈 감으며 신음을 씹었다. 거울에 비치는 자신의 모습은 대령 계급이 아니었다. 양쪽 어깨에 별 여덟 개가 붙은 4성장군 한인곤이었다. 정치인들이 하나같이 대통령을 꿈꾸듯이 직업군인들이 4성장군을 꿈꾸지 않는다면 그건 비정상이었다. 4성장군의 꿈은 소위에서부터 계급이 올라갈수록 점점 크고 강해져 갔던 것이다.

「이제 그만 찾는 게 어때요.」

한인곤이 구두를 신는데 그의 아내가 조심스럽게 말했다.

「아니야. 임전무퇴야.」

한인곤은 말을 해놓고 곧 후회했다. 그것 역시 군대용어였다. 그러나 힘주어 한 그 말은 아내한테보다 자기자신에게 한 것이었다. 어떻게 해서든 남재구 중령을 찾아야 했다. 새로 시작할 일에 그는 없어서는 안될 사람이었다.

「한술 주웁쇼. 먹다 남은 밥 한술 주웁쇼오!」

대문 두들기는 소리와 함께 쉰 목소리가 담을 넘고 있었다.

「여보, 빨리…….」

한인곤은 아내에게 눈짓했다. 밥 때 밥을 얻으러 다니거나 길거리에서 구걸하는 숱한 거지들이 마음에 담기기 시작한 것은 남재구를 찾아 변두리 판자촌을 뒤지면서부터였다. 판자촌의 가난은 사람이 저런 식으로 살 수 있나 싶을 정도로 비참했는데, 그들보다도 더 비참한 것이 거지였다.

「고맙습니다요, 복 받으십쇼.」

때 절은 깡통에 밥을 받은 거지가 깊은 절을 하고 돌아섰다.

아내가 대문을 닫고 들어가자 한인곤은 누더기 걸친 거지의 뒷모습을 물끄러미 바라보고 있었다. 그 뒷모습에 자신과 남재구의 모습이 어리고 있었다. 거지 노릇만 하지 않을 뿐 초라하고 남루하기는 저 거지꼴이나 다를 바 없다는 생각이 들었던 것이다.

한인곤은 버릇처럼 또 어금니를 맞물었다. 어디 두고 보자, 내가 이대로 죽진 않는다. 이 더런 놈의 세상을……. 그는 주먹을 말아쥐며 힘주어 발을 내딛었다.

금호동 산동네를 찾아가기 전에 한인곤은 다방부터 들렀다. 한가한 사람들처럼 모닝커피를 마시려는 게 아니라 정동진 준장에게 전화를 걸기 위해서였다. 집에 전화가 없으니 천상 다방을 이용할 수밖에 없었다.

「커피 줘. 너도 한잔하고.」

한인곤은 전화 쓰는 눈치를 받지 않으려고 이렇게 말했다.

「어머, 정말요?」 아가씨가 활짝 반색을 하고는, 「모닝 둘이요.」 주방 쪽으로 가며 신바람나게 소리쳤다.

모닝 둘? 한인곤은 쓰게 웃음지었다. 모닝커피라는 것도 멋대로 만들어진 것이었지만 그걸 줄여 모닝이라고 하는 건 더 멋대로였던 것이다. 모닝커피란 커피에다 달걀 노른자위를 띄워 아침나절에만 파는 한국식 커피였다. 그 맛이 이상야릇할 것은 뻔한 노릇이었다.

「여보세요, 정동진 준장 부탁합니다.」

「누구십니까?」

「한인곤 대……, 한인곤이라 합니다.」

「아, 죄송합니다. 지금 긴급 회의중이십니다.」

「……!」 한인곤은 또 이상한 느낌을 받았지만, 「언제쯤 끝나겠습니까?」 감정을 누르며 물었다.

「글쎄요, 잘 모르겠습니다.」

군대식의 딱딱한 대꾸가 끝나면서 전화가 끊어지고 말았다.

이 짜식이 정말! 한인곤의 가슴에서 머리 끝까지 화가 직통으로 치솟 아올랐다. 화가 너무 격심해 그는 현기증을 느끼며 송수화기를 놓았다.

그건 오해가 아니었다. 확실한 육감이었다. 정동진은 고의적으로 전화를 피하고 있었다. 세 번째 전화에서부터 그 느낌이 들기 시작했던 것이다. 그러면서도 오해해서는 안 된다고 스스로를 타이르며 다섯 번째 전화를 건 거였다.

너마저 날 괄세해? 세상 인심 참 무섭다. 내가 무슨 손해를 입히는 것도 아니고 예비역을 만나면 안 된다는 근무규정이 있는 것도 아니잖냐. 입장 난처하고 거북해서? 아무 쓸모가 없어서? 혹시 출세에 방해가 될까 봐? 그래 좋다, 인연을 끊겠다면 끊어야지…….

한인곤은 담배를 연거푸 빨아대며 감정을 정리하고 있었다. 그러나 참담한 패배감과 배신감은 어느 때 없이 거세게 밀려오고 있었다.

「참 면목없네. 내가 무슨 힘이 있어야 말이지. 다 잊어버리고 새로 시작하게. 아직 서른여덟 아닌가.」

예편 직후에 만난 정동진이 한 말이었다. 그때 다 잊어버리라고 했던 것은 자기까지 잊어달라는 뜻이었을까. 한인곤은 정동진에게 다시는 연락하지 않기로 작심하며 다방을 나섰다.

금호동 판자촌도 산비탈을 따라 퍼져나가고 있었다. 아래서부터 위로 야산을 점령해 나가고 있는 무허가 판잣집들의 볼품없는 모습은 거지들의 누더기와 다를 것이 없었다. 그런 집들이 다닥다닥 붙어 산을 뒤덮고 있는 광경은 가난한 나라꼴의 확대판이었다. 그런데 길들이 좁고 꾸불꾸불한데다가, 하수시설이 전혀 안 되어 더러운 물을 아무데나 버리고, 변소들마저 허술해 골목골목마다 퀴퀴하고 찝찌름하고 시금털털하고 쿠리텁텁한 냄새들이 뒤섞인 악취가 진동하고 있었다.

한인곤은 그런 산동네가 있는 신설동, 종암동, 미아리를 벌써 한 달이나 뒤지고 다녔다. 그러나 남재구의 행방은 감감하기만 했다. 그래서 금호동까지 발길이 이어지게 되었다. 그를 찾아 무작정 산동네들을 헤매는 것이 아니었다. 그의 집을 찾아가니 그는 이미 오래 전에 이사가고 없었고, 새 주인이 신설동 어디 산동네로 가는 눈치더라고 했던 것이다. 그런데 신설동 산동네를 뒤지는 것으로 끝내지 않고 계속해서 산동네들을 찾아다니는 것은 그 새 주인의 말이 확실하지가 않았고, 남재구가 다른 산동네로 또 이사했을 수도 있었던 것이다.

한인곤은 먼저 구멍가게부터 찾아 들어갔다.

「실례합니다. 혹시 이 동네에 예비역 남재구 중령이라고 사는지 아십니까? 그 사람이 저하고는 군대 동기인데, 저도 이번에 예편해서 새 일을 시작하려고 하는데 그 사람이 필요해서 찾고 있습니다.」

한인곤은 그동안 수백 번을 되풀이한 말을 또 했다.

「남재구 중령?…… 글쎄요, 잘 모르겠는데요.」

「예, 이게 제 명함입니다. 앞으로 좀 신경 써서 찾아 이 주소로 연락주십시오. 제가 꼭 섭섭잖게 사례하겠습니다.」

한인곤은 명함을 내밀었다. 그건 일반 명함과 달랐다. 명함 위에는 '예비역 남재구 중령을 찾습니다'가 선명하게 찍혀 있었다.

그 다음에 한인곤은 반장집을 찾아가서 똑같은 순서를 되풀이했다. 동회를 찾아가지 않은 것은 산동네일수록 동적부가 형편없이 부실했던 것이다. 드물게 눈에 띄는 복덕방도 물론 빼놓지 않았다. 그러나 엿새 동안 금호동을 돌았지만 역시 남재구는 자취가 없었다.

한인곤은 지칠 만큼 지쳐 있었다. 그동안의 고생이 힘들기도 했지만 더 찾아가볼 만한 데가 없는 것이 더 맥이 떨어지게 했다. 남재구를 꼭 찾아야 하는 건 자신의 일 때문만이 아니었다. 남재구가 그런 산동네에서 사는 걸 그냥 둘 수는 없었다. 전쟁에서 목숨을 내걸고 싸웠던 예비역 중령이 호의호식은 못하더라도 그런 지옥 같은 곳에서 산다는 것은 말이 안 되는 일이었다.

「그만 애태우고 신문에 광고를 한번 내보세요. 본인이 못 보더라도 딴 사람이 보고 알려줄 수도 있잖아요.」

그의 아내가 한 말이었다.

「글쎄, 그게 무슨 효과가 있을까…….」

한인곤도 오래 전에 그 생각을 하지 않은 것이 아니었다.

「그렇지만 이젠 딴 방법이 없잖아요.」

한인곤은 이틀을 더 생각하다가 마지막 방법으로 신문광고를 하기로 결정했다. 그리고 효과를 높이기 위해서 보통 사람 찾는 광고와 다르게 했다. 크기를 세 배로 늘리고, 자신과 남재구가 함께 찍은 사진을 넣고, 소식을 알려주는 사람에게 '후사(厚謝)'하겠다는 막연한 말을 쓰지 않고 '50만 환 사례'라고 확실하게 밝혔다. 그 돈은 쌀 50가마 값이라고 아내가 소스라쳤지만 한인곤은 「이건 우리 돈이 아니라 아버지가 내실 거야」 하며 무질러버렸다.

광고를 내고 한인곤은 날마다 외삼촌 사무실로 나갔다. 전화 연락처가 그곳이었다. 그러나 닷새가 지나고 열흘이 지나도 남재구에 대해선 전화 한 통화가 없었다. 이 신문 저 신문을 뒤적거리며 나날을 보내는 데도 한인곤은 지쳐가고 있었다.

「빌어먹을, 꼴들 더럽게 떨고 앉았네.」

한인곤은 뒤적이던 신문을 팽개치듯 하며 내뱉었다.

남산 꼭대기에 정자를 짓고 그 이름을 우남정(雩南亭)으로 했다는 기사였다. 우남은 이승만 대통령의 호였고, 한인곤은 100환짜리 새 동전에 이승만의 얼굴이 새겨진 것도 못내 역겨워해 오던 참이었다. 친일파들을 옹호해 온 이승만을 줄곧 비판적으로 생각했다가 예편을 당하면서 그의 감정은 완전히 뒤틀리고 말았다. 이승만의 동상은 남산공원만이 아니라 탑골공원에도 세워져 있었고, 이미 지폐에도 그 얼굴이 그려져 있었던 것이다. 그것도 모자라 새 동전에 얼굴을 새겨넣고, 정자의 이름까지 그의 호가 붙여지는 것을 보면서 한인곤은 독재자의 추태에 경멸을 금치 못했다. 이승만독재는 기필코 타도해야 한다. 한인곤은 또다시 그 생각을 다지며 자신이 선택한 길에 새로운 확신을 느끼고 있었다.

12월이 되면서 추위는 매서워졌다. 한인곤은 남재구 찾는 일에 차츰 마음을 접어가고 있었다. 그에게 맡길 일에 다른 사람을 물색할 도리밖에 없었다. 그동안 일을 준비하려고 천안의 고향집을 오르내리며 들은 소식으로는 정동진은 보직이 바뀌면서 영전되었다. 그런데도 그는 아무런 연락이 없었다. 우정이라는 게 이런 것인가? 인간이라는 게 무엇인가? 이런 근본적인 회의에 괴로워하며 그는 자신이 아직까지도 정동진을 완전히 지우지 못했음을 깨닫고 있었다. 신문에서도 군대 관계 기사에 제일 먼저 눈길이 쏠리는 것처럼.

12월 들어 군대 부정사건이 연달아 터지고 있었다. 퇴계원의 병참기지창에서 대량의 겨울피복이 유출되다가 적발됐다고 하는가 하면, 1년 동안에 부정유출되는 각종 군수물자를 압수한 것이 50만 6천여 점이고, 대통령이 군부정 철저 단속을 특별지시하고, 한·미합동단속반이 취재 강화에 나서는 지경이었다. 단속된 것만도 그 정도일 때 단속되지 않은 것까지 합치면 그 부정량은 어마어마할 거였다. 동대문과 남대문시장에 넘쳐나는 온갖 군수품들이며, 청계천이나 미아리 개천가에서 절반을 자른 드럼통솥으로 끝없이 검정물을 들이는 군복들이 그 사실을 잘 입증하고 있었다. 그런 알량한 군대를 가지고 대통령은 해마다 신년사에서 북진통일을 외쳐대고 있었다. 공무원 부정은 1년 동안 입건된 것만 4천여 건이었다. 군대와 공무원 집단은 나라 망치는 경쟁을 하고 있는 셈이었다. 한인곤은 그런 세상을 새롭게 응시하고 있었다.

10
어떤 출세의 길

　서동철은 한 시간의 아침운동을 끝냈다. 한겨울의 도장 안에는 난로가 없는데도 그의 몸은 땀으로 젖어 있었다. 그는 큰 거울 앞에서 당수복을 벗었다. 팬티만 입은 알몸이 드러났다. 운동으로 다져진 군살 없는 몸에 땀이 번들거려 거울에 비친 모습에서는 더욱 탄력이 넘치고 있었다. 쇠의 질감을 느끼게 하는 그의 육체미는 역도선수나 유도선수가 아니라 권투선수나 육상선수처럼 날씬하고 매끈했다.

　서동철은 거울 속의 자신의 몸을 응시하며 또, 내가 믿을 건 내 몸뚱이뿐이다, 하고 속말을 뇌었다. 그는 운동을 시작하고 끝내며 자신의 알몸을 거울에 비춰볼 때마다 주문 외우듯 그 말을 자기자신에게 했다. 그 말은 가끔, 내가 믿을 건 내 주먹뿐이다, 하는 말로 바뀌기도 했다. 의미가 다를 것 없는 그 두 가지 말은 아침저녁으로 한 시간씩 꼭 운동을 하게 만드는 힘이었다.

　서동철은 대야에 떠다놓은 찬물에 수건을 적셨다. 냉수마찰을 겸해

땀을 닦아냈다. 냉수마찰이야말로 격렬한 운동으로 팽창된 근육을 질기게 다져주는 신체단련이었다. 냉수마찰을 하고 나면 피돌기가 잘되어 뱃속까지 시원하게 퍼지는 열기를 느낄 수 있었다.

서동철은 군화끈을 단단히 맸다. 동료들은 그놈의 군화 좀 벗어던지라고 놀렸지만, 천만의 말씀이었다. 그놈들은 겉멋 들어 신사화를 파리가 낙상하면 코 깨지도록 광내서 신고 다니지만 군화는 그것에 비해 열 배 위력이 큰 무기였다. 군홧발로 내지르는 옆차기, 돌려차기를 맞고 한 방에 나가 뻗지 않은 놈들은 없었다. 패거리들은 군화가 보기에 촌놈 같고 남들에게 무시당할 뿐만 아니라 싸움판이 벌어지면 뛰거나 발길질하는 데 방해가 된다는 거였다. 그놈들은 하나만 알고 둘은 모르는 돌대가리들이었다. 군화를 신고도 신사화를 신은 것처럼 발놀림을 가볍고 잽싸게 하는 방법이 얼마든지 있었다. 그게 바로 아침저녁으로 하루도 빼놓지 않고 하는 운동이었다.

노름판에서는 노름 잘하는 놈이 장땡이고 싸움판에서는 싸움 잘하는 놈이 왕초다. 서동철은 또 이 생각을 하며 군화를 내려다보았다. 그 붉은색과 묵직함이 더없이 마음에 들었다. 붉은색은 모든 악귀를 쫓는다지 않더냐. 동지에 팥죽을 마루 밑이고 사립문께 뿌리는 것처럼. 군화야, 내가 어서 왕초가 되도록 내 앞길을 열어라.

서동철은 도장을 나섰다. 날아갈 것처럼 몸이 가볍고 기분이 상쾌했다. 열 명, 아니 스무 명도 때려눕힐 것 같은 기운이 전신에서 뻗치고 있었다. 정해진 식당으로 가서 곰탕을 두둑하게 먹었다. 운동을 열성으로 하는 것만큼 세 끼 밥도 언제나 든든하게 챙겨 먹었다. 몸을 실하게 간수하는 데는 먹는 게 운동보다 먼저였던 것이다. 맘놓고 양껏 먹을 수 있는 밥값은 공짜였다. 아니, 정확하게 말하자면 그 식당은 세금 바치는 것을 밥값으로 대신하고 있었다. 그런 식당이 자기네 구역에 서너 군데였다.

식당을 나선 서동철은 담배를 꼬나물고 다방으로 발길을 서둘렀다. 정식 출근인 셈이었다. 다방은 그들 하부조직의 연락처고 대기실이며 놀이터였다.

서동철이 구석자리에 앉자 아직 머리며 얼굴에 잠자리 흔적이 덕지덕지 묻어 있는 아가씨가 신문을 재빨리 가져왔다. 서동철은 진지한 얼굴로 신문을 훑어나가기 시작했다.

「야 기자 나으리, 뭐 좋은 소식 나왔냐?」

한 사내가 건들거리며 서동철의 맞은편 자리에 주저앉았다.

「죽치고 모닝이나 빨아라.」

서동철은 신문에 눈길을 박은 채 대꾸했다. 목소리만으로도 상대방이 짝눈인 것을 알았던 것이다.

서동철의 별명은 여러 개였다. 앞뒤 짱구라 쌍짱구였고, 그 머리로 박치기가 유별나 평안도였고, 신문을 열심히 읽어 기자 나으리였다.

「이 집구석에 껀수 터졌다.」

「껀수? 뭔데?」

그제서야 서동철이 눈을 들었다.

「한 놈이 외상 왕창 먹고 날랐어.」

「얼만데 껀수까지 돼?」

서동철은 유일민 같은 고향사람을 만나는 자리가 아니면 고향말을 쓰지 않았다.

「20만 환.」

「씨펄, 가오마담년 돌았구나? 술값도 아니고 커피값으로 20만 환이라니. 차라리 지년 밑구멍을 내줄 일이지.」

서동철은 막 가져온 모닝커피를 휘저으며 거칠게 내질렀다.

「니기미, 외상 그리 퍼준 사인데 밑구멍 안 내줬을 리 있냐. 미친년이 돈도 주고 몸도 주다가 왕창 당한 신파지. 근데 말야, 그놈이 사무실 차려놓고 뻑쩍하게 사업한다고 폼잡고 다니며 떼거리로 퍼마셔서 안 당할 수도 없었던 모양이야.」

「그래서, 우리보고 쇼부보래?」

「지가 반이라도 건지려면 용빼는 재주 있나. 낙원동 어디로 튀었다니까.」

「그 새끼 간뗑이 부었네. 심심한데 한판 돌리지 뭐.」

서동철은 다시 신문으로 눈길을 돌렸다.

「야 쌍짱구, 너 제발 그놈에 신문 좀 안 볼 수 없냐? 그따위 걸 그리 열심히 본다고 밥이 나오냐 죽이 나오냐, 좆같은 세상 좆같은 얘기만 바글바글한 게 신문 아니냔 말야.」

「이새끼야, 무식한 아구통 좀 닥치고 있어. 너하고 나하곤 짱구 돌리는 게 다르니깐.」

「아이구, 많이 달라봐라. 우리 같은 하바리 인생에 달라지면 뭐가 달라지겠냐, 좆이나.」

짝눈이 자리를 차고 일어났다.

서동철은 그 말을 탓하지 않고 신문에만 정신을 모았다.

「그 세계에서 출세하겠다는 네 생각을 내가 뭐라고 할 수는 없어. 그런데 한 가지만은 말할 게 있다. 잘은 모르지만, 그 세계에서도 우두머리가 되려면 주먹 힘도 세야 되겠지만 머리도 잘 써야 될 거야. 그러니까 마음먹고 공부도 해. 뭐 학교식으로 수학, 영어 같은 걸 하라는 게 아니야. 신문을 막히지 않고 줄줄 읽어 세상 돌아가는 건 알아야 하고, 머리가 빨리빨리 돌아야 조직을 운영하고 무슨 계획을 세우고 할 것 아니겠어. 신문을 제대로 읽으려면 하루에 한 자씩 한자를 익혀 천자문을 떼고, 머리 회전을 빨리 시키고 인간 심리를 터득하는 데는 탐정소설이나 무협소설 같은 게 좋을거야.」

이렇게 말한 유일민은 굳이 책방까지 끌고 가서 천자문을 사주었던 것이다.

곰곰이 생각해 보니 유일민의 말은 맞는 말이었다. 그래서 정말 하루에 한 자씩 한자를 익혔고, 그 효과는 신문을 읽으면서 바로바로 나타났고, 그 신통함이 더없이 기분 좋고 가슴 벅차 한자를 더 열심히 익혀 넉 달밖에 안 됐는데 천자문 절반을 떼게 되었다. 탐정소설이나 무협소설도 읽는 재미가 좋을 뿐만 아니라 정말 배우고 얻는 것이 많았다. 특히 무협소설은 자기네 세계와 너무 흡사해서 그 계략이나 권모술수는 참으로 살아 있는 공부가 아닐 수 없었다. 주먹이라고는 쓸 줄 모르는 유일민이 그런 것을 안다는 게 거듭 희한하고 감탄스러울 뿐이었다.

「야, 곰보 아직 안 왔냐?」

체구가 씨름꾼 같은 사내가 다방으로 들어서며 큰소리를 질렀다.

그 순간 신문을 보고 있던 서동철과 다방 아가씨와 노닥거리고 있던 짝눈이 벌떡 일어나더니 허리가 반으로 꺾이는 인사를 했다. 나도 어서 흑곰처럼만 될 수 있다면……. 규칙에 따라 깊은 절을 하며 서동철은 매일 아침 하는 생각을 또 했다. 조장격인 흑곰은 더없이 부러운 대상이었다. 조장만 되어도 적잖은 돈이 생기고, 그러면 어머니의 고생을 덜어드릴 수 있을 거였다.

「예, 그놈 사무실 알아가지고 곧 온댔어요.」

짝눈이 부동자세로 서서 대답했다.

「쌔끼, 빨랑 오잖코 뭘 해. 그거 해장거리로 해치워버려야 하는데 말야.」

흑곰이 큰 체구를 의자에 부리며 혀를 찼다. 운동으로 다져진 그의 두껍고 넓은 어깨는 마치 바위덩이처럼 완강해 보였다. 서동철과 짝눈은 그의 맞은편 자리에 두 손을 모아잡고 조심스럽게 앉았다.

「편히 주무셨어요? 마담언니는 미장원에 들렀다 오느라고 좀 늦는 거예요.」

커피를 가져온 아가씨가 한껏 애교를 부리며 흑곰에게 나붓이 인사했다. 그녀가 탁자에 내려놓은 쟁반에는 달걀 노른자위를 띄운 모닝커피와 빨간 색깔의 양담배 팔말 한 갑이 놓여 있었다. 그녀는 커피잔을 흑곰 앞에 얌전하게 옮겨놓은 다음 익숙한 솜씨로 담뱃갑을 뜯었다. 그리고 담배 한 개비를 뽑아 흑곰의 입술 끝에 물리고는 성냥을 켰다.

저 기분 째질 거라. 왕이 따로 없다니까…….

아침마다 대하는 광경이면서도 부러움은 늘 새로웠다.

「아니, 형님 벌써 나와 계십니까? 늦어서 죄송합니다.」

다방으로 들어서던 두 사내가 흑곰에게로 뛰어오듯 하며 말했다.

「어찌 됐어?」

흑곰이 두 사내를 쳐다보지도 않고 커피잔을 휘저었다.

「옛, 찾아냈습니다.」

코와 눈 아래가 얽은 사내가 마치 군인처럼 대답했다.

「됐어. 빨리 커피 한 잔씩 빨고 조지러 간다.」

「옛, 알았습니다.」

흑곰의 말에 그들은 일제히 목소리를 맞추었다.

앞장선 흑곰을 따라 그들은 둘씩 나누어 양쪽에서 걸었다. 흑곰한테서 한 발짝 뒤로 떨어져 걷고 있는 네 사람은 마치 흑곰의 날개 같았다.

흑곰은 2층에 있는 사무실의 문을 걷어차고 들어갔다.

「어머, 뭐예요? 당신들 뭐 하는 사람들이에요?」

놀란 여사원의 목소리가 쟁했고, 서너 명의 남자들이 어리둥절한 얼굴로 사무실로 몰려드는 그들을 쳐다보았다.

「당신들 누구예요. 왜들 이래요.」

여사원의 목소리는 더 높아졌다.

「이년아, 아가리 닥쳐! 내 여동생 생각해서 봐주는 거니까 그 아구통 박살내기 전에 가만 죽치고 있어.」

곰보가 여사원을 노려보며 곧 후려칠 것 같은 몸짓을 했다. 여사원이 자지러지듯 조그맣게 몸을 움츠리며 물러섰다.

「당신들 아침부터 왜 남의 사무실에 들어와 이래요?」

한 남자가 겁 실린 얼굴로 나섰다.

「사장새끼 어딨어. 너 사장이야?」

흑곰이 내쏘며 그 남자의 어깨를 쳤다. 그는 비척거리며 뒤로 밀렸다.

「뭐가 이리 시끄러워? 일들 안 하고.」

그때 안쪽 문이 열리며 한 남자가 모습을 드러냈다.

「그래, 당신이 바로 사장님이시군.」

흑곰이 그 남자의 멱살을 움켜잡았다.

「너 뭐야. 이거 못 놔, 이거!」

「요런 치사한 새끼야, 불쌍한 가오마담 등쳐 커피값 떼쳐먹고 도망가면 무사할 줄 알았든? 이 개좆만도 못한 새끼야, 니놈이 부산 아니라 평양까지 내빼도 우린 쫓아가게 돼 있어. 이새끼야, 당장 20만 환 토해내!」

흑곰은 말하는 것에 따라 그 남자의 멱살을 점점 치켜올리고 있었다. 그는 한 손으로 잡았을 뿐인데도 그 남자의 몸은 조금씩 위로 뻗치고 있었다.

「미스 김, 뭐 하고 있어. 빨리 경찰에 연락해. 빨리 경찰 불러.」

그 남자는 버둥거리며 다급하게 소리쳤다.

「애들아, 이 사기꾼이 경찰 부르란다. 빨리 경찰 불러드려라.」

흑곰의 그 말이 떨어지기 바쁘게 네 명의 행동이 시작되었다.

「좆같은 새끼, 놀고 자빠졌네.」

이런 욕설과 함께 책상 하나가 우당탕 뒤집어졌다.

「야 이 씹새야, 좆 까는 소리 마.」

책상 하나가 또 뒤집어졌다.

「쭈아, 쭈아, 경찰 불러. 이새끼야, 경찰 많이 좋아해라. 좆이나 탱고다.」

캐비닛이 더 요란한 소리로 넘어졌다.

「알았어요, 알았어요. 돈 줄 테니까 여기 놔요.」

사장이 목을 켁켁거리며 말했다.

「좋아하지 말어. 돈부터 여기다 딱 갖다놔. 대가리 박살나기 전에.」

흑곰이 멱살을 더 조여 올렸다.

「알았소. 오늘은 돈이 다 안 되니까 10만 환만 내겠소.」

「애들아, 이새끼 꼼수 쓰는 것 좀 봐라. 느네들 지금 사장실에는 예의 갖추고 있냐?」

흑곰의 말에 네 명은 사장실로 우루루 몰려 들어갔다.

「아, 알았어요, 알았어요. 야 미스 김, 빨리 은행에 가서 돈 다 찾아오고, 자네들도 가지고 있는 돈 다 털어내.」

사장이 버둥거리며 소리쳤다.

「당신 말이야, 뼈 안 부러진 것 고맙게 생각해. 이자는 안 받아가니까 다시는 이따위 치사한 짓 하지 말고.」

흑곰이 말아쥔 돈으로 사장의 머리를 치고 돌아섰다.

「어머머, 역시 우리 흑곰 동생은 화끈해서 좋아. 고마워, 고마워.」

흑곰이 세서 넘겨주는 10만 환을 받아들며 마담은 흑곰의 옆볼에 입술을 맞추었다.

「그런 새끼한테 다 빨린 입술을 어디다 맞추고 그래.」

흑곰이 퉁명스럽게 내질렀다.

「의리 없이 애들 앞에서 꼭 그렇게 찔러야 돼? 누구 덕에 부수입 놀린 건데.」

마담이 팩 토라지며 고개를 외틀었다.

「아이구, 나 이런 부수입 안 올려도 좋으니까 놈씨들이나 똑바로 고르라구. 애 데리고 어떻게 살려고 그래?」

「하긴 그래. 내가 미친년이지. 첨엔 다 돈 있는 척해 놓구선, 세상에 믿을 놈 하나도 없지 뭐.」

마담은 한숨을 쉬며 자리를 떴다.

「자아, 느네들 수고했으니 용돈 받아라.」

흑곰은 기세 좋게 부하들에게 만 환씩을 돌렸다.

「고맙습니다, 형님.」

「잘 쓰겠습니다, 형님.」

그들은 돈을 받으면서 깊이 절을 했다.

「난 딱벌 형님 뵙고 당구장으로 갈 테니까 느네들도 조금 있다가 그쪽
으로 와.」

흑곰이 담배를 끄며 일어났다. 그들은 다방 문 앞까지 흑곰을 배웅했다.

「하 이거, 하늘이 무너져도 솟아날 구멍 있다니까. 여동생 수학여행비
하고 교복값이 없어서 고민고민했는데.」

곰보가 허공에 완투 스트레이트를 뻗어대며 신바람이 났다.

「새끼, 그저 자나깨나 여동생 타령이지. 그나저나 느네 여동생은 쪼다
같은 아버지 둔 애들보다 훨씬 낫다.」

짝눈이 눈이 더 짝짝이가 되도록 눈을 흘겼다.

「모르겠다, 벌써 3학년이 될 판인데 모아둔 돈은 없고, 어찌 될 건지.」

「그거 뭐, 여자가 꼭 대학을 가야 맛이냐? 형편이 안 되면 딱벌 형님
한테 말해서 적당한 데 취직시키면 되지.」

「얌마, 덜 떨어진 소리 까지 말어. 대학을 쇳가루께나 있는 것들처럼
맛 나고 폼 나라고 보내는 줄 아냐?」

서동철은 짝눈의 옆구리를 질벅이며 입을 열었다.

「그래, 넌 여동생을 대학에 보내는 게 좋아. 우리도 차차 커갈 테니까
지금부터 너무 걱정하지 말어. 흑곰 형님같이만 돼도 동생 하나 대학 보
내기는 식은죽 먹기니까.」

「그렇지. 안 될 때 안 되더라도 우선 말은 그렇게 해야지. 쌍짱구 넌

역시 의리 있는 놈이야. 야 이 짝눈 새끼야, 말 듣기 좋게 하는 데 돈이 드냐, 힘이 드냐? 너도 좀 배워라, 의리라고는 반푼어치도 없는 놈아.」

「아이구 알궂다, 이 지독한 놈아. 괜히 침 길게 뱉으려다가 실망할까 봐서 그런다. 무식한 놈 눈에는 이런 마음은 의리로 안 뵈지?」

짝눈이 이죽거렸다.

「새끼, 그따위 의리 두 번만 있었다간 절교 일보직전이다.」

곰보는 아직도 돈을 주머니에 넣지 않고 되작되작 살피며 흐뭇하게 웃었다.

서동철은 그런 곰보가 자신과 너무 같아 특별히 마음이 끌리고 있었다. 자신도 어머니와 동생들을 위해서 어서 돈을 모을 생각밖에 없었다.

곰보는 여동생을 고아원에 맡겨둔 고아였다. 전쟁 때 피난을 가다가 미군 폭격기의 폭격을 당해 아버지와 어머니, 그리고 어머니가 업고 있던 막내동생까지 죽었다. 그때부터 여동생을 데리고 거지 노릇을 하다가 요행히 고아원에 들어가게 되었다. 그런데 전쟁이 끝나던 해에 돌림병인 천연두에 걸렸다. 고아들은 절반이 넘게 천연두를 앓았고, 고아원에서는 아무 약도 쓰지 않았다. 며칠을 열에 들떠서 앓는 동안 아이들이 죽어나갔다. 그런데 살아남은 아이들은 전부 곰보가 되고 말았다. 그는 자기가 곰보가 된 것보다 여자인 동생이 곰보가 된 것이 너무 슬펐다. 그런데 그나마 다행인 것은 여동생이 자신보다 덜한 편이었다.

그는 공부도 싫었고 고아원은 더구나 지긋지긋했다. 그런데 여동생은 늘 5등 안에 들 정도로 공부를 잘했다. 그는 여동생에게 돈을 빨리 벌어 고아원에서 데리고 나가겠다는 약속을 하고 열일곱 살에 고아원에서 뛰쳐나왔다. 그러나 돈은 벌리지 않고 양아치 노릇을 하며 주먹질만 익히다가 이 세계로 흘러들었다. 그런데 고등학생이 된 여동생은 그런 얼굴로 시집가기는 틀렸으니까 평생 혼자 살 수 있도록 대학을 가고 싶다고 했다. 의대나 약대를 가면 그 문제가 쉽게 해결된다는 거였다. 그는 자기가 책임질 테니 아무 걱정하지 말라고 여동생과 단단히 약속을 했다. 그 다음부터 여동생은 공부를 더 열심히 했다.

「우리 아버지는 머리가 터져 즉사했고, 우리 어머니는 배가 터졌는데, 정신없이 우는 여동생과 나를 붙들고 어머니는 말했어. 여동생을 꼭 데리고 다니라고. 그게 끝까지 잘 보살피라는 건데……, 난 무슨 일이 있어도 어머니하고 한 그 약속을 틀림없이 지켜야 돼.」

술이 취한 곰보가 울면서 한 이야기였다. 그 다음부터 곰보가 달리 보이고, 한층 가까워지게 되었다.

「야 곰보야, 수학여행은 어떨지 모르지만 교복은 그냥 그대로 입는 게 어떠냐? 한푼이라도 어서 돈을 모아야 될 형편에 새로 교복 맞출 건 없잖냐?」

서동철은 좀더 진지하게 말했다.

「글쎄, 그게 남학생이라면 모자도 일부러 찢어서 재봉틀로 박아 폼잡고 쓰고 다니고 하니까 괜찮은데 말이지, 여학생은 좀 골치 아파. 그리고 여학생 중에서도 우리 동생은 또 달라. 고아원밥 먹는 처지에다 곰보 딱지 아니야. 빌어먹을, 세상 사람들은 고아라면 이상하게 색안경 쓰고 봐서 고아들 더 기죽고 서럽게 만들고, 우리 같은 곰보나 화상 입은 사람을 괜히 업신여기고 병신 취급하고 들잖아. 그러니 생각해 봐라, 고아에다 곰보인 내 여동생이 교복까지 헌 것을 입고 다니면 얼마나 후지게 보이고 무시당하고 하겠냐. 안 그래?」

곰보가 슬프고 괴로운 기색으로 말했다.

「그 말 듣고 보니 그렇기도 하네. 별수 없다. 교복이나 멋들어지게 맞춰줘라.」

서동철은 자기가 곰보에 비하면 동생들에게 너무 마음을 쓰지 못하고 있음을 느끼며 고개를 끄덕였다.

「이새끼들은 형제 얘기만 나오면 그저 신짝을 붙인다니까. 나발통 그만 까고 빨리 당구장으로 가자. 형님 오셨을지도 모른다.」

무뚝뚝한 야쿠샤가 퉁명스럽게 말하며 일어났다.

「아이고 모르겠다, 나 하나도 살기 어려워 길길 매고 있는 판에 부모고 형제고 뭐고. 씨팔, 무슨 횡재가 왕창 좀 안 터지나.」

짝눈이 일어나며 기지개를 켰다.

「이새낀 그저 색 쓰는 것 아니면 횡재 타령이지. 다리 후들거리기 전에 색 작작 쓰고 운동이나 더 좀 열심히 해.」

곰보가 일어나며 짝눈의 엉덩이를 툭 찼다.

그들 패거리 다섯은 11시쯤에 당구장에서 합류했다. 이상하게도 장마철에 곰팡이 슬듯 길목마다 샛길마다 생겨나느니 다방이고 당구장이었다. 그들로서는 자기네 구역에 그런 것이 많이 생길수록 신나는 일이었다. 그게 다 세금이 불어나는 먹잇감이었다.

그들이 당구에 한창 열이 오르고 있는데 종업원 아가씨가 외쳤다.

「흑곰 아저씨, 빨랑 전화 받으세요.」

조장격인 흑곰이 뛰어가고, 나머지 넷도 동작을 멈추었다.

「옛, 옛, 알겠습니다. 아현동 고개, 옛, 곧 출동하겠습니다.」

흑곰의 전화받는 소리를 듣고 그들은 벌써 당구봉을 버리고 행동개시 자세를 갖추었다.

「불났다, 가자!」

흑곰이 외치며 앞장서 뛰었다.

「어떤 놈들이 지른 거유?」

「새로 낯짝 내민 촌놈들 패라는데, 영화 촬영을 못하게 완전히 깽판을 쳤대.」

「그 새끼들, 식초 마시고 환장했나.」

「촌놈에 새끼들이 걸려도 잘못 걸렸지. 깨끗이 골로 보내라는 단장님 특명이야.」

「그 새끼들 천당 승차권 어서 달라고 고사 지내고 있구만.」

「그쪽이 몇 놈인데? 우리만 가지고 되겠수?」

「딴 부대도 동원됐대.」

그들은 2층 나무계단을 우당탕 쿵쾅 뛰어 내려가며 떠들어대고 있었다. 서동철은 그 말질에 끼여들지 않고 '단장님 특명'이라는 말에 신경 쓰고 있었다. 그런 일은 별로 흔하지 않았다.

샛길을 벗어난 그들은 앞뒤 볼 것 없이 무작정 큰길로 뛰어들었다. 차가 드문드문 다니기는 했지만 그건 무모하기 짝이 없는 행동이었다. 그런데 그들은 길을 건너가는 것이 아니라 한 줄로 쭉 늘어서더니 달려오는 시발택시를 가로막았다. 시발택시가 브레이크 소리 요란하게 멎자 그들은 우르르 차로 몰려갔다. 그리고 택시 문을 열어 다짜고짜 승객의 뒷덜미를 잡아챘다.

「내려, 빨리 내려!」

「이거, 왜 이래, 이거.」

「씹새끼, 아구통 돌아가야 알겠어.」

양복 입은 승객이 끌려나오고 그들이 잽싸게 차에 올라탔다. 그런 그들의 행동은 그게 처음이 아니라는 듯 아주 익숙하고 숙달되어 있었다.

「망할놈에 세상, 깡패들까지 저리 무법천지로 날뛰니, 다 틀렸어, 다……..」

멀어져가는 차를 바라보며 양복 입은 남자는 고개를 내젓고 있었다. 사실 깡패들의 기승은 대단해 한낮에도 남대문 지하도를 못 다닐 지경이었다.

아현동 고개에서는 양쪽 열댓 명씩이 뒤엉켜 패싸움이 벌어졌다. 서동철은 주먹을 거의 쓰지 않았다. 거의 두 발은 옆차기, 돌려차기, 2단 옆차기를 기민하게 구사해 가며 상대방들을 쓰러뜨리고 있었다. 그의 두 주먹은 주로 방어용으로 쓰였고, 어느 순간 상대방에게 붙잡히게 되면 그는 번개같이 박치기를 해댔다. 그의 군홧발에 걸어채이거나 박치기를 당한 상대들은 더는 힘을 쓰지 못하고 버르적거렸고, 그는 단연 돋보이는 솜씨를 발휘하고 있었다.

패싸움은 20여 분 만에 끝났다. 서동철네의 기세 좋은 승리였다. 상대방의 네댓 명은 도망을 갔고, 나머지는 치명상을 입고 몸들을 가누지 못하고 있었다. 구경꾼들만 멀찍이 몰려 있을 뿐 경찰의 모습은 볼 수가 없었다. 싸움에 이긴 그들도 경찰을 염려하는 기색 같은 것은 전혀 보이지 않았다.

「이새끼들, 여기가 어디라고 감히 영화 촬영을 방해해. 영화계의 왕임 단장님도 모르고 설쳐? 요런 개새끼들아! 한 번만 더 까불면 그땐 갈빗대를 쏵 추려버릴 거야. 이 쪼무래기 새끼들아, 당장 꺼져버려, 당장!」

중간 보스가 겨우 무릎 꿇고 앉아 있는 패잔병들을 걷어차기 시작했다. 그들은 서로 부축하고 몸을 가누며 허둥지둥 달아나기 시작했다.

서동철네 패거리 중에서도 눈 가장자리에 피멍이 들고 입술이 터지고 한 부상자들이 예닐곱이었다. 서동철도 외상은 없었지만 왼쪽 허벅지에 뻐근한 통증을 느끼고 있었다. 어느 순간엔가 호되게 채인 거였다. 언제나 싸움판이 벌어지면 말짱할 도리가 없었다. 상대방들도 그 나름으로 다 단련된 몸이었다.

그들은 늦은 점심을 배 터지도록 먹고 자기네들 구역으로 돌아갔다.

「목욕이나 하고 낮잠 꺾자.」

흑곰의 말을 따라 그들은 목욕탕으로 갔다. 서동철은 잘됐다 싶었다. 허벅지의 통증을 푸는 데는 뜨거운 물에 푹 담그는 것만큼 좋은 것이 없었다.

「아이구구 옆구리야, 그 썹새들.」

「아이구야. 허리야, 종간나새끼들.」

그들은 탕 안으로 잠겨들며 이긴 자의 느긋한 엄살을 피우고 있었다.

여관에서 늘어지게 낮잠을 자고 났을 때는 해가 거의 기울어 있었다. 그들은 주인의 인사를 받으며 여관을 나와 다방으로 발길을 돌렸다. 목욕탕에서도 여관에서도 돈을 내기는커녕 주인들의 깍듯한 인사까지 받는 이 생활이 서동철은 언제 생각해도 멋들어지고 만족스러웠다. 더구나 자기네의 상납금을 빨고 사는 형사들을 생각하면 통쾌하기까지 했다.

어렸을 때부터 서동철이 가장 무서워한 것은 경찰이고 형사들이었다. 산사람들이 언뜻 스쳐간 기미만 있어도 경찰이나 형사들은 어김없이 들이닥쳐 어머니를 끌어갔다. 그때마다 어머니는 제대로 걷지도 못하게 매타작을 당하곤 했다. 자신도 네 번이나 끌려가 코피가 터지도록 따귀를 맞고, 살껍질이 까지도록 정강이를 걷어채였다. 아버지가 언제 왔는지, 무슨 일을 시켰는지 대라고 했다.

전쟁이 끝나고 빨치산들이 씨가 말라간다는 소문이 퍼지면서 끌려가는 일도 없어지게 되었다. 그러나 어머니나 자신은 먼발치로 경찰의 모습만 보아도 무서워 떨었고, 경찰서나 파출소는 아예 멀리 피해 다녔다. 그 두려움은 서울에 와서도 변함이 없었다. 그런데 이 생활을 시작하면서부터 그 무서움증은 차츰 사라져 갔고, 이젠 형사가 우습게 보이기까지 했다.

그러나 어머니는 여전히 경찰을 무서워하며 피하려고 애썼다. 그런 어머니가 딱하고 불쌍했지만, 더 문제는 나이가 들수록 골병이 심해지는 거였다. 지난날 수없이 당한 매타작으로 어머니는 몸을 망쳐 나이에 비해 너무 늙어 보이고 늘 골골거렸다. 그런 어머니를 어서 서울로 모셔다가 몸을 실하게 하고 호강도 시켜드리고 싶었다. 매일 남들보다 운동을 열성으로 하는 것도 하루라도 빨리 서열이 올라 어머니한테 효도하려는 욕심 때문이었다.

운동도 싸움에서 가장 효과를 볼 수 있도록 요령껏 했다. 여러 가지 공격법 중에서 제일 치중하는 것이 발길질이었다. 다리는 팔보다 길이로 두 배가 길고, 힘으로는 네 배가 강했던 것이다. 흔히 주먹으로 공격하는 싸움판에서 발길질은 거리로 두 배, 파괴력으로 네 배의 효과를 볼수 있다는 계산이었다. 그러나 한 가지 문제는 팔보다 다리가 빠르기와 정확성에서 다소 뒤진다는 점이었다. 그 문제를 날마다 수련하는 것으로 거뜬하게 해결해 냈다. 각종 발길질을 아침저녁으로 200번씩 하다보니 다리가 팔만큼 빨라졌고, 발에 눈이라도 달린 것처럼 노리는 급소마다 정확하게 타격할 수 있게 되었다. 그렇다고 손쓰기를 등한히 하는것이 아니었다. 팔다리는 따로 노는 것이 아니기 때문에 다리가 강하려면 팔도 강해야 했다. 그리고 박치기도 그냥 되는 것이 아니었다. 매일 모래주머니에 이마를 박아댔다. 한 방으로 상대를 기절시키거나 코뼈를 내려앉게 하는 박치기의 위력은 이마와 함께 목에서 나오는 힘이었다.

그들이 다방 구석자리에서 오늘 밤 몸을 풀려면 창신동으로 갈까 종3으로 갈까 흰소리들을 하며 노닥거리고 있는데 아가씨가 쪼르르 달려왔다.

「쌍짱구 전화 받으래요.」

「나아? 누군데?」

서동철은 뜨악하게 눈을 치떴다.

「딱벌 오야붕이에요.」

「뭐, 뭐야!」

서동철은 튕기듯 일어났다. 딱벌은 중간 왕초이면서 직속상관이었다.

「예, 저 쌍짭굽니다……」

「그래, 나다. 너 빨리 극장으로 와.」

「예에……?」

「새끼, 놀래긴. 극장으로 오라니까.」

「예, 예, 아, 알겠습니다.」

서동철은 긴장과 공포로 정신을 차릴 수가 없었다. 극장이란 본부를 말하는 것이었고, 조무래기들은 감히 얼씬도 못하며 천국처럼 바라보는 곳이었다.

「나 그, 극장으로 오래요.」

기가 질린 서동철은 말을 더듬었다.

「너 무슨 골로 갈 일 저질렀어?」

놀란 흑곰이 대뜸 물었다.

「모, 몰라요. 나 가요.」

서동철은 숨을 헐떡거리며 극장 2층의 사무실 문을 떨면서 열었다.

「아, 쌍짱구라. 별명이 잘 어울리는군 그래. 오늘 보니 솜씨가 아주 대단하던걸. 내일부터 극장 기도로 옮겨.」

말을 하고 있는 사람은 조무래기들이 하늘처럼 우러러보는 반공예술인단 단장 임화수 바로 그 사람이었다.

서동철은 반으로 꺾은 허리를 펴지 못했다. 극장 기도가 된다는 것은 출세 중의 출세였고, 최고 왕초의 측근이 되는 것을 의미했다.

11
이상한 일

박영자는 사장실 문을 살그머니 열고 나서 똑똑 노크했다.

「어! 사무실엔 웬일이냐?」

박부길 사장의 얼굴은 엄했다. 가족들에게 회사 출입은 금지되어 있었다.

「아빠 보고 싶어 왔지요.」

박영자는 생글 웃으며 투박한 사무용 소파로 가서 앉았다.

「어허, 거 무슨 딴소리.」

박부길 사장은 뼈대 큰 체구를 무겁게 일으키며 딸에게 눈총을 쏘았다.

「어머 아빠, 딴소리긴요? 집에서 아빠 얼굴 못 본 지가 벌써 얼만지 아세요? 열흘이 넘었다구요. 아빤 양심도 없으세요.」

박영자는 입을 뾰로퉁하게 내밀었다.

「허허, 그게 그리 됐나? 내가 워낙 일이 바빠서…….」

박 사장은 비로소 멋쩍게 웃으며 딸과 마주앉았다.

「아무리 바쁘셔도 그렇지요. 딸이 아빠 얼굴 잊어먹게 생겼어요.」

「그래, 넌 잊어먹어라. 내가 네 얼굴 안 잊어먹으니까 아무 탈 없다.」

「어머머, 아빠 농담 실력 느신 것 좀 봐.」 박영자는 입을 가리며 까르르 웃고는, 「아빠, 정말 아빠가 제 얼굴 잊어먹게 생겼더라구요.」 그녀는 심각한 척 표정을 꾸미며 말했다.

「그건 또 무슨 소리냐?」

박 사장은 파고다 담배를 빼물었다.

「거 있잖아요, 서울 시내 집 모자라는 거. 6·25전란으로 파괴된 게 59만 5천여 호인데, 정부와 민간사업으로 9년 동안 지은 게 61만여 호로 전시에 파괴된 건 완전 회복됐지만, 그러나 서울시 인구가 200만을 돌파해 해방 당시의 네 배가 넘었고, 자꾸 분가까지 해 아직도 30만여 호가 모자라는 형편이며, 매년 2만 호를 건축한다 해도 주택난 해결은 심각하잖아요. 이런 형편이니 아빠가 제 얼굴 잊어먹는 건 시간 문제지요, 뭐.」

「아니, 네가 어찌 그런 걸 다 쫙 꿰고 있냐?」

박 사장의 눈이 휘둥그레졌다.

「그러니까 광일건설 박부길 사장님 딸이잖아요.」

박영자는 사르르 눈웃음을 지었다.

「하 그놈 참, 회사 전무보다 낫네.」 박 사장은 딸이 너무 기특하고 대견해 더없이 흐뭇하게 웃으며, 「그래, 애비 찾아온 용건이 있으렸다.」 그의 손은 양복 안주머니로 들어가고 있었다.

「어머, 아빠 역시 눈치 빠르셔. 우리 아빠 최고야!」

「옛끼 이놈아, 이거 버릇 될라.」

박 사장은 지갑에서 돈을 듬뿍 꺼내주며 눈을 부라렸다.

「네에, 버릇 들일래요. 아빠, 엄마한텐 비밀이에요오.」

박영자는 생글생글 웃으며 검지손가락을 세워 입술에 댔다.

「내 당장 전화로 알릴란다. 그래, 어서 가서 돈 쓸 궁리나 해.」

박 사장은 딸의 긴 머리카락을 쓰다듬어 내렸다. 40대 중반을 넘긴 그의 어글어글한 얼굴에는 아버지의 정겹고 따스함이 넘치고 있었다.

회사를 나온 박영자는 작전 성공에 두 발을 동동거리고 두 팔을 떨어대며 소리 없는 환호를 질렀다. 한마디로 아버지의 기분을 좋게 해 용돈을 타낼 수 있는 방법을 궁리하다가 며칠 전 신문에 난 심각한 주택난을 골랐는데, 그게 정통으로 들어맞은 것이다. 그리고, 또 한 가지 기쁜 것은 아버지가 집에서와는 다른 살갑고 도타운 정을 보여준 점이었다. 평소의 아버지는 특히 아들들에게 엄하고 무뚝뚝하고 꾸지람을 많이 했다.

박영자는 휘파람이라도 불고 싶은 달뜬 기분으로 발길을 서둘렀다. 명동까지 가자면 약속시간이 촉박했다.

다방으로 들어선 박영자는 김선오를 발견하고, 역시 괜찮은 남자야, 하는 생각을 했다. 약속시간 5분 전인데도 김선오는 벌써 와서 무슨 작은 책을 읽고 있었다. 한국 사람들이 시간을 너무 안 지켜 미군정 시절에 '코리안 타임'이란 말이 생겨났고, 그 말이 지금까지도 들어맞는 실정이라 박영자가 시간을 놓고 그런 호감을 갖는 것은 어쩌면 당연한 것인지도 몰랐다.

「저어……, 오신 지 오래되셨어요?」

「아, 아닙니다. 앉으세요.」

김선오는 황급히 책을 덮고 벌떡 일어나며 박영자에게 자리를 권했다.

박영자는 조심스레 자리잡으며, 정말 괜찮은 남자야, 하고 또 생각했다. 굳이 일어나서 자리를 권하는 예의가 아주 마음에 들었던 것이다. 그건 여자를 위해줄 줄 알고, 여자의 자존심을 세워주는 남자다움이라 여겨졌다.

「무슨 책 읽으세요?」

박영자는 둘만의 첫만남을 옹색스럽게 하지 않기 위해 먼저 책을 가지고 화젯거리를 삼으려고 했다.

「아 예, 기분도 그렇고 해서 값싼 문고판을 하나 샀어요. 쉑스피어의 『햄릿』을 좀 읽어보려구요.」

김선오가 내밀어 보인 앙증맞은 책은 작년부터 발간되기 시작한 최초의 문고판인 양문문고였다.

「설마 햄릿처럼 살 것이냐 죽을 것이냐 그게 문제로다 하는 심정은 아니시겠지요?」

박영자는 동그란 눈으로 김선오의 마음을 헤집듯 빤히 쳐다보았다.

「벌써 읽으셨군요? 그런 심정이면 여기 나오지도 않았죠.」

김선오가 씩 웃으며 커피잔을 들었다.

저 눈치 빠른 것하고, 저 의젓한 배포하고, 남자답고 멋져. 그러고 보니 우리 아빨 닮은 데가 많아. 이런 생각이 부끄러워 박영자는 얼른 입을 열었다.

「이규백 씨는 어떠세요?」

「이 선배는 나보다 충격이 컸겠지요. 학년 차가 있으니까.」

「그럼 충격받으셨단 말예요?」

박영자는 호칭 없이도 말이 잘 통하는 우리 말의 신통함에 처음으로 고마움을 느끼고 있었다.

「그야 충격 안 받았다면 거짓말이지요. 시험은 떨어질라고 보는 게 아니니까요.」

「어머나, 겨우 2학년에서 시험을 치면서도 고등고시에 붙길 바랬어요? 그건 좀 뻔뻔스럽거나 오만한 것 아니에요?」

이렇게 말하면서도 그 배짱에 박영자는 또 남자다움을 느끼고 있었다.

「아니 그럼 장난으로 시험을 쳐야 옳단 말인가요?」

「네에, 연습게임이라는 거 있잖아요. 2학년이니까 앞으로를 대비해서 연습해 볼 수 있잖아요. 물론 합격하면 더욱 좋구요.」

박영자는 위로의 말을 이렇게 에둘러서 하고 있었다.

「연습게임이라……」 김선오는 담배에 불을 붙여 두어 모금 빨고는, 「자영 씨 말이 맞군요. 그리 생각해야 맘이 편해지겠어요.」 그는 박영자를 바라보며 고개를 끄덕였다.

자영 씨? ……그가 부른 최초의 호칭에 박영자는 가슴에 찌르르 전기가 오르고 있었다. 저 뜻이 뭐지? 젊은 남녀 사이에 여자 이름을 단순히 호칭만으로 그렇게 부르는 법은 아니잖아? 그럼 무슨 감정을 나타낸 건가? 박영자는 속생각을 하면서도 차마 부끄러워 '사랑의 감정'이라고 꼭 박아서 말할 수는 없었다.

그리고 한편으로, 장난삼아 친구들과 이름자를 바꿔 부르기로 한 것이 백 번 잘한 일이었다 싶었다. 이런 경우에 '영자 씨' 했더라면 어쩔 뻔했는가. 그 촌스럽고 천한 느낌으로 분위기가 다 망쳐지고 말았을 것 아닌가. 이런 날을 위해 이름자를 바꿔 부르기로 한 것만 같아 박영자는 그날의 의미가 새삼 크게 느껴졌다.

「좀 우스운 말이지만, 언제까지 그 시험에 합격하고 싶으세요?」

박영자는 커피잔을 들며 장난스럽게 웃었다.

「그야 빠를수록 좋은데……, 내년엔 하늘이 무너져도 패스해야죠.」

김선오의 말은 마치 무슨 맹세라도 하듯 단호했다. 그의 의식 속에서는 아버지 없는 난감한 집안 형편이 또 떠오르고 있었다. 이미 바로 손아래 여동생은 여고를 중퇴했고, 그 아래 남동생은 집안을 위해 농고로 전학을 하겠다고 하고 있었다. 여동생은 어쩔 수 없었지만 남동생은 우격다짐으로 눌러놓고 있는 처지였다. 아버지는 그 어떤 자식이든 농사꾼이 되는 것을 결코 원치 않았다. 다른 모든 농부들이 그런 것처럼.

「잘은 모르지만, 소문 들으면 대학 졸업 때까지만 합격해도 대단한 걸로 치지 않나요? 기한을 그렇게 짧게 잡으면 긴장해서 열심히 하는 효과도 있겠지만, 그 대신 너무 고생이 되고 몸도 상하고 하지 않겠어요?」

박영자의 조심스러우면서도 차분한 말에 김선오는 가슴 어딘가가 찡 울리는 것을 느꼈다. 그 속 깊은 말이 자신의 외로움을 감싸주는 것 같았고, 그 마음씀이 그지없이 여자다웠던 것이다. 지난번 뚝섬에서 조봉암의 사형 문제에 대해 관심을 보였을 때와는 전혀 다른 모습이었다. 그 순하고 얌전한 생김이 한결 곱게 돌아보였다.

「예, 그럴 염려도 있지만 어차피 한 번 뚫어야 할 길이고, 정신 똑바로 차려서 안 될 일 없으니까요.」

김선오는 허리를 세우며 자신 있게 말했다. 이상하게도 집안의 어려운 형편은 감추고 싶었고 그와 반대로 자신감을 보여주고 싶은 마음이 커지고 있었다.

「저 배고파요. 어디 가서 저녁 먹는 게 어떨까요?」

「예, 그러지요.」

김선오가 담뱃갑을 집어들었다.

「잠깐만요. 한 가지 조건이 있어요. 오늘은 위로하고 격려해 드릴려고 제가 먼저 만나자고 한 거니까 돈은 한푼도 쓰실 생각 마세요. 초대받은 손님의 예의 아시죠?」

박영자는 상대방의 입장을 생각해 일부러 장난기를 섞어 말했다.

「예, 그렇게 마음먹었으면 많이 위로하고 격려해 주세요.」

김선오는 그의 특유의 활달함으로 말을 받았다. 그러면서도 그녀의 세심한 배려에 또 색다른 호감을 느꼈다. 사실 자신에게는 커피값 정도밖에 없었다.

박영자는 김선오의 그런 활달함과 솔직함이 너무 좋았다. 남천장학사의 학생들은 모두가 집안이 넉넉하지 못한데다 태풍의 피해까지 입어 더 어렵게 된 처지였다. 그런데 남자 체면을 살리겠다고 나서면 그것처럼 거북하고 옹색할 일이 없을 터였다.

「저어, 사학과 공부가 재미있어요?」

밥을 먹기 시작하며 김선오는 박영자 쪽으로 화제를 돌렸다. 관심을 표명하고 싶기도 했고, 상대를 좀더 구체적으로 알고 싶기도 해서였다.

「네에, 전 원래 옛날 얘기를 참 좋아했거든요. 역사란 게 일단은 다 옛날 얘기잖아요. 좀 유치한 얘기지만, 고등학교 때 계속 100점 맞는 과목이 딱 한 가지 있었는데, 그게 바로 역사에요. 근데 대학에 가니까 비판하고 평가하는 걸 배우게 되잖아요. 그러니까 더 재미있어요.」

박영자의 동그란 눈에 색다른 윤기가 돌고 있었다. 그 느낌이 토끼 같다고 김선오는 생각하고 있었다.

「적성이 잘 맞는 모양이군요. 아무래도 선생님으로 모셔야 될 것 같은데요.」

「무슨 말씀이세요?」

「우리 시험에 국사가 포함돼 있잖습니까. 그거 아주 까다롭고 골치 아프거든요. 이번에 그것 때문에 낙동강 오리알이 됐는지도 몰라요.」

김선오가 콧등을 찡그리며 웃었다.

「아 네, 수업료만 두둑하게 내세요. 만점 맞게 해드릴 테니까요.」

박영자가 입을 가리며 쿡쿡거리고 웃었다.

「그나저나 조병옥 박사가 미국으로 떠나 대통령 선거가 문젭니다.」

김선오는 다시 공동 화젯거리를 찾아 말머리를 돌렸다. 가족 관계 같은 것이 궁금했지만 설익은 밥솥을 열지 않기로 했다.

「이번에도 왠지 불길해요.」

「아니, 그게 무슨 소립니까?」

김선오가 놀라는 기색을 드러냈다.

「아니 뭐, 그냥 느낌이에요. 4년 전에 멀쩡하던 신익희 선생이 그리 허망하게 떠날 줄 누가 알았나요. 그런데 조병옥 씨는 병이 얼마나 중하면 이 다급한 시기에 미국까지 갔겠어요. 당에서는 별거 아니라고 하고 있지만, 한국에서 고칠 수 있는 병인데도 미국으로 갔겠어요? 별거 아니라고 하는 건 다 정치적 연막술이고, 중병인 건 틀림없잖아요.」

「그건 단순한 느낌이 아니라 명확한 분석 아닙니까.」

김선오는, 난 거기까지 생각하지 못했는데요, 하는 말은 삼켜버렸다. 그건 그런 생각을 못해서가 아니고 병세가 별게 아니라는 말을 믿고 싶어서 그런 불길한 생각을 굳이 피하려고 했는지도 몰랐다.

「괜히 여자가 방정맞게 그런 말 했나 봐요.」

박영자가 시무룩해지며 눈길을 떨구었다.

「아니 그게 무슨 소립니까. 이런 일에 남자 여자가 무슨 상관이 있습니까.」

「정말이세요?」

이 말이 나가버린 것을 박영자는 곧 후회했다. 속마음을 너무 드러내는 것 같았기 때문이다.

「당연하지요. 여자가 그런 말 못하게 하려면 대학교육을 시키지 말아야죠.」

아, 저 트인 남자……, 박영자는 그 어떤 점보다도 큰 호감을 느끼고 있었다. 작은오빠의 친구들한테서 가장 기분 나쁜 게 그들이 예사로 쓰는 '여자가 건방지게' 하는 말이었다.

「그 문제하곤 상관없는 건데요, 거물 정치인들을 꼭 박사, 박사 하는 건 어떻게 생각하세요?」

「이승만 박사, 장면 박사 하는 것 말인가요? 글쎄요…….」

김선오는 말뜻을 종잡지 못하고 박영자를 멀뚱히 쳐다보았다.

「대통령 이승만 박사, 부통령 장면 박사, 민주당 대통령후보 조병옥 박사, 모든 신문들이 그렇게 쓰고 있는데, 보기가 너무 역겨워요. 국가나 정당의 최고급 직함이면 충분하지 뭐가 또 모자라서 줄줄이 박사를 붙이는지 모르겠어요. 박사가 무슨 자랑거리도 못 되고, 그렇다고 정치인의 자격도 아니고, 그런 걸 과시하고 싶어하는 당사자들이나, 박사가 무슨 대단한 것처럼 여기는 신문들이나 너무 유치하고 치졸해요. 딴 나라들도 이런 짓을 하겠어요?」

「그것 참, 듣고 보니 정말 유치하고 치졸한데요. 그런 게 다 속물근성의 발로고 우리 사회의 수준일 텐데, 글쎄요……, 그런 것을 무신경하게 당연한 것처럼 받아들인 나나 대다수의 사람들도 문제구요.」

김선오는, 그게 여자의 섬세함인지 박자영 특유의 예리함인지 구분하지 못한 채로, 저게 여간내기가 아니라는 것을 또 느끼고 있었다.

그들은 가까운 중앙극장으로 가기로 했다. 길을 걸으면서 그들은 한 발짝 정도 간격을 띄웠다. 그건 관계가 아직 모호해서만이 아니었다. 아무리 열렬한 사이라 해도 처녀 총각이 어깨를 맞대고 나란히 걷는 것도 흉거리였고, 손을 잡고 걷는 것은 아예 용납이 안 되는 세상이었다.

박영자는 영화를 건성으로 보고 있었다. 이규백은 체구도 남자답지 못했지만 어딘가 깐깐하고 내성적인 것 같은 인상이 마음에 들지 않았다. 그리고 유일민은 그늘진 인상도 그랬지만 동급생이라서 아예 어리게 보였다. 그런데 김선오와의 관계에서 앞으로가 문제였다. 언제까지고 강숙자를 중간에 놓아 연락할 수는 없었다. 그렇다고 여자가 먼저 연락처를 적어줄 수도 없었다. 그리고……, 격려의 뜻으로, 또 첫 만남의 기념으로 선물을 사주고 싶은데……, 실용적인 만년필 같은 것으로……, 아니야, 여자가 너무 속 드러내는 것 아닐까…….

박영자는 영화가 끝날 때까지 마음을 정하지 못했다.

「갑시다, 바래다 드릴 테니.」

「어머, 효자동에서 성북동까진 너무 멀어요.」

「괜찮아요, 밤엔 깡패가 위험해요.」

박영자는 믿음직스러움과 함께 그의 감정을 확인하는 행복감을 느꼈다.

「앞으론 직접 연락하세요.」

박영자의 집이 바라보이는 골목 어귀에서 김선오가 쪽지를 내밀었다.

「공부에 방해 안 되시겠어요?」

「1주일에 하루는 하느님도 쉬었잖아요.」

「네에, 어서 가세요. 통행금지 싸이렌 울리겠어요.」

박영자는 다음에 만날 때는 만년필을 사주리라 마음먹었다. 그래야 내년에 꼭 합격될 것 같은 예감과 함께.

「너 어제 어땠니? 재미봤어?」

다음날 강숙자는 학교에서 박영자를 만나자마자 호기심 넘치는 눈을 반짝이며 물었다.

「얘는, 흥하게 재미는 무슨 재미. 처음 만나가지고.」

이미 예상하고 있었던 일이라 박영자는 시치미를 뗐다.

「흥하기는, 뭐 재미란 게 손 잡고 뽀뽀하고 그런 걸 말하는 거니? 너 영화 안 봤어?」

강숙자는, 너 내숭떨지 말고 다 털어놔, 하는 얼굴로 박영자를 뚫어지게 쳐다보았다.

「그래, 영화는 봤지. 다방에만 앉아 있을 수가 없어서.」

박영자는 멋쩍게 웃었다.

「어머나, 너 김선오한테 홀딱 반했구나!」 강숙자는 허풍 심하게 손뼉을 한 번 치고, 「첫 번째 만나가지고 극장엘 갔다는 건 본격적인 연애 시작이라는 신호잖아.」 그녀는 단입맛을 다시며 박영자 옆으로 바짝 다가앉았다.

「어머머, 얘 사람 잡네. 그런 기준이 어딨어.」

박영자는 속마음을 들키지 않으려고 어이없는 척 코웃음을 흘렸다.

「그야 상식이잖아, 세상에서 다 그렇게 통하고 있는 상식. 너 그런가, 안 그런가 당장 애들한테 한번 물어볼래?」

「어머 얘, 너 미쳤니!」

박영자가 당황스럽게 강숙자의 팔을 붙들었다. 활달한 강숙자로서는 그럴 수 있는 일이기도 했다.

「거 봐, 너 왜 그렇게 당황하고 얼굴 빨개지고 그러냐? 이 세상 사람 다 속여도 내 눈은 못 속여. 난 그 분야만큼은 베타랑이거든. 너, 홀딱 반하지는 않았더라도 맘은 있는 거지?」

강숙자는 장난기 가신 얼굴로 물었다.

「글쎄, 맘이 있다기보다는……, 뭐랄까……, 사귀어봐도 괜찮은 남자가 아닐까 하는……, 뭐 호감 정도랄까.」

박영자는 속마음을 감추려고 한마디, 한마디를 막연하게 하며 담을 쳤다. 연애 감정을 감추고 싶은 것은 달거리를 할 때 어머니가 아는 것조차 싫은 마음과 똑같았다.

「그래, 여자라면 호감을 가질 만한 대상이기는 하지. 일류대학 법대생에, 고시패스 가능성 1위, 게다가 허우대까지 멀쑥하니까. 그런데 말야, 한 가지 경계해야 할 게 있어.」

「경계……?」

「그 집이 너무 가난하다는 것.」

「가난……?」

「응. 첫 만남에서 극장엘 갔다는 건 김선오도 너한테 호감을 가지고 있다는 표신데, 그게 느네 집안의 조건을 본 것일 수도 있어.」

「그게 무슨 소리야?」

「너도 잘 알잖아? 요새 가난한 대학생들 사이에서 일어나고 있는 풍조. 부잣집 딸들을 잡아라 하는 거. 그래서 부잣집 가정교사로 들어가 그 집 딸을 꼬시고, 그게 안 되면 약대생이라도 잡아라 해서 약대 여학생들이 신붓감 1위인 거. 그리고 고시 패스했다 하면 거의 틀림없이 부잣집 사위들이 되잖아. 너도 이미 아다시피 우리 장학사에 있는 학생들이 다 머리는 좋지만 가난한데, 작년 사라호 태풍으로 전부가 더 쫄딱 가난해졌어. 그러니 조건 좋은 집 딸들 찾기에 더 혈안이 되어 있는 셈이지. 혹시나 해서 하는 소리니까 새겨들어.」

「조건으로 치자면 나보다 네가 더 좋은 것 아니니?」

「난 그런 남자 아예 흥미 없어.」

「그런 남자……?」

「응, 제 능력도 아니면서 머리 하나 좋게 타고난 걸 가지고 뻐기려 들고, 잰 체하고, 티껍게 구는 건 딱 밥맛 떨어지거든.」

내 영어를 가르칠 때……, 하는 말이 곧 쏟아질 판이었는데 강숙자는 가까스로 되삼켜 넘겼다.

「그래, 천재의 오만이라는 말이 있긴 하지. 그건 우리 같은 범재들로서는 확실히 역겹고 기분 상하는 일이긴 해. 그 사람 그게 심하니?」

「그 정도로 알아두고 차차 사귀면서 확인해 봐. 인간성의 깊은 면에 대해선 나도 잘 모르니까.」

「글쎄, 그런 말 듣고 나니 마음이 이상해진다. 네가 진작 가위표 해버린 사람 내가 괜히 관심 쓰는 것 같고.」

말이 병도 되고 약도 되더라고 박영자는 언짢아진 마음을 솔직하게 드러냈다.

「애, 그럼 안 돼. 그런 점들을 미리 알아두라는 것뿐이지 그게 어디 김선오 혼자만의 단점이니? 그래도 평범한 남자보다 똑똑한 남자가 훨씬 나으니까 선입감 갖지 말고 슬슬 사귀면서 점수 매겨. 그건 그렇고, 이따가 학교 끝나고 자경이 만나기로 했는데 너도 함께 가자.」

「왜, 무슨 일 있어?」

「있잖니, 브라쟈 사게 남대문 도깨비시장에 가기로 했거든.」

강숙자는 박영자 귀에다 대고 속삭였다.

「너 그거 아직 안 찼어?」

박영자가 입을 가리며 킥 웃었다.

「애는, 이 강자숙을 뭘로 보고 하는 소리야? 난 그런 건 남들보다 열

발 빠른 것 몰라?」

「근데?」

「글쎄, 자경이 그 쑥맥 우등생이 여태까지 미착용 상태지 뭐야. 그러니 옷을 입어도 태가 날게 뭐냐. 나도 모양 다른 걸로 새로 사고 싶고. 근데 말이지, 난 아직까지도 그 도깨비시장만은 혼자 가기가 겁나고 정신없고 그렇거든.」

「자경이는 어쩌고 혼자야?」

「애 눈치 없는 척하는 것 좀 봐. 자경이 걔가 뭐 사람이니? 걔는 서울 10년 살아도 촌닭인걸.」

「하긴 그래. 죽어라고 공부만 파고 있으니까. 근데 걔가 브라쟈는 하겠데?」

박영자가 고개를 갸웃했다.

「걔는 뭐 여자 아닌가? 알고 보면 걔도 속으로는 온갖 짓 다 해보고 싶어해. 워낙 머리가 좋고 공부가 재미있어서 책 속에 파묻히다 보니 시간이 없고, 우등생에 얌전이가 된 거지.」

「참 별나, 공부가 재미있다니.」

「말 마. 걔는 이 세상에서 제일 쉬운 게 공부라고 하는 애니까. 그런 별종들이 더러 있잖아.」

「알았어. 같이 가지 뭐. 자경이 만난 지도 꽤 됐으니까.」

「근데 왜 우리나라에선 아직 브라쟈 하나 못 만들어내니. 그래서 꼭 그 험한 도깨비시장에 가게 만들고.」

강숙자가 눈을 흘기며 혀를 찼다.

「못 만드는 게 어디 한두 가지니. 그보다 급한 것도 못 만드는 게 쌔고 쌨는 걸.」

「그건 뭐 안 급하니? 이 땅에 여자가 절반이고, 여자의 절반 이상은 브라쟈를 해야 되잖아? 그럼 그 수가 얼마니?」

「그건 우리 대학생들만 보고 하는 소리야. 지금 여자들 양장보다는 파마가 훨씬 더 유행인데도 파마 한 사람들보다는 낭자머리가 더 많잖아. 그리고, 우리 여대생들이 전부 양장을 하긴 했지만, 아마 브라쟈 안 한 애들이 절반을 넘지 않을까?」

「그래, 그리 보면 그러네. 근데 이런 추세로 가면 머지않아 다 양장으로 바뀌지 않겠어?」

「그야 그럴 테지.」

「그럼 결국 브라쟈 쓰는 여자들이 얼마나 많아지겠니. 그거 굉장한 돈벌이가 되지 않겠어? 방금 생각난 건데 말야, 느네 아버지보고 그 사업도 준비하라고 아이디어를 드려라.」

강숙자는 자못 진지하게 말했다.

「애 좀 봐, 큰일날 소리 하네.」

박영자가 킥 웃었다.

「왜에……?」

「우리 아버지가 얼마나 여자를 무시하는 줄 아니? 암탉이 울면 집안 망한다는 걸 철저하게 믿는 분이시다 그거야. 여자가 앞을 가로질러 가면 그날은 재수 더럽다고 침을 내뱉고. 그런 거룩하신 분에게 여자 젖가리개를 만들어 돈 벌라고? 그건 벼락맞기 딱 좋은 소리야.」

「그야 어디 느네 아버지만 그러니? 우리 아버지도 똑같애.」

강숙자가 입을 삐죽하며 쓴웃음을 지었다.

그들은 오후에 안경자를 명동에서 만났다. 커피를 마시고 곧바로 다방을 나왔다. 화교 상점들이 밀집해 있는 골목으로 들어서자 '딸라 파세요', '딸라 파세요' 하는 여자들의 은밀한 목소리가 여기저기서 들려왔다. 그 골목을 벗어나 큰길로 나서며 강숙자가 킥킥대고 웃었다. 안경자와 박영자가 왜 그러느냐는 눈길로 강숙자를 쳐다보았다.

「난 저 소리를 들으면 꼭 '딸 낳아 파세요' 하는 말이 생각난다니까.」

강숙자의 말에 두 사람도 실소하며 고개를 끄덕였다.

어느 시골 노인이 서울에 올라와 '딸라 파세요'를 '딸 낳아 파세요'로 잘못 듣고, 서울놈들은 딸을 낳아 팔아먹는 놈들이라고 개탄했다는 거였다. 그런데 그 말은 언제부턴가 유흥업소들의 번창과 함께 몸을 파는 여자들이 많아지고 있는 사회상을 상징하는 말이 되어 있었다.

「핸드백들 조심해. 쓰리꾼 천지니까.」

남대문시장으로 들어서며 박영자가 말했다.

「쓰리꾼만 있으면 좋게? 날치기, 들치기들까지 드글드글하니까 혼자 못 오는 거지.」

강숙자가 핸드백을 팔 안에 꼭 끼며 점검하듯 안경자를 쳐다보았다. 안경자도 핸드백을 단속하며 어색하게 웃었다.

안으로 들어갈수록 시장의 골목골목마다 사람들이 바글바글 끓었다. 그 많은 사람들에 걸맞게 시끌덤벙하고 왁자지껄한 소리들도 끊임없이 일어나며 시장의 생기를 북돋우고 있었다. 상점은 상점들대로, 노점상은 노점상대로, 행상은 행상들대로 손님들을 목청껏 부르고, 장 보러 나온 사람들은 그들대로 맘놓고 목청을 높이고 있었다.

미제 물건들만 파는 도깨비시장은 다른 상점들 골목에 비해 번잡하기는 더한대도 소란스럽지는 않았다. 그곳 상점들은 호객 행위를 하지 않기 때문이었다.

「핸드백들 조심해. 이 골목에 쓰리꾼이 제일 많아. 돈 좀 있는 사람들이 모여드는 곳이니까.」

박영자가 다시 나직하게 말했다.

「세상에 무슨 미제 물건들이 저리도 많지?」

한참을 두리번거리며 걷던 안경자가 억누른 소리로 말했다. 골목 양쪽에 촘촘히 박힌 작은 상점마다 온갖 색색의 미제 물건들이 층을 이룬 진열대를 따라 가득가득 쌓여 있었다.

「뭐, 저거 보고 놀랄 것 없어. 저 사람들이 상점보다 몇 배씩 큰 창고들을 가지고 있대니까.」

박영자가 안경자를 보며 지그시 웃었다.

「몇 배씩 큰 창고……?」

놀라는 안경자의 눈에는 무언가 의문이 담겨 있었다.

「그런 이야기는 이따가 해.」

박영자가 말을 막으며 걸음을 빨리 했다.

그들은 한 상점에 들어가 브래지어를 고르기 시작했다.

「이게 우리한테는 다 큰 편이니까 제일 작은 것으로 고르면 될 거야. 유방이 크면 머리가 나쁘다고 하는데 서양 여자들은 왜 그리 큰지 몰라.」

박영자가 브래지어를 대보며 웃었다.

「그거 다 헛소리야. 자경이 얘는 나보다 훨씬 더 커. 기분 나쁘게.」

강숙자가 불쑥 말했고,

「어머, 너 정말!」

안경자가 얼굴이 붉어지며 강숙자의 팔을 꼬집었다. 강숙자는 죽는 소리로 엄살을 떨었고, 박영자는 깔깔거리며 웃어댔다.

「아줌마, 5천 환이 뭐에요. 지난번에는 3천 환에 샀는데.」

「그때 얘긴 왜 해. 어제가 옛날인걸.」

「세 개나 사니까 3천 환씩 해요.」

「안 돼, 안 돼. 물건은 딸리고 찾는 사람은 많아지니까 난들 어떡해. 세 개 사니까 5백 환씩 빼드릴게.」

「아이 참, 아줌마두. 3천 5백 환!」

주인과 박영자 사이에 값을 깎는 실랑이가 벌어졌다.

「인사로 2백 환 더 빼드릴게. 더는 한푼도 안 되니까 돈 안 맞으면 그냥 두고 가.」

「좋아요. 4천 환. 안 되면 그냥 갈 수밖에 없어요.」

박영자가 강숙자와 안경자의 팔을 잡고 돌아섰다.

「됐어, 가져가. 학생은 참 짠돌이야. 시집가면 잘살 거야.」

시장을 나오다가 어느 길목에서 안경자가 입을 열었다.

「저 사람들 왜 저렇게 줄을 서 있지? 다 가난해 뵈는데.」

「으응, 꿀꿀이죽 사먹으려는 사람들이야. 저녁때가 다 됐잖아. 너 또 꿀꿀이죽이 뭔지 모르는 거 아냐?」

박영자가 대꾸했다.

「알아, 들어봤어. 근데 웬 사람들이 저렇게 길게 줄을 섰지?」

「그야 당연하지. 아주 싸니까 사먹는 사람들이 많아서 늦으면 못 먹게 되는 수도 있대나 봐.」

「그게 얼만데?」

「나도 잘 몰라. 안 먹어봤으니까.」

「애, 왜 또 그딴 쓸데없는 것에 신경 쓰고 그러니? 골치 아프게.」

강숙자가 안경자의 어깨를 툭 치며 퉁을 놓았다.

「오랜만에 만났는데 어디 가서 저녁 먹고 영화나 보고 들어갈까?」

시장을 벗어나며 박영자가 말했다.

「그거 좋지. 문화생활을 빼놓을 수 없잖아.」

강숙자가 냉큼 말을 받았다.

「근데 말이야, 그거 좀 이상하지 않니? 그 많은 상점들에 미제 물건들이 가득가득 쌓여 있고, 창고들까지 그렇게 크게 가지고 있다는 게.」

음식을 시키고 나자 안경자가 아까 미루었던 말을 꺼냈다.

「그게 왜? 미군 부대들이 있으니까 흘러나오는 거지.」

박영자의 대꾸였다.

「그러니까 이상하다는 거지. 왜냐하면 우리나라에 주둔하는 미군들의 수는 일정할 거고, 그들이 소비하는 물건의 양도 한정되어 있을 텐데 어떻게 해서 그 많은 물건들이 계속 흘러나올 수 있느냔 말이야. 전쟁이 끝난 이후로만 쳐도 7년인데, 그동안 끊임없이 쏟아져 나온 물건들을 다 합해 놓으면 그 양이 도대체 얼마겠어. 그거 이상하지 않아?」

「글쎄, 그 말 듣고 보니 그렇기도 하네. 그럼 네 말은 주한미군들의 소비량보다 더 많은 물건들이 들어와 우리 시장으로 흘러나오고 있을지도 모른다, 그런 뜻이지?」

「그래, 그런 의심이 안 들어?」

「글쎄, 그거 알 수 없는 수수께끼네.」

「애 자경아, 좋은 머리 엉뚱한 데 굴리지 말고 넌 의대 공부나 열심히 해. 우린 필요한 물건만 사면 됐지 골치 아프게 그런 것 따져서 뭐 하니. 음식 다 식는다. 밥이나 빨리 먹자.」

강숙자가 팔을 내젓고는 숟가락을 들었다.

안경자는 상으로 다가앉으면서도 미심쩍은 얼굴로 고개를 갸웃갸웃 하고 있었다.

12
자멸의 전야제

바람 세찬 깊은 겨울밤은 앞뒤 분간이 안 되도록 캄캄했다. 드문드문 보이는 불빛도 흐리기 그지없었다. 인가가 많지 않은 변두리인데다가 전깃불까지 나가버려 어둠은 그리 짙을 수밖에 없었다.

연탄난로가 있는데도 냉기가 서린 사무실에는 흐린 호롱불이 그을음을 피워올리고 있었다. 불빛은 겨우 주변만 밝혔을 뿐 사무실은 어둠침침했다. 비가 많이 오는 여름에도 특선, 일반선으로 구분해 제한송전을 하는 형편인데 겨울이 되자 전기 사정이 더욱 나빠진 거였다.

「원장님, 좀더 내놓으세요. 이것 가지고는 운반비도 안 빠지잖아요.」

「글쎄, 내가 쌓아놓고 안 드리는 게 아니라니까요. 많이 줄 수 있으면야 나도 좋지요.」

「그래야 서로 좋지요. 혹시 딴 선 트신 건 아니시구요?」

「아니 황 집사님, 그 무슨 서운한 말입니까. 나를 어디 한두 번 겪어 봤습니까.」

원장이란 남자의 어조가 달라지며 흐린 불빛 속의 얼굴에도 불쾌한 기색이 드러났다.

「아니에요, 아니에요. 하도 답답해서 그냥 해본 소리예요. 이래 가지고선 이젠 이 장사도 더 못해 먹겠네요.」

황 집사란 여자가 폭 한숨을 쉬었다. 그 얼굴은 임호태의 어머니였다.

「그래도 황 집사님이야 구호물자 줄어드는 눈치 채고 벌써 딸라장사를 시작한 지가 2~3년이니 무슨 걱정입니까. 나 같은 사람이 큰일났지요.」

「어머, 원장님도. 호시절에 다 든든하게 챙기시구선, 우리야 쥐꼬리만한 이문 먹겠다고 장사하느라 얼마나 고생고생하며 살았다구요.」

「든든한 게 다 뭐요. 이리 급하게 줄어들어 버리면 아들놈 미국 유학이고 뭐고 다 깨지는 판인데. 이제 고아원도 어디 해먹겠어요.」

「그렇지요, 원조가 줄어들면서 세상 살맛 떨어진 사람들이 어디 한둘인가요. 전쟁 끝나고 4~5년이 참 좋았지요. 그런 시절 다시 오긴 영 틀린 거지요.」

「그러게 말이오. 나도 앞일을 생각하면 밤잠이 안 와요. 이나마 구호물자 끊기는 날에는 이 짓을 무슨 재미로 하겠소.」

「원장님, 우리끼리니까 살짝 하는 말인데, 이쯤 해서 팔아치우는 게 어때요. 눈치 모르고 이거 하고 싶어하는 사람들이 적잖다구요.」

황 집사의 목소리가 속삭이는 것처럼 낮아졌다.

「하긴 그래요. 황 집사님이 먼저 말을 꺼내니까 하는 말인데, 그런 생각이 없지도 않아요. 그 담에 할 일이 마땅찮아서 그렇지.」

「참 원장님도 걱정도 팔자시네, 돈 있는데 무슨 사업인들 못하겠어요.」

「걱정이 아니고, 사업 경험이 없는데 괜히 돈만 날리면 그 꼴이 뭐겠소.」

「어머 원장님, 엄살 그만 떠세요. 이 사회사업은 사업이 아니라 장난인가요? 기막히게 잘하시면서 괜히.」

「글쎄요, 나도 임 사장님처럼 그 땅 짚고 헤엄치는 군납업체나 하나 할 수 있다면 당장 결판을 내겠는데…….」

「어머, 그런 속 모르는 말씀 마세요. 땅 짚고 헤엄치기란 다 헛소문이구요, 위로 뜯기고 아래로 뜯기고, 공무원들 뺨치게 군인들이 이거 좋아하는 것 원장님도 잘 아시죠? 그러다 보니 정말이지 빛 좋은 개살구라구요.」

황 집사는 손가락으로 동그라미를 그려 보이며 고개를 내둘렀다. 원장의 생각을 단숨에 꺾고, 남편의 돈벌이를 감추려는 의도였다.

「그야 이놈에 세상 어디나 다 그런 거고, 어쨌거나 이 짓도 손 털 때가 된 것 같은데, 황 집사님이 발 넓으니까 사람을 좀 알아봐 주시겠소? 내 구전은 톡톡히 드릴 테니.」

「네에, 구전만 많이 주시면 나서보죠. 약으면서도 어리숙한 게 세상이니까 넘기는 건 어렵지 않을 거예요.」

황 집사는 구전도 챙기고 거래선도 그대로 붙잡을 수 있다는 계산을 하고 있었다.

「소문 안 나게 해야 돼요.」

「당연하죠. 그만 가보겠어요.」

황 집사는 털목도리를 둘렀다.

유일민은 가정교사를 맡고 최초로 맛보는 홀가분한 기분으로 임호태네 대문을 두들겼다. 임호태가 고등학교에 합격해 저녁 초대를 받은 것이다. 지금 그의 기분은 단순히 홀가분한 것만이 아니었다. 고등학교에 합격시켜야 한다는 중압감에서 벗어난 해방감, 끝내 합격시킨 성취감, 그동안의 긴장과 초조가 한꺼번에 풀린 허탈감, 가정교사 자리가 굳어졌다는 안도감, 이런 것들이 뒤섞인 복잡한 감정이었다.

「어서 오세요, 선생님.」

대문을 열며 임채옥이 더없이 환하게 웃었다. 빨간 스웨터를 입은 그녀는 포장된 조그만 물건을 유일민 앞에 내밀었다.

「이거 뭐요?」

유일민은 자신도 모르게 주위를 재빨리 살폈다.

「축하 선물이에요. 엄마 아빠 아직 안 들어오셨으니까 염려 마시구요.」

임채옥은 고등학생답지 않은 묘한 눈웃음을 지었다.

「축하 선물은 동생한테 줘야 되는 것 아니오?」

유일민은 일부러 딱딱하게 말했다. 철없이 나대는 여고생의 감정이 번거로웠고, 부모들의 괜한 오해를 사 곤란한 처지에 빠지는 것을 피하고 싶었다.

「동생한테야 진작 줬지요. 이건 선생님이 우리집에 더 계시게 된 걸 축하하는 거예요. 빨랑 받으세요.」

임채옥은 또 웃으며 선물을 유일민 앞으로 더 디밀었다.

이따가 저녁 먹을 때 줘요, 하는 말이 곧 나가려 했지만 유일민은 차마 그럴 수가 없었다. 그건 선물을 안 받겠다는 거절이나 마찬가지였고, 그녀의 감정을 너무 심하게 밟는 짓이라 싶었다.

「학생이 무슨 돈 있다고 이래요. 담부턴 이러지 말아요.」

유일민은 무표정하게 선물을 받아들었다.

「겨우 2~3년밖에 차이 안 나는데 꼭 어른처럼 그러는 것 싫어요.」

임채옥은 유일민을 똑바로 쳐다보며 또렷하게 말하고는 휙 돌아섰다. 유일민은 그 당돌함에 놀라 우두커니 서 있었다.

지난 크리스마스에도 임채옥은 카드와 선물을 내밀었었다. 카드에는 다른 아무말도 없이 꼭꼭 박아쓴 글씨로 시 한 편이 적혀 있었다. 김소월의 〈미처 몰랐어요〉였다. 그리고, 선물은 가죽장갑이었다. 자신은 그때까지 맨손으로 가방을 들고 다녔던 것이다. 장갑을 낄까 말까 하룻밤을 고심했다. 끼자니 그 시에 화답하는 것이었고, 안 끼자니 너무 표나게 그녀의 마음을 거부하는 것이었다. 그러나 결국 장갑을 끼기로 했다.

그 집을 드나드는 동안 그 누구하고도 불편한 관계가 되고 싶지 않았고, 시린 손도 감싸야 했다. 그 대신 임채옥을 철저하게 묵살하는 쪽으로 행동했다. 마주쳐도 눈길을 피했고, 수학 문제 같은 것을 가져와 물어도 동생 공부 때문에 시간이 없다며 물리쳤다. 그런데도 그녀의 눈길은 줄기차게 자신을 에워싸 왔던 것이다.

유일민은 임호태네 다섯 식구 모두와 밥상을 같이하기는 처음이었다. 합격을 자축하는 상답게 음식들이 푸짐하고 걸었다. 그리고 임호태의 어머니와 아버지는 싱글벙글 웃음이 넘쳐흘렀다.

「우리 호태도 열심히 했지만 선생님이 너무 수고 많이 하셨어. 자아, 선생님 한잔 받아. 내 오늘 특별히 죠니워카로 준비했으니까.」

임호태의 아버지 임상천 사장이 양주병을 따서 앞으로 내밀었다.

「아닙니다. 제가 먼저……」

유일민은 얼른 무릎을 세워 예의를 갖추었다.

「아니, 아니, 오늘 주빈은 어디까지나 선생님이니까. 자아, 얼른 받으라우.」

「그럼요, 당연히 선생님이 먼저죠.」

황 집사가 손짓까지 하며 거들었다.

유일민은 술잔을 받았다.

「자아, 저놈이 서울대 들어갈 때까지 책임지라구. 무슨 말인지 알지?」

임 사장이 술잔을 부딪치며 말했고,

「서울대만 합격시키면 내가 크게 인심 쓸 거예요. 자아, 이것 받아요.」

황 집사가 봉투를 내밀었다.

유일민은 두 손을 받쳐 봉투를 받으며 마음 가라앉는 안도감을 느끼고 있었다. 그 봉투에 든 것은 단순히 돈이라기보다 그들 부부의 신임장이고 새로운 임명장이었다. 앞으로 3년 동안 가정교사 자리를 걱정하지 않아도 되는 것, 그건 대학을 무사히 졸업하게 된다는 의미였다. 자신에게 그보다 더 큰일은 없었다.

「아, 역시 본토배기 양주라 그런지 술이 빨리 오르는데.」 군살 없이 좁은 얼굴이 유난히 강단져 보이는 임상천 사장이 술잔을 비우고는, 「참, 춘부장이 6·25 때 돌아가셨다고 했던가?」 무슨 이야깃거리를 찾아야 되겠다는 듯 불쑥 물었다.

「예.」

유일민은 순간적으로 긴장했다. 아버지에 대한 이야기가 나오면 으레껏 일어나는 감정의 반응이었다.

「어떻게 돌아가셨는데?」

「예, 노무자로 나가셨다가…….」

유일민은 평소에 해왔던 대로 태연하게 대답했다. 그 누가 묻거나 아버지의 직업은 농부였고, 사망 원인은 전쟁에 노무자로 나간 것으로 했다. 그 대답은 더 이상 다른 이야기로 번지지 않고 그것으로 끝나는 신기한 효과를 발휘했다. 어머니는 그런 효과까지 다 감안해서 그 응답을 준비해 준 것이 아닌가 싶었다.

「아, 노무자……, 그것도 애국은 애국이지.」

임상천 사장은 묘하게 웃으며 번들번들 빛이 나도록 포마드를 많이 바른 머리를 손버릇인 양 건성으로 쓰다듬었다. 포마드를 바르는 것은 양복을 입는 것과 함께 멋쟁이의 상징으로 유행하고 있었다.

「난 말야, 6·25 때 온갖 전투를 다 치르며 전선을 누빈 용맹스런 장교였지. 53년 2월에 부상만 당하지 않았더라면 지금쯤 장군이 됐을 거야. 내 동기들이 다 완 스타, 투 스타니까.」

얼굴에 술기운이 불콰한 임상천 사장은 지난날의 회고에 젖어들며 눈이 가늘어졌다.

「아빠 또 술 드셨나 부다. 또 저…….」

임채옥이 말을 하다 말고 그만 입을 다물었다. 황 집사가 눈을 부라리며 아랫입술까지 물어보였던 것이다.

「우리가 47년 38선을 넘어왔는데, 그때 참 암담하고 기막혔지. 있는 재산 다 뺏기고, 부모님들은 화병 나고, 김일성이 놈한테 원수 갚는 길은 공산주의를 쳐부시는 길밖에 없었어. 그런 생각은 월남한 사람들이 다 똑같았지. 그래서 젊은 사람들은 김일성이를 때려잡고 공산당을 깨부시기 위해 서청(서북청년단)으로 군문으로 들어가 반공애국의 선봉대로 나서기 시작했던 거야. 난 그때 서청보단 정식 군인의 길을 탰했지. 6·25가 터지고, 9·28수복과 함께 북진에 북진을 거듭할 때 나도 대위로 최선봉에서 진격을 했었는데 말야, 중공군놈들 때문에 1·4후퇴가 발발했지. 그때, 그때 원자폭탄을 터뜨렸어야 해!」

임상천 사장은 갑자기 지른 고함에 맞추어 밥상을 내려쳤다.

「그렇구말구요, 그랬음 일이 얼마나 깨끗하게 끝났겠어요.」

황 집사가 제때 맞장구를 쳤다.

「아빠아, 우린 다 아니까 괜찮지만 처음 당하시는 선생님은 놀래시잖아요.」

원망조로 말하는 임채옥은 한심스럽다는 듯 어깨숨을 내쉬었다. 사실 유일민은 그 느닷없음에 깜짝 놀랐던 것이다.

「잔소리 말고 너희들도 잘 들어, 이건 백 번 천 번 해도 과할 것 없는 살아 있는 반공 교육이야.」 임상천 사장은 엄한 눈길로 자식들을 휘둘러보고는, 「영웅 맥아더 장군의 말을 듣지 않아 미국은 두고두고 후회하게 될 거야. 트루만 같은 졸장부가 대통령이었으니 일을 다 망칠 수밖에 없었지. 어쨌든 38선 그어지고부터 오늘날까지 뭐니뭐니 해도 반공·멸공·승공에 가장 혁혁한 공을 세운 애국자들은 우리 월남민들이야. 그 애국심은 아무도 못 당한다구.」 그는 자족감에 취하는 듯 연신 고개를 끄덕이며 술잔을 들었다.

「그러믄요, 우리가 일등 애국자 집안이지요.」

황 집사가 또 박자를 맞추었다.

「아빠, 그런데 통일되면 땅 되찾는다는 건 말이 안 된다고 그러던데요?」

임호태가 불쑥 말했다.

「아니, 어떤 놈이 그따위 소릴 해? 그런 놈이 도대체 누구니?」

황 집사가 쨍하니 소리치며 화를 냈다.

「우리 고등학교 학생들이 하는 말을 들었어요.」

어머니의 기세에 눌려 임호태의 목소리에는 기가 빠져 있었다.

「아직 새파란 고등학생놈들이 그따위 소릴 지껄여? 그것들이 전부 빨갱이 집안 자식놈들인 게 틀림없다. 그런 것들은 당장 신고해서 뜨거운 맛을 뵈야 한다. 너 그놈들 얼굴 알지?」

눈을 부릅뜬 황 집사는 무서운 기세로 화를 내고 있었다.

「그걸 내가 어떻게 알아요. 그냥 슬쩍 보고 지나갔는데.」

「이 멍청아, 그런 놈들은 얼굴을 똑똑히 보고 외워둬야지.」

「됐어, 여보. 괜히 호태한테 화내지 말어. 그 어린놈들이 철없이 하는 소리가 무슨 상관이야. 땅문서만 잘 가지고 있으면 꼭 되찾게 되는 거니까 아무 염려 말어.」

임상천 사장은 남편답게 여유를 보이며 아내를 다독거렸다.

「호태 너 정신 똑바로 차리고 들어, 우리 대에 못 찾으면 독자인 네 대에 가서라도 꼭 찾아야 되는 거야. 이 에미가 왜 38선 넘고, 난리 치르고 하면서도 이날 이때까지 땅문서를 신주단지 모시듯 해온 줄 아니? 땅문서만 있으면 땅은 언제든지 되찾을 수 있고, 그 땅이 기름진 논으로만 700마지기야, 700마지기, 700마지기면 네 평생 지주 노릇하며 부자로 살 수 있는 땅이란 말야. 무슨 말인지 알아듣겠어?」

「아이고, 수옥이하고 나하곤 뭐니? 여자로 태어난 것 참 서러워서 못 살겠다. 그치 수옥아?」

임채옥이 동생을 바라보며 입꼬리 처지도록 쓰디쓰게 웃었다.

「저 건방진 에미나이 또 어디다 초치고 앉았네?」

황 집사가 표독스러우리만큼 사납게 딸을 쏘아보았다.

「됐어, 됐어. 그만 해두고 밥들 먹자구.」

임상천 사장이 술잔을 치우고 숟가락을 들었다.

음식이 걸고 푸짐했는데도 유일민은 맛도 모르고 저녁을 먹고 임호태네 집을 나왔다. 지난날 경찰서에 끌려갔다가 풀려날 때의 기분과 너무나 흡사했다. 몸 속을 휘도는 찬바람과 전신을 옥죄어오는 그 집을 드나들 수 없을 것 같은 두려움에 휘말리고 있었다. 만약 그들이 자신의 가정사를 알게 된다면 경찰들처럼 혹독하게 자신을 내칠 것이 분명했다. 자신이 입을 열지 않는 한 그 사실이 덮어진다 하더라도 그들을 속이는 것이나 다름없는 자신의 입장이 괴로웠다. 그리고, 그들의 서슬 퍼런 기세 앞에서 자꾸 상처가 덧나는 아픔을 견디기도 어려울 것 같았다. 그러나 가정교사 자리를 새로 구한다는 것은 너무 어려운 일이었다.

「아이고메 말도 마라, 서청놈들. 그놈들은 경찰보담도, 청년단놈들보담도 더 무서운 놈들잉게. 그놈들 무법천지로 나대는 판에 애맨 소작인들 수없이 상허고, 그놈들헌티 웬수 갚을라고 입산헌 사람들도 있었응게. 아이고 서청, 말만 들어도 징허고, 꿈에 볼까 무섭다.」

어렸을 때부터 들어왔던 말이었다. 그들이 왜 그랬었는지 비로소 확실하게 잡히는 것이 있었다. 지금까지도 원한이 그렇게 시퍼런데 38선을 바로 넘어온 그때 그들은 당연히 물불을 가리지 않았을 거였다. 그 깊은 감정의 골이 또 하나의 휴전선이라는 것을 유일민은 새삼스럽게 느끼고 있었다.

유일민은 집에 돌아와서 선물을 뜯었다. 한눈에 만년필인 것을 알 수 있었다. 작고 예쁜 상자 뚜껑을 열었다. 만년필 위에 빨간 쪽지가 놓여 있었다.

"저는 선생님보다는 오빠라고 부르고 싶어요. 저는 마음이 추워요."

유일민은 난생 처음 받은 그런 편지를 손아귀에 구겨 쥐었다.

조병옥 민주당 대통령후보가 미국에서 세상을 떠난 소식은 사람들의 말을 잃게 했다. 사람들이 충격을 받은 것은 지난번 대통령후보 신익희에 이어 두 번째 당하는 돌연사였기 때문이다. 그 뒤숭숭한 여론을 간추리면 두 가지였다.

「나라가 망할려고 쓸 만한 인물들은 하늘이 다 데려간다.」

「역시 이승만 대통령은 하늘이 내린 인물이다.」

이 상반된 반응은 이미 보름 전부터 본격화된 정·부통령 선거운동과 직결되어 있었다. 서울에서 처음 열린 자유당과 민주당의 집회에서 민심은 뚜렷하게 드러나기 시작했다. 서울운동장에서 열린 자유당 집회에 '실려온 민심 6만', 장충단 공원에서 열린 민주당 집회에 '걸어온 민심 13만'이라고 신문이 표현하고 있었다. 자유당에서는 각 동별로 버스와 트럭을 동원해 사람들을 실어나르고 그것도 모자라 전차까지 전세차 노릇을 시켰는데, 민주당에서는 그런 일을 전혀 하지 않은 것을 가리키는 거였다. 그렇듯 정권을 바꾸고자 하는 의지가 분명한 상황 속에서 조병옥이 갑자기 세상을 떠나고 말았으니 사람들의 충격과 낙심은 클 수밖에 없었다.

심장마비로 사망한 조병옥의 유해는 비행기에 실려왔다. 돈암동 자택까지 운구되는 것을 보려고 남천장학사의 학생들은 가까운 혜화동 로터리로 나갔다. 부슬부슬 가랑비가 내리는 속에 로터리에는 수많은 사람들이 운집해 있었다.

「하늘이 무심치 않구만 그래.」

「그럼, 하늘도 안 우시게 생겼나.」

「좌우간 큰일났어. 이 나라 국운이 없는 게야.」

사람들이 우울하고 침울하게 나누는 말이었다.

「웬 사람들이 그리 많이 나왔지?」

「그게 민심이라는 거 아니야.」

「광화문이나 종로 같은 데는 더 많았을 텐데, 다 합치면 굉장하지 않겠어?」

「일, 이십만은 되지 않겠어?」

「20만? 돈 20만 환이 아니고 사람 20만이면 얼마나 많은 숫잔데.」

남천장학사의 학생들이 무거운 발길로 돌아오며 나눈 말이었다. 그런데 김포공항에서 돈암동에 이르는 70여 리에 모여든 애도 인파는 50만을 넘었다.

「서울 인구 200만에서 성인 인구 50만이면 유권자 절반 이상이잖아?」

「그렇다니까. 근데 민심이 서울만 그렇겠어? 전국적으로 거의 비슷하지.」

「그럼, 민심의 심판은 끝났다는 건가?」

「당연하지. 거리로 나오지 않은 사람들까지 합치면 이승만정권에 대한 불신은 압도적이야.」

「그럼 이승만은 대통령후보 사퇴하는 수밖에 없잖아.」

「두말하면 잔소리지.」

「허, 순진하게 김칫국부터 마시지들 말어. 세계 역사에서 독재자들이 권력을 스스로 내놓는 것 봤어? 3인조, 9인조로 짜서 공개투표를 하겠다고 공공연하게 떠들어대기 시작한 게 벌써 언제부턴데 그런 한가한 소리들 하고 앉았어. 내무부 장관 최인규 설쳐대는 꼴 못 봤어?」

「그따위 부정선거하면 끝장이야. 지금 민심이 얼마나 흉흉한 줄 알아?」

「글쎄, 끝장나면야 좋지.」

남천장학사 학생들은 자유당 소속인 강기수 의원이 들으면 기절초풍할 말들을 다른 때와는 달리 터놓고 하고 있었다.

그러나 유일민은 그런 사회적 분위기와는 동떨어져 있었다. 그는 자기 발등에 떨어진 불똥이 더 급했다. 아니, 그건 불똥 정도가 아니라 훨훨 타는 불길에 에워싸인 거나 다름없었다. 며칠 전 검찰·군대·경찰의 사찰 관계관 회의에서 더 효과적인 간첩 색출을 위해 월북자 가족 명단을 작성하고 사찰활동을 대폭 강화하기로 결정했던 것이다. 지금까지도 어머니는 줄기차게 감시당하며 시달려왔다. 거기에다 더 '대폭 강화'하면 어쩌자는 것인가. 차라리 이 땅에서 살지 말고 죽어 없어지라는 것인가……, 유일민은 그 불길의 공포에 짓눌리며 암담한 좌절 속으로 빠져들고 있었다.

대통령후보를 잃은 민주당에서는 정부에 선거일 연기를 요구했다. 그러나 중앙선거위에서는 변경 불가로 못을 박았다. 민주당은 대통령후보 없는 선거전을 시작할 수밖에 없었다.

부통령후보 장면이 첫 유세지로 선택한 곳은 대구였다. 정치의 도시로 소문난 대구에서부터 기선을 잡으려는 의도에 맞추어 일요일이 유세날이었다. 그런데 대구 시내 모든 중·고등학교는 학생들을 강제로 등교시켰다. 그 강압조처는 곧 말썽을 불러일으켰다. 고교생 1천여 명이 '학원을 정치도구화하지 말라'는 구호를 외치며 시위를 벌이기 시작했다. 시위 진압에 나선 경찰과 학생들 사이에 충돌이 일어나 학생들 수십 명이 부상을 당하는 동시에 250여 명이 연행되었다. 그건 이승만정권의 노골적인 선거운동 방해에 저항한 최초의 학생 시위사건이었다.

「언제 돌아오세요?」

남편을 배웅하는 한인곤의 아내 얼굴에는 불안한 기색이 서려 있었다.

「응, 전주 거쳐 광주 유세 끝나면 5일에는 서울 유세니까 아무리 늦어도 4일날 밤까지는 돌아올 거야.」

아내와 달리 한인곤의 얼굴에는 활력이 넘치고 있었다. 그도 그럴 것이 그는 아버지의 적극적인 지원을 받아 정치에 투신한 것에 만족을 느끼고 있었고, 가슴속에는 국회의원이 될 꿈이 한없이 부풀고 있는데다,

이번에 장면 후보의 대도시 유세를 수행하게 되어 그의 양쪽 겨드랑이에서는 날개가 돋는 기분이었다.

「조심하세요. 반공청년단 깡패들이 무법천지로 날뛴다는 소문이잖아요.」

「아무 걱정 말고 당신이나 집 잘 지켜. 당신 내 실력 알잖아?」

한인곤은 오른팔을 굽혀 알통을 내보이는 시늉을 하고는 급히 돌아섰다.

대구 유세를 치른 민주당에서는 자체 경호대를 강화시키는 게 시급한 문제로 등장했다. 애초에 경찰은 자기네 편이 아니었고, 정치깡패들이 설치는 판에서 후보자와 당 간부들의 신변 위협은 가중되고 있었다. 한인곤은 입당이 서너 달밖에 안 되었지만 육군 대령이란 경력에 힘입어 경호대의 1개조를 책임 맡게 되었다.

민주당 유세단은 밤 10시에 전주에 도착했다. 장면 후보를 앞세운 유세단이 막 역 광장으로 나서는 참이었다. 단 하나뿐인 가로등이 갑자기 꺼지고 말았다.

「이게 뭐냐!」

「조심해! 방해공작이다.」

「경호대, 스크람을 짜! 빨리 박사님을 둘러싸라구!」

어둠 속에서 다급한 외침들이 터지고 있었다. 그리고 마중 나온 사람들로 붐비던 광장에서는 왁자지껄 소란이 일어났다. 드문드문 자동차가 지나가는 불빛뿐 광장은 짙은 어둠 속에 묻혀 있었다.

「빨리 택시를 잡아, 택시. 박사님을 앞뒤로 경호해야 하니까 대여섯 대를 잡으라구.」

어두운 광장에서 빨리 벗어나는 것이 상책이라는 경호대의 판단이었다.

그러나 또 뜻밖의 사태가 벌어졌다. 택시마다 승차를 거부하는 것이었다.

「휘발유가 떨어져 더 못 가요!」

「시방 빵꾸 때우러 가는디요.」

이유도 가지가지였다.

「한 번만 봐주씨오, 나 맘이 아닝게.」

이렇게 말하는 건 그나마 솔직했다.

어쩌는 도리가 없었다. 한 대뿐인 민주당 지프차에 장 후보와 고급 간부 서너 사람이 타고 경호대는 그 차를 에워싸고 뛰면서 숙소로 향했다.

그들이 숙소에 도착하자 또 좋지 않은 소식들이 그들을 기다리고 있었다. 초저녁에 벌써 전주 전역에서 반상회를 소집해 내일 강연회에 가지 말라고 종용하고 협박했다는 거였다. 또, 태평동 일대에서는 쌀표, 고무신표, 비누표를 한 가지씩 배부했다는 것이다.

다음날 모든 공무원들은 하루 종일 자리를 비우지 못하는 고역을 치러야 했다. 그러나 민주당 유세는 사람의 바다를 이룬 속에 대성공을 거두었다.

선거바람이 뜨거워지면서 반공청년단에도 비상이 걸렸다. 그런데 그 비상이란 군대식의 엄한 긴장상태가 아니었다. 선거운동원 겸 감시원으로 탈바꿈한 주먹패들은 어느 때 없이 신바람나고 활기차 있었다.

「히히, 이거 정말 살맛나네.」

「오랜만에 사람값 톡톡히 올라가고, 씨팔 선거가 좋긴 좋다.」

「그래, 메뚜기 한철이다. 좆이나, 이 판에 신나게 돌려보는 거야.」

그들은 평소와는 반대로 위에서 내려오는 돈을 두둑히 받았고, 극장표도 주머니에서 넘치고 있었다. 더구나 형사들까지 자기네한테 슬슬 아부하며 표만 많이 긁어모으라는 데는 기분이 달뜨지 않을 수 없었다. 그들은 용돈을 풍족하게 쓰며 여기저기 극장표를 선심 쓰고 다녔다. 물론 그때마다 겸손하고 은근하게 기호 몇 번을 찍으라고 토를 달았다. 그들은 아주 예절바른 선거운동원이었다.

흑곰네 패거리의 짝눈과 꽁치는 어느 다방으로 들어섰다. 그들을 본 마담의 얼굴이 당황스럽게 변했다.

「이번에 꼭 갈아치워야 해. 이번에 못 갈아치우면 나라 망한다구.」

「그럼, 그럼. 다 썩을 대로 썩었는데 이게 나라야. 큰일났어.」

「근데 지방에서 부정선거를 해대면 그거 문제 아니겠어?」

세 남자가 큰소리를 내며 한창 열이 올라 있었다.

얼굴이 험하게 변한 짝눈과 꽁치가 곧장 그들에게로 다가갔다.

「형씨들, 남의 영업집에서 그만 떠들고 우리 좀 보실까?」

짝눈이 탁자 다리를 툭툭 차며 일어나라는 턱짓을 했다.

「아니, 당신들 뭐야?」

세 남자가 그들 둘을 불쾌한 얼굴로 올려다보았다.

「보면 몰라? 여기서 깽판치고 싶지 않으니까 얌전하게 따라나와.」

꽁치가 한 남자의 뒷덜미를 잡아챘다.

「아니, 이 자식들이 이거 어디서…….」

다른 두 남자가 동시에 일어서며 곧 싸움이 붙을 것처럼 분위기가 험악해졌다. 그들의 기세가 당당한 것은 자기네 수가 더 많은 것을 믿어서인지도 몰랐다.

그때 마담이 소리치며 나섰다.

「왜들 이래요. 커피값이고 뭐고 당장 나가요, 나가. 여기선 안 돼요.」

마담에게 두 아가씨가 합세해서 남자들을 밀어댔고, 열서너 명의 손님들은 멀뚱멀뚱 구경을 하고 있었다.

「이것 봐, 마담상이 나가래잖아. 빨리 나가자니까 그래.」

이렇게 말한 짝눈이 가까운 남자의 얼굴에 침을 뱉고 급히 돌아섰다.

「이새끼들이 정말!」

세 남자는 앞서 나가는 둘을 뒤쫓아 다방을 뛰쳐나갔다.

그들이 다방을 나서자마자 골목에서는 곧 싸움판이 벌어졌다. 40대의 세 남자는 짝눈과 꽁치의 적수가 못 되었다. 그들은 주먹을 휘두르기는 했지만 그때마다 헛주먹질이었고, 그나마 오래가지 못하고 짝눈과 꽁치의 잽싸고 정확한 주먹질, 발길질에 무너져 길바닥에 널브러지고 말았다.

「요런 좆만한 새끼들아, 비싼 밥들 처먹고 여물통 함부로 나불대지 말어. 아가리는 가죽이 모자라 뚫어놓은 구멍이 아니니까.」

짝눈이 한 남자의 허벅지 위에 올려놓은 한쪽 다리를 까딱거리며 찬바람 돌게 내뱉었고,

「야 이 잘난 새끼들아, 가죽피리 불려면 똑바로 불어. 또 한번 그따위로 불다가 걸리면 그땐 확 천당행이야!」

꽁치는 험악한 얼굴을 지으며 구둣발을 번쩍 들어 다른 남자의 얼굴을 곧 짓밟을 듯 위협적인 몸짓을 했다.

짝눈과 꽁치가 승리를 과시하며 가죽장갑을 털고 어깨를 삐딱하게 틀어 돌리며 움직이기 시작하자 구경꾼들은 슬금슬금 양쪽으로 밀리며 길을 텄다. 둘이는 그 길을 지나 유유하게 사라졌다.

영화표를 돌리던 때와는 전혀 다른 그런 행동도 그들이 맡은 임무 중의 하나였다. 어쩌면 운동원 노릇보다 그 감시원 역할이 더 중요한지도 몰랐다.

한편, 한인곤네 경호대가 앞장선 민주당 유세단은 정오 무렵에 광주에 도착했다. 그런데 마중 나와 있던 지구당원들은 당황해서 우왕좌왕하고 있었다.

「와따 참말로 요것이 무신 괴변이랴. 그 흔턴 다꾸시가 위째 씨가 몰라 부렀다냐.」

「아, 긍께 말이시. 개똥도 약에 쓸라면 없다등마 딱 그 짝이시.」

「근디 그놈에 택시덜이 그림자도 안 비친 것이 발써 반시간이 넘덜 안 혔어?」

「하매 그리 되제라.」

「하이고, 요것 탈 나부렀다. 우리가 쫄딱 속고 있었든 것이여.」

「거 무신 소리여?」

「어허, 착 허먼 척 알아묵어야제. 경찰에서 미리 야료 꾸민 것이란 말이여.」

「아이고메, 고것 맞은 게비네, 안 그럼사 택시 모자리판인 역전에 요리 한 대도 안 올 리가 없제.」

그 시간에 광주 시내 이곳저곳에서는 택시 운전수와 손님들 사이에 똑같은 내용의 시비가 벌어지고 있었다.

「워메 아저씨, 기차 뜬단 말이오. 싸게 잠 딜다 주랑께라.」

「와따 참말로 땁땁허요 이. 역전에넌 얼찐도 못허게 혔당께라.」

「아이고, 땁땁헌 건 아자씨요. 발통 달린 택시야 지 맘대로 굴러댕기는 물건인디 위째서 역전에넌 못 가게 허랴.」

「목 말른 놈이 샘 파는 것 아니겄소. 급허고 땁땁헌 건 아주머닌께 아주머니가 경찰서에 핑 가서 물어보든지 따지든지 허씨요. 나 딴 손님 태울랑께 얼렁 내리시게라.」

「아니, 요것이 무신 변괴랴 그랴.」

지구당원들은 뒤늦게 시내의 100여 대 택시 전부가 역까지 승차를 거부하고 있다는 것을 알았다.

유세단은 지구당 사무실까지 걸어갈 수밖에 없었다. 그런데 그들을 기다리고 있는 소식은 더욱 참담했다. 정오 12시부터 시내 여덟 개 극장에서 일제히 무료입장을 시작했고, 사람들은 통·반장집에 모여 집단으로 입장을 하고 있다는 거였다. 그래서 광주 장날인데도 장터에는 사람들이 없이 텅텅 빈 형편이라고 했다. 그런데 그것도 모자라 유세장에 가는 사람들을 막으려고 골목마다 형사들이 사진기를 들고 지킨다는 거였다.

그러나 사태는 그것으로 끝나지 않았다. 시내 전체 학생들의 발을 완전히 묶어놓고 있었다. 대학과 중·고등학교에서 느닷없이 학기말시험을 실시한 것이다.

「이건 전주보다 훨씬 심합니다. 어째야 좋겠습니까?」

「전주에서 방해가 실패하니까 여기서는 더 조직적으로 강화한 거겠지요.」

당 간부들 사이에 자연스럽게 회의가 벌어졌다.

「방해에 맞서 우리도 유세시간을 늦추면 어떻겠습니까?」

「아, 그거 좋은 생각이오.」

「글쎄요, 늦추는 건 좋은데 이렇게 앞뒤가 막힌 상황에서 시민들에게 그 사실을 선전할 방법이 없지 않습니까.」

「예, 짧은 시간에 그걸 신속하게 알릴 방안도 문제고, 더구나 시간을 늦추게 되면 내일 열릴 서울 유세에 차질이 생기게 됩니다.」

「그래요, 그게 또 문제군요.」

「사실 시간을 늦춘다 하더라도 이렇게 심한 방해공작 상태에서 시민들이 얼마나 더 올 수 있을지도 의문입니다.」

「예, 제 생각도 그렇습니다. 서울 유세에 차질을 빚을 수는 없고, 이 악조건 속에서 우리가 유세를 강행하면 청중들은 좀 적을지 모르나 이런 악랄한 방해공작이 시민들을 자극해 오히려 역효과의 득을 보게 될 것입니다.」

「그렇지요, 유세를 통해 이 방해공작 전모를 철저히 규탄해서 시민들에게 알리도록 하구요.」

「다 각오했던 거니까 예정대로 유세를 추진하도록 하십시다.」

장면 후보가 내린 결론이었다.

유세단은 강연장인 공설운동장으로 출발했다. 그러나 그들은 중간쯤에서 잠시 발길을 멈추어야 했다. 갑작스럽게 도로공사가 벌어져 있었다. 군대작전을 뺨치는 그런 방해공작들을 보면서 한인곤은 계속 놀라는 한편으로 어이없는 감탄을 하고 있었다.

서동철은 밤이 깊어 필동의 비밀장소를 찾아갔다. 유난히 일본식 집들이 많은 동네에서 그 집은 표나게 커서 찾기가 쉬웠다. 어둠 속에서도 어렴풋하게 드러나는 정원수들과 넓은 정원을 보면서 서동철은, 어떤 왜놈새끼가 잘 처먹고 잘 살았었구나, 생각하며 가래침을 돋우어 내뱉었다.

「너희들은 특공대다. 1개 소대 다섯 명, 한 도에 1개 소대씩 투입된다. 작전은 앞으로 1주일, 작전 대상은 모두 현지에서 찍어줄 것이다. 작전은 죽이지 않는 범위 내에서 다시는 행동하지 못하도록 가차없이 해치워라. 작전을 끝내면 신속하게 다음 도시로 이동한다. 특공대가 뜨는 것은 현지 단원들의 얼굴이 팔려 비밀유지가 안 되기 때문이다. 따라서 너희들은 말과 행동을 특히 조심해야 한다. 만약 한 군데서라도 작전이 실패해서 신문에라도 나는 날에는 그때는 각오하라. 소대원들은 소대장의 명령에 절대복종해서 작전을 수행하라.」

왼쪽 볼에 칼자국이 팬 남자는 인상만큼 살벌하게 말하며 부하들을 휘둘러보았다. 그가 뿌리는 독기 앞에서 넓은 다다미방에 꿇어앉은 그들은 뻣뻣이 얼어붙어 있었다.

「쌍짱구 서동철.」

「옛, 쌍짱구 서동철.」

서동철은 세 번째로 벌떡 일어섰다.

「3소대장, 경상남도.」

「옛, 명령대로 임무 수행하겠음.」

서동철은 부하 넷을 거느리고 다음날 부산행 첫 기차를 탔다.

그들은 눈 많은 여관을 피해 광복동 어느 개인집에 진을 쳤다. 밥하는 여자 하나뿐인 집이었다.

「이기 손볼 열성분자 명단임더.」

씨름꾼 같은 부산 사내가 서동철 앞에 종이 한 장을 내밀었다.

「모두 몇 놈이오?」

서동철이 담배연기를 내뿜으며 물었다.

「열넷인데, 요게 사흘 동안에 다 뭉캐지겠능기요?」

「다 뭉캐야지요.」

서동철은 쿡 터지는 웃음을 참지 못하며 대꾸했다. 부산 출신 뺑코가 걸핏하면 「콱 쌔래 뭉카뿌까」하는 말이 떠올랐던 것이다.

「무신 수로 다 뭉캔다는 기요? 일대일로 한다믄 몰리까…….」

「그건 우리한테 맡겨두고, 형씨는 우리가 찍는 놈들 뒤에 우리 안내할 애들이나 제때제때 붙여주쇼.」

「그기야 염려 놓소 마. 그것말고도 형씨들 튀기 좋구로 우리 아덜 쫘악 깔아놀끼니께네.」

「됐소, 오늘 밤부터 시작합시다.」

서동철은 소대를 2개조로 나누었다. 일을 빨리 처리하고, 다섯이 한 패로 행동해서 드러날 수 있는 고의성을 피하기 위해서였다.

「느네들 절대로 선거 이야기를 입에 올려서는 안 돼. 그냥 시비가 붙은 것으로만 해서 까부셔. 알겠어?」

서동철은 2조 세 명에게 독한 인상을 쓰며 다짐했다.

어둑어둑해지는 초저녁에 서동철은 해운대로 나갔다. 첫 번째 표적이 서너 사람과 횟집에서 술을 마시며 떠들고 있었다. 횟집으로 들어선 서동철은 탁자에 걸려 넘어지는 척하며 그 남자의 옆얼굴을 들이받았다.

「아이쿠야…….」

그 남자가 얼굴을 싸쥐었고,

「이새끼, 니 뭐꼬?」

다른 두 남자가 벌떡 일어나며 서동철을 잡아챘다.

「아이고 죄송합니다, 제가 실수로…….」

「이새끼야, 사람 죽이놓고 잘못했다 카믄 다가! 아가리 닥치그라.」

얼굴을 받친 남자가 소리를 지르며 서동철의 얼굴을 철썩 갈겼다.

「뭐 이런 새끼들이 다 있어.」

서동철의 욕설에 술 냄새 풍기는 네 남자가 기세 좋게 덤벼들었다.

서동철을 따라 밖으로 나온 그들은 5분이 지나지 않아 다 땅바닥에 눕듯 해버렸다. 서동철은 군홧발을 높이 들어 그 남자의 무릎을 장작 분지르듯 힘껏 내려찍었다. 비명소리가 요란했다.

서동철은 진해, 마산, 진주를 거쳐 예정대로 서울로 돌아왔다.

날이 갈수록 가열되고 있는 선거바람은 산동네 움막촌이라고 해서 비껴가지 않았다. 아니, 오히려 더 기승을 부리고 있었다.

천두만과 나삼득이 통장한테 처음 받은 것이 영화 무료입장권이었다.

「하아, 요것 참 아까우요 이. 기왕에 줄람사 요것을 현찰로 주면 피차에 을매나 좋았겠소.」

천두만은 입장권을 되작거리며 아쉬워했다.

「알았소. 우선 받아두시오. 내가 더 힘을 쓸 테니까.」

통장이 눈을 끔벅끔벅했다.

「성님, 우리 신세에 어디 영화 귀경허니라고 일거리 놓치게 생겼소. 요것을 반값에 폴아넴기는 것이 으쩌겄소?」

천두만이 내놓은 생각이었다.

「이, 폴 수만 있음사 그것 존다.」

그래서 다음날 시장에 나가 영화표를 팔아보려고 했다. 그러나 웃음거리만 되고 말았다. 그런 입장권 없이도 아무 영화관에나 가면 그 앞에서 좌석표를 나눠준다고 했다. 그 표를 버리기는 아깝고, 천두만은 어쩔 수 없이 팔자에 없는 영화 구경을 할 수밖에 없었다.

이틀이 지나 통장이 또 밤에 찾아와 비누표와 고무신표를 내밀었다.

「딴 동네는 둘 중에 하나씩뿐이지만 우리 동네는 내가 특별히 힘써서 두 장씩이오. 꼭, 알지요?」

「예, 사람이 의리럴 지켜야지라.」

먹고 안 찍으면 그만이다 하는 배짱으로 천두만은 찰방지게 대답했다. 그 두 가지는 돈 주고 사 써야 하는 것이라서 영화표에 비할 것 없이 기분이 좋기도 했다.

「받아묵기는 받아묵는디 워째야 쓸랑가 속이 껄쩍지근 안 허요?」

이튿날 아침을 먹으며 천두만은 말을 꺼냈다.

「껄쩍지근허기는 머시가 껄쩍지근혀? 받아묵고 안 찍으면 그만이제. 우리럴 요 꼬라지로 맨근 것이 누군디 그 영감탱이럴 또 찍어?」

나삼득이 화를 내듯 말했다.

그런데 이틀이 지나고 또 통장이 찾아와 밀가루 한 포대를 빨리 가져가라고 했다. 천두만은 그 횡재를 믿을 수가 없었고, 어깨에 밀가루 포대의 묵직한 무게를 느끼며, 이것을 받아먹고 표를 안 찍어줄 것을 생각하니 그 통쾌함이 더없이 좋은 꿀맛이었다.

「밀가루는 잘 먹고 있소?」

다음날 밤에 통장이 또 움막으로 기어들며 물었다.

「예, 덕분에 아조 잘 묵고 있구만이라.」

천두만은 중국집에 팔아넘긴 것을 싹 감추며 입맛까지 다셔 보였다. 그러면서 그는 오늘은 또 무엇을 주려는가 하는 기대로 통장의 눈치를 살폈다.

「날품벌이라는 게 하루만 공쳐도 살기 어려운데 내일 투표에 나갈 것 뭐 있겠소. 천 씨가 나한테 약속한 대로 잘 찍어줄 테니까 천 씨 투표 통지표를 내놓으시오.」

「예에……?」

천두만은 통장을 멍하니 쳐다보며 벌어진 입을 다물지 못했다.

한편, 이규백의 어머니 영암댁은 며느리를 데리고 이틀밤째 가까운 국민학교로 불려나갔다.

「참말로, 흰 것도 아니고 씨커먼 고무신 한 짝씩 주고는 요것이 무신 일인지 몰르것네. 한 분 연습혔으면 되얏제 누구럴 바보 등신으로 아는가 어쩐가.」

며느리는 시어머니 뒤를 따라가며 군시렁거렸다.

「아이고메, 입 싸게 놀리지 말그라. 누구 들을랑가 무섭다. 그러다가 규백이헌테 해되면 으쩔라고 그려. 쪼깐 마땅찮드라도 관에서 시키는 일은 그냥 바보입네 허고 따라가는 것이 무사형통인 것이여.」

영암댁은 질색을 하며 손을 내저었다.

며느리 해남댁은 속이 더 꼬였지만 시동생에게 해가 갈지 모른다는 말에 입을 다물었다. 이제 남편이 떠나고 없는 형편에 시동생이야말로 집안의 기둥이었다. 시어머니와 다르게 시동생이 어서 고등고시에 합격하게 해달라고 정화수 떠놓고 빌게 된 것도 남편이 떠난 다음부터였다. 시동생이 출세하지 않고는 자신의 세 아이들의 앞날도 막막해질 판이었다.

「자아, 지금부터 다시 한 번 연습을 허겄습니다. 어지께 헌 대로 세 사람씩 짝을 맞추고, 조장이 가운데 서서 붓대롱을 얌전허니 꼭 눌른 담에, 세 사람은 실수가 없는지 서로서로 투표용지를 바꿔서 확인허고, 그것을 투표함에 넣기 전에 우리 참관인헌테 꼭 보이고 나서 잘 접어 투표함에 넣는 것이오. 지금부터 실습을 할 것잉께 어지께맨치로 실수하고 틀리는 일 없도록 혀야 허요. 만일에 한 조라도 틀리면 내일 저녁에 또 연습허게 된께. 다들 정신 똑똑허니 챙겼소?」

면서기의 말에 사람들은 마치 아동들처럼 큰 목소리로 대답했다.

3인조 공개투표의 실습이 시작되었다. 사람들은 셋씩 조를 이루어 면서기가 지시한 대로 해나갔다. 두 번째 연습이라서 틀리는 조가 없었다.

「참말로 얄궂고 요상헌 꼴 다 보겠네.」

「긍께 말이시. 글라면 멀라고 투표허고 자시고 헝고. 눈감고 아웅도 유분수제.」

「아이고, 대통령 자리가 그리도 존가. 요 꼬라지 허는 것 아그덜헌테 낯부끄러와 워디 살겄어.」

사람들은 어둠에 묻힌 길을 더듬어 집으로 돌아가며 혀를 차고 있었다.

또한, 유일민의 어머니 해촌댁은 저녁밥 손님이 거쳐간 다음 한숨 돌리고 있다가 달갑잖은 사람을 맞아야 했다.

「선거 대목에 한몫 보요?」

정 형사가 멋대로 의자에 주저앉았다.

「참새도 앉는 자리가 따로 있제라.」

해촌댁은 오금을 박으면서도 등줄기가 서늘해지고 있었다. 형사나 경찰만 대하면 일어나는 증상이었다.

「아덜 유일민이 안 내래왔소?」

「공부허기 바쁜디 멀라고 내래와라?」

태연하게 대꾸하면서도, 무슨 일이 생겼나 싶어 해촌댁의 가슴은 철렁했다.

「저번달에 서류 작성헌 뒤로 아덜이 머시라고 헙디여?」

「암 말도 없었는디요.」

해촌댁의 가슴은 더 철렁했다. 그 서류는 월북자 가족 명단이었다.

「죄인이 헐말이 있을 택이 없제.」 정 형사는 담배에 불을 붙이고는, 「닐 투표 헐 챔이요?」 해촌댁을 꼬나보며 물었다.

「글씨요, 어째야 헐랑가…….」

낌새가 이상해 어떻게 대답해야 좋을지 몰라 해촌댁은 어물거렸다.

「구렝이 담 넘지 말고 아싸리허게 헌다, 안 헌다 딱 잘라 말허씨요.」

「금메, 혀도 그만 안 혀도 그만…….」

그들에게 하도 시달려 온 해촌댁은 무슨 꼬투리를 잡히지 않으려고 여전히 우물쭈물하며 몸을 사렸다.

「잉, 고것 마침 잘 되얏소. 일도 바쁘고 귀찮허고 헌디 투표 그까진 것 그만두씨요. 여그 아덜 표꺼정 두 표제라? 나가 잘 알어서 헐 것잉께 투표 통지표 얼렁 갖고 나오씨요.」

해촌댁은 그제서야 그가 왜 찾아왔는지를 알았다. 그의 그물에 걸린 이상 빠져나갈 도리가 없는 일이었다.

「짜아, 요것 찾아다가 잘 쓰시오.」

정 형사가 쪽지 두 개를 탁자에 던지고 나갔다. 그건 고무신표 하나와 비누표 하나였다.

14일부터 경찰들이 싹 자취를 감추고 헌병들이 교통정리와 순찰에 나서는 바람에 서울 거리는 갑자기 카키색으로 덮이는 것 같았는데 선거 당일인 15일에도 경찰들의 모습은 찾아볼 수가 없었다. 그들이 어디서 무엇을 하는지는 알 만한 사람들은 다 짐작하고 있었다.

서동철은 하루 내내 지프차를 타고 서울 변두리로 돌아다니며 그야말로 눈코 뜰 새 없이 바빴다. 말썽부리는 민주당 참관인들을 내쫓느라고 그는 지칠 지경으로 완력을 써댔다. 그는 자유당 정권에 충성하려고 그렇게 열성을 다하는 것만이 아니었다. 그들은 한 번 동원될 때마다 양복 한 벌과 구두값 명분으로 5만 환씩을 받았다. 5만 환이면 하급 경찰의 두 달 월급이었다. 서동철은 이번 기회에 한밑천 톡톡히 잡을 작정을 하고 그 돈을 착실히 모으고 있었다.

어찌 되었든 정·부통령 선거는 끝이 났다. 개표 결과를 기다리며 다음날 조간신문을 받아든 사람들은 새로운 사태에 놀라야 했다. 데모대에 경찰이 발포를 하여 11명이 사망하고, 37명이 총상을 입은 사건이 터진 것이다. 그건 부정선거를 규탄하며 마산에서 벌어진 데모 진압의 결과였다.

데모는 서울에서도 일어나며 세상 분위기는 자꾸 뒤숭숭해지고 있었다. 부정선거 이야기는 사람들의 입에서 입으로 옮겨지며 며칠이 지났다. 그런데 마산 앞바다에서 떠오른 시체 하나가 세상을 뒤흔들어 놓았다.

시체의 얼굴에 박혀 있는 포탄은 그 양쪽 끝이 눈과 목덜미께에 조금씩 나와 있었다. 신문에 난 그 참혹한 모습을 보고 사람들은 끔찍스러운 전율에 떨었다. 그 감정을 수습하고 나서 사람들은 포탄이 시체의 눈을 뚫고 들어가 목덜미로 솟았다는 것을 알아보게 되었다. 그리고 비로소 분노에 찬 입들을 열기 시작했다.

「세상에 이럴 수가 있는가. 이러고도 민주경찰이고 민중의 지팡이야!」

「이거, 포탄을 쏴서 죽인 거야, 죽은 시체에다 포탄을 쏜 거야?」

「이 포탄이 불발이었기 망정이지 폭발했더라면 누군지 알아보지도 못했을 것 아닌가. 죽일 놈들 같으니라구.」

「수장시켰다는 게 헛소문은 아니었군 그래. 이거 다된 세상이야.」

사람들의 이런 분노를 부채질하듯 마산에서는 데모가 더욱 격화되고 있다는 소식이 전해지고 있었다.

며칠 간의 침묵을 깨며 마침내 서울에서 대규모 데모가 터졌다. 고대생 전체가 결의한 데모대 3천여 명은 플래카드를 앞세우고 학교를 출발해 구보를 하며 종로로 진출했다. 여러 개의 크고 작은 플래카드들은 그 데모가 며칠에 걸쳐 준비된 것임을 보여주었고, 그것은 대학생들이 집단적으로 일으킨 최초의 데모였다. 데모대는 종로5가에서 버스들로 길을 가로막고 나선 경찰대의 제지를 받았다. 그러나 성난 데모대의 물결은 그 저지선을 쉽게 무너뜨려버렸다. 고대생들은 '방관자는 비겁자다, 우리 모두 총궐기하자'는 구호를 외치고 삐라를 뿌리며 화신 앞까지 진출했고, 다시 경찰들의 저지선을 돌파해 2시 반쯤 국회의사당에 도착했다.

그런데 데모대는 그들만이 아니었다. 그들이 종로를 관통해 오는 동안 길가에서 환호와 박수갈채를 보내던 시민들이 언제부턴가 합류하기 시작해 의사당 앞에 이르렀을 때는 데모대는 3만여 명으로 어마어마하게 불어나 있었다. 태평로 넓은 길은 온통 사람의 바다를 이루어 차량 통행이 완전히 중단되고 말았다. 경찰들은 데모대를 해산시키려고 들지 않고 멀찌감치 중앙청 앞에 바리케이드를 치고 있었다. 그건 데모대가 경무대로 치닫는 것을 막기 위해서였다.

대학생들은 국회의사당 앞에서 농성을 벌이며 격렬하게 구호를 외쳤다.

「민주 역적 몰아내자!」

그들의 구호를 선창으로 그들을 에워싼 시민들이 복창했다. 그런데 겹겹이 싸인 시민들의 수가 너무 많아 선창이 전체에 다 퍼지지 못해 시민들은 복창을 받아 복창을 하고, 또 복창을 받아 복창을 해서 서울 심장부에서는 긴 메아리처럼 구호의 물결이 굽이쳐 나아가고 있었다.

「마산 사건 관련자를 전원 처단하라!」

시간이 흘러가도 대학생들은 해산할 낌새를 전혀 보이지 않았다. 자신들의 요구를 국회가 의결할 때까지 농성을 풀지 않겠다는 기세였다.

4월 중순의 해가 기울고 있었다. 결국 그들의 해산을 설득하기 위해 유진오 총장이 학생들 앞에 나섰다.

그 시간에 반공청년단의 종로구단 동대문 특별단부에 소속된 단원들은 단부 사무실로 다급하게 집결하고 있었다. 그들에겐 긴급 출동명령이 떨어져 있었다. 사무실로 모여들고 있는 그들의 얼굴은 긴장된 탓인지 한층 험상궂고 사나워 보였다. 반짝거리는 구두에 바지줄을 칼날처럼 세워 양복을 빼입고 다니는 평소와는 달리 중간 보스들도 잠바나 작업복 차림으로 자기네 부하들을 단속하고 있었다.

「넌 뭐야?」

쭉 찢어진 눈이 고약스럽고 얼굴에 독기가 지르르 흐르는 딱벌이 턱짓했다.

「예, 이겁니다.」

짝눈이 서둘러 뒷주머니에서 무엇인가를 꺼냈다. 묵직한 느낌으로 풀리는 것은 자전거 체인이었다.

「됐어. 꽁치 넌?」

「예, 여깄슴다.」

꽁치의 왼쪽 소매 속에서 흘러나온 것은 쇠파이프였다. 흑곰, 야쿠샤, 곰보가 차례로 내보인 것은 쇠갈퀴, 각목, 쇠사슬 같은 흉기들이었다. 딱벌이 만족스러운 기색으로 양담배 팔말을 꼬나물었다.

「다들 들어라, 우리는 곧 빨갱이 앞잽이들을 소탕하러 나간다. 우리 반공청년단의 본때를 보여줄 때가 온 거라 그런 말씀이야. 너희들은 맘 놓고 학삐리새끼들을 조지고 박살내서 공을 세워야 해. 빌빌대는 새끼들은 골통 바숴지는 줄 알라구, 다들 알아들었지!」

중간 보스 중에서 고참인 왕발이 40여 명을 휘둘러보며 살벌하게 말했다.

그들은 자기네의 공격대상이 고대생들이라는 걸 다 알고 있었다. 고대생들이 경무대로 갈지 몰라 중앙청 옆의 청년단 본부까지 출동했다가 되돌아왔던 것이다. 서동철은 또다시 유일민의 학교가 아닌 것을 큰 다행으로 여겼다.

그때 한 사람이 사무실 문을 열어젖히며 다급하게 소리쳤다.

「떴다. 떴어!」

그는 그들의 눈에 익은 형사였다.

「가자, 출동이다.」

왕발이 팔을 치뻗으며 외쳤다.

그들은 우르르 밖으로 쏟아져 나왔다. 그러나 패거리는 그들만이 아니었다. 길 건너편에서도 그들만큼의 수가 큰길로 나서고 있는 참이었다. 그들은 패를 나누어 여기저기 골목으로 몸을 감추었다. 거리는 어둑

어둑해지고 있었다. 서동철은 천일백화점 맞은편 골목에서 또 유일민을 생각하고 있었다.

일민아, 넌 데모하지 말어. 데모하다 걸리면 넌 꼼짝없이 빨갱이야. 빨갱이 알지? 평생 신세 조지는 거.

「방관자는 비겁자다. 다같이 궐기하자!」

대학생들이 외치는 우렁찬 구호가 가깝게 들리기 시작했다. 경찰 백차와 취재차량들의 선도로 데모대가 가까워지고 있었다. 넓은 길을 가득 메운 데모대의 행렬은 엄청났다.

경찰 백차가 지나가고 데모대의 선두가 그들의 포위망에 들어섰을 때 외침이 터져올랐다.

「돌격!」

「까부셔!」

이 골목 저 골목에서 튀어나온 패거리들이 흉기를 휘두르며 데모대의 선두를 덮쳤다. 비명과 아우성이 뒤엉키며 학생들이 푹푹 쓰러지고 나둥그러지기 시작했다. 순식간에 수십 명의 학생들이 길바닥에 널브러졌고, 데모대의 선두는 갈팡질팡 흩어지고 있었다. 패거리는 그 뒤를 쫓으며 계속 흉기들을 휘둘러댔다.

그러나 데모대는 그 정도로 무너지지 않았다. 데모대에서 함성이 일어나며 돌과 벽돌 같은 것들이 패거리 쪽으로 날아오기 시작했다.

「깡패새끼들 죽여라!」

「다 때려잡아라!」

학생들의 외침이 점점 커지며 벽돌과 돌은 더욱 거칠게 날아왔다. 그 기세에 눌린 패거리는 더 공격을 못하고 빗발치는 돌과 벽돌을 피하기에 정신이 없었다. 수많은 시민들은 손에 잡히는 대로 돌이며 벽돌, 각목 같은 것들을 가져다가 학생들을 돕고 있었다.

「와아아!」

격렬한 함성이 터지며 학생들의 반격이 시작되었다. 각목이며 몽둥이를 들고 내닫는 학생들의 열기 앞에 패거리들은 허둥지둥 어둠 속으로 도망치고 있었다.

13
더불어 한 덩어리

　평범한 아침을 맞은 사람들은 조간신문을 펼쳐가면서 경악의 소용돌이에 휘말렸다가 분노의 용솟음에 떨었다. 어둠을 배경으로 해 길바닥 여기저기에 시체처럼 쓰러져 있는 대학생들의 모습을 담은 커다란 사진. 그 사진은 깡패들이 얼마나 무자비하고 난폭하게 대학생들을 습격했는지 한눈에 실감케 했다. 시체의 얼굴에 포탄이 박혔던 사진을 볼 때와는 또 다르게 깡패들까지 동원해 서울 시내 한복판에서 그런 일을 저질렀다는 사실에 사람들의 충격과 분노는 한층 더 크고 뜨거웠다.

　"여기 대학의 양심은 증언한다. 우리는 보다 안타까이 조국을 사랑하기에 보다 조국의 운명을 염려한다. 우리는 공산당과의 투쟁에서 피를 흘려온 것처럼 사이비 민주주의 독재를 배격한다.
　조국에의 사랑과 염원이 맹목적 분격에 흐를까. 우리는 얼마나 참아왔는가.

보라! 갖가지 부정과 사회악이 민족적 정기의 심판을 받을 때는 왔다. 이제 우리는 대학의 양심으로 일어나노니 총칼로 저지 말라. 우리는 살아 있다. 동포의 무참한 살상 앞에 안일만을 탐할소냐! 한숨만 쉴소냐! 학도여, 우리 모두 정의를 위하여 총궐기하자."

법대 게시판에 붙은 격문 앞으로 학생들이 몰려들고 있었다. 격문을 다 읽은 사람은 물러나고 그 자리를 새 사람이 채우고 하면서도 전혀 소란한 기미가 없었다. 학생들 사이에는 긴장된 침묵이 흐르고 있었다. 격문을 다 읽은 학생들은 강의실로 들어가지 않고 교정에 무리를 이루기 시작했다. 그들은 끼리끼리 이야기를 나누고 있었지만 그 소리가 낮고 신중해 긴장감을 더하고 있었다.

「형은 어떡할 거요?」

게시판에서 물러난 김선오가 이규백에게 낮고 빠르게 물었다.

「……」

고개를 갸웃한 이규백은 김선오를 빤히 쳐다보았다. 그 눈길은, 지금 무슨 소리 하는 거야? 하는 반문을 담고 있었다.

김선오는 모호하게 고개를 끄덕이며 눈길을 돌렸다. 우리 처지가 드럽잖아요, 하는 말을 하려다가 그만두었다. 이규백의 눈길은 그만큼 강했던 것이다.

김선오는 어젯밤에 돌아오지 않은 고대 법대의 홍석주를 또 생각했다. 남천장학사의 기숙생들 중에 고대생들은 열서넛이었고, 어제 데모에 참가한 학생들은 대여섯이었는데 그들도 홍석주의 행방을 모르고 있었다. 기숙생들은 아침에 신문을 보고서야 홍석주가 부상을 당해 어느 병원엔가 실려갔을 거라고 짐작했다. 이규백은 그때 이미 마음을 정했는지도 모른다고 김선오는 생각했다.

문리대 쪽에서 함성이 울리는 것 같았다. 교정의 학생들이 웅성거리기 시작했다. 그때 서너 명의 학생이 뛰어오며 외쳤다.

「문리대생들이 가두로 진출한다!」

「대광고등학교 학생들이 문리대 앞에 와 있다!」

그들은 숨을 헐떡거리며 삐라를 뿌려댔다. 학생들은 다투어 삐라를 주워들었다. 그것은 선언문·격문·구호 같은 것이 등사된 유인물이었다.

「여러분, 지금 이걸 읽을 시간이 없습니다. 문리대 앞에 경찰들이 진을 치고 있습니다. 그 저지선을 뚫으려면 우리도 힘을 합해야 합니다. 우리 다같이 출발합시다!」

학생 간부가 팔을 치뻗어 올렸다.

「옳소!」

「나가자!」

「와아아!」

법대생들은 함성과 함께 교문 밖으로 쏟아져 나가기 시작했다. 선언문·격문·구호를 작성하고, 또 그것을 대량의 유인물로 만들며 데모를 치밀하게 준비했듯이 일반 학생들도 이미 데모에 나설 마음을 가다듬고 있었음이 분명했다.

법대생들이 문리대에 도착했을 때는 문리대생들은 벌써 경찰 저지선을 돌파해 종로5가 쪽으로 행진하고 있었다. 교문 앞과 길거리에는 저지선을 뚫느라고 던진 돌멩이들이 수없이 흩어져 있었다. 법대생들과 때를 같이해서 미대, 수의대, 약대, 치대생들도 거리로 터져나와 문리대생들과 합류했다. 순식간에 3천여 명으로 불어난 서울대 데모대는 구호를 외치며 원남동 로터리 방향으로 우회전했다.

「데모가 이적이냐 폭정이 이적이냐!」

대열에 휩쓸려가며 구호를 외치면서도 김선오의 마음은 갈피를 잡을 수 없이 복잡하기만 했다.

「나하곤 인연이 끝나는 거니까.」

강기수 의원의 말이 줄곧 쟁쟁하게 울리고 있었다. 강 의원은 신보안법 반대 데모에 나서는 것도 용납하지 않았다. 그런데 강 의원의 입장에서 보면 이 데모가 그것보다 훨씬 더 불순하고 위협적일 수밖에 없었다. 이번 데모는 바로 이승만을 겨냥하고 있었고, 이승만은 곧 자유당이었으며, 자유당을 부정하는 데모에 나서는 것은 다름아닌 강 의원의 가슴에 칼을 들이대는 격이었다. 이런 함수관계 속에서 데모에 나선 기숙생들을 강 의원이 어떻게 조처할지는 너무나 자명했다.

그런데 규백이 형은 어쩌려는 것인가……, 김선오는 답답한 마음에 또 이 생각을 했다. 이규백은 대열 어디에 섞여 있는지 찾을 수가 없었다. 이 선배도 그만한 생각을 안 했을 리 없었다. 그럼 이 선배는 장학사를 쫓겨날 각오를 했다는 것인가? 아니, 어제 고대 데모에 참가한 기숙생들도 그런 작정을 했었던 것인가? 지금 형편에 장학사를 쫓겨나면 어찌 되는가……, 김선오의 암담한 의식 속에 어머니와 동생들의 모습이 크게 확대되어 왔다.

애국가를 부르고 구호를 외치며 종로4가로 행진하던 데모 대열이 정지했다. 동대문경찰서 앞에 포진한 100여 명의 무장경찰대에게 길이 가로막힌 것이다.

「우리는 평화적인 데모를 한다. 길을 비켜라.」

학생들은 구호를 외치며 저지선과 50여 미터 간격을 두고 길바닥에 주저앉기 시작했다.

「기미년 3월 1일 정오오, 터지자 밀물 같은 대한 독립 만세에…….」

학생들의 3·1절 노래가 우렁차게 울려퍼지고 있었다. 그때 '돌격!' 하는 외침이 터지면서 무장경찰대가 경찰봉을 휘두르며 데모대의 앞뒤를 덮쳐왔다.

「으악!」

「아이쿠!」

경찰봉의 무차별 난타에 학생들의 비명이 터지고, 데모대는 혼란에 빠졌다.

「피해라!」

「전매청, 전매청으로 피해!」

데모대를 이끌던 학생 간부들이 외쳐댔다.

학생들은 앞다투어 전매청 안으로 몰려 들어갔다. 그사이 경찰봉에 얻어맞은 학생들은 피를 흘리고 비틀거리며 경찰서로 연행되고 있었다.

「저놈들을 부시자.」

「맞어. 힘에는 힘이야.」

「빨리 돌 구해, 돌.」

피 흘리는 동료들을 본 학생들의 분노는 금세 불길로 타올랐다. 학생들은 손에 손에 돌을 찾아 들었다. 큰길에만 겨우 아스팔트 포장이 된 형편이라 돌 구하기가 아주 쉬웠다.

「나아가자!」

「와아아!」

학생들은 큰길로 뛰쳐나가며 돌팔매질을 하기 시작했다. 빗발치는 돌 우박 속에서 경찰들의 기세가 푹 꺾였고, 유리창들이 박살나는 소리가 요란하게 퍼지고 있었다. 멀리 날아간 돌멩이들이 경찰서의 유리창을 깨뜨리고 있었다. 학생들은 돌만 던지지 않았다. 무장경찰들에게 떼지어 덤벼들며 육탄전을 벌이기 시작했다. 어떤 경찰은 경찰봉을 뺏겨 되 맞기도 했고, 또 어떤 경찰은 뽕빠지게 줄행랑을 치기도 했다.

학생들의 드센 기세에 눌린 무장경찰대는 파도에 휩쓸리는 모래성처 럼 허망하게 무너지고 말았다. 제1차 저지선을 제압한 데모대는 그 기세를 몰아 종로3가로 전진하기 시작했다.

고양이도 수백 마리의 쥐떼 속에서는 오히려 공격을 당해 죽는다……, 김선오는 언젠가 책에서 읽었던 그 사실을 비로소 실감하며 데모대의 열기에 떠밀려 구보하고 있었다. 100여 명의 무장경찰들이 3천여 명의 맨주먹인 데모대에게 그리도 볼품없이 무너지다니……, 분노로 한 덩이가 된 군중의 힘이 그렇게 강하고 무서운 것인 줄을 처음 경험하며 그 마력에 경이로움과 감격스러움으로 이끌리고 있었다. 서울대생들 일부의 힘이 그 정도인데 모든 대학생들이 다 나서면 어떻게 될 것인가……. 세상이 뒤집어지는 게 아닐까? 그는 혁명의 예감으로 빨려들고 있었다.

그러나 다음 순간 그는 자신의 감정에 제동을 걸었다. 아니야, 흥분해선 안 돼. 세상이 그리 간단한 게 아니야. 이 정권 손아귀엔 경찰만 있는 게 아니야. 막강한 군대도 있어. 이승만이 누군데 정권이 뒤엎어지도록 내버려두겠어. 그 사람 말 한마디면 군대를 얼마든지 동원할 수 있는데. 괜히 흥분한 사람들만 상하고 마는 거지. 여태까지 큰 사건이 일어날 때마다 쭉 그래 왔잖아. 아니야, 그리 거창하게 생각할 거 없어. 당장 장학사에서 쫓겨나면 어떻게 되지? 영락없이 유일민이 꼴 나는 거지. 판잣집 셋방 자취에, 가정교사를 전전하는 생활……, 그러다 보면 고등고시 합격은 부지하세월이 되고, 그럼 어머니와 동생들은……. 김선오는 등줄기 서늘하게 제정신이 들었다.

데모대는 종로 3가와 2가 사이에서 다시 행진을 중단당했다. 무장경찰대의 제2차 저지선이 길을 가로막고 있었다. 데모대는 길바닥에 주저앉는 한편 학생 대표들은 경찰에게로 갔다. 그들은 평화적 데모이니 길을 비켜달라고 요구했다. 그러나 경찰의 응답은 최루탄 발사였다. 최루탄은 10여 발이 연속적으로 날아와 데모대의 여기저기에 떨어지며 매운 연기를 뿜어댔다.

「저 악질새끼들 죽여라!」

「당장 밀어붙여!」

「나가자!」

「와아아!」

매운 연기 속에서 눈물을 흘리며 학생들은 성난 파도로 무장경찰대를 향해 돌진했다. 최루가스는 분노에 찬 데모대를 오히려 자극해 무서운 힘을 내게 했고, 그 기세 앞에 100여 명의 무장경찰대는 허깨비처럼 무너지고 말았다.

아무것도 두려워하지 않는 저 힘은 어디서 나오는 것일까. 흔히 공부벌레라 불리고, 완력 쓰는 데는 별로 자신이 없는 이 집단이 어쩐 일인가. 이게 정의의 힘일까? 양심의 용기라는 걸까? 아니면, 흔히 말하는 군중심리일까? 김선오는 동료들이 발휘하고 있는 가공할 만한 힘에 어떤 두려움 같은 것까지 느끼고 있었다. 그는 이규백을 찾으려고 줄곧 애쓰고 있었지만 이규백은 어디에 섞여 있는지 전혀 보이지 않았다.

화신백화점 앞에 제3차 저지선이 가로막혀 있었다. 그 저지선은 그 어떤 것보다도 완강하고 위협적이었다. 붉은 소방차들로 몇 겹을 이루고 그 사이사이에 무장경찰들이 포진해 있었다.

그런데 경찰 쪽에서 먼저 타협안을 내놓았다. 국회의사당으로 가는 건 좋은데, 직접 광화문으로 가지 말고 남대문으로 돌아서 가라는 것이었다. 양쪽이 옥신각신하면서 10분 넘는 시간이 흐르고 있었다.

「속임수다, 우리 발을 묶으려는 거야.」

「속지 말고 밀어붙여라!」

「돌진이다. 나가자!」

「와아아!」

데모대는 드높은 함성과 함께 내닫기 시작했다. 학생들은 거침없이 불자동차들을 타고 올랐다. 그 뜻밖의 사태에 경찰들은 우왕좌왕했고, 학생들은 그야말로 벌떼처럼 소방차들을 타넘어가고 있었다.

「인원이 너무 많으니까 일부는 골목으로 해서 시청 앞으로 돌아!」

「빨리빨리 골목을 이용해!」

학생 간부들이 손나팔을 대고 외치고 있었다. 뒤쪽의 학생들이 골목골목으로 뛰기 시작했다.

김선오도 골목을 뛰면서 갈등하고 있었다. 어떻게 해야 하는가. 골목을 벗어나 시청 앞을 돌면 목적지 국회의사당 앞이다. 이제 망설일 여유가 없다. 어머니와 동생들이 뒷덜미를 잡아끌고 있었다. 이규백 선배라고 자신보다 나은 처지가 아니었다. 그 사람은 도대체 어디로 간 것일까. 일부러 나를 피해버린 것일까. 아니면, 진작 데모대에서 벗어난 것일까. 데모를 하든, 안 하든 이 선배와 함께 결정하면 얼마나 좋을까.

그때 앞서 뛰고 있던 학생들 중에서 두 명이 시청과는 반대편인 왼쪽 골목으로 꺾어드는 것이 보였다. 아, 너희들은 빠지는구나! 김선오는 마음이 반짝 밝아지는 것을 느꼈다. 그는 다음 샛골목이 나타나자 눈을 질끈 감으며 왼쪽으로 몸을 틀었다. 그러면서 그는 속으로 외치고 있었다.

난 어쩔 수 없어. 이건 비겁이 아니야. 나 하나 빠진다고 데모가 안 될 리도 없고.

김선오는 골목골목을 돌아 종로3가와 4가 사이로 빠져나왔다. 그런데 또다른 데모대들이 구호를 외치며 지나가고 있었다. 큰길을 가득 메운 검은 제복은 고등학생들이었다. 그 모표가 눈익어 다시 보니 동성고등학교 학생들이었다.

고등학생들까지 터져나오고 있구나. 저것들이 세상이나 정치를 뭘 안다고. 투표권도 없는 미성년자들이. 헌데 아니야……, 고대생들이 데모를 일으키기 전에 전국에서 일어난 그 많은 데모는 전부 고등학생들이 일으키지 않았나. 데모대 중에 제일 무서운 게 물불 가리지 않는 고등학생들이라고 하지 않았나. 그런데 고등학생들이 왜 그렇게 대학생들보다 먼저 데모를 시작하게 된 거지? 가만있거라……, 그게……, 아아 그렇구나, 그런 이유가 있었구나. 선거기간 동안 야당 유세장에 못 가게 하느라고 일요일에도 등교를 시키고, 갑자기 시험을 치르고, 이승만 대통령에 대한 글짓기를 시키고……. 그런 처사에 대해 유일표가 얼마나 불평 불만을 했던가. 그따위 치졸한 처사들이 고등학생들을 자극해 불평 불만을 사고 결국 정치의식까지 길러준 것이로구나. 이거야말로 자업자 득이 아니고 뭔가. 그나저나 물불 가리지 않는 고등학생들까지 저렇게 터져나오면 이 판이 어떻게 될까? 정말 엎어지는 것 아닐까? 내가 지금 잘못하고 있는 거 아닌가. 글쎄……, 한 정권이 그리 쉽게 무너질 리 있 나. 한바탕 불평 불만을 터뜨리고 가라앉겠지.

김선오는 동대문경찰서를 피해 창경원 앞길로 들어섰다. 그게 지름길 이기도 했고, 누구 눈에 뜨일지도 몰라 학교 앞길을 피하기로 했다.

창경원에 가까워지고 있는데 저쪽 맞은편에서 구호를 외치며 새로운 데모대가 또 밀려오고 있었다. 김선오는 자신도 모르게 그만 한숨을 내 쉬었다. 자신의 입장이 곤혹스럽기 그지없었다.

데모대가 든 플래카드에는 성균관대학교라는 글씨가 선명했다. 김선 오는 주위를 두리번거리다가 창경원과 마주보고 있는 공중변소를 발견 했다. 마침 소변도 보고 싶어 그는 변소로 몸을 감추었다.

담배를 빼물고 성냥을 꺼내려고 김선오는 바지주머니에 손을 넣었다. 그런데 성냥보다 먼저 잡히는 종이가 있었다. 그건 아까 학교에서 받은 유인물이었다. 그는 담배에 불을 붙이고 나서 여태껏 읽을 틈이 없었던 그 유인물을 펼쳤다.

"상아(象牙)의 진리탑을 박차고 거리에 나선 우리는 질풍과 같은 역 사의 조류에 자신을 참여시킴으로써 이성과 진리 그리고 자유의 대학 정신을 현실의 참담한 박토에 뿌리려 하는 바이다. 오늘 우리는 자신들 의 지성과 양심의 엄숙한 명령으로 하여 사악과 잔학의 현상을 규탄 광 정(匡正)하려는 주체적 판단과 사명감의 발로임을 떳떳이 선명(宣明)하 는 바이다.

우리의 지성은 암담한 이 거리의 현상이 민주와 자유를 위장한 전체

주의의 표독한 전횡에 기인한 것임을 단정한다.

무릇 모든 민주주의의 정치사는 자유의 투쟁사이다. 그것은 또한 여하한 형태의 전제로 민중 앞에 군림하든 종이로 만든 호랑이같이 헤설픈 것임을 가르쳐준다.

한국의 일천(日淺)한 대학사가 적색 전제에의 과감한 투쟁에 거획(巨劃)을 장(掌)하고 있는 데 크나큰 자부를 느끼는 것과 똑같은 논리의 연역에서, 민주주의를 위장한 백색 전제에의 항의를 가장 높은 영광으로 우리는 자부한다.

근대적 민주주의의 기간(基幹)은 자유다.

우리에게서 자유는 상실되어 가고 있다는 것을, 아니 송두리째 박탈되고 있다는 것을 우리는 이성의 혜안으로 직시한다.

이제 막 자유의 전장(戰場)엔 불이 붙기 시작했다. 정당히 가져야 할 권리를 탈환하기 위한 자유의 투쟁은 요원의 불길처럼 번져가고 있다. 자유의 전역은 바야흐로 풍성해 가고 있는 것이다.

민주주의와 민중의 공복이며 중립적 권력체인 관료와 경찰은 민주를 위장한 가부장적 전제 권력의 하수인으로 발벗었다. 민주주의 이념의 최저의 공리인 선거권마저 권력의 마수 앞에 농단되었다.

언론·출판·집회·결사 및 사상의 자유의 불빛은 무식한 전제 권력의 악랄한 발악으로 하여 깜박이던 빛조차 사라졌다. 긴 칠흑 같은 밤의 계속이다.

나이 어린 학생 김주열의 참시(慘屍)를 보라. 그것은 가식 없는 전제주의 전횡의 발가벗은 나상밖에 아무것도 아니다.

저들을 보라. 비굴하게도 위하(威嚇)와 폭력으로써 우리들을 대하려 한다. 우리는 백보를 양보하고라도 인간적으로 부르짖어야 할 같은 학창의 양심을 느낀다.

보라. 우리는 기쁨에 넘쳐 자유의 횃불을 올린다.

보라. 우리는 캄캄한 밤의 침묵에 자유의 종을 난타하는 타수의 일익(一翼)임을 자랑한다. 일제의 철퇴 하에 미칠 듯 자유를 환호한 나의 아버지 형제들과 같이―.

양심은 부끄럽지 않다. 외롭지도 않다. 영원한 민주주의의 사수파(死守派)는 영광스럽기만 하다.

보라. 현실의 뒷골목에서 용기 없는 자학을 되씹는 자까지 우리의 대열을 따른다.

나가자. 자유의 비밀은 용기일 뿐이다.

우리의 대열은 이성과 양심과 평화 그리고 자유에의 열렬한 사랑의 대열이다. 모든 법은 우리를 보장한다.”

성명서의 뒷부분으로 갈수록, 이 비겁자야, 이 비겁자야, 하며 자신을 힐책하는 소리가 커지는 것만 같았다. 김선오는 담배연기와 함께 또 깊은 한숨을 토해냈다.

「부정선거 전면 무효, 재선거를 실시하라!」

성대생들이 외치는 구호가 바로 앞에서 터져오르고 있었다. 그리고, 퍽퍽 퍽퍽, 퍽퍽 퍽퍽……, 무수한 발들이 길바닥을 차며 앞으로 나아가고 있는 소리들이 힘차게 울려퍼지고 있었다. 그 힘찬 소리에서는 생동감이 넘치고, 박력이 넘치고, 한 덩어리로 뭉친 그들의 마음인 양 착착 박자까지 맞고 있었다. 전에 들어본 일이 없는 그 율동적인 소리는 무척이나 자극적이고 유혹적이었다. 빨리 따라와, 빨리. 지금도 늦지 않았으니까. 그 넘치는 박력만큼 강하게 끌어당기는 유혹이었다. 그래야 되지 않을까……, 김선오는 마음의 동요를 일으켰다. 그 순간 어머니, 동생들, 강 의원, 고등고시, 장래의 두려움 같은 것들이 뒤죽박죽되며 그의 기를 단숨에 꺾어버렸다.

「방관자는 비겁자다, 다같이 궐기하자!」

마치 그를 매도하듯 터진 데모대의 외침이었다. 김선오는 신음을 흘리며 들고 있던 성명서를 손아귀에 짓구겨 쥐었다. 그러나 그는 변소 밖으로 나가지 못하고 새 담배에 불을 붙였다. 퍽퍽 퍽퍽……, 그 소리들은 무슨 활기차고 감동적인 음악처럼 아직도 울리고 있었다.

담배를 반쯤 피웠을 때 그 소리들은 멀어졌다. 김선오는 그제서야 비로소 공중변소의 악취를 맡으며 밖으로 나왔다. 데모대는 아까 자신이 통과했던 동대문경찰서 쪽으로 아득하게 멀어져 가고 있었다. 그는 고개를 떨군 채 데모대와는 반대쪽으로 터덕터덕 걷기 시작했다.

서울대생들은 10시 40분경에 국회의사당 앞길을 제일 먼저 차지했다.

「민주 위한 학생 데모, 총칼로 저지 말라!」

「이놈 저놈 다 글렀다, 국민은 통곡한다.」

대열을 정비한 학생들은 더욱 힘차게 구호를 외치기 시작했다.

10분쯤 지났을까. 다른 데모대가 구보를 하며 파도처럼 굽이쳐 오고 있었다. 그들은 건국대생 2천여 명이었다.

「와아아─.」

서울대생들은 환영의 함성을 지르며 열렬하게 박수를 쳐댔다.

「와아아─.」

건대생들도 화답의 함성을 질러댔다.

그 시간에 상대 데모대는 동대문께를 지나고 있었다. 무장경찰대는 다 어디로 갔는지 흔적도 없고, 그들 2천여 명은 넓은 길을 거침없이 내닫고 있었다. 전차들은 이미 운행을 중단했고, 자동차들도 멀리서 데모대를 보고는 미리미리 방향을 바꾸어 길을 열었다.

데모대가 종로5가에 이르자 길거리에 몰려선 시민들이 박수를 치며 목청껏 외쳐댔다.

「잘한다, 잘해.」

「학생들 힘내라.」

그 격려와 응원에 학생들이 손에 손을 흔들었다.

한참 활동이 시작되고 있는 시각인데다가 동대문시장이 있어서 그 거리에는 유난히 사람들이 많았다. 그런데 학생들에게 박수갈채와 환호를 보내고 있는 사람들의 기미는 단순히 구경꾼의 태도가 아니었다. 그들은 학생들이 '우리 같이 데모합시다' 하기라도 하면 금세 합세하고 나설 것처럼 뜨거운 열기로 술렁거리고 있었다.

「어이 말이시, 최 씨, 우리도 이리 귀경만 하고 있어서 될랑가?」

지게꾼 하나가 열심히 박수를 치며 옆 지게꾼에게 말을 걸었다.

「거 무슨 소리야, 지게꾼 신세에.」

옆의 지게꾼이 박수를 치다 말고 어이없다는 얼굴로 통을 놓았다.

「아니, 고것이 무신 소리여 시방? 지게꾼은 사람이 아니고 국민이 아니여?」

처음의 지게꾼이 눈을 치뜨며 목청을 높였다.

「그야 그렇지만 이 꼴로 나설 일이 있고 안 나설 일이 있지.」

「고것이 무신 귀신 씨나락 까묵는 소리여. 이 꼴이 되았응께 나서야제. 우리 농새꾼덜얼 요 꼴로 맹근 것이 누구요? 정치 잘못혀서 나라 망친 그놈덜 뒤집어엎자는 판인디 우리 겉은 사람덜이 안 나스면 누가 나스겄어. 씨언허게 원수 갚을 때가 온 것이랑께.」

「그 말이야 옳은데, 학생들이 저리 잘하고 있는데 우리 같은 것들까지 나설 것 뭐 있겠어?」

「어허, 백지장도 맞들어야 낫고, 한 가마니 쌀도 쌀 알갱이 한 톨 한 톨이 모타져 된 것을 몰라서 허는 소리여 시방?」

「천 씨 말이 맞기야 맞는데…….」

천 씨란 바로 천두만이었다.

「오늘 발써 장은 파장이고, 품삯 벌기는 그렀응께 데모나 한바탕 뽕빠지게 혀보드라고, 잘 채래진 굿판서 신명 못 내는 것맨치로 큰 빙신이 옳는 법잉께로.」

천두만은 두 손바닥에 퉤퉤 침을 튀겨 손바닥을 맞비비며 멀어지고
있는 데모대를 응시하고 있었다.

데모대 속에서 종로4가를 지나며 유일민은 서동철을 생각하고 있었
다. 그가 지난밤의 고대생 습격에 동원되었을 것은 거의 틀림이 없었다.
그 짓은 휘발유통에 성냥을 그어댄 것이고, 저수지둑에 삽질을 해댄 격
이었다. 정치 술수에 이용되어 위험에 처한 서동철의 처지가 더없이 딱
하고 걱정스러웠다. 대학생들의 데모가 심해지면 심해질수록 서동철은
위험이 커지고 궁지에 몰릴 수밖에 없었다. 데모 사태를 수습하고 민심
을 돌리기 위해 정치꾼들은 서동철네 패거리를 이번에는 반대로 이용할
수도 있었다. 대대적으로 깡패들을 체포하고, 신속하게 재판을 하고, 중
형을 때려 감옥으로 보내고……, 정권의 위기를 벗어나기 위해서는 어
차피 소모품인 정치깡패들을 자기네한테 유리한 대로 얼마든지 이용해
먹을 수 있는 일이었다.

「으쩌냐, 나가 베락출세 헌 것에 놀랐지야? 곧 식구덜 서울로 이사시
킬란다. 나도 인자 효도 잠 혀야제.」

그동안 서너 차례 만날 때마다 서동철은 자신의 생활에 더없이 만족
해하고 있었다.

「조심해, 항상 조심해.」

그런 서동철이 조마조마해 자신은 이 말을 되풀이할 수밖에 없었다.

유일민은 자신의 갈등과 괴로움을 잠시 잊고, 서동철이 어서 안전한
곳으로 피하기를 바라고 있었다.

「일류대학생인 니허고 깡패인 나허고 이리 친헌 친군 것을 이 시상 누
가 믿을끄나?」

서동철은 뻐드렁니를 드러내며 간지럼이라도 타듯 국민학교 적의 웃
음을 키득거리고는 했다. 그 천진하기 이를 데 없는 웃음을 짓고 있는

서동철이야말로 그 누가 고대생들을 습격한 깡패라고 상상할 수 있을 것인가. 그가 그런 험한 길로 갈 수밖에 없었던 인생행로가 유일민은 너무 가슴 아프고 안타까웠다. 그 심정은 지금 자신이 겪고 있는 갈등과 괴로움 때문에 더 절실해지는 것인지도 몰랐다.

유일민은 학교를 출발할 때부터 데모를 어떻게 해야 할 것인지 고심하기 시작했었다. 문리대 쪽의 단과대학들이 모두 데모에 돌입했다는 소식이 퍼지자 상대생들도 일제히 교문을 박차고 나섰다. 유일민은 이것저것 생각할 겨를이 없이 그 거센 소용돌이에 빨려들지 않을 수가 없었다.

「니넌 정치라는 물건 옆에는 평상 얼찐헐 생각도 말어라.」

어머니가 지난날 해왔던 이 말만이 앞을 가로막는 것이 아니었다.

"……요런 험헌 시국에 절대로, 절대로 나스지 말어라. 경상도 쪽 일노코 높은 디서 각단지게 허는 말 똑똑허니 듣고 있지야? 멋 몰르고 나섰다가 일이 잘못되는 날에넌 영축업시 허방에 빠진 고라니고 덧에 치인 토끼로 덤티기 쓰게 된다. 고것이 얼매나 무서운 것인지 니 알지야? 나가 니넌 믿는다만 일표 저것이 큰 걱정이다. 화로 옆에 논 애기고 샘가에 둔 덜렁이가 그것잉게. 존 일 헌다고 못 나스게, 나스면 다 망헌다고 시시때때로 잡지고 단속허고 나무래라. 요런 말 허는 에미 속 알지야? 느그덜 못난 사내 맹글자는 것이 아닝께 말이여……"

데모가 전국적으로 일어나기 시작하면서 어머니는 그런 내용의 편지를 벌써 서너 차례 보내왔던 것이다.

어머니는 편지를 쓰면서도 살얼음 걷듯 하고 있었다. 마산이라고 하지 못하고 경상도 쪽이라고 했고, 데모라는 말을 한 번도 쓰지 않은 것처럼 공산당이나 빨갱이라는 말도 한사코 피하고 있었다. 어머니는 당신의 편지도 검열당하고 있다고 믿는 게 분명했다.

그런데 어머니는 '절대로'를 두 번씩 되풀이해서 쓴 것만이 아니었다.

그 밑에 줄까지 쳐놓았던 것이다. 손의 떨림이 그대로 드러나는 그 삐틀 삐틀한 줄에 어머니의 애타고 절박한 마음이 절실하게 흐르고 있었다. 그 대목에서 가슴이 먹먹해지지 않을 수 없었는데, '느그덜 못난 사내 맹글자는 것이 아닝께 말이여' 하는 대목에 이르러 그만 눈물이 쏟아지려고 했다. 어머니는 데모를 빠져야 하는 두 아들의 괴로움과, 데모가 필요한 사회적 이유까지 다 헤아리고 있었던 것이다. 그 말에는, 자신들처럼 빨갱이로 몰릴 수 있는 치명적인 사유 없이 데모를 빠지면 '못난 사내'가 된다는 뜻이 담겨 있기도 했다.

그러나 자신은 선뜻 어머니의 그 간절한 호소대로 따르지 못한 채 데모대에 휩쓸려 어느덧 종로3가로 진입하고 있었다. 그런데 그는 자신의 행동결정보다도 동생을 더 염려하고 있었다. 동생은 그 기질로 보아 데모에 나설 확률이 너무 컸다.

어머니의 그런 편지가 올 때마다 말로 하지 않고 동생에게 편지를 직접 보여주고는 했다. 그러나 동생은 편지를 골똘하게 읽고 나서는 아무런 표정도 없고 반응도 없었다. 그런 편지 자체가 동생을 아프게 하고 상처를 주는 것 같아 따로 무슨 말을 할 수가 없었다. 또, 무슨 말을 해보았자 편지 이상의 효과가 날 리 없었고, 오히려 동생의 반항적 기질만 자극해 역효과가 날 수도 있었다.

「저눔의 성깔머리, 똑 지애비 탁해 갖고넌…….」

어머니가 동생에게 눈총을 쏘며 혀를 차는 말이었다. 그건 동생을 꾸짖는 건지 남편에 대한 그리움의 표현인지 분간이 잘 되지 않았다.

자신은 지금 동생을 찾으러 가는지도 몰랐다. 데모대가 학교를 출발하기 직전 목적지가 국회의사당이라고 했을 때 자신은 동생을 먼저 떠올렸다. 동생의 학교는 거기서 얼마 멀지 않았다.

데모대는 11시가 조금 넘어 국회의사당 앞에 도착했다. 그러나 말이 국회의사당 앞이었지 정확하게 말하자면 남대문으로 치우친 태평로에 겨우 끼여든 거였다. 이미 앞서 온 데모대가 너무 많아 국회의사당 앞은 말할 것도 없었고 시청 광장까지 발 디딜 틈이 없었다. 그러다 보니 한 발 늦은 데모대들은 태평로를 채워나갈 수밖에 없었다. 교통 끊긴 광화문 네거리의 중앙청 쪽으로 무장경찰대들이 진을 치고 있어서 데모대들은 굳이 그쪽으로 자리잡지는 않았다.

구호만이 아닌 구체적인 요구조건들이 제시되기 시작하면서 이규백은 김선오 찾는 것을 포기했다. 대열이 정돈되고 나서 아무리 찾아보았지만 김선오는 보이지 않았다. 김선오를 아는 학생들에게 물어보아도 모두 고개를 저었다.

어디선가 사라졌군. 별수없지. 그것도 선택이니까.

이규백은 떫은 웃음을 짓고 말았다.

「마산 사건 관련자를 전원 처단하라!」

「부정선거 전면 무효, 공명선거 다시 하라!」

「구속 학생 연행 학생, 무조건 석방하라!」

데모대마다 외치는 구호들이 거대한 사람들의 바다가 일으키는 파도가 되어 서울의 하늘에 굽이치고 있었다. 그것은 뜻을 하나로 뭉친 무수한 사람들이 발현하는 신비로운 힘이었고 눈부시도록 현란한 아름다움이었다.

「3·15 협잡선거의 총책임자 최인규 전 내무부 장관을 불러오너라.」

「홍진기 내무부 장관은 이 자리에 나와 시정책을 말하라.」

「이기붕 씨를 불러내라.」

「연행 학생들을 당장 석방하고 구타에 책임지라.」

쉼없이 파도쳐 오는 구호의 물결에 응원을 받으며 국회의사당 앞에 진을 친 학생들은 이런 요구들을 내세우고 있었다.

유일민은 조바심을 더 견딜 수가 없어서 변소를 가는 학생들 틈에 끼어 데모대를 벗어났다. 그는 동생 학교 쪽을 향해 뒷길로 빠졌다.

「전 무서워서 싫어요.」

안경자는 흰 가운을 여미며 어깨를 움츠렸다.

「이거 왜 이러시나. 누가 데모대에 앞장서서 경찰과 싸우라고 했나. 우리 역할은 전쟁 때 위생병 역할이라고.」

4학년 상급생이 언짢은 기색을 드러냈다.

「전 아무것도 모르는데…….」

위생병 역할이라는 말에 안경자는 더 겁이 났다. 부상자가 생기는 그런 거친 데모판 같은 데 나선다는 게 도무지 생리에 맞지 않았고, 두려움만 앞섰다.

「이런, 누군 뭘 아나? 중환자를 진찰하라는 것도 아니고, 심장 수술을 하라는 것도 아니잖아. 타박상 환자들을 응급처치하는 정돈데, 붕대 감을 줄도 몰라?」

상급생은 안경자가 더는 피할 수 없도록 막다른 골목으로 몰았다.

「그게 아니고, 전 데모 같은 건…….」

안경자는 차마 '생리에 맞지 않는다'는 말까지는 하지 못했다.

「의대생답게 정치에는 관심이 없다 그런 말씀이신가? 나 역시 정치에는 관심이 없어. 허나, 안경자는 대한민국 국민이 아닌가? 이번 사태는 단순히 정치 문제가 아니라 국가적 문제 아닐까? 그러니까 이번 데모에 나서는 건 국민의 의무지. 전시에 군대에 나가는 것처럼. 그렇지만 알아서 해. 강요는 하지 않을 테니까.」

상급생은 싸늘하게 돌아섰다.

「아니에요, 저도 가겠어요.」

안경자는 자신도 모르게 소리쳤다. 상급생 신지훈이 느닷없이 남자로 부딪쳐오는 현기증 같은 것을 느끼며.

세브란스 의대생들은 흰 가운 차림으로 교문을 나섰다. 안경자는 어깨에 멘 구급통의 끈을 단단히 잡았다.

데모대가 큰길로 나서자마자 시민들이 박수를 치며 환호하기 시작했다.

「와아, 의대생들도 나섰다.」

「멋지다, 멋져.」

「의대생들이 젤 근사하다. 잘한다.」

거리에 넘실거리는 흰 가운의 물결에 사람들은 사로잡히고 있었다. 눈부신 흰색이 발산하는 청결함과 경건함에다가 의사라는 특수직종에 대한 평소의 경외감까지 합쳐진 반응일 거였다. 의대생들의 데모 행렬은 확실히 이색적이고 특이해 사람들의 눈길이 집중될 수밖에 없었다.

사람들의 그런 관심과 환호가 부끄러우면서도 한편으로 안경자는 어떤 감동 같은 것을 느끼고 있었다. 그 수많은 사람들이 한마음 한뜻으로 뭉쳐져 있는 광경은 난생 처음 경험하는 것이었고, 막연했던 신지훈의 말이 비로소 실감으로 바뀌며 가슴을 떨리게 하고 있었다.

안경자는 뒤늦게 데모에 나서기 잘했다고 생각하며, 강숙자와 박영자를 생각하고 있었다. 그들은 사학과일 뿐만 아니라 성격으로 보아서도 데모에 나설 것이 거의 틀림없었다. 자신이 데모에 나서지 않았더라면 그들 앞에서 어찌 되었을 것인가. 비겁하고 파렴치한 인간으로 취급했기 십상이었을 것이다. 그 생각에 이르자 안경자는 가슴이 서늘해져 구급통의 끈을 바짝 끌어당겼다.

「싫어, 난 안 할 거야.」

강숙자는 학생들 웅성거리는 교정을 외면하며 고개를 저었다.

「아니 왜? 겁나서?」

뜻밖이라는 듯 박영자가 의아스럽게 물었다.

「아니⋯⋯.」

「그럼, 느네 아버지 땜에?」

추궁하듯 박영자의 태도가 더 강경해졌다.

「더 묻지 마, 나 괴로워.」

박영자의 말을 수긍하는 것처럼 강숙자의 얼굴이 찌푸려졌다.

「어머 애, 왜 사람 실망시키니? 이 데모하고 느네 아버지하고 무슨 상관이냐? 아니 그래, 이승만정권하고 자유당 국회의원이니까 상관이 있다고 쳐. 그래도 이런 경우에는 공과 사를 구분해야 되는 것 아니니?」

「넌 그럴 수 있어? 입장을 바꿔놓고 생각해 봐.」

강숙자의 어조도 박영자만큼 강해졌다.

「그야 당연히 그래야지. 애, 생각해 봐. 자기네 아버지가 왜놈들 고등계 형사 출신이라고 해서 그런 민족반역 행위들을 무조건 두둔하고 변명해 가며 그런 행위를 비판하는 사람들한테 반감까지 갖는 자식이 옳은 거니? 그따위 파렴치한 행위는 맹무식꾼들이나 하는 짓이지 지식인이 할 짓은 아니잖아. 지식인은 당연히 자기 아버지의 행위까지도 냉정하게 비판해야 돼. 만약 그렇지 못하면 그건 지식인이 아니고 인간 말종이야. 우리가 왜 사학과에 다니는 거지? 그런 가치관을 확실하게 세우자는 것 아니겠어?」

박영자의 동그란 눈이 더 동그랗게 커져서 광채를 내쏘고 있었다.

「그 경우와 난 다르잖아.」

강숙자가 대들듯이 내쏘았다.

「무슨 소리야, 그게 그거지. 이 나라가 이 꼴 되고, 부정선거까지 자행해서 오늘의 상황을 만든 건 첫째 이승만정권의 책임, 둘째, 자유당의 책임인 거야 강아지도 다 아는 사실 아니니? 지금 우리는, 아니 전체 국민들은 그 책임을 따지고 규탄하려고 나서고 있는 거야. 그런데 너는 단순히 자유당 국회의원의 딸이라는 것 때문에 이 소중한 기회를 피하려하고 있어. 이게 말이 되니? 만약 이승만정권과 자유당이 공동책임으로 권력을 잃는다 해도, 그 여파로 느네 아버지가 국회의원 자리를 잃는다 해도 그걸 당연한 결과로 받아들일 작정을 하고 데모에 나서야만 넌 올바른 사학도고 참된 지식인이야. 어떡할래?」

박영자는 몸이 다는지 웅성거림이 더 심해진 교정으로 눈길을 돌렸다.

「네 말 잘 알겠는데, 난 싫어.」

강숙자가 울상을 지었다.

「알겠어. 난 간다.」

박영자가 획 돌아서 뛰기 시작했다. 강숙자는 두 손에 얼굴을 묻었다.

11시 30분쯤에 을지로 입구에서 시청 광장 쪽으로 새로운 데모대가 밀려들기 시작했다. 그 데모대는 시청 광장이 이미 가득 찬 것을 알게 되자 거침없이 보도로 뛰어올랐다. 그 힘찬 기세에 시민들이 재빠른 동작으로 비켜서며 길을 내주었다. 그 데모대는 보도를 따라 곧장 국회의 사당 앞에 다다랐다. 잠시 행진을 멈추었던 그들은 뜻밖의 구호 아닌 구호를 외쳤다.

「동대는 경무대로 가자!」

「옳소, 경무대로 가자!」

찬동의 외침이 터져올랐다.

「동대 출발!」

「와아아!」

함성이 드높이 일어나며 동국대 데모대 2천여 명은 중앙청 쪽으로 뛰기 시작했다. 그 뒤를 서울대 사범대 1천여 명과 동성고등학교 데모대가 따르며 합류하고 있었다.

동대 데모대가 세종로를 지나며 지금까지와는 전혀 다른 새로운 구호가 터져나왔다.

「이승만 물러가라!」

「이승만 물러가라아!」

데모대 전체가 복창하는 구호 소리가 서울 중심부를 뒤흔들었다.

「독재정권 물러가라!」

「독재정권 물러가라아!」

그 새로운 구호는 의미가 단순하지 않았다. 처음에는 국회의사당을 목표로 삼았던 부정선거 항의 데모에 지나지 않았다. 그런데 동대 데모대는 경무대를 표적으로 삼으면서 이승만과 그 독재정권을 타도하려는 혁명의 대열로 바뀌어 있었다. 경무대를 향해 전진하고 있는 데모대의 선두에는 마치 혁명을 상징하듯 붉은 비단에 흰 글씨로 '동국대학교'라고 쓴 대형 플래카드가 펄럭이고 있었다. 광화문 네거리에 포진하고 있었던 무장경찰대는 데모대들의 위세에 질려 흩어진 것인지, 더 중요한 장소로 이동한 것인지 그 모습을 볼 수가 없었다.

　그 시각에 유일민은 동생의 학교에 도착했다. 그러나 교문은 굳게 닫힌 채 학교 안은 적요하기만 했다. 그 적요함은 수업중이라서가 아니라 학교가 비었기 때문인 것을 그는 직감했다.

　「오전 단축수업 마치고 11시경에 학생들 다 귀가시켰어요.」

　수위의 말에 유일민은 가슴이 쿵 내려앉았다. 그건 귀가시킨 게 아니라 데모하고 싶은 사람은 맘껏 데모하라고 풀어준 것이나 마찬가지였다. 그 시간에 이미 대학생 데모대들은 의사당 앞을 채웠고, 데모의 기운은 시내 중심가에 넘쳐 있었다.

　「학생들은 학교에 잡아뒀어야지 그 시간에 내보내면 어떡해요. 그 시간에 나가 저희들 맘대로 데모를 할 수 있는데, 그런 무책임한 일이 어딨어요.」

　유일민은 열이 받쳐 자신도 모르게 소리쳤다.

　「왜 나보고 그러슈. 교장선생님이나 선생님들이 다 알아서 한 일인데.」

　수위가 뜨악하게 대꾸하며 유일민을 훑었다.

　유일민은 자신의 실수를 깨달았다. 화낼 대상은 아무데도 없었다. 모든 책임은 좀더 빨리 오지 못한 자신에게 있었다. 어머니의 얼굴과 함께 동생에게 꼭 무슨 일이 생길 것만 같은 불안감이 엄습해 오고 있었다. 동생이 그 길로 얌전하게 집에 갔을 가망은 거의 없었다. 자신도 데모대 속에서 순간순간 감정이 뜨거워지고 출렁거리는 걸 느꼈는데 동생이 데모의 열기를 외면하기 바라는 것은 부질없는 일이었다.

이제 어떻게 해야 하나. 내버려둬야 하나. 아니야, 찾아야 해.

찾아야 한다고 생각하자 막막하고 암담함이 덮쳐왔다. 유일민은 전신에 맥이 빠지는 걸 느끼며 무거운 다리를 옮겨놓았다.

「데모할 일이 있으면 데모를 해야지. 다 큰 학생을 찾아다니고 그래.」

유일민의 뒤통수를 치는 수위의 말이었다. 그 일격에 유일민은 더 기운이 빠지는 걸 느꼈다. 아, 어찌 이렇게도 철저하게 사람들이 일체감을 이룰 수가 있는가. 이승만정권은 참으로 완벽하게도 정치에 실패했구나. 유일민은 마음을 가다듬으며 발걸음을 서두르기 시작했다.

그 즈음에 고대 4천여 명, 연대 5천여 명, 중앙대 4천여 명, 홍대 1천여 명의 데모대들이 시내 중심부로 밀려들고 있었다. 그리고 서울대 의대, 가톨릭 의대생들도 흰 가운차림으로 모습을 드러냈다. 또한 단국대·외국어대·경기대·서라벌예술대·국민대·국학대가 데모대를 꾸렸고, 많은 수는 아니었지만 숙명여대와 이화여대생들도 데모의 깃발을 올렸다.

그 많은 데모대들의 물결은 태평로, 종로, 을지로를 넘쳐나 시내 중심가를 온통 뒤덮었고, 머리도 없고 꼬리도 없는 데모 대열은 신촌에서부터 동대문까지, 서울역에서 중앙청까지 동서와 남북으로 이어져 용틀임하고 있었다.

한인곤은 당원 두 명을 데리고 멀찍하게 간격을 두며 동대 데모대를 따라가고 있었다. 그는 데모 상황을 파악하기 위해 일찌감치 의사당 앞에 나와 있다가 동대생들이 경무대로 향하는 것을 보고 심상찮은 느낌이 들어 따라나서게 되었다. 경무대로 진출하는 것은 데모의 핵이 아닐 수 없었다.

동대 데모대는 중앙청 앞에 진을 친 무장 경찰대의 제1차 저지선을 거친 파도가 되어 무너뜨려버렸다. 데모대의 기세도 엄청났지만 경찰들은 이미 사기가 떨어져 있었다.

「이승만 물러가라!」

「독재정권 물러가라!」

데모대의 사기는 더욱 드높아지며 구호는 한층 우렁차게 울려퍼지고 있었다. 그 어떤 구호보다 자극적이고 충동적인 그 구호는 동대생들을 뒤따르고 있는 다른 학교 데모대로 번지며 겹겹으로 울려가는 메아리처럼 긴 구호의 파장을 이루어 나아가고 있었다.

그렇지, 그렇지, 바로 그거야. 그렇게 직사포로 밀어붙여야 돼. 적을 무찌르는 데는 돌격, 돌격이 젤이야. 까짓 공명선거 다시 하라가 뭐냐. 이참에 저놈의 영감탱이를 싹 몰아내버려야 해.

주먹을 부르쥐며 구호를 따라 불끈불끈 힘을 써대면서 한인곤은 속으로 외치고 있었다. 기분 같아서는 당장 데모대의 선두에 뛰어들어 지휘를 하고 싶었다. 그러나 야당에 소속된 몸이라 마음대로 행동할 수가 없었다. 당원들에게는 데모에 절대 가담하지 말라는 엄명이 내려져 있었다. 만약 당원이 연행되어 신분이 밝혀지는 날에는 민주당이 사주했다는 덤터기를 쓰게 되기 때문이다.

동대생들은 효자동으로 꺾어지는 초입의 해무청 앞에서 제2차 저지선을 만났다. 뜨겁게 기세가 오른 데모대는 거침없이 무장경찰대를 향해 돌진했다. 경찰들은 경찰봉을 휘두르는 시늉만 하면서 뒷걸음질을 치기 시작했다. 그들의 행동에는 두려움이 완연히 드러나 있었다.

「와아아―, 와아아―.」

데모대는 위협적인 함성을 지르며 경찰들을 몰아대고 있었다.

무서운 기세로 내닫던 동대생들은 중앙청 후문의 통의동 파출소 앞에서 멈추어야 했다. 제3차 저지선이 가로막혀 있었다. 그런데 그 저지선은 제1·2차와는 사뭇 달랐다. 길을 가로지르며 네 곳에 바리케이드가

쳐져 있었고, 그 뒤로 소방차들이 겹겹이 진을 쳤고, 경찰들이 그 사이사이에 떼지어 포진하고 있었다.

「이승만 물러가라!」

데모대 선두는 기운을 돋우듯 구호를 선창했다.

「이승만 물러가라!」

복창에 복창이 잇따르며 구호의 물굽이가 거세게 퍼져나갔다.

「나아가자!」

「돌겨억!」

「와아아!」

동대생들은 곤두선 파도가 되어 완강하게 버티고 있는 제3차 저지선을 향해 돌진하기 시작했다.

선두가 저지선에 다다르는 순간이었다. 앞줄에 서 있던 소방차들이 일제히 물을 내뿜기 시작했다. 그런데 그건 뜻밖에도 붉은 물이었다. 느닷없이 터진 물대포의 위력에 넘어지고 비틀거리며 뒤로 밀리고 있는 데모대의 선두는 온통 붉은 물을 뒤집어쓰고 있었다. 소방차들은 기세 좋게 붉은 물을 뿜어대고, 물길을 피해 데모대는 뒤엉키고, 붉은 물은 길에 흥건하고, 수라장이 되고 있었다.

그건 마산 데모 진압에 사용했던 방법이 서울로 올라온 것이었고, 옷에 붉은 물이 든 사람들을 검거하겠다는 뚜렷한 목적을 가진 행위였다. 일제 경찰은 조선사람들이 시위를 벌이면 형사나 끄나풀들을 시위대 속에 침투시켜 파란 잉크나 빨간 잉크를 등뒤에 몰래 뿌리게 해서 시위자들을 검거했다. 그 수법을 한국 경찰은 고스란히 이어받은 거였다.

이때 밀리면 안 돼. 밀어붙여. 소방차 물은 얼마 안 되니까 밀어붙이라고. 전진, 후퇴 하면서 소방차들이 물을 다 쏟아내게 유인하라구.

한인곤은 애가 달아 속으로 외치고 있었다. 여기서 기세가 꺾이면 데모는 실패하기 십상이었다. 군대의 전투든 깡패의 패싸움이든, 모든 싸움의 승패는 기세가 좌우했다. 일단 기세가 꺾이고 사기가 떨어져 한 축이라도 허물어지거나 밀리기 시작하면 그 여파는 삽시간에 전체에 퍼져 걷잡을 수 없이 무너지게 되었다. 그 집단 공포증은 모든 싸움에서 가장 무서운 적이었다.

그런데 다행히도 데모대는 그 공포증의 함정에 빠지지 않았다.

「저 악질새끼들, 때려부셔!」

「돌 준비해, 돌!」

「빨리빨리 아스팔트를 파내. 그 밑에 돌이 얼마든지 있어!」

데모를 이끌던 학생들이 붉은 물을 뒤집어쓴 채 대원들에게 외쳐댔다. 어디선가 나뭇가지며 판자쪽 같은 것들이 동원되어 아스팔트를 파헤치기 시작했다. 붉은 물을 뿜어대는 행위에 분노가 더 커지고 흥분한 학생들의 힘은 무시무시했다. 그들은 연장 같지도 않은 연장으로 금방 여기저기서 아스팔트를 파헤쳐 떠넘기며 돌을 무더기로 쌓기 시작했다. 마음이 한 덩어리로 뭉쳐진 인간들이 만들어내는 신비로운 힘이 아닐 수 없었다. 그러는 사이에 대열은 다시 정비되었다.

「나가자!」

「공겨억!」

학생들이 돌진하며 돌팔매질을 하기 시작했다. 그에 맞서 소방차들은 잠시 멈추었던 붉은 물대포를 다시 쏘기 시작했다. 그런데 학생들은 전체가 움직이지 않고 돌진한 것은 200여 명이었다. 물대포를 맞으며 돌을 다 던진 그들은 재빨리 물러섰다.

「와아아!」

그때 뒤에 있던 200여 명이 함성을 지르며 앞으로 내닫고 있었다. 학생들은 공격조를 짜서 파상공세를 취하고 있었다.

잘한다, 잘한다, 바로 그거야. 그렇게 해서 적을 타격함과 동시에 물을 소모시키는 거야. 저런 이중효과를 낼 작전을 쓰다니, 역시 대학생들은 다르군. 저 속에 군대에 갔다 온 사람들도 있을 테니까 말야.

한인곤은 너무 통쾌해 무의식중에 시민들을 따라 박수를 쳐댔다. 옆에 있던 당원이 옷깃을 잡아끌어서야 한인곤은 박수를 그쳤다.

데모대의 맹렬한 투석공격으로 소방차의 유리창들이 박살나고 경찰들은 몸을 숨긴 채 아무런 행동도 하지 못했다. 줄기차게 물대포를 쏘아대던 소방차들도 결국 10여 분이 지나자 물이 다 떨어지고 말았다.

「와아아!」

데모대 전체의 공세가 벌어졌다. 선두가 저지선에 가까워졌을 때였다.

「타당, 탕, 탕!」

「퍼벅, 픽, 픽!」

총성이 터져올랐다. 달리던 데모대가 꿈틀하며 멈추는 것 같더니 이내 혼란이 일어났다. 무슨 폭탄 같은 것이 데모대의 여기저기에 떨어졌다. 그건 매운 연기를 내뿜기 시작했다. 경찰은 공포와 최루탄을 동시에 쏘아대고 있었다. 데모대는 반사적으로 밀려나고 있었다.

경찰은 계속해서 공포와 최루탄을 쏘고, 데모대 속에서 최루탄들은 뿌연 연기를 토해내고 있었다.

「총을 맞았다, 배에 총을 맞았다.」

갑자기 이런 외침이 터졌다.

「빨리 병원으로 옮기자, 빨리.」

「의대생들을 불러라.」

「어느 대학생이냐?」

동국대학생인지 홍익대학생인지 확인이 안 된 채 그 부상자가 실려가자 5천여 데모대는 기세가 꺾이기는커녕 오히려 분노의 불길로 폭발했다.

「악질 경찰놈들 죽여라!」

「다 때려잡아라!」

「와아아!」

분노의 불길이 되고 증오의 파도가 된 데모대는 순식간에 저지선을 덮쳤다. 고등학생 100여 명은 중앙청 담을 뛰어넘어 측면에서 경찰들에게 돌팔매질을 하기 시작했다. 경찰들은 소방차를 방패삼아 쫓기느라고 정신이 없었다.

데모대는 인왕산과 북악산이 흔들릴 만큼 함성을 울려대며 경무대로 뻗은 곧고 넓은 길을 휩쓸어가고 있었다. 그러나 국민대 앞의 제4차 저지선이 또 데모대를 가로막았다.

그런데 데모대의 뒤쪽에 갑자기 군용트럭들이 나타났다. 그 트럭들은 경적을 요란하게 울려대며 비키지 않으면 깔아뭉개겠다는 듯 질주하고 있었다. 데모대는 질겁을 하며 길 양쪽으로 비켜서지 않을 수 없었다. 데모대를 뚫고 달리는 네 대의 트럭에는 무장헌병들이 타고 있었다. 그들이 모자라는 경찰력을 보충하기 위한 지원병이라는 것을 모르는 데모대는 아무도 없었다.

「저놈들 죽여라!」

「죽여라, 죽여!」

격앙된 데모대는 트럭을 향해 소리치기 시작했다.

그런데 데모대에게 절호의 기회가 찾아왔다. 트럭들이 통과하느라고 저지선의 바리케이드 일부가 치워진 것이다.

「부셔라!」

「와아아!」

데모대는 일제히 돌우박을 퍼부으며 돌진하기 시작했다. 그 허를 찌른 기습은 대성공이었다. 경찰들은 쏟아지는 돌세례를 견디지 못하고 허둥지둥 몸을 피하기에 바빴고, 길을 가로막고 있던 소방차 두 대는 순식간에 상처투성이가 되어버렸다.

제4차 저지선을 가볍게 돌파한 데모대는 비탈을 쏟아져 내리는 물살의 기세로 경무대를 향해 밀려가고 있었다.

아아, 정말 잘한다. 멋지다, 멋져. 저런 용기와 투지가 어디서 나오는 것인가. 이승만정권 12년 동안 쌓이고 쌓인 분노가 저렇게 폭발하는 것 아닌가. 이승만은 끝장나겠구나. 이거야말로 자업자득이고 사필귀정이다.

한인곤은 예상 밖으로 용감하고 희생적인 학생들에게 놀라고 또 감동하고 있었다. 그리고 또한 가슴 저리는 고마움을 느끼고 있었다. 학생들은 자신이 하고자 했던 일을 대신하고 있었고, 자신의 가슴에 켜켜이 쌓인 불만과 분노를 풀어주고 있었다.

경찰들은 쫓기면서 공포와 최루탄을 난사해 대고 있었다. 이제 데모대는 최루탄을 무서워하지 않고 전진하고 있었다. 어떤 학생들은 최루탄을 집어 경찰들을 향해 되던지고 있었다.

오후 1시 10분쯤 데모대의 선두는 효자동 전차 종점까지 진출했다. 그리고 중앙청 쪽에서는 새로운 데모대들이 잇따라 밀려들고 있었다.

종점에는 빈 전차가 서 있었다. 그건 방패치고는 최고의 방패였다. 데모대는 전차에 올라탔고, 누군가가 운전대를 잡았다. 전차가 서서히 굴러가기 시작했다. 그러나 잠시 후에 뚝 멈춰버렸다. 경찰이 전원을 끊은 거였다. 데모대는 우르르 몰려나와 전차를 밀어댔다. 그러나 비탈 때문에 이용가치가 별로 없었다.

데모대는 전차를 버리고 전진을 계속했다. 또 세 대의 소방차가 길을 가로막고 있었다. 그런데 경찰들의 모습은 하나도 보이지 않았다. 경찰이 딴 작전을 위해 시간을 벌려고 장애물로 설치해 둔 것 같았다.

데모대의 선두에서 몇 사람이 차에 올라탔다. 소방차 한 대가 천천히 움직이기 시작했다. 그 차는 방향을 틀더니 경무대가 얼마 남지 않은 완만한 경사길을 느리게 올라갔다. 1천여 명의 선발대가 그 뒤를 따르기 시작했다. 곧 경찰의 모습이 드러났다. 무장경찰대는 경무대 정문에서 얼마 떨어지지 않은 언덕길 중간쯤에 마지막 저지선을 구축해 놓고 있었다. 거기에 무장헌병들도 합류해 있었다.

소방차를 앞세운 데모대와 바리케이드 저쪽의 경찰들과의 거리가 차츰차츰 좁혀지고 있었다. 이상하게도 경찰들은 아무런 반응이 없었다. 데모대는 마침내 경무대에 이르게 되어 승리감에 벅차 더욱 활력이 넘치고 있었다.

데모대와 경찰들의 사이가 10여 미터쯤으로 가까워졌을 때였다.

「탕!」

「타다탕탕탕탕……」

느닷없이 터진 총성이었다.

「아악!」

「으윽!」

비명과 함께 데모대가 픽픽 쓰러지고 있었다.

「탕탕탕탕……」

경찰들의 총구는 계속 불을 뿜어대고, 데모대는 여기저기서 고꾸라지고 나뒹굴어지고 곤두박이고 있었다.

「사격이다, 실탄사격이다!」

「후퇴, 후퇴!」

삽시간에 길바닥에는 시뻘건 피를 흘리는 시체들이 나뒹굴고, 완전히 수라장이 된 데모대는 앞다투어 도망치기 시작했다. 사격을 멈춘 경찰들은 데모대를 뒤쫓으며 경찰봉을 마구 휘둘러 학생들을 끌어가기에 바빴다.

오후 1시 40분경에 벌어진 사태였다.

일단 쫓기기를 멈춘 데모대들에게는 공포와 흥분이 엇갈리고 있었다. 그들은 숨을 헐떡거리며 피를 흘리고 있는 부상자들을 처리하느라고 정신이 없었다.

「의대생들 불러, 의대생들.」

「아니야, 우선 가까운 병원으로 옮겨. 출혈부터 막아야 해.」

동료들의 죽음과 피를 보게 된 데모대의 분노에 찬 흥분은 총에 대한 공포를 압도해 버렸다.

「가자, 원수를 갚자.」

「저놈들은 이제 완전히 적이다.」

이런 뜨거운 열기가 데모대를 휩싸고 돌았다. 동대생들을 선두로 대열을 정비한 데모대는 다시 경무대를 향해 진격을 시작했다. 그들은 손에 손에 돌멩이만 든 것이 아니었다. 선두는 공사중인 대형 상수도관을 굴리며 전진하고 있었다. 그건 납짝 엎드리면 총알을 너끈히 막아낼 수 있는 더없이 좋은 은폐물이었고, 바리케이드를 돌파하는 데도 아주 좋은 공격무기였다.

아아, 정말이지 대단하다. 어떤 군대보다 낫다. 그대로 무너질 줄 알았는데……, 저 용맹은 어디서 나오는 건가……. 장하고 또 장하다.

군대생활을 오래 한 한인곤은 맨몸으로 다시 총구 앞으로 나아가고 있는 학생들을 보며 감동을 넘고 감탄을 넘어 거듭거듭 탄복하고 있었다. 미리 연습한 것도 아니고 누구의 명령도 없이 저리도 끝없이 솟아나는 힘과 용기의 원천이 무엇인지 불가사의함을 느끼며.

「이승만 물러가라!」

「살인 경찰 타도하자!」

데모대는 새로운 구호를 외쳐대며 돌총알을 퍼붓기 시작했다. 경찰들은 기다렸다는 듯이 다시 무차별 사격을 가했다.

데모대는 또 몇 명의 희생자와 20~30명의 부상자를 내고 물러나지 않을 수 없었다. 그러나 데모대는 거기서 주저앉지 않았다. 이번에는 검정옷의 부대들이 나섰다. 교모의 가죽끈을 늘여 턱에 건 동성고교생들이 주력이 된 고등학생들의 대열은 다시금 경무대를 향해 돌진을 감행

했다. 「전우의 시체를 넘고 넘어, 앞으로 앞으로⋯⋯.」 고등학생들이 외쳐 부르기 시작한 노래였다. 죽기를 두려워하지 않는 그 육탄의 대열에 새로 도착한 연세대 데모대가 가세했다. 경찰은 또다시 광적인 난사를 퍼부어댔다.

그 시각에 데모대로 뒤덮여 있는 세종로와 태평로는 물론이고 종로, 을지로에까지 경찰의 무차별 사격으로 데모대가 죽어가고 있다는 소식이 퍼져 있었다. 세종로 일대에서는 총소리가 선명하게 들렸고, 종로나 을지로 같은 데서는 둑둑 드둑둑 하는 소리로 들려서 그 바람만큼 빠른 소식을 확인시키고 있었다. 그 소식은 각처의 데모대들을 흥분시키고 격앙시켰다.

흰 가운이 피범벅이 된 안경자는 중앙청 앞에서 부상자들을 돌보느라고 정신이 없었다. 그러나 안경자는 자신의 무능력에 절망할 뿐이었다. 총상을 입은 중상자들에게 머큐로크롬과 붕대 정도는 아무 도움도 될 수 없었다.

남자 의대생들이 경무대 쪽에서 운반해 오는 부상자들은 거의가 생명이 위독한 중상자들이었다. 가슴이나 복부, 등에 총상을 입은 부상자들에 비하면 팔다리에 관통상을 입은 부상자들은 경상자인 셈이었다. 의대생들은 대충 부상자들을 구분해서 위급한 사람들부터 구급차에 실어 보내고 좀 덜한 사람들은 우선 출혈부터 막으려고 붕대를 싸맸다. 구급차들은 사이렌을 울려대며 서울대병원과 수도육군병원으로 중상자들을 실어나르고 있었다.

「아니, 아니, 난 괜찮아요. 다른 사람들부터 먼저 보내요.」

중앙청 담벽에 기대 배를 움켜잡은 한 대학생이 고통으로 일그러진 얼굴로 말했다.

「아니 그게 무슨 말이오. 학생은 지금 복부 총상을 입어서 위급해요. 출혈이 너무 심하고, 한시가 급해요.」

남자 의대생이 단호하게 말하며 들것을 끌어당겼다. 그는 신지훈이었다.

「아니, 괜찮다니까요. 저 소리치고 있는 고등학생들부터 보내세요.」

옷은 이미 피범벅이었고, 배를 움켜잡은 두 손의 손가락 사이사이로 시뻘건 피가 꾸역꾸역 흘러나오고 있는데도 그 대학생은 이렇게 말하고 있었다.

「안 됩니다. 판단은 우리가 해요. 학생은 지금 생명이 위험하다니까요.」

신지훈은 단호함을 넘어 소리치듯 했다.

「염려 고맙습니다만 어서 저 고등학생들부터 보내주세요. 전 다음 차로 가겠습니다.」

대학생은 고통스러운 얼굴을 펴며 엷게 웃기까지 했다.

「그럼, 알겠습니다. 조금만 참으세요.」

신지훈은 하는 수 없이 몸을 일으켰다. 들것을 들려고 대기하며 그 광경을 지켜보고 있던 안경자는 그만 눈물이 솟구치는 것을 느꼈다. 그건 감동인지 무엇인지 알 수 없는 채로 가슴이 싸아해지며 일어난 감정이었다.

사람이 저럴 수도 있는가. 세상에 저런 사람도 있는가. 생명의 위기 앞에서 저럴 수 있다니……, 웃기까지 하다니…….

그건 감동이고 충격이고 의문이고 경이였다. 안경자는 혼란된 감정 속에서 또, 데모에 나서기를 참 잘했다고 생각하고 있었다. 자신도 무언가 사람값을 하는 것 같은 뿌듯함과 보람이 가슴을 채워오고 있었다.

유일민은 세종로와 태평로 일대의 고등학생 데모대를 찾아 헤매다가 오후 1시를 기해 서울에 경비계엄령이 선포되었다는 소식을 들었고, 잇따라 효자동 쪽에서 울리는 총성을 들었고, 연달아 총성이 울리는 가운데 데모대가 죽어가고 있다는 소식을 들었다. 그쪽에도 고등학생들이 있다는 말을 듣고 유일민은 그쪽으로 가보려고 했다. 그런데 동생네 학교 학생들 몇 명을 만나게 되어 물어보니, 자기네들은 학교에서 가까운 '서대문 경무대' 앞에서 데모를 하다가 발포 소식을 듣고 이동하는 길이라고 했다. '서대문 경무대'란 이승만 못지않게 권력을 휘둘러온 국회의장 이기붕의 집을 가리키는 것이었다.

유일민은 덕수궁 뒷길로 들어섰다. 그러나 얼마 가지 못하고 길이 막혔다. 데모대들이 법원 앞의 넓은 길에 넘쳐나며 격렬하게 구호를 외치고 있었다.

「선거 소송을 신속히 처리하라!」

「법원은 행정부에 아첨하지 말라.」

유일민은 골목을 타고 서소문 쪽으로 빠지며 데모대의 활동에 놀라고 있었다. 데모대가 경무대로 이기붕의 집으로 몰려간 것까지는 있을 수 있는 일이었다. 그런데 그들은 법원까지 와서 해야 할말을 정확히 하고 있었다. 눈치로 보아 모든 대학이 사전에 미리 준비한 것도 아니고, 총지휘본부가 있는 것도 아니면서 그 많은 데모대들은 역할분담이라도 하듯 중요한 목을 꼭꼭 짚고 있었다. 그건 지혜나 슬기라기보다는 평소의 인식이 얼마나 명확했는지를 보여주는 것이었다. 그 사실은 이미 학생들과 한 덩어리가 되어 데모의 불길을 더욱 거세게 일으키는 기름 역할을 하고 있는 시민들의 적극성만큼이나 놀라운 일이었다. 이제 데모를 벌이고 있는 시민들은 학생들 수에 못지않았다.

서소문로에서 서대문 쪽으로 돌아서는데 한 떼의 데모대가 웃샤 웃샤 힘 돋우는 소리를 내며 서울역 쪽에서 뛰어오고 있었다. 길을 가던 시민들이 발길을 멈추고 그들에게 뜨거운 박수를 보내며 손을 흔들어댔다. 1천여 명을 헤아리는 그 데모대의 절반 가까이는 시민들이었다. 유일민은 그들이 어디로 향하고 있는지 금방 알아챘다. 서대문 쪽이면 그곳밖에 없었다. 그는 데모대의 뒤에 따라붙으며 뛰기 시작했다.

이기붕의 호화주택 앞 넓은 빈 터는 말할 것 없고 그 주변까지 데모대는 겹겹이 넘쳐나고 있었다. 최루탄의 매운 기운이 자욱하게 퍼져 있는 속에서 데모대의 선두는 경찰과 투석전을 벌이고 있었고 뒤에서는 응원하듯 「살인 경찰 죽여라!」 하는 외침이 일어나고 있었다. 거기까지 경무대 앞의 소식이 퍼진 것이었다. 그런데 집 앞에 세워진 세 대의 소방차는 돌에 얼마나 맞았는지 망가질 대로 망가져 있었다.

"목마른데 물 드세요."

데모대 앞쪽으로 바삐 걸어가던 유일민은 걸음을 멈췄다. 물바께쓰를 든 한 여학생이 바가지를 내밀고 있었다. 순간적으로 멈칫 했다가 유일민은 바가지를 받아들었다. 여태껏 물 한 모금 마시지 못해 목이 탈 대로 타 있었다.

내가 이 물을 마실 자격이 있는가……, 내가 하고 다니는 짓을 알면 이 여학생은 뭐라고 할 것인가…….

유일민은 물을 넘기며 심한 부끄러움과 함께 자기 모멸감을 느끼고 있었다. 시청 앞과 태평로 같은 데서도 여학생들과 아주머니들이 물바께쓰를 들고 다녔다. 그러나 자신의 발로 걸어가 그 물을 얻어 마실 수가 없었다.

「잘 마셨어요. 고마워요.」

유일민은 바가지를 돌려주며 인사했다.

여학생은 수줍게 인사를 받으며 딴사람 쪽으로 다급하게 돌아섰다. 그 여학생의 볼은 데모의 열기로 발갛게 상기되어 있었다. 물바께쓰를 들고 다니는 여학생들은 여기저기 많았다.

무엇이 그녀들로 하여금 물바께쓰를 들고 남학생들 앞에 서슴없이 나서게 하는가……. 평소 같으면 감히 못할 일이었다. 그 꽃보다도 더 아름다운 모습에 유일민은 콧마루가 찡해지며 또, 일체감의 힘의 신비를 실감하고 있었다.

「깡패들이 고등학생을 동양극장으로 끌고 가 때려죽였다.」

흥분하고 열 받친 몇십 명이 몰려오며 전한 말이었다. 그 말은 순식간에 데모대 전체로 퍼져나갔다. 사람들의 기색은 완전히 달라졌다. 술렁거림이 일어나면서 이상야릇한 기운이 휘돌았다.

「또 깡패새끼들 동원이냐! 다 때려부시자!」

「옳소. 죽은 학생의 원수를 갚자!」

「와아아!」

데모대는 살기 어린 함성을 지르며 이기붕의 집을 향해 치닫기 시작했다. 그 뜨겁고도 세찬 물결에 유일민은 그만 휩쓸리고 말았다. 빠져나가려고 해도 뒤에서 밀어붙이는 힘 때문에 빠져나갈 도리가 없었고, 잘못하다가 넘어지면 그대로 짓밟혀 죽을 것만 같았다. 분노와 복수심으로 들끓는 밀집된 사람의 숲이 폭발시키는 무시무시한 힘에 기 질리며 유일민은 열심히 뛰었다.

데모대의 앞부분에서 팔매질해 대는 돌들이 이기붕의 집으로 빗발치듯 쏟아지는 속에서 선두가 대문에 가까워지고 있을 때였다.

「탕탕탕탕……」

진동하는 총소리들이 데모대의 외침과 아우성을 일시에 잠재웠다. 동시에 앞선 사람들이 푹푹 쓰러지고 둥그러졌다. 그건 그때까지 쏘아왔던 공포가 아니었다.

「실탄사격이다!」

「피해라, 살인이다!」

데모대는 혼비백산 흩어지고 달아나기 시작했다.

유일민도 정신없이 뛰고 있었다. 총알이 자신을 향해 날아오는 죽음의 공포에 사로잡혀 아무 생각도 하지 못하고 있었다.

「골목으로, 골목으로 들어가!」

이런 외침의 지휘를 받듯 앞 사람들을 따라 유일민도 골목으로 뛰어들었다.

한편, 서동철은 패거리들과 함께 이기붕의 집 안에 들어 있었다. 그들 60여 명은 상부의 명령에 따라 이 집을 지키려고 오전 10시쯤에 도착했었다. 그때 이미 이기붕이나 그 유명한 박마리아는 어디로 갔는지 볼 수가 없었다. 식모와 수위만이 겁에 질려 있었다.

쇠파이프를 든 서동철은 또 애꿎은 물만 한 컵 가득 들이켰다. 어느새 짝눈이 옆에 와 붙어서며 속삭였다.

「이거 우리가 작살나는 거 아니냐?」

더욱 짝짝이가 된 짝눈의 두 눈에는 불안한 기색이 역력했다.

「짜샤, 우린 총이 있잖아.」

서동철은 낮게 대꾸하며 짝눈의 어깨를 툭 치고 돌아섰다. 그러나 그건 입조심을 하려는 속임수일 뿐이었다. 입바른 소리했다가 괜히 뒤탈에 걸려들기 싫었고, 이렇게 앞일이 불안할 때일수록 속마음 드러내지 않고 살아날 궁리를 해야 했다.

그들 사이에는 벌써부터 초조하고 두려운 그늘이 드리워져 있었다. 다만 서로 내놓고 말들만 하지 못한 채 눈치를 살피고 있었다. 모두 점심을 쪼르륵 굶고 점심때가 지나면서부터 그들은 불안해지기 시작했다. 데모대는 갈수록 수가 불어나면서 기세등등해지고 있었고, 총을 든 경찰들이 기가 꺾이는 느낌이었던 것이다. 그런데 언제부턴가 일반인들까지 합세를 하면서 자신들은 집을 지키는 게 아니라 겹겹으로 포위당한 꼴이 되고 말았다. 소방수들이 물을 뿜어대고, 경찰들이 공포에 최루탄을 뻔질나게 쏘아댔지만 데모대들이 퍼부어대는 돌멩이들은 갈수록 많아지고 있었다. 그 돌세례로 집 안의 유리창이란 유리창은 다 산산조각으로 박살이 났고, 마구 날아드는 돌들을 피하느라고 벽으로 붙어서는 초라한 꼴들이 되어 있었다.

이거 정말 어떻게 될까. 이거 편 잘못 들고 있는 게 아닐까. 이러다가 정권이 꼴까닥해버리면 어떻게 되지? 그야 말해 뭘 해. 홍어좆 되는 거지. 아니야, 정권이 그리 쉽게 망할 리 있나. 경찰은 껍데기고 군대는 빈대좆인가. 근데 말야, 정권은 안 망한다 쳐도 이 고비를 얼렁뚱땅 넘기려면 얼리고 좆 먹이는 짓을 또 할 거 아냐? 지난번 고대생 조지고 나서 시끌시끌해지니까 여덟이나 쇠고랑 채우지 않았어. 제놈들이 물어라 쉿 해놓고 나선 말야. 우리 임 단장님이 높은 집에 전화해서 다 풀려나긴 했지만, 하여튼 좆같은 새끼들이 의리라곤 반푼어치도 없어. 근데 이번에 판이 이렇게 크게 벌어지고 다친 사람들도 수없이 많을 테니까 또 얼리고 좆 먹이자면 우리들 수십 명인들 안 잡아넣겠어. 가만있어, 거 뭐라더라……, 무협지에 나오는 토, 토, 무슨무슨 팽인가 그런데. 토끼 사냥 끝나면 토끼몰이에 수고한 개를 잡아먹어 버린다는 말 말야. 우린 어차피 그 개새끼들 신세야. 정신 바짝 차려야 해. 얼띠게 비실대다간 신세 조지는 판이니까. 무협지에서 말씀하셨지. 삼십육계보다 윗수가 좆 빠지게 튀는 거라고. 어디 보자, 멍청하게 당하는 놈만 병신이고 쪼다.

서동철은 배가 고파 맛이 없는 담배를 빨아대며 마음을 공그리고 있었다.

경무대 쪽에서는 멈추는 것 같다가 또 총성이 울려오고 잠시 잠잠해졌다가 또 울리고 하면서 구급차들은 쉴새없이 사이렌 소리 요란하게 질주해 대고 있었다.

「이 기회에 저걸 없애버려야 해.」

「없애다니?」

「몰라서 물어? 불을 싸질러야지.」

「불? 그건 이성적이지 못하잖아?」

「이성? 그게 뭔데, 지금 무고한 사람들이 수없이 죽어가고 다치고 있어. 이 독재정권의 만행 앞에서 이놈의 독재정권을 옹호하고 주구 노릇을 해오며 국민을 기만한 범죄를 저질러온 저놈의 신문사를 그대로 두는 게 이성이고, 없애버리는 건 비이성이고 감정인가? 그건 논리가 아니라 또 하나의 기만이야. 우린 지금 교실에 앉아 있는 게 아니고 피 흘리며 싸우고 있어. 싸움터에서의 이성은 적을 적으로 분명하게 식별하고, 적을 확실하게 응징해야 하는 거야.」

「맞어. 그 말에 일리가 있어.」

「그렇지만 사회 여론이 너무 심했다고 하지 않을까?」

「어쩌면 그럴지도 모르지.」

「아니, 그렇진 않을 거야. 지금 시민들이 궐기하고 있는 걸 봐. 학생들 수보다 훨씬 더 많아졌잖아. 민심이 서울만 이렇겠어? 아니야, 전국적으로 다 똑같다고 봐야 해. 그러니까 우리 행위를 과하다고 지탄할 여론이란 존재할 수가 없고, 국민들은 오히려 통쾌해하고 시원해 할 거야.」

「그래, 더 이상 말할 것 없어. 신문이 똑바르지 않고 사이비짓하면 어떤 꼴이 되는지 이 기회에 시범을 보여야 해. 그래야 딴 신문들도 정신차리지.」

「맞는 말이야. 억울하게 죽어간 우리 학생들을 생각해서라도 저따위 건 마땅히 없애버려야 해. 이번이 기회야.」

여러 대학의 학생들이 벌인 논쟁은 이제 결론에 이르러 있었다. 이규백도 없애자는 쪽에 의견을 보탰다.

수백 명의 학생들이 신문사로 몰려갔다. 학생들의 성난 기세를 본 수위들은 질겁을 해서 줄행랑을 쳤다.

10분이 채 못 되어 신문사에서는 검은 연기가 솟기 시작했다. 인쇄잉크며 기름 같은 인화성 물질에다가 종이까지 많아 불길이 빠르게 번진 것이었다.

오후 3시의 태양 아래 서울신문사는 걷잡을 수 없는 불길에 휩싸여 외롭게 불타 오르고 있었다. 데모대의 환호 속에 그 어디에서도 소방차는 오지 않았다. 서울신문사가 검은 연기를 토해내기 시작하자 거기서 별로 멀지 않은 중앙청 쪽에서도 연기가 치솟았다. 서울신문사가 불타는 것을 본 다른 데모대가 그 악명 높은 반공회관에 몰려가 불을 지른 것이었다.

그 즈음에 데모대들이 탄 소방차며 트럭, 지프차 같은 것들이 여기저기로 바쁘게 오가고 있었다. 전리품인 그 차들을 탄 데모대는 여러 데모 현장에 돌을 나르며 지원하거나, 아직 데모에 나서지 않은 고등학교를 돌며 피 묻은 옷을 깃발로 흔들어대면서 선동공작을 펼치고 있었다.

서울신문사의 불을 끄려는 것인지 어쩐지 남대문 쪽에서 소방차 두 대가 사이렌을 요란하게 울려대며 질주해 오고 있었다.

「저것 때려잡어!」

「공격해, 공격!」

이런 외침과 함께 데모대는 소방차를 향해 돌을 던지기 시작했다. 데모대로 들끓어 넘치고 있는 태평로로 차를 몰고 들어온 것이 어리석고 무모한 짓이었다. 한꺼번에 쏟아지는 돌우박을 견디지 못하고 소방차는 곧 멈추어 섰다. 데모대가 와아 소리치며 차로 몰려가기 시작했다. 그때였다.

「탕탕탕탕…….」

난데없는 총성이 울렸다. 태평로 파출소에서 해대는 총질에 서너 명이 푹푹 쓰러졌다.

「저 새끼들 죽여라!」

데모대의 돌팔매질이 그곳으로 집중되었다. 더 견디지 못한 네댓 명의 경찰들이 파출소를 튀어나와 도망치기 시작했다.

「저놈들 잡아라!」

「우우우—.」

데모대가 경찰들을 뒤쫓기 시작했다. 유일표와 허진도 거세게 내닫고 있었다. 그들은 이기붕의 집을 거쳐 이곳으로 옮겨온 지 한 시간쯤 되어 있었다.

　경찰 둘이 잡히고, 서넛은 경남극장 옆의 특무대로 도망쳐 들어갔다.

「이새끼들 죽여, 당장 죽여!」

「그래, 당장 해치워!」

　두 경찰을 둘러싼 데모대가 살기등등하게 외쳐댔다. 그 섬뜩섬뜩한 살기 앞에서 두 경찰은 제복이 무색하게 푸들푸들 떨고 있었다. 그들은 너무 초라하고 왜소해 보였다.

「이 사람은 무장 안 했으니까 손 대면 안 돼.」

　흥분한 사람들 속에서 누군가가 뛰쳐나오며 무장을 하지 않은 경찰을 막아섰다.

「됐어 그럼. 이새낀 죽여!」

「와아아!」

　살기를 내뿜으며 데모대는 무장한 경찰에게로 와르르 달려들었다. 비명과 아우성과 욕설이 뒤범벅되는 수라장이 벌어졌다. 순식간에 무장경찰은 피투성이 시체로 변해버렸다. 유일표는 그 시체를 바라보며 자신이 비로소 데모다운 데모를 했다는 것을 확인하고 있었다.

　데모대의 일부는 특무대 앞에 몰려서 경찰을 내놓으라고 외쳐대고 있었다. 그 응답은 사격이었다. 총탄을 피해 데모대는 사방으로 흩어졌다. 그러나 한 명이 죽고 네댓 명이 총상을 당했다.

「나 이젠 가봐야 될 시간이야.」

　허진이 유일표의 팔을 붙들며 말했다.

「벌써 시간 다 됐어? 그래, 이런 소식 사람들한테 빨리 전해주는 것도 데모하는 것만큼 중요한 일이야. 여긴 나한테 맡기고 어서 가.」

「그래, 조심해. 낼 보자.」

「응, 너도 조심해서 가.」

　유일표는 신문배달을 하려고 사람들 사이를 바삐 빠져나가고 있는 허진의 뒷모습을 지켜보고 있었다. 자신은 허진에 비하면 그나마 호강을 하는 것이라고 생각하면서.

「뭐라고? 허진이가 아침저녁으로 신문배달을 하느라고 지각을 한다고? 그런데 왜 진작 그런 말을 안 했지?」

자신의 말을 들은 담임선생은 몹시도 미안해하는 기색이었다. 담임선생은 학년이 바뀌자 새 담임에게 그 말을 해주기까지 했다.

유일표는 허전한 마음으로 눈길을 돌렸다. 어느새 태평로 파출소와 소방차 두 대는 불길에 휩싸여 있었다. 덕수궁 앞에서도 검정색 관용차가 막 불붙고 있는 참이었다. 그 불길들을 보자 유일표는 새로운 기운이 솟았다. 그러나 갈증이 너무 심해 침이 바싹 마른 입 안에는 먼지가 가득찬 것 같았고 껄끄러운 목의 따끔거림은 더 견디기가 어려웠다. 물을 좀 얻어먹으려고 유일표는 덕수궁 건너편의 중국 음식점 아서원 쪽으로 발길을 서둘렀다. 얼마 전에 그쪽에서 물을 나눠주는 여학생들을 얼핏 보았던 것이다.

유일표는 사방을 두리번거리며 교복 단추 하나를 더 땄다. 야속하게도 여학생들은 어디로 갔는지 보이지 않았다.

「학생, 뭘 찾아?」

한 남자가 다가서며 물었다.

「물 주던 여학생들을⋯⋯.」

유일표는 목을 만지며 낯선 남자를 쳐다보았다.

「응, 물 뜨러 갔으니까 곧 올 거야. 학생, 우선 이것 좀 먹어.」

그 남자는 유일표를 잡아끌더니 길바닥에 놓은 좌판에서 과자봉지를 집어들었다. 유일표는 그제서야 그 남자가 행상이라는 것을 알았다.

「자아, 어서 받어.」

그 남자는 과자봉지를 기울이며 어서 손바닥을 펴라는 눈짓을 했다.

「이거 파는 거잖아요.」

「걱정 말어. 오늘은 공짜야.」

「싫어요. 아저씬 어떡하게요.」

「허, 학생들에 비하면 이까짓 게 무슨 대수야? 아, 얼른 받어, 나도 이것 다 치우고 저 일을 해야 하니까.」

남자의 턱짓을 따라 유일표는 눈길을 옮겼다. 데모대가 오락가락하는 번잡 속에서 두 남자가 판자쪽으로 파헤쳐진 아스팔트 밑에서 돌들을 열심히 파내고 있었다. 그 남자들도 행상이고, 그들이 연장으로 쓰고 있는 판자쪽은 그들의 좌판을 깨부순 것임을 유일표는 알아보았다. 유일표는 그만 가슴이 찡 울리며 먹먹해졌다.

유일표는 아무 말 없이 두 손바닥을 모아 내밀었다. 손바가지에 쏟아진 건 색색의 미제 새알초콜릿이었다.

「고맙습니다. 잘 먹겠습니다.」

유일표는 꾸벅 인사를 했다.

「고맙긴. 좋은 학교에 다니네.」

서른 남짓한 그 가난해 보이는 남자는 환하게 웃으며 유일표의 어깨를 두들겼다. 그의 초라한 좌판에는 대학생들에게 나눠주고 있는 것인지 윗부분이 다 터진 미제 담배 켄트와 팔말 두 갑이 뎅그렇게 놓여 있었다.

해가 뉘엿뉘엿 저물고 있었다. 그러나 중앙청부터 태평로까지 데모대의 물결은 여전한 기세로 출렁거리고 있었다. 어디로 이동하는 데모대가 있는가 하면 어디선가 돌아오는 데모대도 있었다. 그럴 때마다 새로운 소식이 퍼졌다. 시경을 공격했고, 중부소방서를 장악해 소방차 두 대를 탈취했고…….

「드르륵 둑둑 드두둑…….」

「타앙, 탕, 탕, 탕…….」

「와아아—.」

더불어 한 덩어리 287

중앙청 쪽에서 연속사격하는 총성과 소총 소리가 뒤엉키고, 수많은 사람들이 질러대는 함성이 울리기 시작했다. 그 느닷없는 소리에 긴장한 시청 광장의 데모대는 국회의사당 쪽으로 몰려갔다. 저 멀리 광화문과 중앙청 쪽에서 데모대들이 알아들을 수 없는 소리를 질러대며 이쪽으로 몰려오는 것이 보였다. 그런데 그들보다 더 빠르게 파도쳐 오는 말이 있었다.

「경찰들이 장갑차를 동원해 기관총을 난사하며 쳐들어온다.」

「후퇴야, 후퇴.」

「종로, 을지로로 빠져.」

「오후 5시부터 비상계엄 선포야. 다 죽이겠다는 수작이야.」

그때 시간이 5시 10분쯤이었다. 의사당 앞의 데모대는 술렁거림과 긴장감 속에서 뒷걸음질을 치지 않을 수 없었다. 저쪽에서 쫓겨오는 데모대의 여파가 어느새 미치고 있었다.

의사당 앞의 데모대가 을지로를 향해 시청 광장으로 물러나고 있을 때였다. 그들의 퇴로를 차단하려는 것인지 갑자기 소방차 네 대와 버스한 대가 나타났다. 그 차들은 새로운 분노를 품게 된 데모대의 감정을 폭발시키게 하는 불똥이었다.

「박살내라!」

「다 죽여, 죽여!」

데모대는 어느 때보다도 거칠고 무서운 기세로 돌을 퍼부으며 치달아갔다. 경찰과 소방대들이 사생결단 도망치기 시작했다. 그 소방차들과 통근버스는 금방 불길에 휩싸였다.

데모대는 3·1절 노래를 합창하며 을지로로 빠지기 시작했다. 유일표는 노래를 부르며 자꾸 눈물이 나려 하고 있었다. 데모대는 반도호텔 앞을 지나다가 길을 막고 있는 소방차 한 대에 또 불을 질렀다.

데모대가 명동 입구의 내무부 앞에 이르렀을 때였다. 안쪽에서 갑자기 사격을 가해왔다. 여기저기서 비명소리가 낭자했다. 데모대는 어지럽게 흩어지고, 순식간에 예닐곱 명이 시체로 변했다.

비상계엄으로 통행금지가 7시고, 지금 군인들이 서울로 밀어닥치고 있다는 말이 입에서 입으로 빠르게 퍼져가고 있었다. 유일표는 그제서야 형을 생각했다. 이제 집으로 갈 수밖에 없어 종로 쪽으로 빠졌다. 종로도 물러나고 있는 데모대로 넘치고 있었다. 유일표는 그 물결을 따라 동대문 쪽으로 흘러갔다.

데모대 앞쪽에서 또다시 총소리가 요란하게 울려댔다. 뒤쪽의 데모대가 혼란스러워졌다. 이미 해는 지고 거리에는 엷은 어둠살이 번지고 있었다. 곧이어 동대문경찰서에서 총질을 해 10여 명의 사상자가 났다는 말이 전해져 왔다. 데모대는 골목골목으로 흩어지고 있었다. 유일표도 골목을 타기 시작했다.

그 시각에 지칠 대로 지친 유일민은 비원 앞을 터벅터벅 걸어가고 있었다.

나는 오늘 무엇이었는가. 방관자였는가, 구경꾼이었는가, 훼방꾼이었는가. 방관자는 비겁자다, 다같이 궐기하자고 하지 않았는가. 방관자가 비겁자인 것은 틀림없는데, 훼방꾼이었던 나는 뭔가. 방관자보다도 더 나쁜 존재. 비겁자도 못 되는 나는 무엇인가. 비겁자보다도 더 나쁜 명칭……, 이기주의자, 기회주의자, 파렴치한……, 그 어느 것도 합당하지가 않았다.

유일민은 자신이 인간벌레 같은 부끄러움과 혐오감에 묻혀 있었다. 피투성이가 되어 구급차에 실리는 부상자들을 보았을 때, 피 흘리는 여학생이 업혀가는 것을 보았을 때, 피범벅된 시체를 떠메고 구호를 외치는 학생들을 보았을 때 가슴 푸들거리는 데모의 충동에 사로잡히곤 했었다. 그러나 그런 감정을 끝내 행동화하지 못한 자신은 참으로 하잘것없고 한심스런 인간벌레였다.

그러나 오늘 크게 깨달은 것이 있었다. 혁명은 어째서 일어나는 것인지, 혁명은 어떻게 성취되는 것인지, 혁명을 왜 위대하다고 하는지, 왜 혁명에 몸을 던지는 것인지, 구름이 걷히듯 확연하게 인식할 수 있었다. 혁명이란 추상이 아니라 구체적인 삶 속에서 응결된 분노와 증오의 집단적 폭발이었다. 그 인식은, 불투명하고 원망도 섞여 있었던 아버지에 대한 이해이면서 발견이기도 했다.

14
수수께끼의 삶

진달래꽃이 피었다 진 정릉 골짜기에는 갖가지 연초록빛이 물들고 있었다. 단순히 연초록이라고 하기에는 그 색감들이 너무나 다양했고, 그 미묘한 차이의 다채로움은 그지없이 신비스럽고 경이로웠다. 온갖 나무의 가지마다 다투어 피어나고 있는 어린 잎들의 무리에서는 싱그러운 생동감이 풋풋하게 넘치고 있었다. 어쩌면 자욱한 것 같기도 하고 어찌 보면 뭉클거리며 일렁이는 것 같기도 한 그 유록색 숲은 꽃보다도 더 아름답고 환상적이었다.

골짜기가 차츰 좁아지면서 차도가 끝나는 지점에 꽤나 고급스럽게 보이는 집 한 채가 자리잡고 있었다. 그 집은 유록색 숲에 에워싸여 얼핏 눈에 잘 띄지 않았다. 비탈길을 올라온 검은색 지프차가 그 집으로 거침없이 들어갔다.

집 안쪽에 차가 멈추기 바쁘게 한 사내가 쫓아와 자동차 문을 열었다. 그리고 한복 입은 여자가 치마귀를 여미며 쪼르륵 달려나왔다.

「어머 강 의원님, 인자 오세요?」

비단 치마저고리를 맵시 있게 입은 여자는 차에서 내리고 있는 남자에게 반색을 했다.

「으음, 마담은 잘 있었나?」

묵직한 몸놀림으로 차에서 내린 남자가 거드름을 피우며 말을 던졌다. 그는 국회의원 강기수였다.

「저야 덕분에 늘 그렇죠. 헌데, 의원님은 안녕하시지 못한 것 같은 말투시네요?」

여자가 사르르 눈웃음을 쳤다. 퍽 빼어난 미모였지만 화류계의 기름기가 지르르 흐르고 있었다.

「몰라서 그러나, 요새 변통.」

강기수가 툭 내쏘았다.

「무슨 걱정이세요, 일이 착착 잘 풀려가고 있는데.」

「호오, 그런 것도 알아차리나?」

제법이라는 듯 강기수는 마담을 바라보며 놀라는 시늉을 했다.

「어머, 의원님도. 서당개 3년이잖아요.」

마담이 매혹적으로 눈흘김을 했다.

「하긴 그렇지. 벌써들 오셨나?」

강기수는 넓은 마당가에 서 있는 지프 두 대를 턱짓했다.

「네에, 얼마 안 되셨어요. 어서 오르세요.」

마담이 안내하며 돌아섰고,

「오늘 술맛 나게 신삥(새것)으로 대령해야 해.」

강기수는 마담의 엉덩이를 철벅 쳤다.

「강 의원님 오셨습니다아.」

마담이 방문을 옆으로 밀며 간드러지게 아뢰었고, 강기수가 방으로 들어서자 두 사람이 화투판을 걷었다.

「이거 늦어 죄송합니다. 김 의원님과 최 의원님은 어찌 그리 부지런하십니까.」

강기수가 손을 내밀며 너스레를 떨었다.

「어서 오시오. 강 의원님이 늦은 게 아니라 우리가 주책없이 너무 빨랐지요.」

「에이, 김 의원님은 말씀을 그리 하시면 어떡합니까. 지각한 죄를 씌워 오늘 술값을 물려야지.」

「예에, 제가 벌주를 사지요.」

「어허허허……」

「하하하하……, 앉읍시다, 앉읍시다.」

세 사람은 사교적인 웃음을 흥건하게 흘리며 자리를 잡고 앉았다. 그들의 얼굴은 모두 기름지고 살이 두툼했다.

「오늘까지도 잠잠한 걸 보면 이 정도로 사태가 해결된 거겠지요?」

강기수는 느긋한 얼굴로 두 사람을 번갈아 보았다.

「그렇지요. 대학생놈들이고 일반 국민들이고 모두가 아편주사 맞은 것처럼 정신이 알딸딸해서 저희들이 이겼다고 승리감에 취해 있을 겁니다. 전격적이고 파격적으로 일 처리하는 걸 보면 역시 우리 대통령 각하께서는 천재적인 정치인이십니다. 안 그렇습니까?」

「예, 그렇구말구요. 21일에 전국무위원의 일괄사표를 받았는데, 23일에 장면이 부통령을 사임해 버리자 가슴이 쿵 내려앉았지 뭡니까. 그런데 각하께서는 어제 24일로 당신의 당 총재 자리를 사임하는 동시에 이기붕 의장의 부통령 당선까지 사임케 했으니 장면의 술수가 꼼수가 될밖에요. 각하의 그 기발한 고수는 감히 따를 자가 없지요.」

울산 국회의원 최영찬은 다 아는 사실을 다시 곱씹으며 맞장구를 쳤다.

「그래요, 사태는 해결 짓고 권력은 그대로 유지하고, 양수겸장의 그런 기막힌 정치수완을 우리도 잘 배워야지요. 어쨌거나 위험한 고비는 넘겼으니까 앞으로 당내 문제가 중대한 것 아니겠어요?」

강기수는 서로가 구미 당기는 꿀단지 뚜껑을 슬그머니 건드렸다.

「그야 더 이를 것 없지요. 총재 자리도 비고, 부통령후보도 다시 뽑아
야 하는데……, 그야말로 우리가 고도의 정치수완을 발휘할 기회가 온
거지요.」

천안 출신 의원 김규태는 작은 눈을 빛내며 꿀단지 뚜껑을 왈칵 열어
젖혔다.

「예, 어디 그뿐인가요? 의장 자리도 비게 되었으니 이게 어디 예사 기
회입니까. 그야말로 전화위복이란 게 이런 것일 텐데, 우리가 힘을 합쳐
뭔가 한 가락 해내야 되지 않겠어요?」

최영찬은 정말 꿀을 찍어넣기라도 한 듯 앉음새를 고치며 침을 삼켰다.

「술상 어찌하오리까아?」

마담이 방문을 빠끔히 열고 사르르 눈웃음을 치고 있었다.

「응, 조금 더 있다가.」

김규태가 팔을 내저었다.

「헌데 말이지요, 이기붕 의장이 의장 자리까지 내놓게 되겠어요?」

강기수가 고개를 갸웃하며 담배를 빼들었다.

「그야 당연하지요. 모든 공직에서 물러나겠다고 공언한 마당인데요.」

최영찬은 그 무슨 엉뚱한 소리냐는 말투였다.

「글쎄요, 그건 좀 두고 볼 일이 아닌가 합니다. 그게 민심을 단숨에 돌
리려는 충격요법이거나, 그 자리까지야 하는 동정론을 불러일으키려는
연막전술일 수도 있으니까요. 거 잘 아시잖아요. 우리나라 사람들 인정
에 약하고, 며칠만 지나면 흐지부지 잘 잊어먹고 하는 거.」

강기수가 담배연기를 흘리며 묘하게 웃었다.

「그래요, 그 말도 일리가 있어요. 각하께서 총재직을 내놓았다고 하지
만 그게 위기를 돌파하자는 전략 전술이지 당과 국회와 완전 절연하자

는 건 아니잖아요? 그래 가지고 대통령직을 수행할 수 있는 정치란 없는 법이니까요. 앞으로도 당과 국회에 계속 영향력을 행사하려면 그래도 그 양반이 가장 믿을 게 이 의장 아니겠어요. 허고, 이 의장 일에서 박마리아 여사를 잊어서는 안 돼요. 그 정치 야망이 얼마나 큽니까. 각하와 그분들 사이에서 무슨 전략이 오가고 있는지 그 깊은 속을 알 수 없으니까 국회의장 자리는 일단 제외하고 생각하는 게 좋겠어요.」

김규태도 정치인다운 면모를 드러내고 있었다.

「하긴 민심은 조석변이라고 했고, 그분네들 지략이 또 있을 테니까 그건 그리 하지요.」

최영찬이 고개를 끄덕였다.

「그럼, 우리가 지금 당장 무슨 방책을 세우거나 작전을 짜기에는 시기상조고, 다만 술 마시기 전에 꼭 한 가지만은 결정할 게 있습니다. 그게 뭔고 하니, 이번 기회에 실세를 장악하기 위해 우리 셋이 합심단합하여 일심동체로 활약한다는 겁니다.」

김규태의 결연한 말이었고,

「그야 여부가 있습니까.」

강기수가 담배를 끄며 화답했고,

「그럼요, 뭉쳐야 살지요.」

최영찬은 한쪽 다리를 들어 책상다리를 더 단단하게 꼬았다.

「일단 우리가 뭉치고, 2단계로는 은밀하고도 신속하게 세력을 규합해야 합니다. 모두 겁먹고 안절부절못하고 있는 이때가 절호의 찬스니까요. 어쩌면 우리처럼 모의하고 있는 세력이 있는지도 모릅니다.」

「강 의원 말이 일리가 있어요. 내일부터 바로 행동개시로 들어가야 해요.」

김규태가 동의했고,

「그럼 우리 결의합시다!」

최영찬이 두 손을 불쑥 내밀었다.

「그럽시다.」

세 사람의 얼굴은 상기된 채 그들의 손 여섯 개가 한 덩어리를 이루었다.

넓고 큰 자개상이 비좁도록 걸게 차린 술상이 들어오고, 뒤따라 한복을 잘잘 끌며 아가씨들이 문지방을 넘어섰다. 윗목에 나란히 선 그녀들은 마담의 눈짓에 따라 나붓나붓 큰절을 올렸다.

「어떠세요, 마음에들 드시는지요?」

마담이 세 국회의원의 눈치를 빠르게 살폈다.

「으음, 제법들 생겼군 그래.」

오늘의 물주인 것을 과시하듯 강기수가 거만스레 고개를 끄덕였다.

「춘향이만은 못해도 그만하면 다 쓸 만하군. 너, 이리 오너라.」

춘향이를 끼고 술이라도 마셔본 것처럼 말하며 최영찬이 냉큼 아가씨 하나를 골랐다. 그녀들은 그저 제법이거나 쓸 만한 정도의 생김이 아니었다. 바로 미녀라고 해야 할 빼어난 인물들이었다. 스물이 되었을까 말까 한 나이에 남다른 미모를 갖춘 그녀들은 오십객의 남자들 옆에 자리잡았다.

「먼저 제가 한 잔씩 따라 올리고 이 퇴물은 물러가렵니다.」

아가씨들이 트집을 잡히지 않아 마음이 홀가분해진 마담은 화사한 웃음을 여유롭게 피우며 술주전자를 들었다.

「퇴물이라니? 곰삭은 젓갈이 진짜 맛있는 것 아닌가.」

김규태가 술을 받으며 능글맞게 웃었고,

「그렇다마다. 우리 나이엔 기운이 딸려서 피하지만 말야. 호호호호…….」

최영찬이 어깨웃음을 흐흐거렸고,

「우리 윤 마담 물건이야 또 소문난 것 아닌가. 퇴물이 아니라 아직 쟁쟁한 현역이야.」

강기수도 비릿한 웃음을 흘렸다.

「자아, 우리 건배합시다.」

김규태가 술잔을 들어올렸다.

술잔 세 개가 삼각 지점의 중앙에서 부딪치고, 그들은 언제 음담을 했느냐는 듯 진지한 얼굴로 의미 깊은 눈길을 서로 교환했다.

「그런데 강 의원, 이젠 그놈들도 싹 정리할 때가 되지 않았나요?」

최영찬이 강기수에게 정종잔을 건네며 새로운 이야기를 꺼냈다.

「예, 그 일도 의논할 참이었어요. 우리 밥 먹고 공부하는 놈들이 데모를 해대다니, 그런 고얀 놈들을 혼낼 시기가 되긴 됐지요.」

강기수는 최영찬에게 술잔을 돌리며 얼굴이 고약해졌다.

「음, 두 분 기숙생들 얘긴 모양인데, 데모한 녀석들이 얼마나 되지요?」

김규태가 관심을 나타냈다.

「양쪽 다 절반쯤 됩니다. 배은망덕한 놈들 같으니, 감히 어디다 칼을 들이대고……..」

최영찬의 얼굴에 화가 돋아올랐다. 그도 강기수처럼 종암동에 장학사를 꾸리고 있었다.

「나도 조사해 보니까 반수가 넘게 데모를 했어요. 헌데, 두 분께서는 그 녀석들을 어찌하실 작정이시오?」

김규태가 두 사람을 지그시 쳐다보았다. 그는 장학사를 운영하는 번거로움을 피해 장학금을 지급하고 있었던 것이다.

「그런 의리 없고 쾌씸한 놈들을 더 이상 먹여살릴 필요가 없지요. 대가리가 마 뻐딱한 놈들인 기라요. 안 그런교?」

화를 더 못 참겠는지 최영찬의 입에서는 사투리가 튀어나왔다.

「예, 맞아요. 언젠가는 우리 물어뜯고 덤빌 놈들이지요. 더 이상 호랑이새끼 키울 필요 없다고 봐요.」

강기수의 얼굴에도 언짢은 기색이 역력했다.

「두 분 말씀도 일리가 있긴 한데⋯⋯.」

김규태는 입버릇처럼 '일리가 있다'는 말을 또 해놓고 천천히 담배에 불을 붙이며 뜸을 들였다.

「두 분이나 나나 다 똑같은 처진데⋯⋯, 내가 보기론『삼국지』에서 인물은 유비가 아니라 조조예요. 조조의 지략과 책략도 뛰어나지만 그 용인술을 보면 감탄할 만해요. 능력 갖춘 부하는 큰 실수도 관대하게 용서해 목숨을 바치는 충복을 만드는 수완 말이오. 도둑놈 제 발 저린 다고 데모한 녀석들은 지금 불안에 떨고 있어요. 그 녀석들을 영원한 원수로 만들 것이냐, 목숨을 바치는 충복을 만들 것이냐, 신중해야 되지 않겠소?」

김규태는 자신감 넘치는 눈길로 강기수와 최영찬을 번갈아 보았다.

두 사람은 입을 꾹 다문 채 잠시 말이 없었다. 새 손님이 드는지 밖에서 먼 인기척이 들리자 윤 마담은 소리 없는 날렵한 몸놀림으로 방을 빠져나갔다.

「예에, 좋은 충고의 말씀이신데⋯⋯, 그놈들이 능력이 있기는 있지요.」

감정을 누르고 정치감각을 회복한 강기수가 최영찬을 건너다 보았다.

「우리가 하루이틀 정치할 것도 아니고⋯⋯, 데모한 걸 그놈들 약점으로 역이용하면 당사자뿐 아니라 지역구에서도 두루 효과가 클 수가 있 겠군요. 지금 내쫓으면 그동안 투자한 게 몽땅 손해인 판인데.」

최영찬의 정치감각은 한층 노골적으로 드러나고 있었다.

「잘들 생각하셨소. 정치란 좋으나 싫으나 사람농사니까. 자아, 술들 부지런히 마십시다.」 김규태는 흔쾌하게 술잔을 비우고는, 「이년들아, 꿔다놓은 보릿자루처럼 앉아 있지 말고 술 권해」 하며 자기 옆의 아가씨 를 한 팔로 끌어안는가 싶더니 다른 손이 치마 밑을 헤집고 들었다.

「헌데, 한 번 배신한 자 두 번 배신한다는 것도 잊지 맙시다.」

술잔을 비운 강기수가 정색을 하며 한 말이었다.

「물론이오. 그놈들은 앞으로 계속 경계하고 주시해야 해요.」

최영찬이 제격 박자를 맞추었다.

그러나 강기수의 그 말은 그들 자신에게 가장 잘 어울리는 말인지도 몰랐다. 그들 세 사람의 공통점은 2대에 걸쳐서 충실하게 친일을 한 점이었다. 지역구가 서로 멀면서도 그들이 절친하게 된 것은 그런 과거와 연관되어 있었다. 특히 강기수와 최영찬의 집안 행적은 너무나 흡사한 데가 많았다. 둘 다 장학사를 운영하는 것도 서로 보고 배운 것이었다.

그들은 거나하게 취해 갔다. 취하는 만큼 행동도 헤풀어지기 시작해 상 밑에서 아가씨들의 치마가 걷혀지다 못해 옷고름까지 풀어헤쳐지고 있었다. 사회적으로 비난거리가 되고 있는 '요정 정치'가 무르익고 있었다.

「강 의원, 거 한인곤이라고 기억하시오?」

김규태의 목소리에 술기가 흥건했다.

「한인고온……?」

「거 왜 작년에 대령 한 놈 소개장 써서 보내지 않았나 말야.」

「아아, 그 대령. 기억나요.」

「그놈을 그때 진급시켜 줘야 하는 건데, 우리가 실수했소. 그것 참!」

「왜, 무슨 일 있소?」

「빌어먹을, 그놈이 내 적으로 나섰소.」

「적이라니요?」

「아, 척 들면 모르겠소? 민주당으로 다음에 나하고 싸우겠다 그거요.」

「예에?」

그때야 강기수는 제정신이 들었다.

「의원님들, 의원님들, 크, 큰일났어요.」

윤 마담이 헐레벌떡 뛰어들었다.

「왜, 또 데모라도 터졌단 말이냐!」

자기 말이 중단당하게 되자 김규태가 버럭 소리질렀다.

「예, 맞어요. 시내에 온통 데모가 터져 난리가 났답니다.」

「뭐, 뭐라구!」

세 의원은 거의 동시에 외쳤다.

「대학교수님들이 데모를 시작하자 학생하고 시민들이 따라서 들고 일
어났다는 거예요.」

「대학교수들이?」

「그 말 어디서 들었어?」

「어떻게 된 거야 이거.」

아가씨들을 떠밀어낸 세 사람은 제각각 두서없이 떠들었다.

「주방에서 라디오로 들었대요.」

「빨리 라디오 가져와, 빨리.」

윤 마담이 허둥지둥 나갔다.

"긴급 뉴스를 말씀드리겠습니다. 금일 하오 5시 50분경 서울의 대학
교수단 300여 명이 '학생의 피를 보답하라'는 플래카드를 들고 데모를
시작하여 6시 50분경에 국회의사당 앞에 당도하였습니다. 학생과 시민
들은 이에 호응하여 9시 현재 시내 중심가는 계속 불어나는 데모 군중
으로 넘치고 있습니다……."

「아니, 대학교수놈들이 미쳤나!」

「숫자가 계속 불어나다니, 계엄군놈들은 도대체 뭘 하고 있는 거야.」

「계엄사령관 송요찬 그놈은 뭘 하고 자빠졌어.」

그들은 술상을 치고 방바닥도 치며 외쳐댔다.

「저어……, 이러고 계시지 말고 빨리 가보셔야 되잖아요?」

윤 마담이 조심스럽게 말했다.

「응, 그래야겠지. 어쨌거나 이러고 있을 때가 아니야. 어서 가봐야지.」

「우리가 여기 모여 앉은 시간에 데모가 벌어졌으니 이게 무슨 곡절인

가. 어서 갑시다, 어서.」

「대학교수놈들이 환장을 했나. 데모를 말려야 할 놈들이 데모를 충동질하다니, 다 꺼져가는 불에 휘발유 퍼붓는 꼴 아닌가 이거.」

「좌우간 이건 예삿일이 아니오. 다들 돌아가서 긴급히 연락합시다.」

그들은 양복을 꿰입으면서 구두를 신으면서 경황이 없었다.

철야데모가 감행된 다음날 오전 10시경에 세종로에서 중앙청까지 가득찬 10여 만의 군중들은 '경무대로 가자'고 외쳐댔다. 그 응답인 양 10시 20분에 계엄군의 선무용 스피커가 이승만 대통령의 하야를 처음으로 알렸다. 그리고 중대 뉴스를 예고하고 있던 라디오에서 10시 30분 정각 대통령의 하야 성명을 발표하기 시작했다.

지친 발길로 애저녁의 어스름을 밟으며, 여든다섯 살의 노인네와 끝없는 권력욕과 강제 하야와 인간이라는 존재와……, 그 복잡미묘한 문제들을 곱씹으면서 유일민은 집으로 돌아가고 있었다.

「야, 일민아.」

잔뜩 억누른 다급한 목소리와 함께 한 사내가 유일민을 붙들었다.

「아니 동철아, 어쩐 일이냐?」

유일민은 얼결에 이렇게 물었지만 그 순간 곧 사태를 직감했다. 그리고, 서동철이 골짜기로 오르는 외길목인 남천장학사 옆에서 자신을 오래 기다리고 있었음도 알아차렸다.

「잉, 니허고 의논헐 일이 있어서 왔다.」

서동철은 씨익 웃으며 코밑을 훔쳤다. 그러나 그 얼굴에는 평소하고는 다른 불안한 기색이 서려 있었다.

「그래, 어서 집으로 가자.」

「아니여.」

서동철은 유일민을 붙들었다.

「왜?」

「느그 동상도 있고, 주인집 보는 눈도 많고.」

그러면서 서동철은 좌우를 빠르게 살폈다.

「네가 우리 집 아는 걸 아무도 모르잖아.」

「아니여. 그래도 형사놈덜 눈깔은 올빼미 눈잉께 안심 못 혀.」

유일민은 그만 가슴이 찡 울렸다. 서동철은 위험에 처한 상황 속에서도 자신이나 동생에게 무슨 피해가 미치지 않도록 마음 쓰고 있었다.

「그래, 그럼 어디로 갈까?」

「여그 어디 식당 있겄지야? 밥 묵음서 야그허자.」

유일민은 삼선교 쪽으로 발길을 돌렸다.

「참 기맥히고 허망허드라. 대통령 자리서 물러난다고 헌 당일로 동상이 땅바닥에 꺼꿀로 패대기쳐지니 말이여.」

「동상이?」

유일민은 놀라 서동철을 쳐다보았다.

「잉, 데모대덜이 파고다공원 이승만 동상 목에 밧줄을 걸어 잡아챘뿌렀다. 동상이 허망허게 땅바닥에 궁글러 떨어졌는디, 그것으로 끝난 것이 아니여. 그 담보틈이 더 기맥히제. 중학생이고 아그들이 와아 뎀배들어 동상을 길바닥으로 질질 끌고 댕기는디, 사람덜이 그 얼굴에 침도 뱉으고 발로 밟기도 허고 허는디, 참말로 권력이 다 머시다냐 싶으드라. 이승만이가 하로아침에 그런 꼴 되야부는 판에 우리 겉은 신세야 더 말해 머 허겄냐.」

소리 죽여 말을 마친 서동철은 무너져내리는 한숨을 토해냈다.

「체포령이 내렸냐?」

유일민은 다급하게 물었다.

「그런 꼴새라 먼첨 틸라고.」

「……」

유일민은 무슨 말인가를 해야 한다고 생각하면서도 아무 말도 떠오르지 않았다. 결국 이렇게 되었구나 하는 암담함만이 의식을 채우고 있었다. 그리고, 자신과 서동철은 이제 정반대의 입장에 놓여 있는 것이 거북스럽기도 했다. 자신은 이승만의 몰락을 열렬히 반기고 환호하는 데 비하여 서동철은 못내 분해하고 애석해 할 거였다.

서동철은 설렁탕을 먹는 둥 마는 둥 하고 있었다.

「튀기는 튀얄 것인디, 고향 생각만 나제 워디로 가야 좋을란지 통 몰르겠다. 시상이 넓은지 알았등마 나가 당허고 봉께 워찌 요리 손바닥만 허냐.」

「고향은 안 돼. 거긴 제일 먼저 덮쳐.」

「긍께 말이여. 글먼 워디로 가야 쓰겄냐?」

「글쎄……, 그게 그러니까……, 경찰이 전혀 짐작도 할 수 없는 곳이라야 하는데, 아무 연고도 없이 안전한 곳이면……, 강원도 쪽이 어떨까?」

「아니여, 강원도는 안 되야.」

서동철은 곧바로 머리를 내둘렀다.

「아니, 왜?」

「니 몰르냐? 거그가 검문 질로 심헌 것. 군 부대 많고, 간첩 색출헌다고 말이여. 젊은놈 혼자서 흘릉할릉 댕기면 의심 사기 딱 좋제. 그러다가 재수 없으면…….」

유일민은 그만 면구스러워지고 말았다. 서동철에 비해 자신은 너무 상식에도 못 미치는 생각을 한 거였다.

「그 말이 맞는 것 같다. 어디 좀더 생각해 보자.」

설렁탕이 꽤 남았는데도 유일민은 숟가락을 놓았다.

「고향허고 먼 부산이나 대구도 생각혀 봤는디, 그런 디도 주먹패가 많은께 소탕이 벌어지면 좋을 일 없지야. 근다고 어디 시골로 가자니 낯물르는 놈이라 금세 표가 날 것이고…….」

서동철이 한숨과 함께 담배연기를 내뿜었다. 그의 말을 듣고 보니 그가 아까 세상이 손바닥만하다고 했던 것을 유일민은 비로소 실감할 수 있었다.

「저어, 이건 어떨까. 폐병으로 요양 온 것처럼 해서 멀찍이 제주도로 가는 것이. 그럼 의심도 안 받고, 한 군데 오래 머물 수도 있고.」

「폐병쟁이로 제주도……?」

담배를 거푸 빨며 골똘히 생각하던 서동철은, 「그려, 고것 좋겠다. 제주도넌 소문난 주먹패도 없고 딴 시상잉께.」 그는 만족스러운 듯 침울했던 얼굴을 펴며 환하게 웃었다.

「정말 요양 온 것처럼 가방도 챙겨 가. 거기라고 너무 안심하지 말고.」

「알겠다. 근디, 니넌 어찌 그런 것을 착착 잘도 알아내냐. 긍께 나가 니럴 안 찾아올 수가 있겄냐. 야, 시절 풀리면 나가 한 패 짤 것잉께 니가 왕초 혀라.」

「미친놈.」

유일민은 홀가분해진 마음으로 픽 웃었다. 그러나 서동철의 말이 꼭 농담 같지만은 않은 느낌이 들었다.

「동철아, 너 이번 기회에 그런 데서 발 끊는 거지?」

「무신 소리여, 시방? 나헌테 딱 잘 어울리는 직업인디.」

서동철은 정색을 했다.

「그러지 말고 기술을 배워. 사람답게 살아얄 것 아니냐.」

「시장시런 소리 말고 니넌 굿이나 봐. 사람 사는 것이야 다 지각각잉께.」

더 말을 붙일 수 없도록 서동철의 태도는 완강했다.

서동철이 떠나고 이틀 만에 또 세상을 놀라게 하는 사건이 벌어졌다. 이기붕의 일가족 네 명이 권총 자살을 한 것이다. 육군 장교인 이강석이 아버지, 어머니, 동생을 차례로 쏘고 자기도 죽었다는데, 그 죽음은 곧 묘한 소문을 불러일으켰다. 아무리 강심장이라도 혈육을 그렇게 할 수 없으며, 미 CIA가 개입되었다는 거였다. 소문이야 어찌 되었든 간에 유일민은 또 권력과 탐욕과 인간의 삶에 대해 혼란을 일으키고 있었다.

15
산 자와 죽은 자

「오빠, 사나흘만 더 참으면 퇴원이야. 우리의 위대한 용사님께 바치나이다.」

박영자는 장난스러운 웃음을 환하게 피우며 배우 같은 몸짓을 흉내내어 오빠의 가슴 위에 꽃다발을 올려놓았다.

「응, 어서 와라. 근데, 네가 그걸 어떻게 알아?」

박준서는 보고 있던 신문을 접으며 여동생을 맞이했다.

「그야 보호자의 기본 임무지. 병실에 오기 전에 담당의사님을 먼저 만나봐야잖아.」

「보호자……」 박준서는 떨떠름한 웃음을 짓고는, 「아버진 어떤 반응이시냐?」 그는 몸을 좀더 추슬러 올렸다.

「글쎄 말야, 며칠이 지났는데도 아빤 이승만이가 그렇게 허망하게 대통령에서 밀려난 게 도무지 믿어지지 않는 모양이야.」

박영자는 입을 삐죽이며 일러바치는 투로 말했다. 그녀는 아버지에 대한 서운함만큼 오빠에게는 면구스러운 마음을 갖고 있었다. 오빠가 허벅지에 관통상을 입었는데도 아버지는 데모한 것을 영 못마땅하게 생각해 여태껏 병원에 한 번도 와보지 않았다. 어머니는 남들 보기에 우세스럽다고 성화였지만 아버지는 「안 죽고 무사하면 됐어」 하며 무뚝뚝하게 잘라버렸다.

「믿어지지 않는 게 아니라 믿고 싶지 않겠지. 아버지로선 이승만이가 쫓겨난 게 너무나 가슴 아프실걸.」

박준서는 서글서글한 인상에 어울리게 여유 있는 웃음을 지었다.

「아니, 왜?」

「그걸 몰라서 묻냐? 세상이 편안해야 사업이 잘 풀린다. 따라서 이승만이 계속 정권을 잡아야 한다, 하는 아버지 철학 말이다.」

「피이, 아빤 그 대목에서 너무 몰염치하고 무식해. 세상이 어떻게 되든 말든 자식이 어떻게 되든 말든, 그저 사업, 사업밖에 몰라. 창피하게 왜 그러는지 모르겠어.」

박영자는 울상을 지었다.

「그게 사업가 정신이라는 거 아니냐. 우리가 이해해야지. 그건 그렇고, 요새 학생들 분위기는 어떠냐?」

「응, 다들 신바람 나서 야단이지 뭐. 그 잘났던 내무 장관 최인규가 쇠고랑 차고, 깡패 왕초들이 줄줄이 잡혀 들어가고, 다들 승리감에 넘쳐 학교 앞 술집마다 막걸리가 모자라서 못 팔 지경이래. 그래도 뭐니뭐니 해도 단연 인기를 압도하는 건 데모에 나선 대학교수단이야.」

어느새 박영자의 말에도 신바람이 오르고 있었다.

「뭐라고들 하는데?」

「그야 며칠 전에 말한 대로 생각할수록 놀랍다는 거지. 분필만 잡은 샌님들인 줄 알았더니 그런 용기가 어디서 나왔느냐구. 참 이상해. 같은 말을 두 번 이상 들으면 금방 싫고 짜증나는데 그 얘긴 할수록 신나는 거 있잖아.」

「고작 그런 식으로 떠들어대며 술들이나 퍼마시는 거냐?」

박준서가 웃음기 가신 얼굴로 내쏘았다. 그런 그의 얼굴은 사람 좋아 보이던 인상과는 딴판으로 냉정하고 위압적이었다.

「오빠, 그게 무슨 뜻이야?」

박영자의 얼굴도 당황스럽게 변했다.

「그 중요한 의미 같은 걸 따져볼 생각은 안 하고 그저 신기해 하며 술 안줏감이나 삼고 있느냔 말이지 뭐야.」

「차암, 난 또 무슨 소리라구. 오빠 같은 대학생들을 뭘로 보고 그래? 그리고, 내가 꼭 유식한 말로 학생들 말을 전해야 되겠어? 그건 지식인의 사회적 역할이 얼마나 중대한 것인지를 입증한 거다, 행동하는 지식인의 본보기를 보여준 것이다, 사회가 지식인들을 얼마나 신뢰하고 있는지 확인한 기회다, 대개 이런 결론인데, 이만하면 되잖았어?」

「그래, 그 정도로 깨달았으면 됐다.」

박준서는 멋쩍은 듯 씩 웃었다.

「오빠, 조심해. 부상당했다고 혼자 영웅인 척하는 영웅병에 걸리면 곤란해. 부상당하지 않은 영웅들 앞에 놓고.」

박영자는 검지손가락을 세워 좌우로 저으며 장난스럽게 웃었다.

「아이고, 요게!」

박준서가 주먹을 불끈 쳐들었다.

「어머머머……」

박영자가 두 팔을 들어 피하는 시늉을 하며 엄살을 부렸고, 그런 남매 사이에서는 도타운 정이 넘치고 있었다.

「애, 영자야.」

「오빠, 또 영자가 뭐야. 자영이라니까.」

「야, 어린애 장난도 아니고 그게 그거지 뭐냐. 괜히 헷갈리게.」

「오빠, 그렇게 말하면 나 오빠한테 유감 먹을 거야. 이건 어린애 장난이 아니라 오빠식으로 거창하게 말하면 식민지 잔재 청산의 일환이라구. 호적을 못 고쳐 분해 죽겠는데 이름자 좀 바꿔 불러달라는 소원도 못 들어줘?」

박영자는 정색을 하고 대들었다.

「알았다, 알았다. 그래, 자영아.」

「아냐, 그냥 말로는 안 돼. 앞으로 한 번 실수할 때마다 벌금 5백 환씩이야. 자아, 약속 걸어.」

박영자는 새끼손가락을 내밀었다.

「뭐, 5백 환?」

「범죄 예방엔 형벌이 쎄야 되잖아.」

「햐아 이거 사람 잡네.」

박영자는 오빠의 새끼손가락에 자신의 새끼손가락을 걸어 짤짤 흔들어댔다.

「됐어, 이젠 말해.」

「요런 망나니, 김 다 빼놓고선……」 박준서는 여동생을 어이없이 쳐다보고는, 「그게 다른 말이 아니고, 4·19는 학생들이 일으키고 그 완성은 교수단이 했다는 사실이야. 그분들이 아니었으면…….」

「어머, 맞어. 그 말 참 근사하다. 당장 나가서 써먹어야지.」

박영자가 화들짝 손뼉을 쳤고, 또 말을 중단당하고서 박준서는 그저 포근한 눈길로 여동생을 바라보며 웃었다. 그는 자신의 생각이나 말을 촉수 예민하게 받아들이고 소화하는 여동생이 그지없이 사랑스럽고 대견하기만 했다.

「오빠, 나 그만 가봐야 돼. 곧 엄마 오실 거야.」

「그래, 봄이 한창이다. 어서 가봐라.」

박영자는 가슴이 뜨끔해져 병실을 나섰다. 그럴 리가 없는데도 오빠가 자신이 어디로 가는지를 아는 것 같았기 때문이다.

박영자는 병원 현관을 나서다가 절로 솟는 환성을 입에 물며 걸음을 멈추었다. 눈부신 5월의 햇살 아래 신록의 푸르름이 빛나고, 화단에 갖가지 꽃들이 생기 넘치게 피어나 있었다. 박영자는 눈을 사르르 내려감으며 가슴 가득 숨을 들이켰다. 몸 속 저 깊은 곳 어디선가 새싹이 돋듯 새 기운이 파릇파릇 움돋움하는 것을 느꼈다. 그 싱그러우면서도 아련한 기분 속에 떠오르는 얼굴, 그녀는 김선오를 의식하며 얼른 시계를 보았다. 약속시간 5분 전이었다.

박영자는 대학병원을 바삐 벗어나며 오빠와 함께 김선오가 무사한 것에 새삼스럽게 안도하고 있었다. 자신이 하루 종일 데모를 해서 알지만 그날 죽은 사람들은 '재수가 없어서' 죽은 것이 아니었다. 모두가 용감하게 앞장섰다가 총을 맞은 것이었다. 오빠처럼 경무대 앞으로 진출했다가 그나마 허벅지에 총상을 입은 것이 '재수가 좋을' 뿐이었다. 경무대 앞에서 학생들이 죽어가고 있다는 것을 알고 오빠가 그곳을 찾아간 것을 뒤늦게 안 어머니는 「아이고, 이 미련한 것아, 어쩌려고 글쎄, 어쩔려고……」하며 두 손으로 가슴을 누른 채 숨이 넘어가는 것만 같았다. 뼈를 다치지 않아 걷는 데는 아무 지장이 없다는 의사의 말을 듣고서야 어머니는 주루룩 눈물을 흘리며 주저앉았다. 그러는 동안 오빠는 아무 말이 없었는데, 그런 오빠가 정말 영웅처럼 크게 보였다. 똑같은 상황 속에서 자신과 오빠는 너무 달랐기 때문이다. 자신도 세종로에서 연이어지는 총소리를 들었고, 학생들이 죽어가고 있다는 소리도 들었었다. 그러나 그쪽으로 달려갈 엄두를 낼 수가 없었다. 분노와 증오가 몇 배로 강렬해지면서도 몸이 말을 듣지 않았다. 아니, 그건 솔직하지 못한 말이다. 분노와 증오가 커진 만큼 마음은 반대쪽으로 도망치고 있었다. 아주 솔직하게 말하자면, 죽고 싶지 않았던 것이다. 죽을 용기가 없었고, 그 비굴을 가리려고 더 고래고래 소리를 질러댔었다. 그리고, 여자가 이만

하면 됐지 하는 자위적 변명도 마련했었다. 죽을 것을 알고 나서는 것, 그리고 죽어간 사람들…….

박영자는 살아남은 자의 부끄러움으로 또 말이 막히는 것을 느꼈다. 그래서 오빠 앞에 데모에 나섰다는 말을 하지 못했고, 오빠가 물어서야 고개를 끄덕였을 뿐이다.

김선오는 어디서 데모를 했을까 하는 생각을 하다가 박영자는 자신의 이상한 기대에 깜짝 놀라고 있었다. 자신의 의식 구석에선가는 김선오도 경무대 앞에서 싸웠기를 은근히 바라고 있었다. 그건 너무 얌체 같은 생각이면서도 어쩔 수 없는 욕심이기도 했다. 김선오도 오빠 같은 남자이기를 바라는 탓이었다.

김선오는 언제나처럼 먼저 와 기다리고 있었다.

「늦어서 죄송해요. 어디 좀 들렀다 오느라고요.」

약속시간에 늦어 계단을 뛰어 올라온 박영자는 숨을 몰아쉬었다. 그녀는 오빠한테 들러 병원에서 온다는 말을 일부러 피했다. 자신이 그런 것처럼 김선오도 경무대 앞에 있지 않았더라면 괜히 심적 부담을 주게 될 거였다. 그 말은 김선오가 어디서 데모를 했는지 다 들은 다음에 하는 것이 좋을 것 같았다.

「괜찮아요, 얼마 늦지도 않았는데. 천천히 오지 그리 숨 가쁘게……, 어서 앉아요.」

자리에서 일어선 김선오는 숨을 몰아쉬는 박영자를 딱한 눈길로 바라보며 먼저 앉기를 권하는 예의를 지켰다.

여러 번 만났는데도 늘 마음을 넓게 쓰고 변함없이 예의를 지키고, 아주 된 남자야. 박영자는 자신의 유심한 관찰 속에서도 흠이 잡히지 않는 김선오에게 흡족함을 느끼며 자리에 앉았다.

「자영 씨도 데모했었어요?」

김선오는 의심을 받지 않으려고 먼저 이렇게 물었다.

「그럼요. 그건 학생들의 의무였잖아요.」

박영자는 물잔을 입에서 떼며 상그레 웃음지었다. 그 귀염성 있는 웃음에 담겨 있는 만족감과 의무라는 말이 합쳐지면서 발산하는 힘에 김선오는 주춤했다.

「의무라고 하면 데모 안 한 학생들을 너무 죄인시하고 궁지로 모는 것 아니겠소? 이겼으니 승자의 관대함을 베풉시다.」

김선오는 심장을 찔린 감정의 동요를 감추며 짐짓 승자의 입장을 취했다.

「그런 뜻은 아니에요. 하지만 데모에 나서지 않은 학생들이 틀려먹은 건 분명하잖아요. 의무를 다하지 않은 자들에게 굳이 관대할 필요가 있을까요? 그건 죽은 사람들에 대한 모독 같은데요.」

「그야 맞는 말이오. 헌데, 데모를 하지 않은 학생들이 자기 정당성을 주장하는 것도 아니고, 속으로는 다 죄의식을 갖고 있을 테니까 그런 입장을 넓게 고려할 필요가 있지 않느냐는 뜻이오.」

「네에, 그런 마음이 필요하긴 한데……, 전 그게 잘 안 돼 걱정이에요.」

박영자는 시무룩해졌다.

「너무 진지하고 순수해서 그래요.」

「글쎄 모르겠어요. 실은 강숙자, 아니 자숙이가 제가 끌었는데도 데모를 피했거든요. 자기 아버지 땜에……. 그 뒤로 자숙이하고 영 서먹서먹하게 되었어요. 걔 입장을 이해해야 된다고 생각하면서도 잘 되지가 않아 문제예요.」

「그랬던가요? 강숙자가 생각보다는 효녀로군요.」 김선오는 허허 소리 내어 웃고는, 「그런 개인적인 사정이 얼마든지 있을 수 있지요. 대의명분 앞에서 어떻게 행동하는 것이 옳으냐 하는 문제가 있긴 하지만, 그런 입장에 처한 사람들의 고민도 있지 않겠어요. 아까 자영 씨가 의무라고 했는데, 그 의무는 법에 저촉되는 것도 아니고 법으로 규제할 수 있는 것도 아닌, 뭐랄까……, 정의를 따르는 양심의 선택 같은 것인데, 그 선택의 기로에서 개인적 차이가 있을 수 있어요. 강숙자가 데모를 피하면서 남다른 고민을 했을 텐데, 그 특수한 입장에 처한 친구의 고민을 이해하고 감싸주는 것, 그게 진정한 우정 아니겠소?」 그는 세상사를 다 통달한 사람처럼 말했다.

박영자는 눈길을 떨군 채 커피잔만 만지작거렸다. 김선오의 말은 오빠의 말과 너무 흡사했다. 오빠도 그건 친구의 결함이 아니라고 타일렀던 것이다.

「예, 좀더 생각해 보겠어요. 근데, 어디서 데모를 하셨어요? 법대생들이 의사당 앞에 있다길래 혹시나 하고 찾아갔지 뭐예요. 근데 가보니까 여러 대학 학생들이 뒤죽박죽된데다가 사람들이 너무 많아 도저히 찾을 수가 없었어요. 데모하다 만났음 아주 감격스러웠을 텐데…….」

박영자는 귓불이 붉어지며 부끄럽게 웃었다. 그 감격스러움으로 덥석 포옹도 할 수 있었을 것 같았던 그때의 감정이 되살아난 탓이었다.

「아, 그랬었군요. 난 거기서 계속 소리질러대는 게 별 의미가 없다는 생각이 들어 뺏은 경찰 찌프를 타고 고등학교마다 학생들을 선동하러 다녔어요. 데모에 나선 고등학교보다 나서지 못한 고등학교가 더 많았거든요.」

김선오는 미리 준비한 대로 막힘없이 말을 해치웠다. 그는 그동안 장학사에서 여러 데모 현장의 온갖 이야기들을 다 들었고, 박영자가 데모를 했을 경우 의심 사지 않고, 가장 쉽고 안전하게 이야기를 피해버릴 수 있는 선동활동을 골라두었던 것이다.

「맞아요, 차 타고 다니는 사람들 봤어요. 그 일도 아주 중요했지요.」

박영자는 고개를 끄덕이며 커피잔을 들어올렸다.

「이미 그건 과거고, 앞으로 어떻게 되어가느냐가 큰 문제요.」

김선오는 어서 그 이야기에서 벗어나려고 슬쩍 말머리를 돌렸다.

「그렇지요. 독재를 물리치긴 했지만 일종의 혼란상태니까요. 어떻게, 데모했대서 장학사에선 별일 없으세요?」

박영자는 기다리기라도 한 듯 재빠르게 상대방에 대한 관심을 드러냈다.

「왜요, 한동안 뒤숭숭해서 공부고 뭐고 분위기가 다 깨졌었지요. 데모한 놈들은 쫓겨날 일로 불안하고, 데모 안 한 놈들은 기죽어 비실대고, 분위기가 아주 드러웠, 아니 고약했어요. 그러다가 사태가 결말나는 바람에 분위기가 좀 나아졌어요. 강 의원님이 풀이 죽으면서 모든 걸 없었던 일로 덮어버렸거든요.」

「분위기는 좀 나아졌다니……, 아직도 무슨 문제가 남아 있는 건가요?」

박영자는 불안이 깃든 큰 눈으로 김선오를 빤히 쳐다보았다.

「아니오, 전처럼 아직 공부할 분위기가 완전히 잡히지 않았다는 뜻이오.」

김선오는 얼른 둘러붙었다. 장학사 안에서 데모를 하지 않은 절반 가까이는 말 못할 지옥살이를 하고 있다는 걸 굳이 입에 올릴 필요는 없었다. 데모한 축에서 무슨 말을 하는 것도 아닌데 데모를 안 한 쪽에서는 날마다가 그저 바늘방석이었다. 그 상태는 대통령 하야로 더 심해졌다. 말이 없는 가운데 서로 간에 벌어진 간격은 자꾸 심해지는 느낌이었다.

「네에, 아직 세상이 뒤숭숭하니까요. 근데, 강 의원님은 어떻게 되시나요?」

「글쎄요, 그게 그분 혼자만의 일이 아니니까 더 두고 봐야 되겠지요. 어쨌거나 최대의 위기에 봉착했으니까 보통 심각하지 않을 겁니다.」

「혹시 장학사를 문닫으면 어떡하죠?」

「글쎄요……, 그리 쉽게 정치를 포기할 리는 없는데……, 만약 무슨 일이 생겨 문을 닫으면 그땐 별수없이 고학을 해야지요.」

김선오는 배포 유하게 웃었다. 그러나 전혀 예상해 보지 않았던 그 문제에 부닥치자 속으로는 섬뜩해지고 있었다. 유일민과 같은 고학생활이 무섭고 끔찍스러워 데모도 피하지 않았던가.

「그럼 고등고시 계획도……」

데모의 감격스러운 성공이 엉뚱한 피해를 유발시킬 수도 있다는 것을 박영자는 뒤늦게 깨달으며 당황스러웠다.

「미리 끌어다가 걱정할 건 없어요. 정치란 묘한 마술이란 말이 있잖아요.」

김선오는 그 이야기를 그만하자는 표시처럼 담배에 불을 붙였다.

「네, 그래요. 우리 나가는 게 어때요. 봄날씨가 너무 좋아요.」

「그럽시다.」

김선오는 다방을 나서며 까다로운 면접시험을 무사히 통과한 것 같은 안도감을 느꼈다. 그리고 자신의 연기력에도 만족감을 느끼고 있었다. 그건 죄의식을 덮는 묘한 쾌감이기도 했다.

「육군 대위 양용석, 대위 진급 신고합니다!」

대문을 들어선 군인은 절도 있게 거수경례를 붙이며 우렁차게 외쳤다.

「호오, 인제 군인답군 그래. 그런데 어찌 된 진급이야? 이 소란통에.」

한인곤도 거수경례로 답하고 나서 악수를 하며 물었다.

「예, 진급이야 4월 초에 했습니다. 그런데 보직 배치받고, 데모 일어나고 해서 두 달이 후딱 가버린 겁니다.」

「그렇겠군. 자아, 방으로 들어가지.」

한인곤을 뒤따라 대청마루로 올라가며 대위 양용석은 집안 여기저기를 빠르게 살피고 있었다. 그런 그의 왼손에는 큼직한 상자가 들려 있었다.

「대령님은 어떻게 지내십니까?」

양용석은 방에 자리를 잡으며 인사를 차렸다.

「아직도 대령님인가? 그 호칭부터 바꾸게. 위원장으로.」

한인곤이 담배를 권하며 웃었다.

「아니 괜찮습니다. 위원장이라니요?」

담배를 사양하며 양용석이 어리둥절한 표정이 되었다.

「피워, 괜찮아. 난 이제 상관도 아니겠다, 대위도 됐겠다.」 한인곤은 다시 담배를 권하고는, 「뭐, 놀랄 것 없어. 나 민주당 지구당위원장이야」 하며 성냥을 그었다.

「그럼 정치하시게요?」

「음, 그리 됐어.」

한인곤은 실눈을 뜨고 담배를 빨며 상대방을 쳐다보았다.

「예에, 절호의 찬스를 맞이하셨군요. 그런데……」

「왜? 말해 봐. 안 어울려?」

「아닙니다. 그게 아니라, 잘은 모르지만 그냥 듣기로는 정치라는 게 군대하고는 달라서……」

「그래, 맞는 말이야. 달라도 많이 달라. 그러니까 뭐랄까, 군대가 유치원생들이 놀음이라면 정치는 어른들 중에서도 능구렁이들 놀음이고, 군대가 직선이라면 정치는 꼬불꼬불한 곡선이고, 하여튼 복잡미묘해. 그래서 군대 기질 싹 털어내 똥통에 처박고 새 마음 새 뜻으로 정치를 열심히 배우는 참이다.」

「예, 이 박사가 며칠 전에 하와이로 떠나고……」

「이봐, 이 박사, 이 박사 하지 말어. 죄인한테 무슨 놈의 얼어죽을 존칭이야, 존칭이. 신문들이 하는 것 못 봤어? 이승만 씨라고 격하한 것 말야. 내 앞에선 그것도 과하니까 그냥 이승만이라고 불러.」

한인곤은 무색하리만큼 상대방의 말을 무지르고는 이승만에 대한 감정을 거침없이 드러내고 있었다.

「예, 입에 붙은 말이라……」

양용석은 어물거리며, 군대 기질 싹 털어내 똥통에 처박은 게 아닌걸, 하며 속으로 웃고 있었다.

「그놈에 영감탱이가 하와이로 도망가지 못하게 콱 막아서 재판에 회부하고, 톡톡히 징역살이를 시켜야 하는 건데, 그것 참 아깝게 됐어. 허정 그 얼간이 같으니라고…….」

한인곤은 거칠게 담배를 잉끄려 껐다.

「미국이 손을 썼다는 소문이 파다하던데요.」

「글쎄, 그게 정치라는 거야. 이기붕 일가가 죽자 민심이 묘하게 동정적으로 흐르고, 그 틈을 타 이승만은 줄행랑을 놓은 건데, 어쨌거나 정치란 군대 작전 열 번 찜쩌먹는다니까.」

「그런데, 아랫것들이 속이고 잘못해서 그렇지 이승만이가 무슨 죄가 있느냐고 딱해 하는 사람들도 많던데요?」

「뭐야? 어떤 놈들이 그따위 소릴 해. 그런 놈들은 다 이승만 밑에서 단물 빨며 나라 망친 놈들이고, 대가리에 똥밖에 든 게 없는 팔푼이들이 지껄이는 소리야. 자네 똑똑히 들어. 친일파 민족반역자들을 철저하게 옹호한 것, 헌법 고쳐 독재해서 나라 망친 것, 이번에 학생들 무더기로 죽인 것, 이보다 큰 죄가 어디 또 있나. 그리고 엊그제 일본《요미우리신문》에 났던 기사 봤지? 일본 은행에 빼돌린 돈이 500만 달러야. 우리나라 돈으로 45억 환인데, 그 돈이면 쌀이 몇 가마닌 줄 알아? 원조받아 전쟁으로 엉망진창이 된 나라를 재건해야 되는데 그 돈을 빼돌렸으니 그게 강도지 대통령이야? 이래도 죄가 없어!」

한인곤은 방바닥을 내려치며 부릅뜬 눈으로 양용석을 노려보았다. 그 눈에서 불길이 일고 있었다.

「아 예, 죄송합니다. 그 말씀이 맞습니다. 죄인도 아주 큰 죄인이지요.」

당황한 양용석은 괜한 소리 해서 일을 망치겠다 싶어 서둘러 동조했다. 그 일을 성사시키는 데 한인곤의 비위를 건드려서 좋을 게 없었고,

또 그의 말이 틀린 것도 아니었다.

「자네도 정신 바짝 차리고 부하들 잘 가르치라구. 지금은 중대한 시기야.」

한인곤은 담배를 빼들었다.

「예, 명심하겠습니다. 그런데 출마하실 일은 잘돼 가고 있습니까?」

양용석은 얼른 성냥을 켜서 한인곤의 담배 끝에 대며 은근하게 물었다.

「응, 내가 찾고 있던 친구를 찾아내서 지구당 일이 착착 진행되고 있어. 남재구 중령이라고 예비역인데, 아 자넨 잘 모르겠구면. 아주 능력 있구 의리 있는 사람이야.」

한인곤의 얼굴에서 열기가 가시며 엷은 웃음이 피어났다.

그렇게도 찾으려다가 포기상태에 빠진 남재구를 뜻밖에도 쉽게 찾은 것을 생각하면 한인곤은 절로 생기가 났다. 달포 전쯤에 전화 연락을 해온 것은 남재구의 아내였다. 남재구는 병원에 누워 있는 몸이었다. 산동네에서 연탄 배달을 하다가 쓰러졌는데, 어이없게도 영양실조라고 했다. 남재구는 신문광고를 보고도 연탄장사하는 자신의 초라한 꼴을 보이지 않으려고 연락을 하지 않았고, 남편이 변을 당하자 몸이 단 그의 아내가 도움을 청해 온 것이었다. 자신이 예편당한 것을 뒤늦게 알고 남재구는 그때 연락하지 않았던 것을 후회했다. 예편당한 것은 생각지도 못하고 장군으로 진급되어 무슨 도움이라도 좀 주려고 찾는 줄 알았다는 거였다. 자신의 정계 진출 계획을 들은 남재구는 두말없이 힘이 되어주겠다고 나섰다.

「내가 군인으로 출세해 가는 옛 동료를 피하는 거나 그 사람이 예편당한 동료를 피하는 거나 마찬가지지 뭐. 다르다면 창피한 것과 귀찮은 것이 다를까?」

자신이 예편당하자 연락을 끊어버린 정동진에 대해 이렇게 말하며 남재구는 허허롭게 웃었다. 그 도를 통해버린 것 같은 웃음 앞에서 정동진 때문에라도 꼭 국회의원이 돼야겠다는 속말은 그대로 묻어두었다.

「앞으로 제가 도와드릴 일이 있으면 무엇이든 말씀해 주십시오. 미력이나마 최선을 다하겠습니다.」

양용석은 용건을 꺼내기 위해 은근슬쩍 길닦음을 했다.

「응, 고맙네만 자넨 군대생활이나 잘해. 자네 세대는 우리 세대에 비해 가당찮고 억울한 정치바람은 없으니까 다행이지만 군대생활 잘하는 것도 쉽잖은 일이야. 지휘관으로서 능력을 계속 기르는 것도 중요하고 처신도 잘해야 해.」

「예, 명심하겠습니다. 그런데 저어……」

양용석은 말을 꺼내지 못하고 얼굴이 붉어지며 뭉그적거렸다.

「왜? 할말 있나? 해봐.」

전혀 아무런 눈치도 못 채는 한인곤의 반응이 양용석은 야속했다.

「제가 대위가 됐습니다……」

「응, 그거 축하할 일이지.」

한인곤은 의아한 눈으로 양용석을 쳐다보았다. 양용석은 안 되겠다 싶어 직사포를 쏘기로 했다.

「제가 대위 진급하면 허락하시겠다고 약속한 일……」

「약속……?」

양용석은 그만 부아가 치밀어 더 세게 직사포를 쏘았다.

「정임 씨와 결혼 말입니다.」

「아아, 그랬던가. 맞어, 그랬었지.」

한인곤이 무릎을 치며 웃음을 터뜨렸다. 양용석은 얼굴이 벌개지며 긴 숨을 내쉬었다.

「용건치고는 아주 큰 용건을 가지고 왔군 그래. 좋아, 사나이 대 사나이의 약속이니까 지켜야지. 그런데 어쩐다? 정임이가 천안에 내려가 있거든. 내친김에 천안에 가보는 게 어떨까? 어차피 아버님도 뵈야 하니까 말야.」

「고맙습니다. 곧 가겠습니다.」

양용석은 벌떡 일어섰다.

16
전쟁의 그림자

「야 이년아, 남편을 뭘로 알고 까불어, 까불길. 내가 왕년에 어떤 사람
이었는지 알아? 나로 말할 것 같으면 말씀이야, 북진 최선봉에 서서 38선
을 돌파했고, 대동강을 건너 김일성의 안방인 평양을 제일 먼저 점령했
고, 보무도 당당하게 북진에 북진을 거듭해 맨 처음 압록강 물을 수통에
담은 역전의 용사다 그런 말씀이야.」

자정의 깊은 정적을 깨며 울려오는 술 취한 외침이었다.

복습을 끝내고 내일의 책들을 챙기고 있던 유일표는 형을 힐끔 쳐다
보았다. 형은 습관처럼 검지손가락 두 개로 양쪽 귀를 막고 있는 참이었
다. 저 건너편 셋방에서 그 술 취한 소리만 울리면 형은 으레 귀를 막았
다. 형의 집중력은 대단해서 그러고도 끄떡없이 공부를 계속했다.

「……그 뙤놈들만 아니었으면 이 몸은 백두산 영봉에 태극기 휘날리
며 장교로 특진되어 지금쯤 별을 달았을 거야. 그런데 분하고 억울하게
도 뙤놈들의 인해전술에 걸려 악전고투하며 용감무쌍하게 싸우다가 허

벽지에 관통상을 입고 말았어. 그런 역전의 용사를 몰라보고 니년이 날 괄세해. 이 왕년의 역전의 용사를 몰라보고 괄세를 해. 나라에서 괄세하는 것도 원통해 죽겠는데 니년까지 괄세를 해.」

유일표는 자신도 모르게 밖으로 귀를 기울였다. '괄세를 해' 하는 외침이 반복되기 시작하면 유일표는 조바심과 안타까움으로 마음을 빼앗기지 않을 수가 없었다. 그 상이군인은 '괄세를 해'를 기합삼아 아내를 패기 시작하기 때문이었다.

다른 때와 마찬가지로 '괄세를 해' 하는 외침은 왕년의 역전의 용사답게 힘차게 울리는데 여자의 울음소리나 비명은 얼마나 억눌러 참고 있는지 들리는 듯 마는 듯 했다. 유일표는 무작정 두들겨맞고 있는 여자가 가엾고 딱해 주먹을 부르쥐었다.

「으아앙…….」

마침내 아이의 울음소리가 터졌다. 유일표는 비로소 안도의 숨을 내쉬었다. 아이가 울어대기 시작하면 상이군인은 폭행을 멈추고는 했다.

아이의 울음소리가 자지러지고 있었다.

「이년아, 뭐 하고 자빠졌어. 빨리 아새끼 달래.」

이것을 끝으로 상이군인의 외침은 더 들리지 않고, 아이는 한참을 지나 울음을 그쳤다.

왜 저 꼴을 당하며 살지. 정말 답답해.

유일표는 또 이런 안타까운 생각을 하며, 더 귀를 안 막아도 된다는 것을 형에게 알리기라도 하듯 밖으로 나섰다. 술만 마시면 아내를 무조건 패는 상이군인이 미운 것은 말할 것도 없었지만, 허구한 날 그렇게 두들겨맞으면서도 아무 대책 없이 살고 있는 여자도 딱하다 못해 미워지려고 했다.

유일표는 소변을 보며, '내가 왕년에……'로 시작되는 상이군인의 그 경력이 사실일까 하는 생각을 또 하고 있었다. 모두 들으라는 듯 외쳐대는 그 무용담은 술이 취했는데도 한 군데 틀리는 일 없이 되풀이되고 있었다. 전혀 틀리는 데가 없는 것을 보면 사실인 것도 같고, 흔히 '내가 왕년에……'를 내세우기 좋아하는 사람들치고 허풍 안 떠는 사람들이 드물어 믿을 수 없기도 했다. 특히 무용담을 자랑하는 사람들은 자기 혼자서 소대·중대 병력을 다 무찌른 것처럼 열을 올리게 마련이었다. 어쨌든 그 무용담이 허풍 조금도 없이 사실이라고 하더라도 이 집에 사는 사람들은 그 누구도 상이군인을 대단하게 생각하지 않았다. 그저 무슨 죄인처럼 맞고만 사는 그의 아내를 불쌍히 여기는 만큼 미움을 사고 있었다.

그 상이군인은 이사 온 지 석 달밖에 안 됐는데도 이 산동네에서 제일 유명한 사람이 되었다. 그의 경력이 남다른데다가, 하루가 멀다 하고 아내를 두들겨팬 덕이었다. 그런데 이 집에 사는 그 누구도 그의 잦은 주먹질을 말리려고 나서지 못했다. 그게 타인이 끼여들기 어려운 부부싸움이기도 했고, 비위가 상하거나 성질이 나면 앞뒤를 가리지 않는 상이군인의 난폭함을 두려워하는 탓이었다.

그는 이사 와서 며칠이 지나지 않아 자신이 얼마나 고약한지 보여주기라도 하려는 듯 거칠고 질긴 싸움판을 벌렸다. 그의 상대는 미장이 한 씨였다. 둘 다 술이 취해 돌아오던 길에 시비가 붙었는데, 그의 말로는 한 씨가 먼저 자기를 부딪쳤다고 했고, 한 씨의 말로는 그가 먼저 길을 비키지 않는다고 욕을 했다는 거였다. 그건 현장을 목격한 사람이 없으니 누구 말이 옳은지 알 수가 없는 일이고, 또한 중요하지도 않았다. 문제는 싸움판이었다. 술이 취한데다 흔히 말하는 '노가다 기질'이 있는 한 씨가 싸움을 피하지 않고 맞대거리한 것이 실수라면 실수였다. 미장일로 몸이 다져진 한 씨가 짱짱한 기운으로 다리를 약간씩 절름거리는 상이군인을 메다꽂은 것은 너무 당연한 일이었다. 그러나 한 씨는 승리감에 취할 수가 없었다. 그 순간부터 오히려 참담한 패배자가 되어야 했다.

집으로 뛰어든 상이군인은 부엌칼을 집어들고 다시 뛰쳐나갔다.

「나라 위해 몸바친 상이군인을 쳐! 이새끼, 너 죽고 나 죽자!」

그는 이렇게 외쳐대며 뛰고 있었고, 그의 아내는 허둥지둥 뒤를 따르고 있었다.

눈에 살기가 도는 그는 한 씨 집의 판자대문을 걷어차며 똑같은 소리를 외쳐댔다. 연장통을 벗고 있던 한 씨는 뒤로 돌아섰고, 그는 칼을 휘두르며 한 씨를 향해 돌진했다. 내뻗친 칼은 아슬아슬하게 한 씨를 피해갔다. 한 씨가 한발만 늦었더라도 칼은 한 씨의 배에 박힐 뻔한 순간이었다.

「도망가요, 도망!」

영문도 모른 채 한 씨의 아내가 소리쳤다.

위기를 넘긴 한 씨는 아내가 소리치기 전에 벌써 찌그러진 대문 밖으로 줄행랑을 치고 있었다.

「이새끼야, 서! 서!」

그는 칼을 휘두르며 뒤쫓아갔다. 그러나 다리가 불편한 그는 죽을 위기에서 벗어나려고 도망치고 있는 한 씨를 따라갈 도리가 없었다. 다시 돌아온 그는 칼을 내던지고 마당 가운데서 옷을 벗어대며 소리치기 시작했다.

「나라 위해 몸바친 상이군인을 쳐! 내가 이 꼴을 당하려고 하나뿐인 몸바쳐 평생 병신으로 살게 된 줄 알어. 날 괄세하는 놈들은 누구든지 다 쳐죽일 거야. 봐, 봐! 내 몸이 어찌 돼 있는지 너희들 눈깔로 똑똑히 봐!」

바지며 내복을 벗어던져 드러난 그의 오른쪽 허벅지는 섬뜩할 정도로 흉터가 험하고 심했다. 서너 줄로 갈라진 흉터는 한 뼘이 넘었고, 그 가운데는 주먹 하나가 들어갈 정도로 움푹 패여 있었다. 그때 이미 셋방 사람들까지 다 밖으로 나와 있다가 그 흉터를 보고는 몸들을 움츠리거나 입을 가렸다.

「이런 나를 쳐! 이런 나를 괄세해! 내가 이 세상 살고 싶어 사는 줄 알
어. 이새끼 집구석을 당장 불 싸질러 버려야 해. 성냥 어딨어. 성냥!」

살기 뻗치는 눈을 희번득이며 그는 내던진 바지를 집어들었다. 그 기
세에 눌려 예닐곱 명의 사람들은 안절부절못하고 있었다. 그때 그의 아
내가 그를 붙들며 소리쳤다.

「금숙이 아부지, 불지르면 당신도 감옥 가요. 참아요.」

「이년아, 이것 놔!」

그가 아내를 내질렀다. 배를 걷어채인 여자는 남편의 바지를 끌어안
은 채 마당에 나둥그러졌다.

두리번거리던 그는 미장이의 연장통에서 망치를 집어들었다. 사람들
이 주춤주춤 뒷걸음질을 치는 사이에 그는 장독대로 내달아갔다. 그리
고, 마구 망치를 휘둘러대기 시작했다. 망치에 얻어맞은 독들은 요란한
소리와 함께 여지없이 깨져나가고 있었다. 그는 망치를 휘두를 때마다
기합을 넣듯 '나를 괄세해', '나를 괄세해' 하는 소리를 외쳐대고 있었
다. 그때마다 박살이 나는 독들에서는 간장이 쏟아지고, 된장이 쏟아지
고, 고추장이 쏟아졌다. 크고 작은 독들이 연달아 박살나는 요란한 소리
에 놀라 주변사람들이 다 몰려나오는 바람에 그 집 둘레에는 또 하나의
사람담이 둘러쳐져 있었다. 그러나 누구 하나 그의 행위를 막으려 드는
사람은 없었다.

그가 장독대를 거의 다 깨부쉈을 때 경찰 두 명을 앞세우고 한 씨가
나타났다.

「네까짓 것들이 뭐야. 난 역전의 상이용사다!」

그는 기 펄펄하게 저항했지만 결국은 경찰들에게 끌려갔다. 조사를
받아야 한다며 한 씨도 경찰서행이 되었다.

그런데 다음날 오전에 먼저 풀려난 것은 상이군인이었다. 사람들은

놀라는 한편으로 더 기가 죽어버렸다. 가재는 게 편이더라고 경찰이 상이군인 편을 들었다는 말은 입 밖에 내지도 못한 채.

그런데 더 무서운 일이 벌어졌다. 상이군인은 한 씨를 죽이겠다며 한 손에는 소주병을 들고 다른 손에는 칼을 들고 한 씨네 대문 앞을 지키고 있었다.

오후에 풀려난 한 씨는 집에 들어올 수 없었다. 상이군인은 이틀을 꼬박 한 씨네 대문에서 떠나지 않았다. 어떻게 할 수가 없게 된 한 씨는 그나마 또 경찰서를 찾아갈 도리밖에 없었다. 결국 경찰에서 중재를 나서게 되었다.

한 씨는 상이군인이 요구한 대로 땅에 무릎을 꿇고 빌고서야 집으로 들어갈 수가 있었다. 그 일 이후로 동네사람들은 상이군인을 슬슬 피하기에 바빴다.

그가 미움을 사는 것은 그리 독하고 아내를 이유 없이 패기 때문만이 아니었다. 그의 아내가 더없이 착하고 순한 탓이었다. 그의 아내는 그렇게 맞고 살면서도 바보나 멍청이가 아닐까 할 정도로 아무 내색도 하지 않았다. 그저 한복을 열심히 지어 동대문시장의 한복집에 내다주고 밥벌이를 할 뿐이었다. 상이군인이 없을 때 여자들이 수챗가에서 별별 소리들을 다 해도 그 여자는 한마디도 대꾸하는 일이 없었다. 늘 우울하고 수심 깃든 얼굴이 대답이었다.

유일표는 그런 여자가 안타깝다 못해 너무 답답해 화가 날 지경이었다. 왜 그렇게 맞고 사세요? 차라리 딸 데리고 혼자 사는 게 낫잖아요? 그동안 몇 번이고 이런 말을 하고 싶었지만 또 무슨 변통이 생길지 몰라 꾹꾹 참아오고 있었다.

며칠이 지나 학교에서 돌아오던 유일표는 대문을 들어서다가 주춤했다. 낮에는 볼 수 없는 상이군인이 쪽마루에 앉아 있었다.

「학생, 이제 오는군. 나 좀 봐.」

상이군인은 기다리고 있었다는 듯 몸을 일으켰다.

「저요……?」

유일표는 가슴이 뜨끔해지며 순간적으로 경계심이 들었다.

「응, 학생은 좋은 학교에 다니니까 글도 잘 보겠지? 이 글 좀 보고 말이 안 되는 데는 좀 고쳐줘.」

웃으며 다가선 상이군인은 종이를 내밀었다.

「글쎄요, 저는 읽는 건 좋아하지만 쓰는 건……. 무슨 글인데요?」

이 사람도 이렇게 정답게 웃을 때가 다 있나 하는 생각을 하며 유일표는 종이 받기를 주저했다.

「자아, 저리 가서 좀 앉지.」

유일표는 그를 따라가 쪽마루에 앉았다.

「이게 뭔가 하면 말야, 4·19가 일어나 정권이 바뀌었으니까 이젠 우리 상이군인들의 연금도 올려달라고 해야 하거든. 그동안에는 쥐꼬리만큼, 아니 모기 뒷다리만큼 받았으니까. 그래서 우리 협회에서 그 글을 써오라고 했어. 모두 써오면 그중에서 제일 잘된 것을 뽑는다고.」

그는 아까보다 더 부드럽게 웃었다.

「그동안에는 얼마를 받으셨는데요?」

유일표는, 모기 뒷다리라는 말에 웃음이 나오려고 하면서, 얼마나 적으면 그렇게 말을 하나 싶어 관심이 끌렸다.

「얼마냐고? 그거 창피스러워 말을 할 수도 없어. 거지 취급도 아니고…….」

그는 쓴웃음을 지으며 꽁초를 꺼내 불을 붙였다.

「창피하긴요, 나라에서 주는 건데. 저도 이런 기회에 알고 싶어요. 그리고, 글을 고치려면 알고 있는 게 좋구요.」

「응, 그렇긴 하겠군. 그게 말이야, 사지를 쓰든, 못 쓰든 상이군인이면 무조건 1년에 2만 3천 환이야. 그럼 1년이 열두 달이니까 한 달에 얼마지? 2천 환이 안 되는 1,916환 꼴이야. 이걸 가지고 어떻게 살지? 다 굶어죽으라는 말이야. 이용해 먹을 때는 실컷 잘 이용해 먹고 병신 되니까 쓰레기 취급 해버리는 거라구. 이 개새끼들이 말야, 아니, 학생 미안해. 이 얘기만 나오면 나도 모르게 흥분해 버리니까 좀 이해해 줘. 글쎄, 국회의원놈들은 월급을 매달 50만 환씩이나 받아 처먹으면서 우릴 그렇게 괄세하는 게 말이나 돼? 우리가 전쟁터에서 병신이 돼가고 있을 때 국회의원놈들은 후방 중에서도 제일 안전한 후방 부산바닥에서 잘들 처먹으면서 노닥거리지 않았느냔 말야. 그랬으면 법을 제대로 만들어 우리를 최소한도 인간 대접을 해줘야 하는 것 아니겠어? 그런데 제놈들 배만 채우고 있어. 밤낮 북진통일은 떠들어대면서 우리는 안중에도 없이 괄세한 이승만 그 영감탱이도 틀려먹었고. 학생, 창경원 호랑이의 한 달 식비가 얼만지 알아? 30만 환이야.」

유일표는 큰 충격을 받았다. 상이군인들에 대한 처우가 그렇게 형편없는지는 전혀 몰랐던 것이다. 어떻게 나라에서 먹여살려 주겠지 하고 막연하게 생각했을 뿐이다. 유일표는 비로소 왜 그의 입에서 '괄세'라는 말이 끝없이 터져나오는지를 이해할 것 같았다.

「아저씨, 그런 형편없는 처우는 말이 안 되는데요. 신문팔이나 구두닦이도 그보다 열 배는 벌어요. 상이군인 아저씨들은 취직시켜 주지 않나요? 우리 학교 수위 아저씨는 나라에서 보낸 상이군인이거든요.」

「말 말어. 그것도 하사관 이상 직업군인들한테 돌아가는 혜택이지 우리 같은 쫄짜 일반병들은 꿈도 못 꾸는 일이야. 나도 그런 자리 하나만 얻을 수 있다면 딱 마음잡고 사람답게 살 텐데 말야……」

그는 길고 짙은 한숨을 내쉬었다.

유일표로서는 그것 또한 처음 듣는 말이었다. 그리고, 그가 왜 아내에게 구타를 일삼는지 알 것 같기도 했다.

「아저씨, 근데 이 일이 될 것 같긴 해요?」

「모르지, 해봐야지. 우는 애한테 떡 하나 더 주더라고, 이런 기회에 모두 뭉쳐서 왕왕 떠들어대 봐야지. 노동이라도 해서 벌어먹고 살고 싶어도 아무 노동도 할 수 없는 병신들이 믿을 건 이것밖에 더 있어? 우리가 괜히 데모했던 게 아니니까.」

「아저씨들도 4·19데모 하셨어요?」

「그럼, 기차게 했지. 돌격, 앞으로! 하는 기분으로 열나게 했어. 우리 괄세한 이승만한테 보복하기 얼마나 좋은 기횐데 데모를 안 해.」

그는 데모 현장에 있는 것처럼 생기가 올랐다.

「아저씨, 알았어요. 제가 보고, 형도 보고 해서 잘 고쳐볼께요.」

「그래, 잘 부탁해. 오래 끌면 안 되고, 기한은 이틀이야.」

그는 유일표의 등을 쓰다듬으며 웃었다.

「예, 모레 아침까진 꼭 드릴게요.」

유일표도 그를 마주보며 웃었다.

아저씨, 왜 그렇게 아주머니를 때리세요? 고생하는 아주머니가 불쌍하지도 않아요? 제발 그러지 마세요.

유일표는 이 말을 꼭 하고 싶었지만 꾹꾹 눌렀다. 좀더 가까워진 다음에 할 기회를 찾기로 했다.

유일표는 방으로 들어가 글을 읽어보았다. 맞춤법부터 틀리기 시작하는 그 글은 글이 아니었다. '연금을 인상하라'는 한마디만 분명할 뿐 문맥이 잘 통하지 않았고, 논리라고는 더구나 없었다. 그렇다고 자신이 선뜻 고칠 수 있는 것도 아니었다. 그로서는 남들 앞에 나서서 말을 하는 것보다 글을 쓰는 것이 훨씬 더 어려웠다. 글이란 참 묘해서 머릿속으로는 환한데 까탈스러운 물건이었다.

유일표는 저녁을 먹으면서 형한테 상이군인의 부탁에 대해 자세하게 설명했다. 형에게 일을 떠넘기기 위한 작전이었다.

「상이군인들이 그런 형편인 줄은 몰랐구나. 그게 다 전쟁 후유증인데……, 도울 수 있으면 도와야지.」

형이 고개를 끄덕이자 유일표는 하마터면 '고마워' 할 뻔했다.

「이거 글이 됐는지 모르겠다.」

이튿날 아침 잠이 깨자 형이 종이를 내밀었다.

「이렇게 빨리?」

유일표는 상체를 벌떡 일으켰다. 형은 더 말이 없이 아침밥을 하려고 밖으로 나갔다.

글을 다 읽은 유일표는 또 글이란 것이 참 묘하다는 것을 느꼈다. 형이 쓴 글은 논리 정연하고 설득력이 있어서 연금을 인상하지 않고는 안 되도록 되어 있었다. 이 글이 틀림없이 뽑히겠다는 자신감을 가지며 유일표는, 형은 역시 똑똑하다는 생각을 했다. 그건 자신의 의식 속에 깊이 박혀 있는 열등감이기도 해서 늘 부정하고 피하고 싶은 생각 중의 하나였다.

유일표는 바로 나가 상이군인을 불러냈다.

「아저씨, 글 다 됐어요.」

「아니, 벌써!」

상이군인의 눈에서 잠이 확 걷혔다.

「우리 형이 쓴 건데 아주 기막혀요. 이게 뽑힐 자신이 있어요.」

「그래? 어디 봐.」

상이군인이 환하게 웃으며 손을 내밀었다.

「아저씨, 근데 한 가지 부탁이 있어요.」

「부탁……?」

상이군인의 얼굴이 뜨악해졌다.

「예, 아주 쉬운 거예요. 힘도 안 들고, 돈도 안 들고요.」

「그래? 그럼 어디 말해 봐.」

「예, 그럼 먼저 약속하세요. 제 말에 절대로 기분 나빠하거나 화내지 않겠다고요.」

「하, 이거 복잡하네. 그래, 글을 받으려면 약속해야지.」

상이군인은 입을 꾹 다물며 고개를 끄덕였다.

「다른 게 아니구요, 아저씨가 세상에 괄세당해 분하고 원통한 거 잘 알아요. 그렇지만 그게 세상 잘못이지 아주머니 잘못이 아니잖아요. 근데 왜 아저씨는 아주머니한테 화풀이를 하세요. 앞으로는 제발 아주머니 때리지 마세요.」

유일표는 미리 준비한 말을 한달음에 쏟아냈다.

「허, 그 말이냐. 그게 말이야······.」 상이군인은 얼굴이 일그러지며 고개를 숙였다가 한참 있다가 들고는, 「나도 안 그래야 된다고 생각하면서도 그게 뜻대로 안 된다. 내가 왜 그러는지······, 내 마음을 나도 모르겠어. 넌 어려서 이런 내 마음을 아직 모를 거야. 그래, 내가 앞으로 손찌검 안 하도록 애를 쓸게. 짜아식, 맹랑하네.」 그는 씨익 웃으며 유일표의 머리를 쓰다듬었다.

「예, 역전의 용사 말을 믿겠어요. 여깄어요.」

유일표도 밝게 웃으며 주머니에서 종이를 꺼냈다.

「글쎄, 두고 봐야지. 그 버릇을 고치면 좋겠지만······.」

자신의 말을 듣고 형의 반응은 이렇게 무덤덤했다. 형이 너무 어른인 척하는 것 같아서 기분이 사르르 꼬이는 한편으로 유일표는 불안감이 없지도 않았다.

사흘이 지나 토요일에 유일표는 봄소풍을 맞이했다. 하루가 바뀔 때마다 아슬아슬했는데 상이군인은 단단히 결심을 했는지 아무 일 없이 넘어갔다. 오히려 딴 셋방 여자들이 별일이라고 수군거렸다.

「김밥 쌀 자신이 없으니까 그냥 도시락 가지고 가거라. 올 때 귀찮겠지만.」

유일민이 밥상을 놓으며 말했다. 밥상 한쪽에 놓인 도시락 옆에는 달걀 두 개가 머리를 맞대고 놓여 있었다. 그것을 보자 유일표는 웃음이 나오려고. 했다. 어머니가 그랬던 것처럼 형이 마련한 소풍날의 특식인 찐 달걀이 분명했다.

「형 하나, 나 하나.」

유일표는 말을 맞추어 달걀 하나를 형 밥그릇 옆에 놓고 다른 하나를 자기 밥그릇 옆에 놓았다.

「너 왜 그래?」

유일민이 나무라는 눈길로 동생을 쳐다보았다.

「형도 참 촌스럽기는. 왜, 사이다 한 병에 오징어 한 마리까지 싸주지 그랬어? 작년처럼.」

유일표가 놀리듯 말했고,

「그건 현찰로 줄 참이었다. 잔소리말고 가지고 가.」

유일민이 픽 웃으며 달걀을 동생 앞으로 옮겨놓았다.

「형은 생물시간에 안 배웠어? 하루에 달걀 두 개면 과잉 영양섭취라고. 똑똑한 상대생이 어떻게 음식의 경제성에 대해선 그렇게 무식해?」

유일표는 달걀 하나를 다시 형 앞으로 옮겨놓았다.

「내 참, 고집하고는⋯⋯.」

유일민은 눈길을 돌리며 숟가락을 들었다.

「혹시라도 술 같은 건 마시지 마라.」

상을 치우고 나서 유일민은 동생에게 5백 환을 주며 말했다.

「담배까지 사 피우라고 이렇게 많이 줘?」

유일표는 과장되게 눈을 휘둥그렇게 뜨며 응수했다. 아무리 소풍날이라고 해도 그에게 5백 환은 너무 큰 용돈이었다.

「괜찮아. 너도 맨날 친구들한테 신세만 질 수 있냐. 걱정 말고 편하게 써.」

유일민은 동생의 주머니에 돈을 넣어주었다.

집합 장소는 우이동 버스 종점이었다. 그런데 우이동까지 직접 가는 버스는 없고 미아리 종점에서 다시 배차하기 때문에 갈아타야 했다. 수유리와 우이동 쪽에 아직 사람이 많이 살지 않은 까닭이었다.

미아리 종점은 수백 마리 까마귀떼가 뒤덮인 논밭처럼 되어버렸다. 그리고, 우이동으로 떠나는 버스마다 출퇴근 때보다 더 빡빡하게 학생들이 타는 바람에 버스는 곧 터져나갈 지경이었다.

「아이고, 장가도 못 가고 내 불알 터지네.」

「그거 안 돼지. 차장 아가씨들 앞뒤에 하나씩 있으니 빨리 골라 결혼식 올려.」

「거, 누구냐. 그런 과한 농담하는 게.」

어디선가 울려오는 선생의 목소리였다.

「아이고, 저승사자가 여기까지 따라오셨다.」

「괜찮아. 아무리 지독한 저승사자라도 이 수십 겹의 인의 장막을 뚫고 올 재주는 없으니까.」

「옳소.」

학생들은 와아 웃음을 터뜨렸다. 역시 즐거운 소풍날이었다.

수유리에서 우이동까지는 민가가 별로 없는 벌판이라 버스가 질주해댔다. 미아리 일대에서 넘쳐난 판잣집들은 삼양동 야산을 파먹기 시작하고 있었다. 수유리와 우이동은 판잣집들의 위협에서 멀리 떨어져 있어 백운대가 양쪽으로 거느린 남성적 기상의 산줄기에 감싸여 그 풍광이 빼어나게 아름다웠다.

집합은 10시 30분경에 완료되었다.

「간략하게 주의사항을 알리겠다. 교통편이 원활하지 못하므로 여기 출발시간은 오후 3시다. 그때까지 자유시간을 갖되 산속 깊이 들어가지 말 것이며, 특히 백운대에 올라갈 생각을 해서는 안 된다. 백운대가 육안으로는 저렇게 가까워 보이지만 길이 험하고 높아 지금 올라가서는 해가 지기 전에는 내려올 수 없으니 모두 명심해라. 그리고 술과 담배는 절대 엄금이다. 선생님들의 순시에 적발되면 무조건 퇴학이다. 다들 알겠나!」

「예에에—.」

훈육주임의 훈시에 합창하듯 하는 학생들의 대답은 길게 끌렸다. 그건 대답이라기보다는 묘한 감정이 깃든 야유였다.

학생들은 끼리끼리 덩어리를 이루며 신록이 한창 피어나고 있는 숲속으로, 해맑은 물 흐르는 골짜기로 흩어져 갔다. 유일표네는 허진까지 다섯이 숲속으로 한참을 들어가다가 커다란 바위를 등지고 자리잡았다.

「야, 이거 지금 먹어치울래 밥 먹고 해치울래?」

최주한이 술병 끝을 살짝 내보였다.

「저 새끼 정말 술 가져왔네.」

카메라를 꺼내던 장경식이 어이없다는 듯 웃었다.

「임마, 가져오기로 했으면 당연히 가져오는 거지. 오늘 같은 생일이 언제 또 있다고.」

최주한이 눈을 흘겼다.

「근데 정말 순시를 할래나?」

이상재가 친구들을 둘러보았다.

「그거 공갈이야. 꼰대들도 한잔 마시기 바쁜데. 만약 순시 돌아 적발하기 시작하면 우리 학교 망한다. 절반 이상 퇴학시켜야 하니까.」

유일표의 태연한 대꾸였다.

「그래 좋아. 남자는 배짱, 여자는 순결이야. 작년에도 말뿐이었어.」

최주한이 술병을 불쑥 꺼냈다.

그들은 점심을 풀어놓았다. 셋은 도시락이고 둘은 김밥이었다. 도시락 뚜껑에 술부터 따랐다.

「우리 아버지 말씀이 반주는 건강에 좋다고 했어.」

이상재가 뚜벅 한마디 하고는 도시락 뚜껑을 기울였다.

「좋아, 좋아. 술도 음식이야.」

유일표도 도시락 뚜껑을 기울였다.

김밥 싸온 친구에게 도시락 뚜껑을 돌리고, 다시 받아 술을 따르고, 그러다 보니 술 한 병은 금세 동이 났다.

「난 말야 요새 미치겠다. 공부는 통 안 되고……, 이걸 어쩌지?」

최주한이 술기운 도는 얼굴로 우는 소리를 했다.

「그 옆집 여고생 땜에?」

술안주로 김밥을 우물거리며 장경식이 말을 받았다.

「그 기집애도 기집애지만, 딴 여학생들의 장딴지만 봐도 그게 하고 싶어 미치겠다니까. 내가 짐승이 아닌가 싶은 게, 내가 왜 이러는지 모르겠어.」

「사람이 그럼 짐승이지 별거냐. 별걱정 다 하고 있네.」

여태껏 말이 없던 허진이 툭 던진 말이었다. 모두 어리둥절해서 허진을 바라보았다.

「사람이 짐승의 일종인 것은 틀림없는 사실이잖아. 다른 짐승들보다 좀더 많이 생각한다는 게 다를 뿐이지. 그리고 우리 나이는 섹스 충동이 처음 시작되는 때야. 그러니까 너무 걱정할 것 없어.」

「허진 쟤는 가끔 엉뚱한 소리를 잘한다니까.」

장경식이 술기운 도는 눈을 껌벅거렸다.

「엉뚱한 소리긴. 진리만 설파해 어리석은 너희들을 일깨우는 거지. 어린 주한아, 걱정 마라. 우리도 다 너하고 똑같이 미칠 지경이니까.」

유일표가 최주한의 등을 두들겼다.

「도둑놈, 저 혼자 은근슬쩍 허진하고 같은 급이 돼버리네.」

최주한의 뚱한 말에 그들은 와아 웃음을 터뜨렸다.

그들은 이런저런 이야기꽃을 피우며 배창자 아프게 맘껏 웃어댔고, 오랜 세월 물에 씻기고 씻겨 자연조각품이 된 돌들에 앉아 바닥의 모래

알 하나까지 꿰비치는 맑은 개울물에 얼굴도 씻고 발도 씻었고, 나무마다 색감이 조금씩 다른 유록색으로 피어나는 어린 잎사귀들의 아름다움에 새롭게 경탄도 하고, 좋은 배경을 골라가며 필름이 다 떨어질 때까지 사진도 찍었다.

그런데 저 멀리서 호루라기 소리가 다급하게 울리기 시작했다. 그리고 무슨 외침도 들리는 것 같았다.

「벌써 시간 다 됐나?」

「아닌데. 2시밖에 안 됐어.」

「근데 왜 저러지? 무슨 사고 났나?」

그들은 긴장하며 서로를 쳐다보았다.

호루라기 소리가 계속 울리는 가운데 외침이 이내 가깝게 퍼져왔다.

「좌우로, 뒤로 전달! 전원 집합!」

이 외침은 바람처럼 빠르게 사방으로 퍼져나가고 있었다. 그들 다섯도 이 지시를 목청 드높여 서너 번 외쳐대고는 뛰기 시작했다.

「야, 내 얼굴 어떠냐?」

「걱정 마, 아주 말끔해.」

「내 얼굴은?」

「넌 첨부터 표가 안 나잖아.」

그들은 뛰면서 서로서로의 얼굴색을 보아주기 바빴다.

반별로 인원 점검이 시작되었다. 학생대장이 훈육주임에게 '이상 무' 보고를 했다.

「예정시간 전에 갑자기 집합시킨 것은 유감스럽게도 이 근방에서 사고가 발생했기 때문이다. 다름이 아니라 저너머 오봉 쪽 골짜기에서 불발탄이 폭발해 등산객 네 명이 죽고 두 명이 부상을 당해 지금 경찰이 출동하고 있다. 경찰의 요청에 따라 우리는 사고 미연 방지를 위해 지금부터 귀가를 실시한다. 차는 반별로 타고, 해산은 미아리 종점에서 한다. 이상.」

훈육주임의 말이 끝나자 학생들은 뒤숭숭해졌다.

「이거 왜 이러냐. 폭발물 사고는 시골에서만 일어나는 줄 알았는데 서울 근방에서.」

이상재가 고개를 갸웃거렸다.

「전쟁이야 서울 근방이 더 치열했잖아. 아이고, 뭐가 뭔지 모르겠다. 맨날 폭발물 사고로 사람들이 죽으니.」

최주한이 땅바닥에 주저앉았다.

사나흘이 지나 유일표네 셋집은 발칵 뒤집혔다. 상이군인의 아내가 딸과 함께 자살을 해버린 것이다.

「남편이 고향에 내려간 사이에 일을 저지른 거지 뭐야. 내 그럴 줄 알았어.」

「그래 글쎄, 남편은 그 꼴이고, 죽어라고 고생해 봤자 가난은 면할 길 없고, 오죽했으면 어린걸 데리고…….」

「안됐어, 정말 안됐어. 그 착한 여자가…….」

「그나저나 저걸 어쩐데요? 그나마 남편이 없으니…….」

「우선 경찰에 연락해야겠지요.」

여자들의 이런 말을 들으며 유일표는 집을 나섰다. 세상을 떠난 큰누나 같기도 했던 그 여자의 수심 깊은 얼굴이 어른거렸다.

〈2권에 계속〉

1943년 전남 승주군 선암사에서 아버지 조종현과 어머니 박성순 사이의 4남 4녀
       중 넷째(아들로는 차남)로 태어남. 아버지는 일제 시대 종교의 황국화
       정책에 의해 만들어진 시범적인 대처승이었음.

1948년 '여순반란사건'을 순천에서 겪음.

1949년 순천 남국민학교 입학.

1950년 충남 논산에서 6·25를 맞음.

1953년 작은아버지들이 살고 있던 벌교로 이사. 최초의 자작 문집을 만들었
       고, 글짓기에서 전교 1등상을 탐.

1956년 광주 서중학교 입학.

1958년 아버지가 서울 보성고등학교로 전근.

1959년 서울로 이사. 광주 서중학교 제34회 졸업. 보성고등학교 입학.

1962년 보성고등학교 제52회 졸업. 동국대학교 국문학과 입학.

1966년 대학 졸업과 동시에 육군 사병 입대.

1967년 시인 김초혜와 결혼.

1969년 육군 병장 제대.

1970년 《현대문학》 6월호에 「누명」이 첫회 추천됨. 12월호에 「선생님 기행」으
       로 추천 완료. 동구여상에서 교직 근무 시작.

1971년 중편 「20년을 비가 내리는 땅」《현대문학》, 단편 「빙판」《신동아》, 「어떤
       전설」《현대문학》 발표. 「선생님 기행」이 일본어로 번역됨.

1972년 중편 「청산댁」《현대문학》, 단편 「이런 식이더이다」《월간문학》 발표.

부부 작품집 『어떤 전설』(범우사) 출간. 중경고등학교로 전근. 아들 도
현을 낳음.

1973년   중편 「비탈진 음지」《현대문학》, 단편 「거부 반응」《현대문학》, 「타이거
메이저」《일본 한양》, 「상실기」를 「상실의 풍경」으로 개제《월간문학》
에 발표. 10월 유신으로 교직을 떠나게 됨. 《월간문학》 편집일을 시작.
「청산댁」이 일본에서 간행된 『한국전후대표작선집』에 번역 수록.

1974년   중편 「황토」 작품집 『황토』에 수록. 단편 「술 거절하는 사회」《월간문
학》, 「빙하기」《현대문학》, 「동맥」《월간문학》 발표. 작품집 『황토』(현대
문학사) 출간.

1975년   단편 「인형극」《현대문학》, 「이방 지대」《문학사상》, 「전염병」을 「살풀
이굿」으로 개제《신동아》에 발표, 「발아설」을 「삶의 흠집」으로 개제
《월간문학》에 발표. 「황토」가 영화화됨. 월간문학사 그만둠.

1976년   단편 「허깨비춤」《현대문학》, 「방황하는 얼굴」《한국문학》, 「검은 뿌리」
《소설문예》, 「비틀거리는 혼」《월간문학》 발표. 장편 『대장경』을 민족
문학 대계의 일환으로 집필 완성. 월간 문예지 《소설문예》 인수, 10월
호부터 발간.

1977년   중편 「진화론」《현대문학》, 「비둘기」《소설문예》, 단편 「한, 그 그늘의
자리」《문학사상》, 「신문을 사절함」《소설문예》, 「어떤 솔거의 죽음」
《창작과비평》, 「변신의 굴레」《신동아》, 「우리들의 흔적」《소설문예》
발표. 작품집 『20년을 비가 내리는 땅』(범우사) 출간. 10월호를 끝으
로 《소설문예》의 경영권을 넘김.

1978년   중편 「미운 오리 새끼」《소설문예》, 단편 「마술의 손」《현대문학》, 「외면
하는 벽」《주간조선》, 「살 만한 세상」《월간중앙》 발표. 작품집 『한, 그
그늘의 자리』(태창문화사) 출간. 도서출판 민예사 설립.

1979년   단편 「두 개의 얼굴」《문예중앙》, 「사약」《주간조선》, 「장님 외줄타기」
《정경문화》 발표. 중편 「청산댁」이 KBS 〈TV문학관〉에 극화 방영.

1980년 단편 「모래탑」《현대문학》, 「자연 공부」《주간조선》 발표. 도서출판 민
        예사의 경영권을 넘기고 주간의 일을 봄. 문고본 『허망한 세상 이야
        기』(삼중당) 출간.

1981년 중편 「유형의 땅」《현대문학》, 「길이 다른 강」《월간조선》, 「사랑의 벼
        랑」《여성동아》, 단편 「껍질의 삶」《한국문학》 발표. 장편 『대장경』(민예
        사) 출간. 중편 「청산댁」이 프랑스어로 번역 출간. 중편 「유형의 땅」으
        로 현대문학상 수상.

1982년 중편 「인간 연습」《한국문학》, 「인간의 문」《현대문학》, 「인간의 계단」《소
        설문학》, 「인간의 탑」《현대문학》, 단편 「회색의 땅」《문학사상》, 「그림자
        접목」《소설문학》 발표. 작품집 『유형의 땅』(문예출판사) 출간. 중편 「인간
        의 문」으로 대한민국문학상 수상. 중편 「유형의 땅」이 MBC TV 6·25 특
        집극으로 방영.

1983년 중편 「박토의 혼」《한국문학》, 단편 「움직이는 고향」《소설문학》 발표.
        대하소설 『태백산맥』을 원고지 1만 5천 매 예정으로 《현대문학》 9월
        호부터 연재 시작. 연작 장편 『불놀이』(문예출판사) 출간. 『불놀이』
        가 MBC TV 6·25 특집극으로 방영.

1984년 중편 「운명의 빛」을 「길」로 개제 《한국문학》에 발표. 단편 「메아리 메
        아리」《소설문학》 발표. 장편 『불놀이』 영어로 번역. 중편 「박토의 혼」
        독일어로 번역. 작품 「메아리 메아리」로 소설문학작품상 수상. 도서출
        판 민예사에서 《한국문학》을 인수하고, 주간을 맡아 12월호부터 발간.

1985년 중편 「시간의 그늘」《한국문학》 발표. 대하소설 『태백산맥』 연재 집필
        을 위해 매달 안양의 라자로마을에 10여 일씩 칩거.

1986년 『태백산맥』 제1부 4천 8백 매 완결(《현대문학》 9월호). 제1부를 3권의
        단행본으로 출간(한길사).

1987년 『태백산맥』 제2부를 《한국문학》 1월호부터 연재 시작하여 12월호까지
        3천 2백 매 완결. 제2부를 2권의 단행본으로 출간.

1988년   『태백산맥』제3부를《한국문학》3월호부터 연재 시작하여 12월호까지 3천 2백 매 완결. 제3부를 2권의 단행본으로 출간. 작품집『어머니의 넋』(한국문학사) 출간. 신문사 문학 담당 기자와 문학평론가 39인이 뽑은 '80년대 최고의 작품' 1위『태백산맥』(《문예중앙》, 1988년 여름호). 성옥문화상 수상.

1989년   『태백산맥』제4부를《한국문학》1월호부터 연재 시작하여 11월호까지 4천 5백 매 완결. 제4부를 3권의 단행본으로 출간(전 10권 완간). 『태백산맥』완결을 고대하며 투병하시던 아버지의 별세를 소설을 쓰다가 전화로 연락 받음. 소설의 완결까지 연재 1회분 반을 남겨놓은 상태에서 아버지의 장례를 치름. 문학평론가 48인이 뽑은 '80년대 최대의 문제작' 1위『태백산맥』(『80년대 대표소설선』, 1989년 현암사). 80년대의 '금단'을 깬 대표 소설, 『태백산맥』(《한겨레신문》, 1989. 12. 28). 동국문학상 수상.

1990년   새 대하소설『아리랑』의 집필을 위해 중국 만주, 동남아 일대, 미국 하와이, 일본, 러시아 연해주 등지를 취재 여행. 그후 3년에 걸쳐 거듭된 취재 여행의 총 거리는 지구를 세 바퀴 반 정도를 돈 것이 될 것임. 12월 11일부터《한국일보》에 2만 매로 예정된『아리랑』연재를 시작. 출판인 34인이 뽑은 '이 한 권의 책' 1위『태백산맥』(《경향신문》, 1990. 8. 11). 현역 작가와 평론가 50인이 뽑은 '한국의 최고 소설'『태백산맥』(《시사저널》, 1990. 11. 22).

1991년   『아리랑』연재 계속. 작품『태백산맥』으로 단재문학상 수상.『태백산맥』으로 유주현문학상 수여가 결정되었지만 수상을 거부함. 이를 계기로 그 상이 폐지되었음.『태백산맥』연구서『문학과 역사와 인간』(한길사) 출간. 전국 대학생 1,650명이 뽑은 '가장 감명 깊은 책' 1위『태백산맥』, '대학생 필독 도서' 1위『태백산맥』(《중앙일보》, 1991. 11. 26).

1992년   『아리랑』연재 계속. 대검찰청에서『태백산맥』이 국가보안법상의 이적 표현물과 적에 대한 고무 찬양에 저촉되는지를 내사한 결과 작가에 대한 의법 조치나 책의 판금을 문제 삼지 않기로 했다고 발표. '학생이나 노동자들이 읽으면 불온 서적 소지·탐독으로 의법 조치할 것이며, 일반 독자들이 교양으로 읽는 경우에는 무관하다'는 내용의 대검 발표는 모든 언론들의 비판과 조롱거리가 됨. 대검의 그런 공식적 태도는 『태백산맥』 1부가 단행본으로 발간되면서부터 작가에게 몇 년 동안에 걸쳐 줄기차게 가해져온 모든 수사 기관들의 음성적 압력과 억압 그리고 협박이 대표적으로 표출된 것에 지나지 않음. 일본의 출판사 집영사와 『태백산맥』 전 10권 완역 출판 계약 체결. 일본에서 대하소설을 완역 계약한 것은 최초. 한국의 지성 49인이 뽑은 '미래를 위한 오늘의 고전' 60선에 『태백산맥』 선정(《출판저널》, 1992. 2. 20). 독자 5백 명이 뽑은 '가장 기억에 남는 작품' 1위 『태백산맥』, 서울 리서치 조사(《조선일보》, 1992. 8. 25).

1993년   『아리랑』 연재 계속. 외아들 도현이 육군 사병 입대. 중편 「유형의 땅」이 영어로 번역되어 현대한국소설집(제목 『유형의 땅』, 샤프출판사) 출간.

1994년   6월 『아리랑』 제1부 「아, 한반도」를 3권의 단행본으로 출간(도서출판 해냄). 8월 제2부 「민족혼」을 3권의 단행본으로 출간. 10월 제3부 「어둠의 산하」 중 일부가 제7권으로 출간. 12월 제8권 출간. 신문 연재로는 원고량을 다 소화할 수가 없어서 《한국일보》 연재를 중단하고 후반부 집필에 전념. 4월에 8개의 반공 우익 단체들이 작품 『태백산맥』과 작가를, 역사를 왜곡하여 국가보안법을 위반한 불온 서적 및 사상 불온자로 몰아 검찰에 고발함. 거기에다 이승만의 양자에 의해 이승만의 명예훼손죄 고발도 첨가됨. 6월에 치안본부 대공수사실(속칭 남영동)에서 수사를 받았고, 그후 몇 개월에 걸쳐 출두 요구와 거부를 반복하는 동안에 『아리랑』 집필에 치명적인 피해를 받음. 『태백산맥』 영화화(태흥영화사), 영화 개봉을 앞두고 작가를 고발했던 반공 우익 단체들이 영화를 상영하면 극장과 영화사를 폭파하고 불지르겠다고 공공연한 공갈 협박을 자행하여 대대적인 사회의 물의를 일으킴. 전국 애장가 720명이 뽑은 '가장 아끼는 책' 1위 『태백산맥』(《한겨레신문》, 1994. 10. 5).

1995년 2월 『아리랑』 제3부 「어둠의 산하」 중 일부인 제9권 출간. 5월 제4부 「동트는 광야」 중 일부인 제10권 출간. 7월 25일 총 2만 매의 『아리랑』 집필 완료, 4년 8개월 만의 결실. 7월 제11권 출간. 8월 해방 50주년을 맞이하며 제12권 출간(전 12권). 『태백산맥』을 출판사를 옮겨서 출간(도서출판 해냄). 「조정래 특집」(《작가세계》 가을호). 서울대학교 신입생 218명이 뽑은 '가장 감명 깊게 읽은 책' 1위 『태백산맥』, '가장 읽고 싶은 책' 1위 『태백산맥』(《한겨레신문》, 1995. 3. 15). '우리 사회에 가장 영향력이 큰 책' 《시사저널》 조사 2위 『태백산맥』, 3위 『아리랑』(《시사저널》, 1995. 10. 26). 20대 남녀 독자 294명이 뽑은 '가장 읽고 싶은 책' 1위 『아리랑』(《도서신문》, 1995. 12. 30). 《한겨레21》의 독자들이 뽑은 '1995년의 좋은 인물'에 선정(《한겨레21》, 1995. 12. 28). 사회 각 분야 전문가 47인이 뽑은 '올해의 좋은 책' 1위 『아리랑』(《출판문화》, 1995. 송년 특집호). 1천만 명 서명을 목표로 하는 '태백산맥·아리랑 작가 조정래 노벨문학상 추천 서명인 발대식'이 1995년 11월 28일 종로 탑골공원에서 시민 단체 자발로 이루어짐(《중앙일보》, 1995. 11. 30).

1996년 단일 주제 비평서인 『태백산맥』 연구서 『태백산맥 다시 읽기』 권영민 집필로 출간(도서출판 해냄). 『아리랑』 연구서 『아리랑 연구』 조남현 외 11인의 집필로 출간(도서출판 해냄). 세 번째 대하소설을 위해 독일, 프랑스, 미국 등 취재 여행. 중편 「유형의 땅」 이탈리아어로 번역. 프랑스 아르마땅출판사와 『아리랑』 전 12권 완역 출판 계약 체결. 일본에서 『태백산맥』 완역과 마찬가지로 프랑스에서 한국의 대하소설을 완역 계약한 것은 최초의 일. 미혼 직장 여성 502명이 뽑은 '친구에게 가장 권하고 싶은 책' 1위 『태백산맥』, 3위 『아리랑』, '가장 감명 깊게 읽은 책' 1위 『태백산맥』, 4위 『아리랑』(《동아일보》《조선일보》, 1996. 1. 18). 전국 20세 이상 독자 1천 2백 명이 뽑은 '가장 기억에 남는 소설' 1위 『태백산맥』(《동아일보》, 1996. 4. 29). '우리 사회에 가장 영향력이 큰 책' 《시사저널》 조사 1위 『태백산맥』, 5위 『아리랑』(《시사저널》, 1996. 10. 24).

1997년 새 대하소설을 위해 베트남, 사우디아라비아 등 취재 여행. 『태백산맥』 1백 쇄 출간 기념연'을 3월 6일 프라자호텔에서 개최(주최·도서출판 해냄), 증정본 겸 기념본으로 『태백산맥』 양장본 1백 질을 제작. 대하소설로 1백 쇄 발간은 최초의 일이며, 450만 부 돌파는 한국 소설사 1백 년 동안의 최고 부수라고 각 언론이 보도. 3월부터 동국대학교 첫 번째 만해석좌교수가 됨. 장편 『불놀이』 영역판(전경자 교수 번역)이 미국 코넬대학 출판부에서 출간. 프랑스 유네스코에서 『불놀이』 번역 시작. 각 대학 수석 합격자 40명이 뽑은 '후배들에게 가장 권하고 싶은 소설' 1위 『태백산맥』, 5위 『아리랑』(《중앙일보》, 1997. 2. 25). 전국 국문과 대학생 150명이 뽑은 '가장 좋은 소설' 1위 『태백산맥』, 4위 『아리랑』(《조선일보》, 1997. 5. 15). 서울대학생 1천 명이 뽑은 '가장 감명 깊게 읽은 소설' 1위 『태백산맥』, 4위 『아리랑』(《조선일보》, 1997. 7. 23). 1997년 서울 6개 대학 도서관의 문학 작품 대출 1위 『태백산맥』(《동아일보》, 1997. 12. 28). 전남 보성군청에서 추진하던 '태백산맥 문학공원' 사업이 자유총연맹과 안기부의 개입·방해로 전면 좌초(《시사저널》, 1997. 9. 18).

1998년 『아리랑』 프랑스어판 제1부 3권이 4월 말에 출간(아르마땅출판사). 문예진흥원 번역 지원으로 작품집 『유형의 땅』 프랑스어로 번역 시작. 세 번째 대하소설 『한강』 《한겨레신문》 창간 10주년을 기념하여 5월 15일부터 연재 시작. 『태백산맥』 사건은 아직까지도 미해결인 채 국가보안법 위반 혐의자로 검찰에 걸려 있음. 20~30대 사무직 남·여 6백 명이 뽑은 '지금까지 살아오면서 가장 기억에 남는 책'(전세계의 작품을 대상) 한국출판연구소 조사 남자 2위 『태백산맥』, 여자 2위 『태백산맥』(《동아일보》, 1998. 4. 21). 서울대학 도서관 대출 1위 『아리랑』 (《조선일보》, 1998. 7. 23). 제1회 노신(魯迅)문학상 수상.

1999년   《한국일보》 조사, 문인 1백 명이 뽑은 지난 1백 년 동안의 소설 중에서 '21세기에 남을 10대 작품'에 『태백산맥』 선정(《한국일보》, 1999. 1. 5). 《출판저널》 특별 기획, 각 분야 지식인 1백 인이 선정한 '21세기에도 빛날 20세기 책들(국내 모든 저작물 대상)' 36종에 『태백산맥』 선정됨 (《출판저널》 1999년 신년 특집 증면호). 《한겨레21》 창간 5돌 특집, 전국 인문 · 사회 계열 교수 129명이 뽑은 '20세기 한국의 지성 150인'에 선정됨(《한겨레21》, 1999. 3. 25). MBC TV 〈성공시대〉 70분 특집방영 '소설가 조정래'. 『조정래문학전집』 전9권(해냄출판사) 출간. 『태백산맥』 일어판 1 · 2권(집영사) 출간. 장편 『불놀이』 프랑스 유네스코에서 불어판(아르마땅출판사) 출간. 소설집 『유형의 땅』이 문예진흥원 선정으로 불어판(아르마땅출판사) 출간. 출판인 50인이 뽑은 20세기 최고 작가 2위 (《세계일보》, 1999. 12. 18). 《중앙일보》 선정 '20세기 명저 국내 20선(국내 모든 분야 망라)'에 『태백산맥』 선정됨(《중앙일보》, 1999. 12. 23). 《중앙일보》 선정 '20세기 한국의 베스트셀러'에 『태백산맥』 · 『아리랑』이 동시에 선정. 30개 중에서 한 작가의 두 작품이 동시에 선정된 것은 유일함 (《중앙일보》, 1999. 12. 23).

2000년   『태백산맥』 일어판 10권 완간(집영사). 9월 29일, 『아리랑』의 발원지인 전북 김제시에서 시민의 이름으로 '조정래 대하소설 아리랑 문학비'를 벽골제 광장에 세우고, 제1호 명예시민증 수여. 그날 10시 29분에 첫 손자 재면(在勉)이가 태어나 희한한 겹경사를 이룸.

2001년   「어떤 솔거의 죽음」이 그림을 곁들인 청소년 도서로 출간(다림출판사). 광주시 문화예술상 수상. 자랑스러운 보성(普成)인상 수상.

한강·1

초판 1쇄 / 2001년 11월 5일
초판 31쇄 / 2002년 6월 15일

저자 / 조정래
발행인 / 송영석

책임편집 / 김수영 · 정옥주 · 박윤정
영업총무부 / 박재성 · 이종우 · 변영수 · 이영인

발행처 / (株)해냄출판사
등록번호 / 제10-229호
등록일자 / 1988년 5월 11일

서울시 마포구 서교동 464-41 미진출판센터 5층
대표전화 / 326-1600
팩스 / 326-1624
E-메일 editors@hainaim.com

ISBN 89-7337-397-8
ISBN 89-7337-396-X(세트)

파본은 본사나 구입하신 서점에서 교환하여 드립니다.